DANIEL SILVA

Daniel Silva foi jornalista e trabalhou para a UPI, primeiro em Washington e depois no Cairo, como correspondente para o Médio Oriente. Nesse período cobriu diversos conflitos políticos e a guerra Irão-Iraque. Conheceu a sua mulher, correspondente da NBC, e regressaram aos Estados Unidos, onde Daniel Silva foi produtor da CNN durante vários anos, tendo sido responsável por alguns programas muito populares, como *Crossfire*, *The International Hour* e *The World Today*, entre outros. Em 1997, logo após o êxito do seu primeiro livro, *O Espião Improvável*, Daniel Silva resolveu dedicar-se por completo à escrita, tendo entretanto publicado diversos *best-sellers* mundiais.

O *Washington Post* coloca-o «entre os melhores jovens autores norte-americanos de literatura de espionagem» e é com frequência comparado a Graham Greene e a John le Carré. Vive em Washington, D. C., com a mulher e os dois filhos.

RETRATO DE UMA ESPIA

DANIEL SILVA

RETRATO DE UMA ESPIA

Tradução de
VASCO TELES DE MENEZES

Título original: *Portrait of a Spy*
Autor: Daniel Silva
Copyright © 2011 by Daniel Silva

Esta edição segue a grafia do Novo Acordo Ortográfico da Língua Portuguesa

Todos os direitos para a publicação desta obra reservados por
Bertrand Editora, Lda.
Rua Prof. Jorge da Silva Horta, 1
1500-499 Lisboa
Telefone: 21 762 60 00
Fax: 21 762 61 50
Correio eletrónico: editora@bertrand.pt
www.11x17.pt

Paginação: Fotocompográfica
Revisão: Filipa Pires
Design da capa: Rui Rodrigues

Execução gráfica: Bloco Gráfico, Lda.
Unidade Industrial da Maia

1.ª edição: julho de 2015
Depósito legal n.º 393 021/15

ISBN: 978-972-25-3040-8

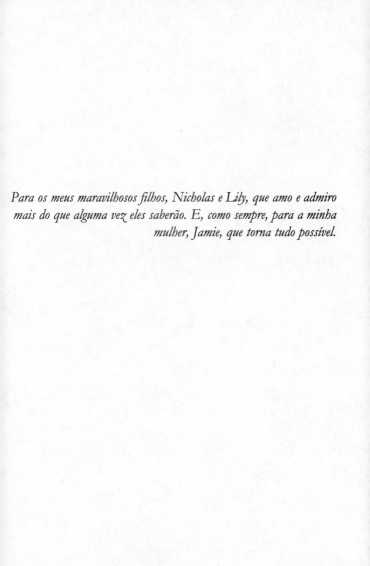

Para os meus maravilhosos filhos, Nicholas e Lily, que amo e admiro mais do que alguma vez eles saberão. E, como sempre, para a minha mulher, Jamie, que torna tudo possível.

*A jihad está a tornar-se tão americana como a tarte de maçã
e tão britânica como o chá da tarde.*
— ANWAR AL-AWLAKI, pregador e recrutador da Al-Qaeda

*Uma pessoa íntegra pode fazer a diferença,
a diferença entre a vida e a morte.*
— ELIE WIESEL

PRIMEIRA PARTE

MORTE NO JARDIM

CAPÍTULO

1

LIZARD PENINSULA, CORNUALHA

Foi o Rembrandt que lhes resolveu o mistério de uma vez por todas. Depois disso, nas lojas pitorescas onde faziam as compras e nos pequenos e escuros *pubs* à beira-mar onde tomavam as bebidas, iriam censurar-se por não terem reparado nos indícios reveladores e rir-se-iam com boa disposição de algumas das suas teorias mais descabeladas acerca do trabalho dele. Porque jamais lhes tinha passado pela cabeça a possibilidade de o homem taciturno que morava no ponto mais distante de Gunwalloe Cove ser um restaurador de arte, e ainda por cima um restaurador de arte mundialmente famoso.

Não tinha sido o primeiro estranho a ir ter à Cornualha com um segredo e, no entanto, poucos tinham guardado o que escondiam tão ciosamente ou com mais estilo e artimanha. Um exemplo disso mesmo tinha sido o modo como assegurara alojamento para si e para a sua bonita, mas muito mais nova mulher. Depois de escolher o pitoresco chalé na ponta dos penhascos — segundo todas as informações, sem o ter visitado previamente —, tinha pago adiantado o valor completo do arrendamento por um ano, com toda a papelada a ser tratada discretamente por um

13

advogado obscuro de Hamburgo. Instalou-se no chalé passados quinze dias, como se estivesse a fazer um ataque-surpresa a um longínquo posto avançado inimigo. Quem se cruzou com ele durante as primeiras incursões que fez à aldeia ficou espantado com a sua notória falta de abertura. Parecia não ter nome — pelo menos, nenhum que estivesse disposto a partilhar — e não ser de nenhum país que alguém fosse capaz de identificar. Duncan Reynolds, reformado há trinta anos dos caminhos de ferro e considerado o mais sofisticado dos habitantes de Gunwalloe, descreveu-o como *um homem que é um autêntico enigma,* ao passo que outras opiniões variaram entre *distante* e *insuportavelmente mal-educado.* Ainda assim, toda a gente concordou que, independentemente do que viesse a acontecer, a aldeiazinha de Gunwalloe, na Cornualha Ocidental, se tinha transformado num sítio bem mais interessante.

Com o tempo, conseguiram descortinar que o nome dele era Giovanni Rossi e que, tal como a sua bonita mulher, era de ascendência italiana. O que tornou tudo ainda mais curioso quando começaram a reparar em carros de aspeto governamental, repletos de homens de aspeto governamental, a rondarem as ruas da aldeia a altas horas da noite. E depois havia os dois sujeitos que por vezes pescavam na enseada. Segundo a opinião universal, eram os piores pescadores alguma vez vistos. Na verdade, a maioria partia do princípio de que não eram sequer pescadores. Naturalmente, como é habitual acontecer numa pequena aldeia como Gunwalloe, desencadeou-se um debate intenso acerca da verdadeira identidade do recém-chegado e da natureza do seu trabalho — um debate que foi finalmente encerrado pelo *Retrato de Uma Jovem,* óleo sobre tela, 104 por 86 centímetros, de Rembrandt van Rijn.

Nunca se viria a saber ao certo quando chegou o quadro. Partiram do princípio de que tinha sido em meados de janeiro, pois fora nessa altura que tinham notado uma alteração drástica na rotina diária do estranho. Num dia, estava a caminhar no cimo dos penhascos escarpados da Lizard Peninsula, como se se debatesse com uma consciência pesada; no outro, já estava diante de um cavalete, na sala de estar, com um pincel na mão e uma paleta na outra, e a ouvir ópera tão alto que o pranto chegava sem problemas até Mount's Bay, em Marazion. Dada a proximidade do chalé em relação ao trilho costeiro, era possível — se a pessoa estivesse precisamente no sítio certo, claro, e se esticasse o pescoço precisamente no ângulo certo — vê-lo no seu estúdio. De início, partiram do princípio de que estava a trabalhar num quadro seu. Mas à medida que as semanas foram passando lenta e monotonamente, tornou-se evidente que estava embrenhado no ofício conhecido como conservação ou, mais vulgarmente, restauro.

— Que raio quer isso dizer? — perguntou uma noite, no *pub* Lamb and Flag, Malcolm Braithwaite, um pescador de lagosta reformado que cheirava perpetuamente a mar.

— Quer dizer que ele está a arranjar o raio da coisa — respondeu Duncan Reynolds. — Um quadro é como uma coisa que está viva e respira. Quando envelhece, escama e fica flácida... tal qual como tu, Malcolm.

— Ouvi dizer que é uma rapariga.

— E bonita — retorquiu Duncan, assentindo com a cabeça. — Com bochechas que parecem maçãs. Tem um aspeto absolutamente apetitoso.

— E sabemos quem é que é o artista?

— Ainda estamos a tratar disso.

E foi isso mesmo que fizeram. Consultaram vários livros, pesquisaram vários *sites* da Internet e foram à procura de pessoas que soubessem mais de arte do que eles — uma categoria que incluía a maior parte da população da Cornualha Ocidental. Por fim, no início de abril, Dottie Cox, da loja da aldeia, arranjou coragem para *perguntar* simplesmente pelo quadro à linda jovem italiana quando esta veio à aldeia fazer as compras. A mulher fugiu à pergunta com um sorriso ambíguo. A seguir, de cesto de palha ao ombro, voltou calmamente para a enseada, com o cabelo escuro revolto a agitar-se ao sabor do vento da primavera. Poucos minutos depois de chegar ao chalé, o pranto da ópera parou e as persianas das janelas fecharam-se como pálpebras.

Permaneceram totalmente corridas durante a semana seguinte, altura em que o restaurador e a sua linda mulher desapareceram sem aviso. Ao longo de vários dias, os habitantes de Gunwalloe recearam que eles não estivessem a pensar em regressar e alguns até se repreenderam por terem bisbilhotado e metido o nariz nos assuntos do casal. Foi então que, uma manhã, ao folhear o *Times* na loja da aldeia, Dottie Cox reparou numa notícia de Washington, D.C., sobre a revelação de um quadro de Rembrandt há muito desaparecido — um quadro que era exatamente igual ao que tinha estado no chalé no ponto mais distante da enseada. E assim o mistério foi resolvido.

Simultaneamente, essa mesma edição do *Times* incluía um artigo de primeira página sobre uma série de misteriosas explosões em quatro instalações nucleares secretas iranianas. Ninguém em Gunwalloe imaginou que pudesse haver alguma ligação. Pelo menos, não de imediato.

*

O restaurador parecia outro quando regressou da América; conseguiam ver isso. Embora se mantivesse reservado nos encontros que tinha — e continuava a não ser uma pessoa que alguém quisesse surpreender no escuro —, era óbvio que lhe tinha sido retirado um grande peso dos ombros. De vez em quando, viam-lhe um sorriso no rosto angular, e a luz emitida pelos seus olhos de um verde invulgar parecia um pouco menos defensiva. Até mesmo as suas longas caminhadas diárias tinham uma qualidade diferente. Enquanto anteriormente avançava pesadamente pelos trilhos como um homem possuído, agora parecia pairar sobre os penhascos cobertos de neblina como um espírito arturiano que tinha voltado a casa após muito tempo numa terra longínqua.

Até parece que ele se libertou de um voto sagrado, observou Vera Hobbs, dona da padaria da aldeia. Mas quando lhe pediram para arriscar um palpite sobre qual poderia ser esse voto, ou a quem teria ele feito a jura, não quis responder. Tal como toda a gente na aldeia, tinha feito uma triste figura a tentar adivinhar a ocupação dele. *Para além disso,* aconselhou, *é melhor deixá-lo em paz. Caso contrário, da próxima vez que ele e a linda mulher se forem embora do Lizard, é capaz de ser de vez.*

Com efeito, à medida que aquele glorioso verão se foi esbatendo lentamente, os planos futuros do restaurador transformaram-se na principal preocupação de toda a aldeia. Com o arrendamento a terminar em setembro, e sem qualquer indício tangível de que ele estivesse a pensar renová-lo, os habitantes da aldeia empreenderam uma tentativa secreta para o persuadir a ficar. Do que o restaurador precisava, decidiram, era de qualquer coisa que o prendesse à costa da Cornualha — um trabalho que requeresse o seu conjunto singular de conhecimentos e lhe desse algo para fazer que não calcorrear os penhascos. O que poderia esse trabalho implicar ao certo, e quem lho entregaria, não faziam ideia, mas confiaram a si próprios a delicada tarefa de tentar descobrir.

Após muita deliberação, foi Dottie Cox quem acabou por chegar à ideia do Primeiro Festival Anual de Belas--Artes de Gunwalloe, com o famoso restaurador de arte Giovanni Rossi a ocupar o cargo de presidente honorário. Na manhã seguinte, fez essa sugestão à mulher do restaurador quando esta apareceu na loja da aldeia à hora do costume. A mulher até se riu durante vários minutos. A proposta era lisonjeira, respondeu depois de recuperar a compostura, mas não lhe parecia que fosse o tipo de coisa com que o Signor Rossi concordasse. A recusa oficial dele surgiu pouco depois e o Festival de Belas-Artes de Gunwalloe caiu discretamente por terra, abandonado. Mas pouco importava; passados alguns dias, souberam que o restaurador tinha ficado com o chalé por mais um ano. Uma vez mais, o valor do arrendamento foi pago na totalidade, com toda a papelada a ser tratada pelo mesmo advogado obscuro de Hamburgo.

Com isso, a vida regressou ao que se poderia chamar normal. Viam o restaurador a meio da manhã, quando ele vinha à aldeia com a mulher para fazerem as compras, e voltavam a vê-lo a meio da tarde, quando ele se punha a caminhar no cimo dos penhascos, com a sua gabardina *Barbour* e uma boina de lã bem enterrada na cabeça. E se não os cumprimentava como devia, não se ofendiam. E se parecia sentir-se desconfortável com qualquer coisa, davam-lhe espaço para resolver o assunto sozinho. E se um desconhecido aparecesse na aldeia, seguiam todos os seus movimentos até que se fosse embora. O restaurador e a mulher podiam ter vindo originariamente de Itália, mas agora faziam parte da Cornualha, e que Deus tivesse misericórdia do tolo que alguma vez os tentasse tirar novamente dali.

No entanto, havia no Lizard quem estivesse convencido de que aquela história não era assim tão simples — e um homem em especial que estava convencido de que sabia o que se passava. Chamava-se Teddy Sinclair, dono de uma pizaria bastante boa em Helston e adepto de teorias da conspiração, grandes e pequenas. Teddy estava convencido de que as idas à Lua eram uma aldrabice. Teddy estava convencido de que o 11 de Setembro tinha tido origem interna. E Teddy estava convencido de que o homem de Gunwalloe Cove escondia mais do que uma capacidade secreta para restaurar quadros.

Para provar o seu argumento de uma vez por todas, convocou os habitantes da aldeia para irem ao Lamb and Flag na segunda quinta-feira de novembro e revelou-lhes um gráfico que parecia um bocadinho a tabela periódica dos elementos. O seu propósito era determinar, sem sombra de dúvida, que as explosões nas instalações nucleares iranianas tinham sido obra de um lendário agente dos serviços secretos israelitas chamado Gabriel Allon — e que esse mesmo Gabriel Allon se encontrava a viver tranquilamente em Gunwalloe, com o nome de Giovanni Rossi. Quando as gargalhadas cessaram por fim, Duncan Reynolds chamou-lhe a coisa mais parva que já tinha ouvido desde que um francês qualquer tinha resolvido que a Europa devia ter uma moeda única. Mas, desta vez, Teddy manteve-se inabalável, o que, olhando para trás, foi a decisão correta. Porque

Teddy podia não ter razão em relação às idas à Lua e ao 11 de Setembro, mas no que dizia respeito ao homem de Gunwalloe Cove, a sua teoria estava absolutamente certa.

Na manhã seguinte, Dia do Armistício, a aldeia acordou com a notícia de que o restaurador e a mulher tinham desaparecido. Em pânico, Vera Hobbs foi a correr para a enseada e espreitou pelas janelas do chalé. O material do restaurador estava espalhado numa mesa baixa e, apoiado em cima de um cavalete, havia um quadro de uma mulher nua deitada num sofá. Vera demorou um momento a aperceber-se de que a mulher era a mesma que ela via todas as manhãs na padaria. Apesar do seu embaraço, Vera não foi capaz de reunir a força de vontade necessária para desviar o olhar, já que se tratava de um dos quadros mais espantosamente belos que alguma vez tinha visto. E era também um ótimo sinal, pensou ao voltar para a aldeia. Um quadro daqueles não era o tipo de coisa que um homem deixasse para trás quando quisesse pôr-se em fuga. Mais cedo ou mais tarde, o restaurador e a mulher iriam regressar. E que Deus tivesse misericórdia do maldito Teddy Sinclair se isso não acontecesse.

CAPÍTULO

2

PARIS

A primeira bomba explodiu às 11h46, na Avenue des Champs-Élysées, em Paris. O diretor dos serviços de segurança franceses diria mais tarde não ter recebido qualquer aviso do ataque iminente, uma declaração que os seus detratores poderiam ter considerado risível se o número de mortos não fosse tão elevado. Os sinais de alerta encontravam-se bem à vista, afirmaram. Só quem fosse cego ou propositadamente ignorante teria sido capaz de não dar por eles.

Do ponto de vista da Europa, o *timing* do atentado não poderia ter sido pior. Após décadas de gastos sociais abundantes, grande parte do continente encontrava-se à beira de um desastre fiscal e monetário. A sua dívida estava a subir em flecha, o seu erário público vazio e os seus mal habituados cidadãos a envelhecerem e a sentirem-se desiludidos. A austeridade estava na ordem do dia. No clima que se vivia, nenhuma vaca era considerada demasiado sagrada; os serviços de saúde, o ensino universitário, o apoio às artes e até os benefícios no que diz respeito às pensões estavam todos a sofrer cortes drásticos. Ao longo da chamada periferia europeia, as economias mais pequenas estavam a cair

21

como peças de dominó. A Grécia ia-se afundando lentamente no mar Egeu, a Espanha respirava ligada às máquinas e o Milagre Irlandês tinha-se revelado nada mais do que uma miragem. Nos elegantes salões de Bruxelas, muitos europeus atreviam-se a dizer em voz alta o que em tempos era impensável — que o sonho da integração europeia estava a morrer. E nos seus momentos mais negros, alguns até se interrogavam se a Europa tal como a conheciam não poderia estar também a morrer.

Outro artigo de fé encontrava-se em farrapos nesse novembro — a crença de que a Europa poderia absorver uma vaga interminável de emigrantes muçulmanos oriundos das antigas colónias continuando a preservar a sua cultura e o seu modo de vida básico. O que começara como um programa temporário para mitigar um problema de escassez de força laboral no pós-guerra tinha alterado permanentemente a face de um continente inteiro. Irrequietos subúrbios muçulmanos circundavam praticamente todas as cidades e vários países pareciam demograficamente fadados a terem maiorias muçulmanas antes do final do século. Ninguém com poder se tinha dado ao trabalho de consultar a população natural da Europa antes de escancarar as portas, e agora, depois de vários anos de relativa passividade, os naturais da Europa estavam a começar a reprimir esses ímpetos. A Dinamarca tinha imposto restrições draconianas aos casamentos com emigrantes. A França tinha proibido o uso do véu integral islâmico em público. E os suíços, que mal se toleravam uns aos outros, tinham decidido que queriam manter as suas imaculadas cidadezinhas e vilas livres de desagradáveis minaretes. Os líderes do Reino Unido e da Alemanha tinham declarado o multiculturalismo, praticamente a religião da Europa pós-cristã, letra morta. A maioria iria deixar de se curvar perante a vontade da minoria, afirmaram. Tal como deixaria de ignorar o extremismo que florescia no meio dela. A disputa ancestral entre a Europa e o Islão parecia ter entrado numa nova e potencialmente perigosa fase. Muita gente receava que viesse a ser uma luta desigual. Um dos lados estava velho, cansado e na sua maioria satisfeito consigo próprio. O outro poderia ser levado a um frenesim homicida por um gatafunho num jornal dinamarquês.

E em nenhum local os problemas que a Europa enfrentava se encontravam mais à vista do que em Clichy-sous-Bois, a volátil *banlieue* árabe situada logo à saída de Paris. Ponto de erupção dos motins mortíferos que varreram a França em 2005, o subúrbio possuía uma das taxas de desemprego mais elevadas do país, juntamente com uma das taxas mais elevadas de crimes violentos. Clichy-sous-Bois era tão perigoso que até a polícia francesa se abstinha de penetrar nas suas urbanizações fervilhantes — incluindo aquela em que Nazim Kadir, um argelino de vinte e seis anos que trabalhava no célebre restaurante Fouquet's, morava com mais doze membros da sua extensa família.

Nessa manhã de novembro, Nazim saiu do apartamento na escuridão, para se purificar numa mesquita construída com dinheiro saudita e na qual servia um imã formado pelos sauditas e que não falava francês. Depois de terminar este importantíssimo pilar do islamismo, apanhou o autocarro 601AB para o subúrbio de Le Raincy e, a seguir, embarcou num comboio RER com destino à Gare Saint-Lazare. Por fim, mudou para o metropolitano de Paris para a última etapa do seu trajeto. Em nenhum momento suscitou suspeitas por parte das autoridades ou dos outros passageiros. O seu casaco grosso escondia o facto de trazer vestido um colete de explosivos.

Saiu da estação George V à hora habitual, 11h40, e começou a subir a Avenue des Champs-Élysées. Mais tarde, aqueles que tiveram a sorte de sobreviver ao inferno que se seguiria diriam que não havia nada de invulgar no aspeto dele, ainda que o dono de uma conhecida florista afirmasse ter notado uma curiosa determinação no seu andar quando se estava a aproximar da entrada do restaurante. Entre as pessoas que se encontravam à porta, contavam-se um ministro-adjunto da Justiça, um apresentador das notícias de uma televisão francesa, uma modelo que aparecia na capa da revista *Vogue*, uma pedinte cigana a agarrar uma criança pequena pela mão e um grupo barulhento de turistas japoneses. O bombista verificou o relógio pela última vez. E a seguir abriu o fecho do casaco.

Nunca ficou esclarecido de forma clara se o ato foi ou não precedido do tradicional grito de *Allahu Akbar*. Vários sobreviventes afirmaram tê-lo ouvido; vários outros juraram que o bombista detonou o seu engenho em silêncio. Quanto ao som da explosão propriamente dita, os que se encontravam mais perto não tinham qualquer memória dele, pois tinham ficado com os tímpanos demasiado afetados. Mas não havia pessoa que não se recordasse de ver um clarão branco e ofuscante. Era a luz da morte, disse uma. A luz que uma pessoa vê no momento em que se confronta com Deus pela primeira vez.

A bomba propriamente dita era uma maravilha de conceção e construção. Não era o tipo de engenho que se construísse a partir de manuais da Internet ou dos panfletos com instruções que se encontravam pelas mesquitas salafitas da Europa. Tinha sido aperfeiçoado em condições de batalha na Palestina e na Mesopotâmia. Carregado de pregos encharcados com veneno para ratos — uma prática tomada de empréstimo aos bombistas suicidas do Hamas —, talhou pelo meio da multidão como uma serra circular. A explosão tinha sido tão poderosa que a Pirâmide do Louvre, situada a dois quilómetros e meio para leste, estremeceu com a onda de choque. Os que se encontravam mais perto do bombista foram feitos em bocadinhos, cortados ao meio ou decapitados, o castigo preferido para os infiéis. Mesmo a uma distância de quarenta passos, houve quem ficasse sem membros. Na ponta mais distante da zona de morte, os corpos pareciam imaculados. Poupados a traumas externos, tinham sido mortos pela onda de choque, que lhes devastou os órgãos internos como se fosse um *tsunami*. A Divina Providência agraciara-os com a terna clemência de se esvaírem até à morte em privado.

Os primeiros *gendarmes* a chegarem ficaram imediatamente agoniados com o que viram. Mãos e pés cobriam a calçada, juntamente com sapatos, relógios destruídos que tinham parado às 11h46 e telemóveis que tocavam sem ninguém para os atender. Num último insulto, os restos mortais do assassino estavam espalhados entre as vítimas — tudo menos a cabeça, que tinha ido pousar em cima de um camião de entregas, com o rosto do bombista a assumir uma expressão estranhamente serena.

O ministro do Interior francês surgiu dez minutos depois da explosão. Ao ver a carnificina, declarou: *Bagdade chegou a Paris*. Dezassete minutos mais tarde, chegou aos Jardins Tivoli, em Copenhaga, onde, às 12h03, um segundo bombista suicida se fez explodir no meio de um grande grupo de crianças que esperavam impacientemente para andar na montanha-russa do parque. Os serviços de segurança dinamarqueses, PET, determinaram rapidamente que o *shahid* tinha nascido em Copenhaga, estudado em escolas dinamarquesas e era casado com uma dinamarquesa. O facto de os seus próprios filhos estudarem na mesma escola que as vítimas não pareceu incomodá-lo.

Para os profissionais dos serviços de segurança espalhados pela Europa, era um cenário de pesadelo tornado realidade — atentados coordenados e altamente sofisticados que aparentavam terem sido planeados e executados por um génio. Temiam que os terroristas voltassem a atacar em breve, mas escapavam-lhes duas informações cruciais. Não sabiam onde. E não sabiam quando.

CAPÍTULO

3

ST. JAMES'S, LONDRES

Mais tarde, o Comando de Contraterrorismo da Polícia Metropolitana de Londres iria gastar muito tempo valioso a tentar reconstituir os movimentos nessa manhã de um tal Gabriel Allon, o filho lendário mas desavindo dos serviços secretos israelitas, formalmente reformado e a levar uma vida tranquila no Reino Unido. Sabia-se, com base nos relatos de testemunhas oculares prestados pelos seus vizinhos metediços, que ele tinha saído do chalé na Cornualha poucos minutos após o nascer do Sol e entrado no seu *Range Rover,* acompanhado pela linda mulher italiana, Chiara. E também se sabia, graças ao sistema orwelliano das câmaras de CCTV britânicas, que o casal tinha chegado ao centro de Londres quase em tempo recorde e que, por via de um ato de intervenção divina, tinha conseguido encontrar um lugar, de certa forma legal, para estacionar em Piccadilly. Daí seguiram a pé para Mason's Yard, um sossegado pátio quadrangular composto por chão empedrado e comércio, em St. James's, e foram ter à porta da Isherwood Fine Arts. De acordo com as imagens captadas pela câmara de CCTV instalada no pátio, deram entrada no edifício às 11h40, hora de Londres, embora Maggie, a mais recente

27

e medíocre secretária de Isherwood, viesse a apontar erradamente as horas no registo como sendo 11h45.

Fornecedora de quadros próprios de museu, da autoria dos Velhos Mestres italianos e holandeses, desde 1968, a galeria tinha tido uma localização majestosa e de destaque na chique New Bond Street, em Mayfair. Obrigada a exilar-se em St. James's por marcas do género *Hermès, Burberry* e *Cartier,* tinha-se refugiado nos três andares de um armazém a dar de si e que pertencera anteriormente à Fortnum & Mason. Entre os incestuosos e maledicentes habitantes de St. James's, a galeria tinha sido sempre considerada um teatro de bela qualidade — comédia e tragédia, picos estonteantes e quedas aparentemente sem fim, e sempre com um traço de conspiração à espreita logo abaixo da superfície. Em larga medida, isso era uma consequência da personalidade do proprietário. Julian Isherwood tinha sido amaldiçoado com um defeito quase fatal num negociante de arte — gostava mais de possuir arte do que de a vender. O que implicava que se encontrava sobrecarregado com um grande inventário daquilo que no ramo era afetuosamente conhecido como *stock* morto — quadros pelos quais nenhum comprador pagaria alguma vez um preço justo. Segundo os rumores, as obras que Isherwood possuía rivalizavam com as da família real britânica. Até mesmo Gabriel, que restaurava quadros para a galeria há mais de trinta anos, tinha apenas uma ideia muitíssimo vaga daquilo que Isherwood possuía na realidade.

Foram encontrá-lo no seu escritório — uma figura alta e ligeiramente débil, inclinada sobre uma secretária atafulhada de velhos catálogos e monografias. Trazia um fato cinzento com risca de giz e uma gravata lilás que lhe tinha sido dada na noite anterior pelo seu mais recente interesse amoroso. Como de costume, parecia estar ligeiramente de ressaca, um ar que cultivava. Tinha os olhos pesarosamente fixados na televisão.

— Suponho que já ouviram as notícias, certo?

Gabriel assentiu com a cabeça lentamente. Ele e Chiara tinham ouvido o primeiro noticiário no rádio do carro quando estavam a atravessar os subúrbios da zona oeste de Londres. As imagens que se iam sucedendo no ecrã eram extraordinariamente parecidas com as que se tinham formado na própria cabeça de Gabriel — os mortos tapados por sacos de plástico, os sobreviventes ensanguentados, os transeuntes com as palmas das mãos coladas à cara, numa expressão de terror. Nunca mudava. Calculou que nunca mudaria.

— Almocei a semana passada no Fouquet's com um cliente — exclamou Isherwood, passando a mão pelos longos caracóis grisalhos. — Despedimo-nos no preciso lugar onde aquele maníaco detonou a sua bomba. E se o cliente tivesse marcado o almoço para hoje? Eu era capaz de estar...

Isherwood deteve-se. Era uma reação típica a seguir a um atentado, pensou Gabriel. Os vivos procuravam sempre encontrar uma ligação qualquer, por mais ténue que fosse, com os mortos.

— O bombista de Copenhaga matou crianças — continuou Isherwood. — São capazes de me explicar que causa é que se está a servir assassinando crianças?

— O medo — respondeu Gabriel. — Eles querem que nós tenhamos medo.

— E quando é que isto vai acabar? — perguntou Isherwood, abanando a cabeça desgostoso. — Por amor de Deus, quando é que esta loucura vai acabar?

— Já deverias saber que não vale a pena fazer uma pergunta dessas, Julian.

Gabriel baixou a voz e acrescentou:

— Afinal de contas, já há muito tempo que tens um lugar privilegiado para assistir a esta guerra.

Isherwood esboçou um sorriso melancólico. O seu apelido tipicamente inglês e o tamanho inglês escondiam o facto de não ser na verdade, pelo menos tecnicamente, inglês. Inglês em termos de nacionalidade e passaporte, sim, mas alemão de nascimento, francês por educação e judeu por via da religião. Apenas um punhado de amigos de confiança sabia que Isherwood tinha entrado em Londres, titubeante, como uma criança refugiada, em 1942, depois de ter sido transportado pelos Pirenéus, cobertos de neve, por um par de pastores bascos. Ou que o pai, o afamado negociante de arte parisiense Samuel Isakowitz, tinha sido assassinado no campo de concentração de Sobibor, tal como a mãe de Isherwood. E embora Isherwood tivesse guardado os segredos do seu passado cuidadosamente, a história da dramática fuga da Europa ocupada pelos nazis tinha chegado aos ouvidos dos serviços secretos israelitas. E, em meados da década de 1970, durante uma vaga de atentados terroristas palestinianos contra alvos israelitas na Europa, Isherwood tinha uma única missão — ajudar na construção e manutenção do disfarce operacional de um restaurador de arte e assassino chamado Gabriel Allon.

— Só não te esqueças de uma coisa — disse Isherwood. — Tu agora trabalhas para mim e não para eles. Isto não é um problema teu, meu querido. Já deixou de ser.

Apontou o comando na direção da televisão e o caos em Paris e Copenhaga evaporou-se, pelo menos durante uns instantes.

— Vamos ver uma coisa bonita, está bem?

O espaço limitado da galeria tinha forçado Isherwood a ordenar o seu império verticalmente — armazéns no rés do chão, escritórios no primeiro andar e, no segundo, uma magnífica sala de exposições formal segundo o modelo da famosa galeria de Paul Rosenberg em Paris, onde Julian tinha passado muitas horas felizes em criança. Ao entrarem na sala, o sol do meio-dia estava a entrar obliquamente pela claraboia, iluminando um grande quadro a óleo apoiado em cima de um pedestal coberto de baeta. Era uma representação da Virgem e do Menino com Maria Madalena, tendo como pano de fundo um cenário de final de tarde, num quadro que pertencia manifestamente à Escola Veneziana. Chiara despiu o casaco curto de cabedal e sentou-se na otomana própria de museu que se encontrava no centro da sala. Gabriel pôs-se mesmo à frente da tela, com a mão no queixo e a cabeça inclinada para o lado.

— Onde é que o descobriste?

— Num prédio muito grande de pedra calcária na costa de Norfolk.

— E o prédio tem dono?

— Insiste em manter o anonimato. Mas basta dizer que vem de uma família nobre, que as propriedades que possui são enormes e que as suas reservas financeiras estão a diminuir a um ritmo alarmante.

— E por isso pediu-te para lhe tirares uns quantos quadros das mãos para se manter à tona por mais um ano.

— À velocidade a que gasta dinheiro, dou-lhe no máximo dois meses.

— E quanto é que lhe pagaste?

— Vinte mil.

— Mas que caridoso da tua parte, Julian.

Gabriel olhou de soslaio para Isherwood e acrescentou:

— Imagino que te tenhas precavido levando mais alguns quadros.

— Seis porcarias sem valor nenhum — confessou Isherwood. — Mas, se o meu palpite em relação a este estiver correto, valeram bem o investimento.

— Proveniência? — perguntou Gabriel.

— Foi comprado na Veneto por um dos antepassados do proprietário durante a sua viagem à volta da Europa, no início do século XIX. Pertence à família desde então.

— Atribuição atual?

— Estúdio do Palma Vecchio.

— A sério? — perguntou Gabriel ceticamente. — Segundo quem?

— O perito de arte italiano que serviu de intermediário na venda.

— E era cego?

— Só de um olho.

Gabriel sorriu. Muitos dos italianos que aconselhavam a nobreza britânica durante as viagens dos membros desta eram charlatães que faziam bom negócio com cópias sem valor falsamente atribuídas aos mestres de Florença e Veneza. Ocasionalmente, erravam em sentido contrário. Isherwood suspeitava que o quadro no pedestal caía na segunda categoria. E Gabriel também. Arrastou a ponta do indicador pelo rosto da Madalena, deslocando um pouco de sujidade que já se encontrava há um século na superfície do quadro.

— Onde é que isto estava pendurado? Numa mina de carvão?

Escarafunchou o verniz fortemente descolorado. Com toda a probabilidade, era composto por uma resina mástique ou dâmar que tinha sido dissolvida com terebintina. Para o remover seria necessário um processo meticuloso que envolvia a utilização de uma mistura cuidadosamente calibrada de acetona, acetato metílico e essências minerais. Gabriel nem queria imaginar os horrores que o aguardavam assim que o verniz antigo tivesse sido arrancado: arquipélagos de *pentimento*[1], um deserto de rachas e vincos na superfície do quadro, falhas de tinta por atacado escondidas por restauros anteriores. E depois havia o estado da tela, que estava a pender acentuadamente devido à idade. O remédio era um revestimento, um procedimento perigoso que implicava aplicar calor, humidade e pressão. Qualquer restaurador que já tivesse executado um revestimento possuía cicatrizes que o provavam. Uma vez, Gabriel tinha destruído grande parte de um quadro de Domenico Zampieri ao servir-se de um ferro com um termóstato defeituoso. O quadro restaurado na sua íntegra, embora imaculado para olhos não treinados, era sem dúvida uma colaboração entre Zampieri e o estúdio de Gabriel Allon.

— E então? — perguntou Isherwood novamente. — Quem é que pintou o raio da coisa?

Gabriel fez questão de mostrar que estava a ponderar bem o assunto.

---

[1] Uma alteração num quadro, evidenciando que o artista mudou de opinião quanto à composição durante o processo de pintura, sendo a palavra oriunda do verbo *pentirsi* que significa *arrepender-se* ou *penitenciar-se*. *(N. do T.)*

— Vou precisar de raios X para fazer uma atribuição definitiva.

— O meu tipo vai passar cá hoje à tarde para tirar as fotografias. Mas nós sabemos que não precisas delas para fazer uma atribuição preliminar. És como eu, meu querido. Já lidas com quadros há cem mil anos. Reconheces uma coisa quando a vês.

Gabriel tirou uma pequena lupa do bolso do casaco e utilizou-a para examinar as pinceladas. Inclinando-se ligeiramente para a frente, sentiu a forma familiar de uma *Beretta* de 9 milímetros a cravar-se na carne da anca esquerda. Depois de colaborar com os serviços secretos britânicos para sabotar o programa nuclear iraniano, permitiam-lhe agora andar sempre armado, para proteção. E também lhe tinha sido concedido um passaporte britânico, o qual podia utilizar sem restrições para viajar para o estrangeiro, desde que não estivesse a trabalhar para o seu antigo serviço. Não havia hipótese de isso acontecer. A ilustre carreira de Gabriel Allon tinha terminado por fim. Já não era o anjo vingador de Israel. Era um restaurador de arte ao serviço da Isherwood Fine Arts e Inglaterra era a sua casa.

— Tens um palpite — afirmou Isherwood. — Consigo ver isso nesses teus olhos verdes.

— Pois tenho — respondeu Gabriel, ainda fascinado com as pinceladas —, mas gostaria de ouvir uma segunda opinião primeiro.

Deitou uma olhadela por cima do ombro para Chiara. Estava a brincar com uma madeixa do seu cabelo revolto, com uma expressão de ligeiro espanto. Na pose em que se encontrava, revelava uma extraordinária semelhança com a mulher do quadro. O que dificilmente se podia considerar surpreendente, pensou Gabriel. Descendente de judeus expulsos de Espanha em 1492, Chiara tinha sido criada no gueto antigo de Veneza. Era bem possível que alguns dos antepassados dela tivessem servido de modelo a mestres como Bellini, Veronese e Tintoretto.

— O que achas? — perguntou Gabriel.

Chiara juntou-se a Gabriel à frente da tela e soltou estalinhos com a língua, em sinal de desaprovação perante o seu estado deplorável. Embora tivesse estudado o Império Romano na universidade, tinha ajudado Gabriel numa série de restauros e, em consequência disso, tornara-se ela própria uma historiadora de arte extraordinária.

— É um excelente exemplo de Sagrada Conversação, ou *Sacra Conversazione,* uma cena idílica em que os sujeitos são agrupados tendo como pano de fundo uma paisagem esteticamente agradável. E, como qualquer ignorante sabe, o Palma Vecchio é considerado o criador dessa forma.

— E o que achas do trabalho artístico propriamente dito? — perguntou Isherwood, como um advogado que influencia uma testemunha abonatória.

— É bastante boa para Palma — respondeu Chiara. — A paleta dele não conhecia rival, mas nunca foi considerado um desenhador especialmente dotado, mesmo pelos contemporâneos.

— E a mulher que posou como Virgem?

— A não ser que esteja enganada, o que é altamente improvável, chama-se Violante. Aparece em vários quadros de Palma. Mas nessa altura havia outro pintor famoso em Veneza que se dizia gostar bastante dela. Chamava-se...

— Tiziano Vecellio — interrompeu Isherwood, concluindo o raciocínio de Chiara. — Mais conhecido como Ticiano.

— Parabéns, Julian — atirou Gabriel, sorrindo. — Acabaste de sacar um Ticiano pela quantia irrisória de vinte mil libras. Agora só precisas de arranjar um restaurador capaz de o pôr em condições.

— Quanto? — perguntou Isherwood.

Gabriel franziu o sobrolho.

— Vai dar uma data de trabalho.

— Quanto? — repetiu Isherwood.

— Duzentos mil.

— Podia arranjar outra pessoa por metade disso.

— É verdade. Mas ambos sabemos o que é que aconteceu da última vez que experimentaste isso.

— E quando é que podes começar?

— Tenho de verificar o meu calendário antes de me comprometer com datas.

— Adianto-te cem mil libras.

— Nesse caso, posso começar já.

— Envio-to para a Cornualha depois de amanhã — retorquiu Isherwood. — A questão é: quando é que o vou ter de volta?

Gabriel não respondeu nada. Fitou o relógio por um momento, como se já não estivesse a marcar as horas certas, e a seguir levantou a cara para a claraboia, pensativamente.

Isherwood pousou-lhe a mão no ombro suavemente.

— Não é um problema teu, meu caro — disse ele. — Já deixou de ser.

COVENT GARDEN, LONDRES

Uma operação policial perto de Leicester Square tinha parado o trânsito em Charing Cross Road. Gabriel e Chiara apressaram-se pelo meio de um nevoeiro cerrado de tubos de escape e avançaram por Cranbourn Street. Estava pejada, de ambos os lados, de *pubs* e cafés direcionados à multidão de turistas que pareciam deambular sem rumo pelo Soho a toda a hora, independentemente da época do ano. Naquele momento, Gabriel parecia não dar por eles. Estava a olhar fixamente para o ecrã do telemóvel. O número de mortos em Paris e Copenhaga estava a aumentar.

— É muito mau? — perguntou Chiara.

— Vinte e oito nos Campos Elísios e mais trinta e sete nos Jardins Tivoli.

— E fazem ideia de quem seja a responsabilidade? — perguntou Chiara.

— Ainda é muito cedo — respondeu Gabriel —, mas os franceses acham que é capaz de ser a Al-Qaeda no Magrebe islâmico.

— E eles seriam capazes de concretizar dois atentados assim tão bem coordenados?

— Têm células espalhadas pela Europa e pela América do Norte, mas os analistas da Avenida Rei Saul sempre se mostraram céticos em relação à sua capacidade de executarem um atentado em grande escala, ao estilo de Bin Laden.

A Avenida Rei Saul era o endereço dos serviços secretos externos de Israel. A agência tinha um nome comprido e deliberadamente enganador que tinha muito pouco que ver com a verdadeira natureza do seu trabalho. Aqueles que lá trabalhavam referiam-se a ela apenas como o Departamento e nada mais. Nem mesmo agentes reformados como Gabriel e Chiara proferiam alguma vez o nome verdadeiro da organização.

— Não me parece uma coisa à Bin Laden — disse Chiara. — Parece-me mais uma coisa à...

— Bagdade — completou Gabriel. — Este número de mortos é alto para um atentado no exterior. Indicia que o fabricante da bomba sabia o que estava a fazer. Se tivermos sorte, deixou para trás a assinatura.

— Tivermos? — perguntou Chiara.

Sem dizer nada, Gabriel voltou a enfiar o telemóvel no bolso do casaco. Tinham chegado à caótica rotunda no final de Cranbourn Street. Havia dois restaurantes italianos — o Spaghetti House e o Bella Italia. Gabriel olhou para Chiara e pediu-lhe para escolher.

— Não vou começar o meu fim de semana prolongado em Londres no Bella Italia — anunciou ela, franzindo o sobrolho. — Prometeste levar-me a almoçar como deve ser.

— Na minha opinião, uma pessoa pode arranjar bem pior em Londres do que o Bella Italia.

— A não ser que essa pessoa tenha nascido em Veneza.

Gabriel sorriu.

— Temos mesa reservada num sítio encantador chama-do Orso, em Wellington Street. É muito italiano. Pensei que podíamos atravessar Covent Garden a caminho de lá.

— E ainda te sentes capaz de fazer isso?

— Temos de comer — respondeu ele — e a caminha-da vai fazer-nos bem aos dois.

Atravessaram a rotunda rapidamente e entraram na Garrick Street, onde dois agentes da Polícia Metropolitana com casacos verde-claros estavam a interrogar o condutor, com aspeto árabe, de uma carrinha de distribuição branca. A ansiedade dos peões era quase palpável. Em algumas ca-ras, Gabriel viu verdadeiro medo; noutras, uma determina-ção resoluta em continuar como habitualmente. Chiara apertou-lhe a mão com força enquanto passavam pelas montras das lojas. Há já muito tempo que esperava por es-te fim de semana e estava decidida a não deixar que as notí-cias de Paris e Copenhaga o estragassem.

— Foste um bocadinho duro com Julian — disse ela. — Duzentos mil é o dobro do que costumas cobrar.

— É um Ticiano, Chiara. Julian vai safar-se muito bem.

— O mínimo que podias ter feito era aceitar o seu con-vite para um almoço de celebração.

— Eu não queria almoçar com Julian. Queria almoçar contigo.

— Ele tem uma ideia de que te quer falar.

— Que tipo de ideia?

— Uma sociedade — revelou Chiara. — Quer que nos tornemos seus sócios na galeria.

Gabriel abrandou até parar.

— Deixa-me tornar isto o mais claro possível — disse ele. — Não tenho interesse absolutamente nenhum em ser sócio da firma, por vezes solvente, Isherwood Fine Arts.

— E porque não?

— Logo para começar — respondeu ele, recomeçando a andar —, não fazemos ideia de como se gere um negócio.

— Já estiveste à frente de vários empreendimentos bem-sucedidos.

— É fácil quando temos o apoio de um serviço secreto.

— Não te estás a dar o devido valor, Gabriel. Até que ponto é que pode ser difícil gerir uma galeria de arte?

— *Incrivelmente* difícil. E tal como Julian já provou vezes sem conta, é fácil metermo-nos em sarilhos. Até a galeria de maior sucesso pode falir se fizer uma má aposta.

Gabriel lançou-lhe um olhar de soslaio e perguntou:

— E quando é que tu e Julian engendraram esta combinaçãozinha?

— Dito assim até parece que andámos a conspirar nas tuas costas.

— E isso é porque andaram.

Com um sorriso, Chiara reconheceu que ele tinha razão.

— Aconteceu quando estávamos em Washington para a revelação do Rembrandt. Julian foi ter comigo e disse-me que estava a começar a pensar na séria hipótese de se reformar. Ele quer que a galeria vá parar às mãos de alguém em quem confie.

— Julian nunca se vai reformar.

— Eu não teria assim tanta certeza.

— E onde é que eu estava quando este acordo estava a ser congeminado?

— Penso que te tinhas escapulido lá para fora para ter uma conversa privada com uma jornalista de investigação britânica.

— E porque é que só me falaste disto agora?

— Porque Julian me pediu para não falar.

Com o seu silêncio nervoso, Gabriel deixou bem claro que Chiara tinha violado um dos princípios fundamentais do casamento que os unia. Os segredos, mesmo os inegavelmente triviais, eram proibidos.

— Desculpa, Gabriel. Eu devia ter dito alguma coisa, mas Julian recusou-se terminantemente. Ele sabia que o teu primeiro instinto seria dizer não.

— Ele podia vender a galeria a Oliver Dimbleby num abrir e fechar de olhos e gozar a reforma numa ilha das Caraíbas.

— E já pensaste no que isso significaria para nós? Queres mesmo limpar quadros para Oliver Dimbleby? Ou para Giles Pittaway? Ou estavas a pensar em ir arranjando uns trocos com uns trabalhinhos de *freelancer* para a Tate ou para a National Gallery?

— Até parece que tu e Julian já têm tudo planeado.

— E temos.

— Então se calhar *tu* é que deverias ser sócia de Julian.

— Só se limpares quadros para mim.

Gabriel percebeu que Chiara estava a falar a sério.

— Gerir uma galeria de arte não é só ir a leilões esplendorosos e ter almoços demorados em restaurantes finos em Jermyn Street. E não é uma coisa que deva ser vista como um *hobby*.

— Obrigada por me considerares uma diletante.

— Não era isso que eu queria dizer, sabes bem.

— Não foste só tu que te reformaste e abandonaste o Departamento, Gabriel. Eu também fiz isso. Mas, ao contrário de ti, não tenho quadros danificados dos Velhos Mestres para ocupar o tempo.

— E então queres ser negociante de arte? Vais passar os dias a vasculhar pilhas de quadros medíocres, à procura de outro Ticiano desaparecido. E o mais provável é que nunca encontres nenhum.

— Não me soa assim tão mal — atirou Chiara, olhando em redor da rua. — E significa que podíamos viver aqui.

— Pensava que gostavas da Cornualha.

— Adoro — respondeu ela. — Só que não no inverno.

Gabriel ficou em silêncio. Há já algum tempo que se andava a preparar para uma conversa deste género.

— Pensava que íamos ter um bebé — disse ele.

— Eu também — suspirou Chiara. — Mas começo a pensar que se calhar não vai ser possível. Nada do que eu tento parece estar a funcionar.

A voz dela tinha um tom de resignação que Gabriel nunca ouvira.

— Então vamos continuar a tentar — respondeu.

— Só não quero que fiques desiludido. Foi o aborto. Vai fazer com que seja muito mais difícil voltar alguma vez a engravidar. Quem sabe? Uma mudança de ares é capaz de ajudar. Pensa só nisso — disse ela, apertando-lhe a mão. — É só isso que estou a dizer, querido. Até somos capazes de gostar de viver aqui.

Na ampla *piazza* ao estilo italiano do Mercado de Covent Garden, um cómico de rua estava a dispor dois turistas alemães, que não desconfiavam de nada, numa pose sugestiva de intimidade sexual. Chiara encostou-se a um pilar para observar a atuação enquanto Gabriel se deixou cair num estado de aborrecimento pouco dignificante, com os olhos a perscrutarem a imensa multidão reunida na praça e no bar da varanda do *pub* Punch and Judy. Não estava zangado com Chiara, mas sim consigo mesmo. Durante anos, a relação entre ambos tinha girado à volta de Gabriel e do seu trabalho. Nunca lhe tinha ocorrido que Chiara pudesse ter as suas próprias aspirações em termos de carreira. Se fossem um casal normal, ele talvez tivesse ponderado aquela oportunidade. Mas não eram um casal normal. Eram ex-agentes de um dos serviços secretos mais famosos do mundo. E tinham um passado que era demasiado sangrento para levarem uma vida assim tão pública.

Quando entraram na altíssima arcada de vidro do mercado, qualquer tensão que ainda pudesse subsistir da discussão rapidamente se dissipou. Até Gabriel, que detestava fazer compras de qualquer espécie, se divertiu a deambular pelas animadas lojas e bancas com Chiara ao seu lado. Inebriado pelo perfume do cabelo dela, imaginou a tarde que os aguardava — um almoço sossegado, seguido de um agradável passeio até ao hotel. Lá chegados, nas sombras frescas do quarto, Gabriel despiria Chiara lentamente e fariam amor na cama enorme. Durante um momento, quase foi possível a Gabriel imaginar que o seu passado fora apagado, que as suas façanhas não passavam de fábulas a acumularem pó nas salas de arquivo da Avenida Rei Saul. Apenas a atenção persistia — a vigilância instintiva e permanente que o impossibilitava de se sentir por uma vez que fosse tranquilo em público. Obrigava-o a fazer um esboço mental, como um desenho a carvão, de todas as caras que passavam por eles no mercado apinhado. E na Wellington Street, quando se estavam a aproximar do restaurante, isso levou-o a estacar. Chiara puxou-o pelo braço, em jeito de brincadeira. A seguir, fitou-o olhos nos olhos e apercebeu-se de que se passava qualquer coisa.

— Parece que acabaste de ver um fantasma.

— Um fantasma, não. Um morto.

— Onde?

Gabriel apontou com a cabeça para uma figura com um sobretudo de lã cinzento.

— Ali mesmo.

CAPÍTULO

5

COVENT GARDEN, LONDRES

Há indícios reveladores comuns aos bombistas suicidas. Os lábios são capazes de se mexer involuntariamente na recitação de últimas preces. Os olhos são capazes de assumir um aspeto vítreo, como se estivessem perdidos a um quilómetro de distância. E a cara é capaz de parecer por vezes estranhamente pálida, sinal de que uma barba mal tratada foi cortada à pressa durante os preparativos para uma missão. O morto não exibia nenhuma dessas características. Tinha os lábios contraídos. Os olhos vivos e atentos. E a cara com uma tez uniforme. Há já muito tempo que andava a fazer a barba com regularidade.

O que o fazia sobressair era o fino fio de suor que lhe escorria da patilha esquerda. Por que razão estaria a transpirar numa tarde de outono fresca? Se estava com calor, por que razão teria as mãos bem enfiadas nos bolsos do sobretudo de lã? E por que razão estaria ainda o sobretudo — um tamanho acima do ideal, na opinião de Gabriel — completamente abotoado? E depois havia a maneira de andar. Até um homem em forma, de vinte e muitos anos, tem dificuldade em fingir um andar normal se estiver carregado com mais de vinte quilos de explosivos, pregos e rolamentos de esferas. Quando passou por Gabriel, na Wellington

Street, o morto pareceu invulgarmente direito, como se estivesse a tentar compensar o peso extra à volta do abdómen e dos rins. O tecido de gabardina das calças vibrava com cada passo que dava, como se as articulações das ancas e dos joelhos estremecessem sob o fardo da bomba. Era possível que o jovem a transpirar e com o sobretudo demasiado grande fosse um inocente que precisasse simplesmente de ir fazer umas compras a meio do dia, mas Gabriel suspeitava que não era esse o caso. Achava que o homem que seguia alguns passos à sua frente representava o final de um dia de terrorismo espalhado por todo um continente. Primeiro Paris, depois Copenhaga e, a seguir, Londres.

Gabriel mandou Chiara abrigar-se no restaurante e atravessou depressa para o passeio do lado contrário. Seguiu o morto ao longo de aproximadamente cem metros e depois ficou a vê-lo virar à esquina e entrar no Mercado de Covent Garden. Havia dois cafés no lado leste da *piazza,* os dois repletos de clientes a almoçarem. Entre ambos, iluminados por uma nesga de sol, encontravam-se três agentes da Polícia Metropolitana fardados. Nenhum deles reparou no morto quando este entrou na arcada do mercado.

Naquele momento, Gabriel tinha de tomar uma decisão. O procedimento mais óbvio seria revelar as suas suspeitas aos polícias — óbvio, pensou, mas não necessariamente ideal. Com toda a probabilidade, os polícias reagiriam à abordagem de Gabriel interrogando-o *a ele,* desperdiçando vários segundos preciosos. Pior ainda, poderiam confrontar o homem, uma tática que quase de certeza o levaria a detonar a arma. Embora praticamente todos os agentes da Polícia Metropolitana tivessem recebido formação básica em táticas de contraterrorismo, poucos possuíam a experiência ou o poder de fogo necessários para abater um jihadista determinado, disposto a transformar-se num mártir. Gabriel possuía as duas coisas e já tinha enfrentado bombistas suicidas. Passou pelos três polícias sem ser notado e entrou discretamente na arcada.

O morto encontrava-se a vinte metros dele, atravessando a um ritmo rápido, digno de uma parada militar, a passagem aérea do átrio principal. Gabriel calculou que ele transportasse explosivos e projéteis que chegariam para matar toda a gente num raio de mais de vinte metros. A doutrina ditava que Gabriel se mantivesse fora da zona de impacto mortífero da explosão até ser altura de agir. O que o rodeava, no entanto, obrigou-o a encurtar distâncias e a pôr-se em maior perigo. Um tiro na cabeça a mais de vinte metros já era difícil nas melhores circunstâncias, mesmo para um atirador com a perícia de Gabriel Allon. Numa arcada comercial apinhada, seria praticamente impossível.

Gabriel sentiu o telemóvel a vibrar suavemente no bolso do casaco. Ignorando-o, observou o morto a parar junto ao corrimão da passagem aérea e a olhar para o relógio. Gabriel reparou que ele o usava no pulso esquerdo, o que queria dizer que o botão do detonador estava quase de certeza na mão direita. Mas por que razão iria um bombista suicida parar a caminho do martírio para ver as horas? A explicação mais provável era ter recebido ordens para acabar com a sua vida e a de muitas pessoas inocentes num momento preciso. Gabriel suspeitou que pudesse estar em causa algum tipo de simbolismo. Era normalmente o caso. Os terroristas da Al-Qaeda e das suas ramificações adoravam o simbolismo, em especial quando este envolvia números.

Gabriel já se encontrava suficientemente perto do morto para lhe ver os olhos. Mostravam-se vivos e atentos, um sinal encorajador. Queria dizer que ele ainda estava a pensar na missão e não nos prazeres carnais que o aguardavam no Paraíso. Quando começasse a sonhar com as *houris* perfumadas e de olhos negros, isso ver-se-lhe-ia na cara. Nessa altura, Gabriel teria de fazer uma escolha. Por enquanto, precisava que o morto continuasse neste mundo por mais um bocadinho de tempo.

O morto verificou outra vez as horas. Gabriel deu uma olhadela rápida ao seu próprio relógio: 14h34. Introduziu os algarismos na base de dados da sua memória, à procura de alguma ligação. Somou-os, subtraiu-os, multiplicou-os, inverteu e alterou a sua ordem. A seguir, pôs-se a pensar nos dois atentados anteriores. O primeiro aconteceu às 11h46, o segundo às 12h03. Era possível que as horas fossetsem representativas de anos do calendário gregoriano, mas Gabriel não conseguiu descobrir nenhuma ligação.

Apagou da cabeça as horas dos atentados e concentrou--se apenas nos minutos. *E quarenta e seis, e três.* Foi então que percebeu. Os minutos eram-lhe tão familiares como as pinceladas de Ticiano. *E quarenta e seis, e três.* Eram dois dos momentos mais famosos da história do terrorismo — os precisos minutos em que os dois aviões sequestrados atingiram o World Trade Center no 11 de Setembro. O voo 11 da American Airlines colidiu contra a Torre Norte às 8h46. O voo 175 da United Airlines embateu na Torre Sul às 9h03. O terceiro avião a conseguir acertar no seu alvo nessa manhã foi o voo 77 da American Airlines, que foi de encontro à parte ocidental do Pentágono. Eram 9h37, hora local, 14h37 em Londres.

Gabriel olhou para o relógio digital. Passavam poucos segundos das 14h35. Levantando os olhos, viu que o homem do sobretudo cinzento estava a avançar outra vez a um ritmo enérgico, com as mãos nos bolsos e aparentemente alheado das pessoas à sua volta. Quando Gabriel recomeçou a segui-lo, o telemóvel voltou a vibrar. Desta vez, atendeu-o e ouviu a voz de Chiara. Explicou-lhe que um bombista suicida estava prestes a fazer-se explodir e disse-lhe para entrar em contacto com o MI5. A seguir, enfiou o telefone de novo no bolso e começou a aproximar-se progressivamente do alvo. Temeu que muitos inocentes estivessem a um passo de morrer. E perguntou-se se haveria alguma coisa que pudesse fazer para impedir isso.

6

COVENT GARDEN, LONDRES

Havia outra possibilidade, claro — a possibilidade de o homem que seguia vários passos à frente de Gabriel não ter nada por baixo do casaco a não ser dois ou três quilos de gordura a mais. Inevitavelmente, Gabriel lembrou-se do caso de Jean Charles de Menezes, o eletricista nascido no Brasil que foi morto a tiro pela polícia britânica, na estação de metro londrina de Stockwell, depois de ter sido confundido com um militante islâmico procurado. O Ministério Público britânico não quis acusar os agentes envolvidos na morte, uma decisão que provocou a indignação dos ativistas dos direitos humanos e defensores das liberdades civis do mundo inteiro. Gabriel sabia que, em circunstâncias semelhantes, não poderia esperar tamanha clemência. Isso significava que teria de ter a certeza antes de agir. De uma coisa estava seguro. Acreditava que o bombista, tal como um pintor, assinaria o nome dele antes de carregar no botão do detonador. Iria querer que as vítimas soubessem que a sua morte iminente não seria em vão, que iriam ser sacrificadas em nome da sagrada *jihad* e em nome de Alá.

De momento, no entanto, Gabriel não tinha outra escolha a não ser seguir o homem e aguardar. Lenta e cuidadosamente, foi encurtando distâncias, fazendo pequenos ajustes de percurso para preservar uma linha de fogo de-simpedida. Tinha os olhos focados na parte inferior do crâ-nio do homem. Poucos centímetros abaixo, ficava o tronco cerebral, essencial para o controlo dos sistemas motor e sensorial do resto do corpo. Se o tronco cerebral fosse destruído com vários tiros, o bombista ficaria sem forma de carregar no botão do detonador. Não acertando no tronco cerebral, era possível que o mártir conseguisse levar a cabo a missão com um último espasmo antes de morrer. Gabriel era um dos poucos homens em todo o mundo que tinham de facto matado um terrorista *antes* de este conseguir levar a cabo o atentado. Sabia que a diferença entre o êxito e o fracasso se resumiria a uma fração de segundo. O êxito sig-nificaria que apenas um morreria. O fracasso resultaria na morte de inúmeros inocentes, talvez até de Gabriel.

O morto atravessou a entrada que dava para a *piazza*. Já se encontrava bem mais apinhada. Um violoncelista estava a tocar uma *suite* de Bach. Um imitador de Jimi Hendrix es-tava a atacar uma guitarra elétrica ligada a um amplificador. Um homem bem vestido, em cima de um caixote de ma-deira, estava a gritar qualquer coisa sobre Deus e a Guerra do Iraque. O morto seguiu diretamente para o centro da praça, onde a atuação do cómico tinha descido a novos ní-veis de depravação, para grande delícia da imensa multidão de espectadores. Servindo-se de técnicas aprendidas na ju-ventude, Gabriel silenciou mentalmente todos os ruídos à sua volta, um por um, começando pelos ténues acordes da *suite* de Bach e terminando nas estrondosas gargalhadas da multidão. A seguir, deu uma olhadela final ao relógio e ficou à espera de que o morto assinasse o seu nome.

Eram 14h36. O morto tinha chegado junto da grande multidão. Parou durante uns segundos, como se estivesse à procura de um ponto fraco por onde entrar, e depois abriu caminho com os ombros por entre duas mulheres sobressaltadas. Gabriel entrou por outro ponto, vários metros à direita do homem, passando praticamente despercebido por uma família de turistas americanos. Na sua maioria, a multidão formava filas de quatro e estava completamente comprimida, o que apresentava mais outro dilema a Gabriel. A munição ideal para uma situação daquele tipo era uma bala de ponta oca, que infligiria maiores danos no tecido do alvo e reduziria substancialmente o risco de baixas colaterais devido a uma fraca fragmentação. Mas a *Beretta* de Gabriel estava carregada com balas de 9 milímetros *Parabellum* normais. Por isso, ele teria de se posicionar de maneira a disparar numa trajetória acentuadamente descendente. Caso contrário, havia uma elevada probabilidade de ceifar vidas inocentes na tentativa de as salvar.

O morto tinha penetrado na parede interior da multidão e já se encontrava a avançar diretamente para o cómico de rua. Os olhos tinham assumido o aspeto vítreo e perdido. Os lábios estavam a mexer-se. *As últimas preces...* Erradamente, o cómico de rua partiu do princípio de que o morto queria participar na atuação. Sorrindo, deu dois passos na sua direção, mas estacou quando viu as mãos a saírem dos bolsos do sobretudo. A esquerda estava ligeiramente aberta. A direita estava cerrada, com o polegar dobrado num ângulo reto. Ainda assim, Gabriel hesitou. E se não houvesse detonador nenhum? E se fosse uma caneta ou um batom de cieiro? Precisava de ter a certeza. *Diz-me as tuas intenções,* pensou. *Assina o teu nome.*

O morto virou-se de frente para o mercado. Os clientes que observavam tudo da varanda do Punch and Judy riram-se nervosamente, tal como alguns dos espectadores reunidos na *piazza*. Mentalmente, Gabriel silenciou os risos e congelou a imagem. A cena pareceu-lhe pintada pela mão de Canaletto. As figuras estavam completamente imóveis; apenas Gabriel, o restaurador, tinha liberdade para se mover entre elas. Atravessou a fila de espectadores da frente e focou o olhar no ponto na nuca. Disparar num ângulo descendente era impossível. Mas havia outra solução potencial para impedir baixas colaterais: uma linha de fogo ascendente faria com que a bala disparada por Gabriel passasse sem perigo por cima da cabeça dos espectadores e penetrasse na fachada do prédio adjacente. Visualizou a manobra em sequência — o puxar da arma, o agachar, o disparar, o avançar — e ficou à espera de que o morto assinasse o seu nome.

O silêncio na cabeça de Gabriel foi interrompido por um grito ébrio vindo da varanda do Punch and Judy — ordenando ao mártir que saísse da frente e deixasse o espetáculo continuar. O morto reagiu levantando os braços por cima da cabeça como um corredor de fundo a cortar a meta. Na parte de dentro do pulso direito, havia um fio fino que ligava o botão do detonador aos explosivos. Gabriel não precisava de mais provas. Enfiou a mão no casaco e agarrou a coronha da *Beretta*. A seguir, no instante em que o morto gritou *Allahu Akbar,* Gabriel pôs o joelho no chão e apontou a pistola ao alvo. Espantosamente, o tiro seria certeiro, sem hipóteses de baixas colaterais. Mas quando Gabriel estava prestes a carregar no gatilho, duas mãos poderosas puxaram-lhe a arma para baixo e o peso de dois homens atirou-o para a calçada.

No instante em que foi ao chão, ouviu um som parecido com o ribombar de um trovão e sentiu uma vaga de ar
escaldante a atingi-lo. Durante alguns segundos, Gabriel
não ouviu mais nada. Foi então que começaram os gritos,
primeiro um único berro e depois uma ária de lamentos.
Gabriel levantou a cabeça e viu uma cena saída dos seus
pesadelos. Havia pedaços de corpos e sangue. Era Bagdade
no Tamisa.

7

NEW SCOTLAND YARD, LONDRES

Há poucos pecados mais gravosos para um profissional dos serviços secretos, mesmo que estivesse reformado, do que ir parar às mãos das autoridades locais. Como há já muito tempo que Gabriel ocupava um limbo entre os mundos aberto e secreto, tinha sofrido esse destino mais vezes do que a maioria dos seus companheiros de ofício. A experiência tinha-lhe ensinado que havia um ritual estabelecido para tais ocasiões, uma espécie de dança Kabuki que tinha de se deixar chegar ao fim antes de as autoridades superiores poderem intervir. Conhecia bem os passos. Felizmente, também os seus anfitriões.

Tinha sido detido poucos minutos depois do atentado e transportado a toda a velocidade para a New Scotland Yard, o quartel-general da Polícia Metropolitana de Londres. Quando lá chegou, levaram-no para uma sala de interrogatórios sem janelas, onde lhe trataram vários cortes e escoriações e lhe deram uma chávena de chá, na qual não tocou. Um superintendente do Comando de Contraterrorismo apareceu muito rapidamente. Examinou a identificação de Gabriel com o ceticismo merecido e, a seguir, tentou estabelecer a sucessão de acontecimentos que levara o *senhor Rossi* a puxar de uma arma de fogo que trazia escondida, em Covent Garden, um instante antes de um terrorista detonar o seu cinto suicida. Gabriel sentira-se tentado a fazer ele próprio algumas perguntas. Nomeadamente, queria saber por que razão teriam dois agentes do Comando Especializado em Armas de Fogo da divisão SO19 da Met decidido neutralizá-lo *a ele* e não ao óbvio terrorista prestes a cometer um ato de assassínio em massa indiscriminado. Em vez disso, respondeu a todas as perguntas do polícia recitando um número de telefone. *Ligue,* disse ele, batendo com os dedos ao de leve no sítio do bloco de notas onde o polícia tinha apontado o número. *Vai tocar num prédio muito grande, não muito longe daqui. Vai logo perceber quem é o homem que vai atender. Pelo menos, deveria.*

Gabriel não sabia a identidade do agente que acabou por marcar o número, tal como não sabia ao certo quando tinha sido feito o telefonema. Apenas sabia que a sua detenção no interior da New Scotland Yard tinha demorado bem mais do que era necessário. Com efeito, já era quase meia-noite quando o polícia o escoltou por uma série de corredores bem iluminados até à entrada do edifício. Na mão esquerda do polícia, estava um envelope de papel manilha com os pertences de Gabriel. Tendo em conta o tamanho e a forma, não estava lá dentro uma *Beretta* de 9 milímetros.

Lá fora, o tempo agradável da tarde tinha dado lugar a uma forte chuvada. Uma limusina *Jaguar* escura, com o motor a trabalhar suavemente, estava à espera sob a proteção de um pórtico de vidro. Gabriel recebeu o envelope do polícia e abriu a porta de trás da limusina. Lá dentro, com uma perna cruzada elegantemente sobre a outra, estava sentado um homem que parecia talhado para a tarefa que desempenhava. Usava um fato cinzento-antracite que lhe assentava como uma luva e uma gravata prateada que condizia com a cor do seu cabelo. Por norma, os seus olhos claros eram inescrutáveis, mas naquele momento revelavam o cansaço de uma noite longa e difícil. Sendo o diretor-adjunto do MI5, Graham Seymour carregava a pesada responsabilidade de proteger o continente britânico das forças do Islão extremista. E, uma vez mais, apesar de todos os esforços do seu departamento, o Islão extremista tinha vencido.

Embora os dois homens partilhassem uma longa história em termos profissionais, Gabriel pouco sabia da vida pessoal de Graham Seymour. Sabia que Seymour era casado com uma mulher chamada Helen, que adorava, e que tinha um filho que geria o dinheiro de outras pessoas na sucursal de Nova Iorque de uma importante instituição financeira britânica. Para lá disso, o conhecimento que Gabriel tinha dos assuntos privados de Seymour provinha do volumoso dossiê coligido pelo Departamento. Tratava-se de uma relíquia do passado glorioso do Reino Unido, um subproduto das classes médias altas que tinham sido criadas, educadas e programadas para liderar. Acreditava em Deus, mas sem grande fervor. Acreditava no seu país, mas não ignorava os defeitos deste. Era bom a jogar golfe e outros desportos, mas estava disposto a perder com um adversário de menor valor por uma causa meritória. Era um homem admirado e, mais importante, um homem em quem se podia confiar — um atributo raro entre espiões e polícias secretos.

Graham Seymour não era, no entanto, um homem com uma paciência ilimitada, tal como a sua expressão severa evidenciava no momento em que o *Jaguar* arrancou. Tirou do bolso das costas do banco um exemplar do *Telegraph* do dia seguinte e largou-o no colo de Gabriel. A manchete dizia REINADO DE TERROR. Por baixo, estavam três fotografias que mostravam o rescaldo dos três atentados. Gabriel procurou algum sinal da sua presença na foto de Covent Garden, mas viu apenas as vítimas. Era a foto de um fracasso, pensou — dezoito pessoas mortas, outras dezenas gravemente feridas, incluindo um dos polícias que o tinha abalroado. E fora tudo por causa do tiro que não tinham deixado Gabriel disparar.

— Raio de dia mais horroroso — desabafou Seymour com uma voz cansada. — Imagino que a única maneira de piorar ainda mais é se os jornais descobrirem que tu estavas lá. Quando os teóricos da conspiração tiverem terminado, já o mundo islâmico estará convencido de que os atentados foram planeados e executados pelo Departamento.

— Podes ter a certeza de que já é esse o caso.

Gabriel devolveu-lhe o jornal e perguntou:

— Onde é que está a minha mulher?

— Está no vosso hotel. Pus uma equipa logo ao pé dela.

Seymour parou por uns instantes e, a seguir, acrescentou:

— Escusado será dizer que ela não está lá muito contente contigo.

— Como é que sabes isso?

Gabriel ainda tinha os ouvidos a zumbir do choque da explosão. Fechou os olhos e perguntou como tinham sido as equipas da SO19 capazes de o localizar tão depressa.

— Como podes imaginar, temos um vasto conjunto de meios técnicos ao nosso dispor.

— Tais como o meu telemóvel e a vossa rede de câmaras de CCTV?

— Precisamente — respondeu Seymour. — Conseguimos localizar-te poucos segundos depois de recebermos a chamada da Chiara. Passámos essa informação ao Gold Command, o centro operacional de crise da Met, que enviou de imediato duas equipas de agentes do Comando Especializado em Armas de Fogo.

— Deviam andar pelas redondezas.

— E andavam — confirmou Seymour. — Estávamos em alerta máximo a seguir aos atentados de Paris e de Copenhaga. Já havia várias equipas distribuídas pela zona financeira e por sítios onde os turistas se costumam reunir.

— Então porque é que eles me atacaram *a mim* e não ao bombista suicida?

— Porque nem a Scotland Yard nem os Serviços de Segurança queriam que houvesse uma repetição do que foi o fiasco com o Menezes. Por causa da sua morte, foi estabelecida uma série de novos procedimentos e diretrizes para garantir que nada de parecido volte alguma vez a acontecer. Basta dizer que um único alerta não é suficiente para empreender uma ação letal — mesmo que aconteça a fonte chamar-se Gabriel Allon.

— E então dezoito pessoas morreram por causa disso?

— E se ele não fosse um terrorista? E se ele fosse outro artista de rua ou uma pessoa com problemas mentais? Teríamos sido crucificados.

— Mas ele não era artista de rua nem doente mental, Graham. Era um bombista. E eu avisei-vos.

— E como é que soubeste?

— Só lhe faltava andar com um letreiro a declarar as suas intenções.

— Era assim tão evidente?

Gabriel enumerou os atributos que começaram por lhe despertar suspeitas e, a seguir, explicou os cálculos que o levaram a concluir que o terrorista pretendia detonar o seu engenho às 14h37. Seymour abanou a cabeça lentamente.

— Já perdi a conta às horas que passámos a treinar os nossos polícias para identificar potenciais terroristas, para não falar nos milhões de libras que despejámos em *software* de reconhecimento de comportamento para o CCTV. E, mesmo assim, um bombista suicida jihadista foi direto a Covent Garden e ninguém pareceu reparar. Ninguém, exceto tu, claro.

Seymour deixou-se cair num silêncio sorumbático. Estavam a dirigir-se para norte, seguindo pelo desfiladeiro branco, profusamente iluminado, da Regent Street. Fatigado, Gabriel encostou a cabeça ao vidro da janela e perguntou se o bombista tinha sido identificado.

— Chama-se Farid Khan. Os pais emigraram de Lahore para o Reino Unido, no final dos anos 70, mas o Farid nasceu em Londres. Em Stepney Green, para ser exato — informou Seymour. — Como muitos muçulmanos britânicos da sua geração, rejeitou as crenças religiosas moderadas e apolíticas dos pais e tornou-se islamita. No final dos anos 90, andava a passar demasiado tempo na mesquita da zona leste de Londres, em Whitechapel Road. Passado pouco tempo, já era membro reputado dos grupos radicais Hizb ut-Tahrir e Al-Muhajiroun.

— Dá ideia de que já tinham um dossiê dedicado a ele.

— E tínhamos — respondeu Seymour —, mas não pelas razões que possas pensar. É que Farid Khan era um raio de sol, a nossa esperança para o futuro. Ou, pelo menos, era o que pensávamos.

— Pensavam que o tinham feito mudar de lado?

Seymour assentiu com a cabeça.

— Pouco depois do 11 de Setembro, Farid entrou para um grupo chamado Novos Começos. Este grupo tinha como objetivo desprogramar militantes e reintegrá-los na corrente dominante do Islão e da opinião pública britânica. Farid era considerado um dos seus maiores sucessos. Rapou a barba. Cortou os laços com os antigos amigos. Teve das notas mais altas do seu ano quando se licenciou no King's College e conseguiu um emprego bem pago numa pequena agência de publicidade em Londres. Há umas semanas, ficou noivo de uma mulher do seu velho bairro.

— E então riscaram-no da vossa lista?

— De certa forma — respondeu Seymour. — Mas agora parece que foi tudo um logro engenhoso. Farid era literalmente uma bomba-relógio prestes a explodir.

— E fazem ideia de quem é que o ativou?

— Neste preciso momento, estamos a analisar o telefone e os registos de computador de Farid com todo o cuidado, além da mensagem de suicídio que ele deixou em vídeo. É evidente que o ataque estava relacionado com os atentados bombistas em Paris e Copenhaga. Se foram ou não coordenados pelo que resta da Al-Qaeda central ou por alguma rede nova é o que está agora a ser discutido intensamente. Seja qual for a situação, não te diz respeito. O teu papel neste caso está oficialmente terminado.

O *Jaguar* atravessou Cavendish Place e parou à entrada do Hotel Langham.

— Gostaria que me devolvessem a arma.

— Vou ver o que posso fazer — retorquiu Seymour.

— E quanto tempo é que tenho de ficar cá?

— A Scotland Yard gostaria que ficasses em Londres durante o resto do fim de semana. Na segunda-feira de manhã, podes voltar para o teu chalé à beira-mar e não pensar em mais nada a não ser no teu Ticiano.

— Como é que sabes do Ticiano?

— Eu sei tudo. Tudo menos impedir um muçulmano nascido no Reino Unido de executar um assassínio em massa em Covent Garden.

— Eu podia tê-lo impedido, Graham.

— Sim — exclamou Seymour numa voz distante. — E nós teríamos retribuído o favor fazendo-te em picadinho.

Gabriel saiu do carro sem dizer mais nada. *O teu papel neste caso está oficialmente terminado,* murmurou ao entrar no átrio do hotel. Repetiu várias vezes a frase, como um mantra.

CAPÍTULO

8

NOVA IORQUE

Nessa mesma noite, o outro universo habitado por Gabriel Allon também se encontrava em ebulição, mas por motivos decididamente diferentes. Era a temporada de outono de leilões em Nova Iorque, a altura agitada em que o mundo da arte, em todo o seu excesso e loucura, se reúne durante duas semanas de compras e vendas frenéticas. Como Nicholas Lovegrove gostava de dizer, era uma das poucas ocasiões em que ainda era considerado de bom-tom ser-se imensamente rico. No entanto, também era um assunto terrivelmente sério. Grandes coleções se constituiriam, grandes fortunas se ganhariam e perderiam. Uma única transação podia dar início a uma carreira brilhante. E também podia destruí-la.

Por essa altura, a reputação profissional de Lovegrove, tal como a de Gabriel Allon, já se encontrava firmemente estabelecida. Nascido e educado no Reino Unido, era considerado o consultor de arte mais procurado em todo o mundo — um homem tão poderoso que era capaz de mover mercados com um comentário casual ou torcendo o nariz elegante. O conhecimento que tinha de arte era lendário, tal como o tamanho da sua conta bancária. Lovegrove já não tinha de andar à pesca de clientes; os clientes vinham ter com ele, normalmente de joelhos e com promessas de grandes comissões. O segredo do sucesso de Lovegrove residia no seu olho infalível e discrição. Lovegrove nunca revelava uma confidência; Lovegrove nunca falava dos outros nem fazia coisas desonestas. Era a mais rara das aves no negócio da arte — um homem de palavra.

Não obstante a sua reputação, Lovegrove sentia-se assolado pelo habitual ataque de nervosismo pré-leilão enquanto se apressava pela Sixth Avenue. Depois de vários anos de preços em queda e vendas anémicas, o mercado da arte estava por fim a começar a revelar sinais de renovação. Os primeiros leilões da temporada tinham-se mostrado respeitáveis, mas ficado aquém das expectativas. A venda daquela noite, de Arte do Pós-Guerra e Contemporânea na Christie's, possuía potencial para levar o mundo da arte ao rubro. Como era costume, Lovegrove tinha clientes de ambos os lados. Dois eram comerciantes — vendedores, no léxico do ramo —, ao passo que um terceiro tinha em vista adquirir o Lote 12, *Ocre e Vermelho sobre Vermelho,* óleo sobre tela, de Mark Rothko. O cliente em questão era singular, visto que Lovegrove não sabia o nome dele. Tratava apenas com um tal senhor Hamdali de Paris, que por sua vez tratava com o cliente. A combinação era pouco ortodoxa mas, do ponto de vista de Lovegrove, altamente lucrativa. Só nos doze meses anteriores, o colecionador tinha adquirido quadros num valor superior a duzentos milhões de dólares. As comissões de Lovegrove nessas vendas excediam os vinte milhões de dólares. Se naquela noite as coisas corressem conforme o planeado, os seus ativos líquidos iriam aumentar substancialmente.

Cortou à esquina para a West Forty-ninth Street e andou meio quarteirão até à entrada da Christie's. O altíssimo átrio envidraçado era um mar de diamantes, seda, egos e colagénio. Lovegrove parou por breves instantes para dar um beijo na cara perfumada de uma herdeira alemã de um negócio de embalagem e depois dirigiu-se para a fila do bengaleiro, onde foi prontamente atacado por dois negociantes menores do Upper East Side. Cortou-lhes as intenções com um movimento defensivo da mão e, a seguir, foi buscar o cartão de licitação e subiu as escadas para o salão de leilões.

Apesar de todo o fascínio e *glamour,* era um salão surpreendentemente normal, um cruzamento entre a Assembleia-Geral das Nações Unidas e a igreja de um pregador evangelista televisivo. As paredes eram de um tom cinzento-bege monótono, tal como as cadeiras articuladas, que se encontravam coladas umas às outras, bem comprimidas, para maximizar o espaço limitado. Atrás da tribuna parecida com um púlpito, estava uma vitrina giratória e, ao lado da vitrina, uma fila de telefones prontos a serem atendidos por meia dúzia de empregados da Christie's. Lovegrove levantou os olhos na direção das suítes, na esperança de ver uma cara ou outra por trás dos vidros fumados, e depois voltou-se circunspectamente para os jornalistas amontoados como gado no canto dos fundos. Escondendo o número do cartão, passou depressa por eles e dirigiu-se para o lugar habitual na parte da frente do salão. Era a Terra Prometida, o sítio onde todos os negociantes, consultores e colecionadores esperavam um dia sentar-se. Não era um local para quem tivesse um coração fraco ou um bolso vazio. Lovegrove chamava-lhe *a zona da matança.*

O início do leilão estava marcado para as seis horas. Francis Hunt, o principal leiloeiro da Christie's, concedeu à irrequieta assistência mais cinco minutos para que toda a gente se pudesse sentar antes de ele próprio fazer o mesmo. Possuía modos educados e uma galhofeira urbanidade inglesa que, por alguma razão inexplicável, ainda faziam os americanos sentirem-se inferiores. Na mão direita, tinha o famoso *livro negro* que continha os segredos do universo, pelo menos no que àquela noite dizia respeito. Cada lote presente na venda tinha a sua página, com informações como o preço mínimo do vendedor, um diagrama com os lugares do salão, indicando a localização dos potenciais licitadores, e a estratégia de Hunt para conseguir o preço mais alto possível. O nome de Lovegrove surgia na página dedicada ao Lote 12, o Rothko. Durante um exame privado pré-venda, Lovegrove tinha dado a entender que *poderia* estar interessado, mas apenas pelo preço adequado e se as estrelas estivessem alinhadas como deviam. Hunt sabia que Lovegrove estava a mentir, claro. Hunt sabia tudo.

Deu as boas-noites à assistência e, a seguir, com toda a pompa de um *maître d'* a chamar um grupo de quatro pessoas, anunciou: *Lote Um, o Twombly*. A licitação começou de imediato, subindo rapidamente, com aumentos na casa dos cem mil dólares. O leiloeiro comandou o processo com destreza, auxiliado por dois observadores imaculadamente penteados que se pavoneavam e posavam atrás da tribuna como um par de modelos numa sessão fotográfica. Se Lovegrove não soubesse que já se encontrava tudo prévia e cuidadosamente coreografado e ensaiado, talvez tivesse ficado impressionado com a atuação. A licitação parou em um milhão e quinhentos, apenas para ser reavivada por um telefonema a oferecer um milhão e seiscentos. Sucederam-se rapidamente mais cinco lanços, altura em que o processo parou uma segunda vez. *A licitação está em dois milhões e cem, com a Cordelia ao telefone,* entoou Hunt, com os olhos a deslocarem-se sedutoramente de um licitador para o outro. *Não é a senhora. Não é o senhor. Dois milhões e cem, ao telefone, pelo Twombly. Quem te avisa teu amigo é. Última oportunidade.* E o martelo caiu com uma pancada seca: *tum. Muito obrigado,* murmurou Hunt ao registar a transação no livro negro.

Depois do Twombly, veio o Lichtenstein, seguido do Basquiat, do Diebenkorn, do De Kooning, do Johns, do Pollock e de uma série de Warhols. Todas as obras arrecadaram mais do que a estimativa de pré-venda e mais do que o lote antecedente. Não se tratava de um acidente; Hunt tinha ordenado as coisas engenhosamente, de modo a criar uma escala de entusiasmo ascendente. Quando o Lote 12 apareceu na vitrina, já tinha a assistência e os licitadores exatamente onde os queria.

— À minha direita, temos o Rothko — anunciou. — Vamos começar a licitação nos doze milhões?

Eram dois milhões acima da estimativa de pré-venda, um sinal de que Hunt esperava que a obra atingisse um valor muito elevado. Lovegrove tirou um telemóvel do bolso do peito do casaco do fato *Brioni* e marcou um número de Paris. Hamdali atendeu. A sua voz parecia chá quente adocicado com mel.

— O meu cliente gostaria de ficar com uma ideia de como as coisas estão a correr no salão antes de fazer uma primeira oferta.

— Bem pensado.

Lovegrove pousou o telemóvel no colo e cruzou as mãos. Tornou-se rapidamente evidente que a luta seria renhida. Hunt foi inundado de ofertas vindas de todos os cantos do salão e dos funcionários da Christie's que se ocupavam dos telefones. Hector Candiotti, conselheiro de arte de um magnata industrial belga, tinha o cartão levantado como um polícia sinaleiro, uma técnica de licitação fanfarrona conhecida como *cilindrar*. Tony Berringer, que trabalhava para um oligarca do alumínio russo, lançava ofertas como se a sua vida dependesse disso, o que não era completamente impossível. Lovegrove esperou que o preço chegasse aos trinta milhões e depois pegou outra vez no telemóvel.

— E então? — perguntou calmamente.

— Ainda não, senhor Lovegrove.

Desta vez, Lovegrove manteve o telemóvel encostado ao ouvido. Em Paris, Hamdali estava a falar com alguém em árabe. Infelizmente, não era uma das várias línguas que Lovegrove falava fluentemente. Para fazer tempo, inspecionou as suítes à procura de licitadores secretos. Numa delas, reparou numa rapariga linda a falar ao telemóvel. Passados uns segundos, Lovegrove reparou noutra coisa. Quando Hamdali estava a falar, a rapariga estava calada. E quando a rapariga estava a falar, Hamdali não dizia nada. Provavelmente, era uma coincidência, pensou. Mas também podia não ser.

— Talvez esteja na altura de testar as águas — sugeriu Lovegrove, com os olhos postos na rapariga do camarote.

— Talvez tenha razão — respondeu Hamdali. — Um momento, por favor.

Hamdali murmurou algumas palavras em árabe. Uns segundos mais tarde, a rapariga do camarote disse qualquer coisa ao telemóvel. A seguir, em inglês, Hamdali disse:

— O cliente concorda, senhor Lovegrove. Por favor, faça a sua primeira oferta.

A oferta mais recente era de trinta e quatro milhões. Arqueando apenas a sobrancelha, Lovegrove aumentou-a em mais um milhão.

Temos trinta e cinco, anunciou Hunt, num tom que indicava que um novo e sério predador tinha entrado na luta. Hector Candiotti ripostou de imediato, tal como Tony Berringer. Dois licitadores em disputa ao telefone fizeram o preço ultrapassar a barreira dos quarenta milhões de dólares. Foi então que Jack Chambers, o rei dos negócios imobiliários, ofereceu quarenta e um com toda a descontração. Jack não preocupava especialmente Lovegrove. O caso com aquela pegazinha de New Jersey tinha saído bastante dispendioso. Jack não tinha liquidez suficiente para ir até ao fim.

— A licitação está em quarenta e um — murmurou Lovegrove ao telemóvel.

— O cliente acha que há para aqui muita pose.

— É um leilão de arte na Christie's. A pose é *de rigueur.*

— Paciência, senhor Lovegrove.

Lovegrove não tirou os olhos da rapariga do camarote enquanto os licitadores quebravam a barreira dos cinquenta milhões de dólares. Jack Chambers fez uma última oferta de sessenta; Tony Berringer e o seu *gangster* russo avançaram para os setenta. A reação de Hector Candiotti foi desistir.

— Parece que somos só nós e o russo — disse Lovegrove ao homem em Paris.

— O meu cliente não gosta de russos.

— E o que é que o seu cliente gostaria de fazer em relação a isso?

— Qual é que é o recorde do Rothko num leilão?

— Setenta e dois e uns trocos.

— Ofereça setenta e cinco, por favor.

— É demasiado. Nunca vai...

— Faça a oferta, senhor Lovegrove.

Lovegrove arqueou a sobrancelha e ergueu cinco dedos.

— A licitação está em setenta e cinco milhões — anunciou Hunt. — Não é o senhor. Nem o senhor. Setenta e cinco milhões pelo Rothko. Quem te avisa teu amigo é. Última oportunidade. Tudo resolvido?

Tum.

Um burburinho elevou-se no salão. Lovegrove olhou para o camarote, mas a rapariga tinha desaparecido.

9

LIZARD PENINSULA, CORNUALHA

Com a aprovação da Scotland Yard, do Ministério do Interior e do próprio primeiro-ministro britânico, Gabriel e Chiara voltaram para a Cornualha três dias depois do atentado bombista em Covent Garden. O quadro *Virgem e Menino com Maria Madalena,* óleo sobre tela, 110 por 92 centímetros, chegou no dia seguinte, às dez da manhã. Após remover cuidadosamente o quadro do seu caixão protetor, Gabriel colocou-o em cima de um cavalete de carvalho antigo, na sala de estar, e passou o resto da tarde a examinar os raios X. As imagens fantasmáticas apenas reforçaram a sua opinião de que o quadro era de facto um Ticiano e, ainda por cima, um Ticiano muito bom.

Já tinham passado vários meses desde que Gabriel pusera as mãos num quadro e estava ansioso por começar a trabalhar logo de imediato. Levantando-se bem cedo na manhã seguinte, preparou uma taça de *café au lait* e lançou--se automaticamente na delicada tarefa de revestir a tela. O primeiro passo consistia em tapar a imagem com lenços de papel para evitar falhas de tinta adicionais durante o processo. Havia uma série de colas não oficiais apropriadas para a tarefa, mas Gabriel preferia sempre fazer a sua própria cola utilizando a receita que tinha aprendido em

Veneza com o mestre restaurador Umberto Conti — tubos de cola de pele de coelho dissolvida numa mistura de água, vinagre, bílis de boi e melaço.

Deixou a mistura de cheiro nauseabundo a ferver a lume brando no fogão da cozinha até apresentar a consistência de um xarope e viu o noticiário da manhã na BBC enquanto esperava que a poção arrefecesse. Farid Khan já era um nome bem conhecido no Reino Unido. Dada a regulação precisa do ataque, a Scotland Yard e os serviços secretos britânicos estavam a atuar segundo a suposição de que a explosão se encontrava ligada aos atentados à bomba em Paris e Copenhaga. O que ainda continuava incerto era a afiliação terrorista dos bombistas. A discussão entre os especialistas televisivos foi intensa, com um dos lados a proclamar que os ataques tinham sido orquestrados pelo antigo comando da Al-Qaeda no Paquistão e o outro a afirmar que eram claramente obra de uma nova rede que ainda não tinha sido detetada pelos serviços secretos ocidentais. Fosse qual fosse o caso, as autoridades europeias estavam a preparar-se para mais derramamento de sangue. O Centro de Análise Conjunta de Terrorismo do MI5 tinha aumentado o nível de ameaça para *crítico,* o que significava que era esperado que outro ataque estivesse iminente.

Gabriel concentrou-se especialmente numa notícia que falava de dúvidas em relação à conduta da Scotland Yard nos minutos que antecederam o atentado. Numa declaração cuidadosamente elaborada, o comissário da Polícia Metropolitana admitiu ter recebido um alerta sobre um homem suspeito com um casaco demasiado grande a dirigir-se para Covent Garden. Lamentavelmente, disse o comissário, a informação não atingia o nível de especificidade exigível para uma ação letal. A seguir, confirmou que dois agentes da SO19 tinham sido enviados para Covent Garden, mas explicou que não tiveram outra opção, à luz da política em vigor, que não fosse não disparar. Em relação a notícias de que tinha sido puxada uma arma, a polícia tinha interrogado o homem em questão e concluído que não se tratava de uma pistola, mas sim de uma máquina fotográfica. Por motivos de privacidade, a identidade do homem não seria revelada. A imprensa pareceu aceitar a versão da Met dos acontecimentos, tal como os defensores das liberdades civis, que aplaudiram o comedimento demonstrado pela polícia, mesmo que isso tivesse significado a perda de dezoito vidas inocentes.

Gabriel desligou a televisão quando Chiara entrou na cozinha. Ela abriu de imediato uma janela para expulsar o fedor a bílis de boi e a vinagre e repreendeu Gabriel por lhe ter conspurcado a caçarola de aço inoxidável preferida. Gabriel limitou-se a sorrir e a enfiar a ponta do indicador na mistura. Já estava suficientemente fria para para ser utilizada. Com Chiara a espreitar-lhe por cima do ombro, aplicou a cola por igual no verniz amarelecido e grudou vários retângulos de lenços de papel à superfície. A obra de Ticiano deixou de se ver e assim continuaria nos dias seguintes, até que o revestimento estivesse terminado.

Gabriel não podia fazer mais nada nessa manhã a não ser ir verificar o quadro periodicamente para ter a certeza de que a cola estava a secar como devia. Sentou-se na marquise com vista para o mar, com um *notebook* no colo, e vasculhou a Internet à procura de mais informações sobre os três atentados à bomba. Sentiu-se tentado a contactar a Avenida Rei Saul, mas depois pensou melhor. Não tinha informado Telavive do seu encontro com o terrorismo em Covent Garden e fazê-lo naquela altura apenas daria aos antigos colegas uma desculpa para se intrometerem na sua vida. Gabriel tinha aprendido com a experiência que era melhor tratar o Departamento como um amante abandonado. Os contactos tinham de ser mínimos e deviam acontecer em locais públicos, onde uma cena desagradável fosse desadequada.

Pouco antes do meio-dia, os últimos resquícios de um temporal, que tivera início à meia-noite, passaram por Gunwalloe Cove, deixando para trás um céu limpo e de um azul cristalino. Após verificar o quadro uma última vez, Gabriel vestiu o anoraque e calçou umas botas de montanhismo e saiu para ir fazer a sua caminhada diária pelos penhascos. Na tarde anterior, tinha marchado para norte, fazendo o Coastal Path até Praa Sands. Naquele momento, estava a subir a pequena colina por trás do chalé e a seguir para sul, em direção a Lizard Point.

A magia da costa da Cornualha não demorou muito tempo a afastar as recordações dos mortos e dos feridos de Covent Garden. Com efeito, quando Gabriel chegou à periferia do Mullion Golf Club, a última das terríveis imagens encontrava-se bem escondida por baixo de uma camada de tinta obliterante. Ao embrenhar-se mais para sul, passando pelo afloramento rochoso dos Polurrian Cliffs, pensou apenas no trabalho de que o Ticiano necessitava. No dia seguinte, retiraria cuidadosamente o quadro do suporte e, a seguir, uniria a tela enfraquecida a um pedaço de linho italiano novo, fazendo-o assentar bem com um pesado ferro de alfaiate. Depois vinha a fase mais longa e árdua do restauro — retirar o verniz rachado e amarelecido e retocar as partes do quadro perdidas com o tempo e a pressão. Embora alguns restauradores tendessem a ser agressivos nos seus retoques, Gabriel era conhecido no mundo da arte pela leveza do seu toque e pela excecional capacidade de imitar as pinceladas dos Velhos Mestres. Achava que o dever de um restaurador era chegar e partir sem ser visto, sem deixar vestígios da sua presença para além de um quadro devolvido à glória original.

Quando Gabriel chegou à ponta norte de Kynance Cove, uma fila de nuvens escuras tinha tapado o sol e o vento que soprava do mar arrefecera. Observador atento do clima caprichoso da Cornualha, Gabriel percebeu que o *intervalo luminoso,* aquilo que os meteorologistas britânicos gostavam de chamar aos períodos de sol, estava prestes a terminar abruptamente. Parou por um momento, ponderando onde se abrigar. A leste, atravessando uma paisagem parecida com uma colcha feita de remendos variados, ficava a aldeia de Lizard. Seguindo em frente, ficava o promontório. Gabriel escolheu a segunda opção. Não queria encurtar a caminhada por causa de uma coisa tão trivial como uma tempestade passageira. Além disso, havia um bom café no cimo dos penhascos, onde poderia aguardar que a tempestade terminasse enquanto comia um *scone* acabado de fazer e bebia um bule de chá.

Levantou a gola do anoraque e avançou pela beira da enseada no momento em que as primeiras gotas de chuva começaram a cair. O café surgiu, encoberto por neblina. No sopé dos penhascos, abrigando-se no lado protegido do vento da casa abandonada dos barcos, encontrava-se um homem na casa dos vinte anos, com cabelo curto e óculos escuros presos na cabeça. Um segundo homem deambulava pelo ponto de observação, encostando naquele momento o olho a um telescópio que trabalhava com moedas. Gabriel tinha a certeza de que já não funcionava há meses.

Abrandou o passo até parar e olhou para o café no preciso instante em que um terceiro homem apareceu na esplanada. Usava um chapéu impermeável enterrado quase até aos olhos e óculos sem aros ao estilo dos intelectuais alemães e dos banqueiros suíços. A sua expressão era de impaciência — um executivo ocupado que tinha sido obrigado pela mulher a fazer férias. Fitou Gabriel olhos nos olhos durante um longo momento e depois levou o pulso grosso à cara e consultou o relógio. Gabriel sentiu-se tentado a dar meia-volta e ir-se embora. Em vez disso, olhou para o trilho e continuou a andar. Era melhor fazê-lo em público, pensou. Reduziria as hipóteses de uma cena desagradável.

LIZARD POINT, CORNUALHA

— Tinhas mesmo de pedir *scones?* — perguntou Uzi
Navot irritado.

— São os melhores da Cornualha. E a nata azeda também.

Navot não se mexeu. Gabriel fez um sorriso perspicaz.

— Quantos quilos é que Bella ainda quer que percas
mais?

— Pouco mais do que dois. E depois posso passar à fase da manutenção — respondeu Navot sorumbaticamente,
como se fosse uma pena de prisão. — O que eu não dava
para ter o teu metabolismo. Estás casado com uma das melhores cozinheiras do mundo, mas continuas com o corpo
de um rapaz de vinte e cinco anos. Eu? Estou casado com
uma das maiores especialistas do país no que diz respeito
à Síria e basta-me cheirar um bolo para ter de alargar as calças.

— Talvez seja altura de dizeres a Bella para ter calma
com as restrições dietéticas.

— Diz-lhe *tu* — retorquiu Navot. — Aqueles anos todos a estudar os baathistas em Damasco deixaram marcas
nela. Às vezes, parece que vivo num estado policial.

Estavam sentados a uma mesa isolada junto às janelas salpicadas de chuva. Gabriel estava virado para o interior; Navot, para o mar. Trazia calças de bombazina e uma camisola bege que ainda cheirava à secção masculina do Harrods. Pousou o gorro na cadeira ao seu lado e passou a mão pelo cabelo ruivo-aloirado curto. Estava um pouco mais grisalho do que Gabriel se recordava, mas isso era compreensível. Uzi Navot era agora o chefe dos serviços secretos israelitas. O cabelo grisalho era um dos benefícios adicionais do cargo.

Se o curto mandato de Navot como diretor terminasse naquele momento, seria quase de certeza considerado um dos mais bem-sucedidos da longa e famosa história do Departamento. Os louvores que lhe tinham sido concedidos eram consequência da Operação Obra-Prima, o empreendimento conjunto realizado pelo Reino Unido, os Estados Unidos da América e Israel e que tinha resultado na destruição de quatro instalações nucleares secretas iranianas. Grande parte dos louros cabiam por direito a Gabriel, ainda que Navot preferisse não pensar muito nesse aspeto do caso. Tinha recebido o cargo de chefe apenas porque Gabriel o tinha recusado repetidamente. E as quatro instalações de enriquecimento de urânio ainda estariam em atividade se Gabriel não tivesse identificado e recrutado o homem de negócios suíço que andava a vender componentes aos iranianos em segredo.

De momento, no entanto, os pensamentos de Navot pareciam apenas focados no prato de *scones*. Incapaz de resistir mais tempo, escolheu um, dividiu-o com todo o cuidado e inundou-o com doce de morango e um bocado de nata azeda. Gabriel serviu-se de uma chávena de chá de um bule de alumínio e perguntou discretamente qual era o propósito da visita não anunciada de Navot. Fê-lo num alemão fluente, que falava com o sotaque berlinense herdado da mãe. Era uma das cinco línguas que Gabriel e Navot tinham em comum.

— Tinha uma série de assuntos internos a discutir com os meus homólogos britânicos. Na agenda estava um relatório algo estranho sobre um dos nossos antigos agentes, que agora vive cá reformado, sob a proteção do MI5. Ouviam-se uns rumores inacreditáveis sobre esse agente e o atentado bombista em Covent Garden. Para ser sincero, tive as minhas dúvidas quando ouvi aquilo. Conhecendo esse agente bem, não conseguia imaginá-lo a pôr a sua posição no Reino Unido em risco com uma coisa tão disparatada como puxar da arma em público.

— O que é que eu devia ter feito, Uzi?

— Devias ter ligado ao agente do MI5 responsável por ti e lavado as mãos do assunto.

— E se tivesses sido tu a ficar numa posição parecida?

— Se eu estivesse em Jerusalém ou em Telavive, não teria hesitado em abater o sacana. Mas aqui... — respondeu Navot, com a voz a sumir-se. — Suponho que teria ponderado primeiro as potenciais consequências das minhas ações.

— Morreram dezoito pessoas, Uzi.

— Dá-te por feliz por o número de mortos não ter sido dezanove — ripostou Navot, tirando os óculos frágeis, algo que fazia frequentemente antes de iniciar uma conversa desagradável. — Sinto-me tentado a perguntar se pretendias mesmo disparar. Mas tendo em conta o teu treino e as tuas façanhas anteriores, receio bem saber a resposta. Um agente do Departamento puxa da arma no terreno por uma razão apenas. Não se põe a agitá-la como um *gangster* nem faz ameaças vãs. Carrega no gatilho e dispara para matar.

Navot parou por uns instantes e, a seguir, acrescentou:

— Faz aos outros antes que eles tenham hipótese de te fazer a ti. Julgo que essas palavras podem ser encontradas na página doze do livrinho vermelho de Shamron.

— E ele sabe de Covent Garden?

— Já sabes que não vale a pena perguntar uma coisa dessas. Shamron sabe tudo. Aliás, não ficaria surpreendido se ele tivesse sabido da tua aventurazinha antes de mim. Apesar das minhas tentativas de o tentar ir habituando à ideia de uma reforma permanente, ele insiste em manter o contacto com as fontes que tinha nos velhos tempos.

Gabriel acrescentou umas gotas de leite ao chá e mexeu--o lentamente. *Shamron*... O nome era praticamente sinónimo da história de Israel e dos seus serviços secretos. Depois de combater na guerra que levara à reconstituição de Israel, Ari Shamron passara os sessenta anos seguintes a proteger o país de uma multidão de inimigos disposta a destruí-lo. Tinha-se introduzido em cortes reais, roubado segredos de tiranos e matado inúmeros inimigos, por vezes com as próprias mãos, outras pelas mãos de homens como Gabriel. Apenas um segredo tinha escapado a Shamron — o segredo da satis-fação. Agora, envelhecido e com péssima saúde, agarrava-se desesperadamente ao papel de eminência parda do aparelho de segurança de Israel e continuava a intrometer-se nos assun-tos internos do Departamento como se este fosse o seu feudo pessoal. Não era a arrogância que impulsionava Shamron, mas sim um medo irritante de que a sua vida inteira tivesse si-do em vão. Embora economicamente próspero e militarmen-te forte, o Estado de Israel permanecia rodeado por um mundo que era, em grande medida, hostil à sua própria existência. O facto de Gabriel ter decidido viver nesse mundo era uma das maiores desilusões de Shamron.

— Surpreende-me que ele não tenha vindo cá em pessoa — disse Gabriel.

— Sentiu-se tentado.

— E porque não o fez?

— Para ele não é assim tão fácil viajar.

— O que se passa agora?

— Tudo — respondeu Navot, encolhendo os ombros fortes. — Atualmente, é raro ele sair de Tiberíades. Limita-se a ficar sentado no terraço a olhar para o lago. Está a levar Gilah ao desespero. Ela anda a implorar-me para lhe dar qualquer coisa para ele fazer.

— E achas que eu devia ir vê-lo?

— Ele não está às portas da morte, se é isso que estás a insinuar. Mas devias fazer-lhe uma visita um dia destes. Quem sabe? Se calhar, até és capaz de decidir que gostas outra vez do teu país.

— Eu amo o meu país, Uzi.

— Só não o suficiente para viver nele.

— Realmente, sempre me lembraste um pouco o Shamron — atirou Gabriel, franzindo o sobrolho —, mas agora as semelhanças são extraordinárias.

— Gilah disse-me a mesma coisa ainda não há muito tempo.

— Eu não disse isso como um elogio.

— E ela também não — retorquiu Navot, acrescentando mais uma colherada de nata azeda ao *scone* com um cuidado exagerado.

— Então porque é que aqui estás, Uzi?

— Quero oferecer-te uma oportunidade única.

— Pareces um vendedor.

— Sou espião — soltou Navot. — Não há grande diferença.

— E o que estás a oferecer?

— A hipótese de expiar um erro.

— E que erro foi esse?

— Devias ter dado um tiro na nuca de Farid Khan antes de ele ter carregado no botão do detonador.

Navot baixou o tom de voz e acrescentou em jeito de confidência:

— Era isso que eu teria feito se estivesse no teu lugar.

— E como posso corrigir esse lapso de julgamento?

— Aceitando um convite.

— De quem?

Navot olhou em silêncio para o oeste.

— Dos americanos? — perguntou Gabriel.

Navot sorriu.

— Mais chá?

A chuva parou tão abruptamente como começou. Gabriel deixou dinheiro em cima da mesa e levou Navot pelo íngreme trilho até Polpeor Cove. O guarda-costas continuava encostado à rampa desconjuntada que dava para os barcos salva-vidas. Ficou a observar, com fingida indiferença, Gabriel e Navot a avançarem lentamente pela praia rochosa até à beira-mar. Navot deitou uma olhadela irritada ao relógio de aço inoxidável e levantou a gola do casaco para se proteger do vento violento que vinha do mar. Gabriel voltou a ficar espantado com as extraordinárias semelhanças com Shamron. As parecenças iam muito além do superficial. Era como se Shamron, pela simples força da sua vontade indomável, tivesse conseguido de alguma forma apoderar-se de Navot, corpo e alma. Não se tratava do Shamron enfraquecido pela idade e pelas doenças, pensou Gabriel, mas sim de Shamron no seu apogeu. Só faltavam os deploráveis cigarros turcos que lhe tinham destruído a saúde. Bella nunca tinha permitido que Navot fumasse, nem sequer para ajudar aos seus disfarces.

— Quem é que está por trás dos atentados, Uzi?

— Até agora, não fomos capazes de fazer uma atribuição segura. No entanto, os americanos parecem pensar que ele é o futuro rosto do terrorismo jihadista global... o novo Bin Laden.

— E esse novo Bin Laden tem nome?

— Os americanos fazem questão de partilhar essas informações contigo cara a cara. Querem que vás a Washington, com todas as despesas pagas, claro.

— E como é que esse convite foi feito?

— Foi o próprio Adrian Carter que me telefonou.

Adrian Carter era o diretor do Serviço Clandestino Nacional da CIA.

— E quais é que são as regras de vestuário?

— Preto — esclareceu Navot. — A tua visita à América vai ser completamente confidencial.

Gabriel olhou em silêncio para Navot durante um momento.

— É óbvio que queres que eu vá, Uzi. Caso contrário, não estarias cá.

— Mal não pode fazer — respondeu Navot. — Vai dar-nos uma oportunidade de ouvir o que é que os americanos têm a dizer sobre os atentados. Mas também há outros benefícios a retirar.

— Tais como?

— A nossa relação está a precisar de um ou outro retoquezinho.

— Que tipo de retoquezinhos?

— Não ouviste dizer? Novos ventos sopram em Washington. A mudança está no ar — afirmou Navot sarcasticamente. — O novo presidente americano é um idealista. Acredita que é capaz de reparar as relações entre o Ocidente e o Islão, e convenceu-se de que nós somos parte do problema.

— E então a solução é enviarem-me *a mim,* um antigo assassino com o sangue de vários terroristas palestinianos e islâmicos nas mãos?

— Quando os espiões colaboram uns com os outros sem problemas, a tendência é que isso passe para a esfera política, e é por isso que o primeiro-ministro também está desejoso de que faças a viagem.

— O primeiro-ministro? A próxima coisa que me vais dizer é que Shamron também está envolvido.

— E está — confirmou Navot, pegando numa pedra e atirando-a para o mar. — Depois da operação no Irão, dei-me ao luxo de pensar que Shamron poderia por fim deixar-se esquecer graciosamente até desaparecer. Estava enganado. Ele não faz tenções nenhumas de me deixar dirigir o Departamento sem interferir constantemente. Mas isso não surpreende, pois não, Gabriel? Ambos sabemos que Shamron tinha outra pessoa em mente para o cargo. Estou condenado a ficar na história do nosso ilustre serviço como o chefe acidental. E tu serás sempre o escolhido.

— Escolhe outra pessoa, Uzi. Já me reformei. Lembras-te? Envia outra pessoa para Washington.

— Adrian nem quer ouvir falar disso — respondeu Navot, coçando o ombro. — E Shamron também não. E quanto à tua suposta reforma, acabou no momento em que decidiste seguir Farid Khan até Covent Garden.

Gabriel contemplou o mar e visualizou o rescaldo do tiro não disparado: pedaços de corpos e sangue, Bagdade no Tamisa. Navot pareceu pressentir o que ele estava a pensar. Resolveu aproveitar essa vantagem.

— Os americanos querem-te em Washington logo de manhãzinha. Está um *Gulfstream* à tua espera à saída de Londres. Foi um dos aviões que utilizaram para o programa de rendições extraordinárias[1]. Garantiram-me que as algemas e as agulhas hipodérmicas já foram retiradas.

— E Chiara?

— O convite é para uma pessoa.

— Ela não pode ficar cá sozinha.

— Graham concordou em enviar uma equipa de segurança de Londres.

— Eu não confio neles, Uzi. Leva-a contigo para Israel. Ela pode ajudar Gilah a cuidar do velho durante uns dias até eu voltar.

— Ela é capaz de lá ficar uns tempos.

Gabriel olhou para Navot atentamente. Era evidente que ele sabia mais do que estava a dizer. Normalmente, sabia.

---

[1] Sequestros com o objetivo de interrogar suspeitos de terrorismo sem qualquer intervenção judicial, no âmbito de operações clandestinas. *(N. do T.)*

— Acabei de aceitar restaurar um quadro para Julian Isherwood.

— Um *Virgem e Menino com Maria Madalena,* anteriormente atribuído ao Estúdio de Palma Vecchio, agora provi-
soriamente atribuído a Ticiano, estando pendente arbitra-
gem científica.

— Bastante impressionante, Uzi.

— Bella anda a tentar alargar os meus horizontes.

— O quadro não pode ficar num chalé vazio junto ao
mar.

— Julian aceitou recebê-lo de volta. Como podes calcular, está bastante desapontado.

— Supostamente, iam pagar-me duzentas mil libras por
esse quadro.

— Não olhes para mim, Gabriel. O armário está vazio.
Fui obrigado a instituir cortes gerais em todos os departa-
mentos. Os contabilistas até andam atrás de mim para eu
reduzir as minhas despesas. O meu subsídio diário é uma
miséria.

— Ainda bem que estás a fazer dieta.

Navot tocou distraidamente na barriga, como se quisesse verificar se tinha aumentado desde que saíra de casa.

— A viagem para Londres é longa, Uzi. Se calhar, devias levar alguns desses *scones* contigo.

— Nem sequer penses nisso.

— Tens medo de que Bella descubra?

— Eu *sei* que ela vai descobrir — afirmou Navot, lançando um olhar feroz ao guarda-costas encostado à rampa
que dava para os barcos salva-vidas. — Aqueles sacanas
contam-lhe tudo. É como viver num estado policial.

GEORGETOWN, WASHINGTON, D.C.

A casa ficava no quarteirão 3300 da N Street, parte de uma elegante fila de residências de estilo federal com preços apenas ao alcance das pessoas mais ricas de Washington. Gabriel subiu os curvos degraus da entrada, à meia-luz cinzenta da madrugada, e, conforme tinha sido ordenado, entrou sem tocar à campainha. Adrian Carter estava à espera no *foyer,* envergando umas calças de sarja amarrotadas, uma camisola de gola alta e um *blazer* de bombazina castanho-claro. O seu preparo, aliado ao cabelo desgrenhado e cada vez mais ralo e ao bigode antiquado, davam-lhe o ar de um professor de uma universidade menor, do tipo que defende causas nobres e é uma constante espinha atravessada na garganta do reitor. Na qualidade de diretor do Serviço Clandestino Nacional da CIA, Carter não tinha outra causa nos tempos que corriam senão manter a pátria americana a salvo de outro ataque terrorista — embora, duas vezes por mês e se a agenda permitisse, pudesse ser encontrado na cave da sua igreja episcopal, no subúrbio de Reston, a preparar refeições para os sem-abrigo. Para Carter, o trabalho de voluntariado era uma meditação, uma oportunidade rara para meter as mãos noutra coisa para além das guerras mortíferas travadas constantemente nas salas de conferências da vasta comunidade dos serviços secretos americanos.

Cumprimentou Gabriel com a circunspeção natural nos homens do mundo clandestino e conduziu-o para o interior da casa. Gabriel parou por uns instantes no corredor central e olhou em redor. Naquelas salas monotonamente mobiladas, vários protocolos tinham sido feitos e destruídos; vários homens tinham sido seduzidos e convencidos a traírem os seus países a troco de malas repletas de dinheiro americano e promessas de proteção americana. Carter já tinha utilizado aquela propriedade tantas vezes que era conhecida em Langley como a sua segunda casa, em Georgetown. Um funcionário espirituoso da CIA tinha-lhe dado o nome de Dar-al-Harb, *Casa da Guerra* em árabe. Mas uma guerra clandestina, claro, pois Carter só sabia combater dessa forma.

Adrian Carter não procurara o poder ativamente. Tinha-lhe sido atirado para cima dos ombros estreitos, gradual e involuntariamente. Recrutado pela CIA quando ainda andava na universidade, passara a maior parte da carreira a travar uma guerra secreta com os russos — primeiro, na Polónia, onde passou dinheiro e mimeógrafos ao Solidariedade; depois, em Moscovo, onde desempenhou o cargo de chefe de base; e, por fim, no Afeganistão, onde encorajou e armou os soldados de Alá, embora soubesse que um dia o iriam atacar com fogo e morte. O Afeganistão viria a revelar-se a desgraça do Império do Mal e forneceria a Carter um bilhete para o progresso na carreira. Acompanhou o colapso da União Soviética não no terreno, mas sim num confortável gabinete em Langley, onde tinha acabado de ser promovido a chefe da Divisão Europeia. E ao passo que os seus subordinados aplaudiram abertamente o fim do inimigo, Carter assistiu ao desenrolar dos acontecimentos com um mau pressentimento. A sua adorada CIA não tinha sido capaz de prever o colapso do comunismo, um erro que iria atormentar Langley durante anos. Pior ainda, num abrir e fechar de olhos, a CIA tinha perdido a sua própria razão de ser.

Isso mudou na manhã de 11 de setembro de 2001. A guerra que se seguiria seria uma guerra travada nas sombras, um sítio que Adrian Carter conhecia bem. Enquanto o Pentágono se debatera na tentativa de encontrar uma resposta militar ao horror do 11 de Setembro, Carter e a sua equipa do Centro de Contraterrorismo arquitetaram um plano arrojado para destruir o santuário afegão da Al-Qaeda com uma guerrilha financiada pela CIA e orientada por uma pequena força de agentes especiais americanos. E quando os comandantes e os soldados rasos da Al-Qaeda começaram a cair em mãos americanas, Carter, a partir da sua secretária em Langley, serviu várias vezes de juiz e júri. As prisões secretas, as rendições extraordinárias, os métodos de interrogatório coercivos — tudo isso tinha as impressões digitais de Carter. Mas ele não sentia remorsos pelas suas ações; não se podia dar a esse luxo. Para Adrian Carter, todas as manhãs eram 12 de setembro. Nunca mais, jurou, veria americanos a lançarem-se de arranha-céus em chamas por já não serem capazes de suportar o calor de um incêndio provocado por terroristas.

Durante dez anos, Carter tinha conseguido manter essa promessa. Ninguém tinha feito mais para proteger a pátria americana do profusamente prognosticado segundo ataque e, pelos seus muitos pecados secretos, Carter tinha sido crucificado na imprensa e ameaçado com queixas-crime. Seguindo os conselhos de advogados da CIA, tinha contratado os serviços de um dispendioso advogado de Washington, uma extravagância que lhe tinha sugado continuadamente as poupanças e forçado a mulher, Margaret, a regressar ao ensino. Os amigos tinham pedido insistentemente a Carter que abandonasse a CIA e aceitasse uma posição lucrativa na florescente indústria de segurança privada de Washington, mas ele não quis. A incapacidade de impedir os atentados do 11 de Setembro continuava a atormentá-lo. E os fantasmas dos três mil mortos compeliam-no a continuar a lutar até que o inimigo fosse derrotado.

A guerra tinha deixado marcas em Carter — não só na sua vida familiar, que estava um caos, mas também na sua saúde. Tinha o rosto magro e macilento, e Gabriel reparou que a mão direita de Carter tremia ligeiramente quando ele se pôs a encher, com um ar abatido, um prato com as guloseimas concedidas pelo governo e dispostas em cima do armário da sala de jantar.

— Tensão alta — explicou Carter, tirando café de um termos cilíndrico. — Começou no dia da tomada de posse do presidente e sobe e baixa consoante o nível de ameaça terrorista. É triste dizer isto, mas, depois de dez anos a combater o terrorismo islâmico, parece que me transformei na encarnação viva do Sistema de Aviso de Ameaça Nacional.

— E em que nível é que estamos hoje?

— Não ouviste dizer? — retorquiu Carter. — Já abandonámos o sistema antigo das cores.

— E o que é que a tua tensão te diz?

— Vermelho — respondeu Carter friamente. — Vermelho-vivo.

— Não segundo a vossa diretora da Segurança Interna. Ela diz que não há ameaça iminente.

— Ela nem sempre escreve o seu próprio guião.

— E quem é que lhe faz isso?

— A Casa Branca — replicou Carter. — E o presidente não gosta de alarmar o povo americano escusadamente. Para além disso, elevar o nível de ameaça chocaria com a história conveniente que anda a circular entre os *opinion makers* de Washington.

— E que história é essa?

— A que diz que a América exagerou na reação ao 11 de Setembro. A que diz que a Al-Qaeda já não é ameaça para ninguém, muito menos para a nação mais poderosa à face da Terra. A que diz que está na altura de declarar vitória na guerra global contra o terrorismo e de voltarmos as atenções para dentro — explicou Carter, franzindo o sobrolho. — Meu Deus, como eu odeio quando os jornalistas usam a palavra *história*. Houve uma altura em que os autores escreviam histórias e os jornalistas se limitavam a relatar factos. E os factos são bastante simples. Hoje em dia, existe no mundo uma força organizada que procura enfraquecer ou até destruir o Ocidente através de atos de violência indiscriminada. Essa força faz parte de um movimento radical mais amplo com o objetivo de impor a *sharia* e restaurar o califado islâmico. E não há desejos otimistas que façam com que isso desapareça.

Estavam sentados à mesa retangular, à frente um do outro. Carter começou a debicar a ponta de um *croissant* seco, pensando claramente noutra coisa. Gabriel sabia que não devia tentar acelerar o ritmo das coisas. Quando conversava, Carter divagava por vezes um pouco. Mais tarde ou mais cedo, chegava ao assunto, mas com vários desvios e digressões pelo caminho, tudo matéria que acabava sem dúvida por vir a ser útil a Gabriel mais tarde.

— Em certos aspetos — continuou Carter —, compreendo o desejo do presidente de virar essa página da História. Ele considera a guerra global contra o terrorismo uma distração em relação aos seus objetivos mais alargados. És capaz de ter dificuldade em acreditar nisto, mas só o vi duas vezes. Ele chama-me Andrew.

— Mas pelo menos deu-nos esperança.

— A esperança não é uma estratégia aceitável quando há vidas em jogo. Foi a esperança que levou ao 11 de Setembro.

— Então e quem é que anda a puxar os cordelinhos dentro da administração?

— O James McKenna, assessor do presidente para a segurança interna e o contraterrorismo, também conhecido como o czar do terrorismo, o que é interessante, visto que ele emitiu um decreto que proíbe a utilização da palavra *terrorismo* em todas as nossas declarações públicas. Até desencoraja o seu uso à porta fechada. E Deus nos livre se por acaso pusermos a palavra *islâmico* sequer perto dela. No que ao James McKenna diz respeito, não estamos em guerra contra terroristas islâmicos. Estamos envolvidos num esforço internacional contra um pequeno bando de extremistas transnacionais. Esses extremistas, que só por acaso são muçulmanos, são uma irritação, mas não colocam qualquer ameaça real à nossa existência ou ao nosso modo de vida.

— Digam isso às famílias das pessoas que morreram em Paris, Copenhaga e Londres.

— Isso é uma reação emocional — atirou Carter sardonicamente. — E o James McKenna não tolera emoções quando o assunto é o terrorismo.

— O extremismo, queres tu dizer — contrapôs Gabriel.

— Peço desculpa — respondeu Carter. — O McKenna é um animal político que se acha perito em matéria de serviços secretos. Nos anos 90, fez parte da equipa da Comissão Especial do Senado de Inquérito aos Serviços Secretos e veio para Langley pouco depois de o grego ter chegado. Só aguentou uns meses, mas isso não o impede de se descrever como um veterano da CIA. Segundo a versão do próprio, o McKenna é um homem da CIA que se preocupa com o que é melhor para a CIA. A verdade é um pouco diferente. Ele abomina a CIA e toda a gente que lá trabalha. Acima de tudo, despreza-me a mim.

— Porquê?

— Ao que parece, envergonhei-o numa reunião dos quadros superiores. Não me lembro do incidente, mas parece que o McKenna nunca o esqueceu. Para além disso, disseram-me que o McKenna me considera um monstro que causou danos irreparáveis à imagem da América no mundo. Nada o deixaria mais feliz do que ver-me atrás das grades.

— É bom saber que a comunidade dos serviços secretos americanos está outra vez a funcionar às mil maravilhas.

— Por acaso, o McKenna até acha que anda a funcionar na perfeição agora que é ele que está a comandar as operações. Até conseguiu que o nomeassem diretor do nosso Grupo de Interrogatórios a Detidos de Importância Elevada. Se alguma importante figura terrorista for capturada em qualquer parte do mundo, em quaisquer circunstâncias, o James McKenna vai ser o responsável pelo interrogatório. É imenso poder para se pôr nas mãos de uma só pessoa, mesmo que essa pessoa fosse competente. Mas, infelizmente, o James McKenna não se insere nessa categoria. É ambicioso e tem boas intenções, mas não faz ideia do que anda a fazer. E se não tiver cuidado, ainda vai fazer com que nos matem a todos.

— Parece encantador — comentou Gabriel. — Quando é que vou ter o prazer de o conhecer?

— Nunca.

— Então porque é que aqui estou, Adrian?

— Estás aqui por causa de Paris, Copenhaga e Londres.

— Quem é que foi responsável?

— Um novo braço da Al-Qaeda — respondeu Carter. — Mas receio bem que tenham recebido apoio de uma pessoa que ocupa uma posição de grande importância e poder nos serviços secretos ocidentais.

— Quem?

Carter não disse mais nada. Tinha a mão direita a tremer.

CAPÍTULO

12

GEORGETOWN, WASHINGTON, D.C.

Mudaram de sítio e passaram para o terraço traseiro, instalando-se num par de cadeiras de ferro forjado na balaustrada. Carter estava a equilibrar uma chávena de café no joelho e a contemplar as torres cinzentas que se elevavam graciosamente sobre a Georgetown University. Paradoxalmente, estava a falar de um bairro pobre em San Diego, onde tinha aparecido, num dia de verão em 1999, um jovem clérigo iemenita chamado Rashid al-Husseini. Com dinheiro fornecido por uma instituição de caridade da Arábia Saudita, o iemenita comprou um prédio comercial delapidado, criou uma mesquita e foi à procura de uma congregação. Fez a maior parte da caça no *campus* da San Diego State University, onde adquiriu um grupo de seguidores devotos entre os estudantes árabes que tinham vindo para a América para escaparem à sufocante opressão social das suas terras e acabado por dar por si perdidos, à deriva na *ghurba,* a terra dos estranhos. Rashid estava especialmente habilitado para lhes servir de guia. Filho único de um antigo ministro iemenita, tinha nascido na América, falava um inglês americano coloquial e era dono, não muito orgulhoso, de um passaporte americano.

— Todo o tipo de gente sem rumo e de almas perdidas começou a ir parar à mesquita de Rashid, incluindo dois sauditas chamados Khalid al-Mihdhar e Nawaf al-Hazmi.

Carter deitou uma olhadela a Gabriel e acrescentou:

— Suponho que os nomes te sejam familiares.

— Eram dois dos capangas que sequestraram o avião do Voo 77 da American Airlines, escolhidos pessoalmente por nem mais nem menos do que o próprio Osama Bin Laden. Em janeiro de 2000, participaram na reunião de planeamento em Kuala Lumpur, terminada a qual a unidade da CIA dedicada a Bin Laden conseguiu perder-lhes o rasto. Mais tarde, descobriu-se que os dois tinham viajado para Los Angeles e que o mais provável era ainda estarem nos Estados Unidos, facto que vocês se esqueceram de comunicar ao FBI.

— Para minha eterna vergonha — reconheceu Carter. — Mas esta história não é sobre Al-Mihdhar e Al-Hazmi.

Era uma história, retomou Carter, sobre Rashid al-Husseini, que em pouco tempo construiu no mundo islâmico a reputação de ser um pregador cheio de magnetismo, um homem a quem Alá tinha concedido uma língua linda e sedutora. Passou a ser obrigatório ouvir os seus sermões, não só em San Diego, mas também no Médio Oriente, onde eram distribuídos por cassete áudio. Na primavera de 2001, ofereceram-lhe um cargo de clérigo num influente centro islâmico nos arredores de Washington, na suburbana Falls Church, na Virgínia. Pouco tempo depois, Nawaf al-Hazmi já lá rezava, bem como um jovem saudita de Taif chamado Hani Hanjour.

— Por coincidência — disse Carter —, a mesquita fica na Leesburg Pike. Se virarmos à esquerda para a Columbia

Pike e seguirmos ao longo de alguns quilómetros, vamos dar de caras com a fachada ocidental do Pentágono, que foi precisamente o que Hani Hanjour fez na manhã de 11 de Setembro. Rashid estava no escritório nesse momento. Chegou a ouvir o avião a passar-lhe por cima da cabeça segundos antes da colisão.

O FBI não demorou muito tempo a ligar Al-Hazmi e Hanjour à mesquita de Falls Church, explicou Carter, assim como os meios de comunicação não demoraram muito a começar a visitar Rashid com frequência. Aquilo que descobriram foi um jovem clérigo eloquente e esclarecido, um homem moderado que condenou sem ambiguidades os atentados do 11 de Setembro e exortou os irmãos muçulmanos a abandonarem todas as formas de violência e terrorismo. A Casa Branca ficou tão impressionada com o carismático imã que o convidou a juntar-se a vários outros estudiosos e clérigos muçulmanos para uma reunião privada com o presidente. O Departamento de Estado achou que Rashid poderia ser o tipo de figura perfeita para ajudar a estabelecer uma ponte entre a América e quinhentos milhões de muçulmanos céticos. Mas a CIA teve outra ideia.

— Achámos que Rashid podia ajudar-nos a penetrar no campo do nosso novo inimigo — revelou Carter. — Mas antes de fazermos a nossa abordagem, tínhamos de responder a algumas perguntas. Nomeadamente, estaria ele de alguma forma envolvido na trama do 11 de Setembro ou seriam os contactos que tinha mantido com os três sequestradores pura coincidência? Analisámo-lo de todos os ângulos concebíveis, a começar pela suposição de que tinha imenso sangue americano nas mãos. Analisámos os horários. Analisámos quem é que estava onde e quando. E, no fim do processo, concluímos que o imã Rashid al-Husseini estava inocente.

— E depois?

— Enviámos um emissário a Falls Church para saber se Rashid estaria ou não disposto a concretizar as suas palavras. A resposta dele foi positiva. Fomos buscá-lo no dia seguinte e levámo-lo para um local seguro perto da fronteira com a Pensilvânia. E depois começou a diversão a sério.

— Recomeçaram todo o processo de avaliação.

Carter assentiu com a cabeça.

— Mas, desta vez, tínhamos o nosso objeto de análise sentado à nossa frente, ligado a um polígrafo. Interrogámo-lo durante três dias, esgravatando-lhe o passado e as amizades, de uma ponta à outra.

— E a história dele aguentou-se.

— O tipo passou com distinção. Por isso, pusemos a nossa proposta em cima da mesa, com uma data de dinheiro a acompanhá-la. Era uma operação simples. Rashid viajava pelo mundo islâmico, a pregar a tolerância e a moderação, e ao mesmo tempo fornecia-nos os nomes de outros potenciais recrutas para a nossa causa. Além disso, devia ficar atento à rapaziada revoltada que parecesse vulnerável ao canto da sereia dos jihadistas. Fizemos uma primeira experiência com ele a nível interno, em estreita colaboração com o FBI. E, a seguir, internacionalizámos a coisa.

Tendo como base de operações um bairro predominantemente muçulmano da zona leste de Londres, Rashid passou os três anos seguintes a alternar entre a Europa e o Médio Oriente. Falava em conferências, pregava em mesquitas e dava entrevistas a jornalistas bajuladores. Acusou Bin Laden de ser um assassino que tinha violado as leis de Alá e os ensinamentos do Profeta. Reconheceu a Israel o direito a existir e exortou a que se alcançasse um acordo de paz com os palestinianos. Condenou Saddam Hussein, considerando-o totalmente anti-islâmico, embora tenha parado a tempo, a conselho dos agentes da CIA por ele responsáveis, de apoiar publicamente a invasão americana. As mensagens que transmitia nem sempre eram bem recebidas por quem o ouvia, tal como as suas atividades não se confinavam ao mundo físico. Com o auxílio da CIA, Rashid construiu uma presença na Internet, onde tentou competir com a propaganda jihadista da Al-Qaeda. Quem visitava o *site* dele era identificado e seguido nas suas movimentações pelo ciberespaço.

— A operação foi considerada uma das nossas tentativas mais bem-sucedidas de penetrar num mundo que, em grande parte, julgávamos ser inteiramente opaco. Rashid foi passando aos agentes responsáveis por ele uma série de nomes, de gente boa e de gente potencialmente má, e até os avisou de alguns planos que estavam a ser congeminados. Em Langley, passámos imenso tempo maravilhados com a nossa própria esperteza. Pensámos que aquilo ia continuar para sempre. Mas acabou tudo bastante de repente.

Apropriadamente, foi Meca que serviu de cenário. Rashid tinha sido convidado a falar na universidade, uma elevada honra para um clérigo que tinha sido amaldiçoado com um passaporte americano. Dado que Meca está fechada aos infiéis, a CIA não teve outra opção a não ser deixá-lo ir sozinho. Foi de avião de Amã para Riade, onde se encontrou pela última vez com um dos agentes da CIA por ele responsáveis, e depois embarcou num voo interno da

Saudia Airlines com destino a Meca. Tinha o discurso marcado para as oito da noite. Rashid nunca chegou a aparecer. Tinha desaparecido sem rasto.

— Primeiro, tememos que ele tivesse sido raptado e assassinado por um braço local da Al-Qaeda. Infelizmente, veio a revelar-se não ter sido esse o caso. O nosso valioso ativo reapareceu na Internet passadas umas semanas. O jovem moderado, eloquente e esclarecido, tinha desaparecido. Fora substituído por um fanático tresloucado, que pregava que a única maneira de lidar com o Ocidente era destruí-lo.

— Ele enganou-vos.

— Evidentemente.

— Durante quanto tempo?

— Isso continua a ser uma questão em aberto — respondeu Carter. — Em Langley, há quem pense que Rashid era falso desde o início, ao passo que outros defendem a teoria de que foi o sentimento de culpa por estar a trabalhar como espião para os infiéis que o fez perder a cabeça. Seja qual for o caso, há uma coisa que é inquestionável. Enquanto ele andava a viajar pelo mundo islâmico à minha custa, recrutou uma rede impressionante de agentes, mesmo debaixo do nosso nariz. É o caçador de talentos por excelência e é versado nas artes do logro e do desvio de atenções. Tínhamos esperança de que se ficasse pelos sermões e recrutamentos, mas essa esperança veio a revelar-se infundada. Os atentados na Europa foram a festa de debutante de Rashid. Ele quer substituir Osama Bin Laden no lugar de líder do movimento jihadista mundial. E também quer fazer uma coisa que Bin Laden nunca conseguiu alcançar depois do 11 de Setembro.

— Atingir o Inimigo Longínquo na sua terra — completou Gabriel. — Derramar sangue americano em solo americano.

— Com uma rede paga inteiramente pela CIA — acrescentou Carter num tom sério. — Gostavas de ter isso gravado na tua lápide? Se alguma vez viesse a público que Rashid al-Husseini chegou a receber dinheiro nosso...

A voz de Carter sumiu-se.

— E depois caio eu, cais tu, caímos todos.

— E o que queres de mim, Adrian?

— Quero que faças com que a bomba que explodiu em Covent Garden seja o último atentado levado a cabo por Rashid al-Husseini. Quero que destruas a sua rede antes que mais alguém morra por causa da minha ideia disparatada.

— E é tudo?

— Não — respondeu Carter. — Não quero que reveles nada da operação ao presidente, a James McKenna e ao resto da comunidade dos serviços secretos americanos.

CAPÍTULO

13

GEORGETOWN, WASHINGTON, D.C.

Adrian Carter era um dogmático no que dizia respeito às questões relacionadas com as artes do ofício, o que significava que não era capaz de falar durante muito tempo no interior do espaço limitado de uma casa segura, mesmo que fosse uma das suas. Desceram os curvos degraus da entrada e, apenas com um segurança da CIA a segui-los, avançaram pela N Street em direção a oeste. Passavam poucos minutos das nove. Os *mocassins* de Carter batiam ritmadamente na calçada moderna, mas Gabriel parecia mover-se sem qualquer ruído. Um autocarro passou por eles com grande estrondo e completamente cheio. Gabriel imaginou esse mesmo autocarro desfeito em dois e engolido por chamas.

— E para onde foi ele depois de sair de Meca?

— Pensamos que ele está a viver sob proteção de elementos tribais, no vale Rafadh do Iémen. É um sítio completamente selvagem, sem escolas, estradas pavimentadas ou sequer um abastecimento contínuo de água. Na verdade, o país inteiro está seco como um pau. Sana pode tornar-se a primeira capital do mundo a ficar mesmo sem água.

— Mas não sem militantes islâmicos — retorquiu Gabriel.

— Pois não — concordou Carter. — O Iémen está bem a caminho de se transformar no próximo Afeganistão. Por enquanto, temo-nos contentado em lançar um ou outro míssil *Hellfire* para o lado de lá da fronteira. Mas é só uma questão de tempo até termos de pôr tropas a combaterem no terreno para limparmos aquele pantanal.

Lançou um olhar a Gabriel e acrescentou:

— E há mesmo pântanos no Iémen, só para que saibas... uma série de charcos ao longo da costa, onde nascem mosquitos da malária do tamanho de abutres. Meu Deus, que sítio mais horroroso.

Carter caminhou em silêncio durante um momento, com as mãos cruzadas atrás das costas e a cabeça baixa. Gabriel desviou-se com destreza de uma raiz de árvore que tinha crescido na calçada e perguntou como conseguia Rashid comunicar com a sua rede estando tão longe.

— Ainda não conseguimos perceber isso — respondeu Carter. — Partimos do princípio de que anda a utilizar membros de tribos locais para transportar mensagens até Sana ou, atravessando o golfo de Aden, talvez até à Somália, onde construiu uma relação com o grupo terrorista Al-Shabaab. Mas de uma coisa temos a certeza. Rashid não passa tempo nenhum ao telefone, por satélite ou não. Ficou a saber imensa coisa sobre as capacidades americanas quando estava ao nosso serviço. E, agora que se passou para o outro lado, deu bom uso a esses conhecimentos.

— Suponho que não o terão ensinado também a planear e executar um conjunto sincronizado de atentados em três países europeus.

— Rashid é um caçador de talentos e uma fonte de inspiração — afirmou Carter —, mas não é nenhum coordenador de operações. Não há dúvida de que anda a trabalhar com algum tipo bom. Se eu tivesse de fazer um palpite, diria que os três atentados na Europa foram levados a cabo por alguém que fez o tirocínio em...

— Bagdade — declarou Gabriel, completando o raciocínio de Carter.

— O MIT do terrorismo — acrescentou Carter, assentindo com a cabeça. — De lá só saem doutorados, que fizeram os estágios a digladiarem-se com a CIA e o exército americano.

— Mais uma razão para seres *tu* a lidar com eles.

Carter não respondeu nada.

— Porquê nós, Adrian?

— Porque o aparelho de contraterrorismo americano cresceu tanto que parece que não somos sequer capazes de não nos prejudicarmos a nós próprios. Segundo a última contagem, tínhamos mais de oitocentas mil pessoas com autorizações referentes a assuntos ultrassecretos. *Oitocentas mil* — repetiu Carter incredulamente —, e mesmo assim fomos incapazes de impedir que um, apenas um, militante islâmico pusesse uma bomba no coração de Times Square. A nossa capacidade para recolher informações não tem paralelo, mas somos demasiado grandes e de longe demasiado redundantes para sermos eficazes. Afinal de contas, *somos* americanos, e quando nos confrontamos com uma ameaça, atiramos-lhe com grandes quantidades de dinheiro. Às vezes, é melhor ser-se pequeno e implacável. Como vocês.

— Bem que vos avisámos dos riscos de se reorganizarem.

— E nós teríamos feito bem em ouvir-vos — confessou Carter. — Mas o nosso peso excessivo é apenas parte do problema. A seguir ao 11 de Setembro, tirámos as luvas e adotámos uma postura de *tudo o que for necessário* no que diz respeito a lidar com o inimigo. Nos tempos que correm, tentamos não mencionar o nome do inimigo, não vá acontecer ofendê-lo. Em Langley, os empregos relacionados com o contraterrorismo são considerados politicamente arriscados. No Serviço Clandestino, os melhores agentes estão todos a aprender a falar mandarim.

— Os chineses não andam a planear matar americanos.

— Mas Rashid sim — respondeu Carter —, e as informações de que dispomos indicam que ele anda a planear qualquer coisa em grande estilo para um futuro muito próximo. Precisamos de destruir a sua rede e precisamos de fazê-lo depressa. Mas não o poderemos fazer se formos obrigados a agir de acordo com as novas regras instituídas pelo Presidente Esperança e o seu bem-intencionado cúmplice James McKenna.

— Então querem que sejamos nós a fazer o vosso trabalho sujo.

— Eu faria o mesmo por ti — retorquiu Carter. — E não me tentes dizer que vocês não têm as capacidades necessárias. O Departamento foi o primeiro serviço secreto de orientação ocidental a criar uma unidade analítica dedicada ao movimento jihadista mundial. E também foram os primeiros a identificar Osama Bin Laden como um terrorista importante e os primeiros a tentar matá-lo. Se tivessem conseguido, é muitíssimo provável que o 11 de Setembro nunca tivesse acontecido.

Chegaram à esquina com a Thirty-fifth Street. O quarteirão seguinte estava fechado ao trânsito com uma barricada. Do outro lado da rua, as crianças da Holy Trinity School saltavam à corda e atiravam bolas umas às outras no passeio, com os seus gritos de alegria a ecoarem pelas fachadas dos edifícios em redor. Era um cenário idílico, cheio de encanto e vida, mas pôs Carter visivelmente inquieto.

— A Segurança Interna é um mito — disparou ele, olhando para as crianças. — É uma história para adormecer que contamos aos nossos cidadãos para fazermos com que se sintam seguros à noite. Apesar de todos os nossos esforços e de todos os milhões e milhões gastos, os Estados Unidos são em grande parte indefensáveis. A única maneira de impedirmos ataques em solo americano é acabando com eles *antes* de chegarem até nós. Temos de lhes destroçar as redes e matar os agentes.

— E matar Rashid al-Husseini também é capaz de não ser má ideia.

— Adoraríamos fazê-lo — respondeu Carter. — Mas isso só será possível quando conseguirmos arranjar alguma maneira de entrar no seu círculo íntimo.

Carter levou Gabriel para norte, seguindo pela Thirty--fifth Street. Tirou o cachimbo do bolso do casaco e começou a carregar distraidamente o fornilho com tabaco.

— Já andas a combater os terroristas há mais tempo do que qualquer outra pessoa neste ramo, Gabriel... tirando Shamron, claro. Sabes como penetrar nas redes deles, uma coisa em que nunca fomos muito bons, e sabes como as virar do avesso. Quero que penetres na rede de Rashid e a destruas. Quero que a faças desaparecer.

— Penetrar em redes terroristas jihadistas não é o mesmo que penetrar na OLP. São demasiado parecidas com clãs para aceitarem acolher forasteiros, e os membros que as compõem são, na sua maioria, imunes às tentações terrenas.

— Uma rosa é uma rosa é uma rosa. E uma rede é uma rede é uma rede.

— O que quer dizer que?

— Que eu reconheço que há diferenças entre as redes terroristas jihadistas e palestinianas, mas que a estrutura essencial é a mesma. Há organizadores e soldados rasos, tesoureiros e líderes de célula, estafetas e casas seguras. E nos pontos onde estas peças todas se intersetam há vulnerabilidades mesmo à espera de serem exploradas por uma pessoa com a tua inteligência.

Uma rajada de vento atirou o fumo do cachimbo para a cara de Gabriel. Misturado exclusivamente para Carter por um vendedor de Nova Iorque, o tabaco cheirava a folhas a arder e a cão molhado. Gabriel afastou o fumo com a mão e perguntou:

— E como é que as coisas se processariam?

— Isso quer dizer que aceitas?

— Não — retorquiu Gabriel —, quer dizer que quero saber ao certo como é que as coisas se processariam.

— Tu funcionarias como uma base virtual do Centro de Contraterrorismo, no mesmo género do que fazia a unidade dedicada a Bin Laden antes do 11 de Setembro, mas com uma diferença importante.

— O resto do CCT não vai saber da minha existência.

Carter assentiu com a cabeça.

— Todos os pedidos de documentos serão tratados por mim e pela minha equipa. E quando for altura de dares início à operação, vou servir de polícia de trânsito clandestino para garantir que não tropeças em nenhuma operação da CIA e vice-versa.

— Eu iria precisar de ver tudo aquilo que vocês têm. *Tudo,* Adrian.

— Terás acesso às informações mais confidenciais que o governo dos Estados Unidos tem para oferecer, incluindo os dossiês de Rashid e todas as interceções efetuadas pela NSA. E também vais poder consultar todas as informações sobre os três atentados que nos estão a chegar através dos nossos homólogos europeus.

Carter parou por uns instantes e depois acrescentou:

— Pensei que as informações já fossem só por si suficientemente tentadoras para aceitares a missão. Afinal de contas, as tuas relações, em termos de ligação, com os europeus não são assim tão boas neste momento.

Gabriel não respondeu diretamente:

— É demasiado material para analisar sozinho. Iria precisar de ajuda.

— Podes importar toda a ajuda que quiseres, dentro do que for sensato. E dada a natureza confidencial das informações, também vou precisar que uma pessoa da CIA te mantenha debaixo de olho. Uma pessoa que conheça as tuas traquinices. Já tenho um candidato em mente.

— E onde é que ela está?

— À espera num café na Wisconsin Avenue.

— Estás muito seguro das tuas capacidades de persuasão, Adrian.

Carter parou para verificar o cachimbo.

— Se eu descesse ao nível do sentimentalismo grosseiro — disse passado um momento —, recordar-te-ia a carnificina a que assististe na última sexta-feira à tarde, em Covent Garden, e pedir-te-ia para a imaginares a desenrolar-se repetidamente. Mas não vou fazer isso, pois não seria profissional da minha parte. Em vez disso, prefiro dizer-te que Rashid tem um exército de mártires iguaizinhos a Farid

Khan à espera para fazer o que ele lhes mandar, um exército que ele recrutou com a minha ajuda. Eu é que criei Rashid. Ele é um erro meu. E preciso que o destruas antes que mais alguém tenha de morrer.

— Podes ter dificuldade em acreditar nisto, mas a verdade é que eu não tenho autoridade para te dizer que sim. Uzi teria de aprovar isso primeiro.

— E já o fez. E o teu primeiro-ministro também.

— Imagino que também tenhas tido uma conversa discreta com Graham Seymour.

Carter assentiu com a cabeça.

— Por motivos óbvios, Graham gostaria de ser mantido a par dos teus progressos. E também de ser avisado previamente caso a tua operação venha a desembocar nas Ilhas Britânicas.

— Enganaste-me, Adrian.

— Sou espião — retorquiu Carter, voltando a acender o cachimbo. — Para mim, mentir é uma segunda natureza. E para ti também. Agora, só tens de arranjar uma maneira de mentir a Rashid. Mas vê lá se tens cuidado quando fizeres isso. Ele é muito bom, o nosso Rashid. As minhas cicatrizes são a prova disso.

14

GEORGETOWN, WASHINGTON, D.C.

O café ficava na ponta norte de Georgetown, no sopé da colina do Book Hill Park. Gabriel pediu um *cappuccino* ao balcão e levou-o lá para fora, passando por um par de portas duplas em direção a um pequeno jardim com muros cobertos de vinhas. Havia três mesas à sombra; a quarta, estava debaixo de um sol brilhante. Uma mulher estava lá sentada, sozinha, a ler um jornal. Trazia um fato de treino preto, bem colado à sua figura esbelta, e ténis brancos imaculados. Tinha o cabelo loiro pelos ombros e todo puxado para trás, apanhado na nuca com um elástico. Os óculos escuros escondiam-lhe os olhos, mas não a assinalável beleza. Tirou os óculos quando Gabriel se aproximou e inclinou a cara para que ele a beijasse. Pareceu surpreendida por vê-lo.

— Estava com esperança de que fosses tu — disse Sarah Bancroft.

— Adrian não te disse que era eu que vinha?

— Ele é demasiado antiquado para isso — replicou ela, fazendo um gesto de desprezo com a mão.

Tinha uma voz e uma maneira de falar saídas de outra época. Era como estar a ouvir uma personagem de um romance de Fitzgerald.

— Enviou-me um *e-mail* seguro ontem à noite, a dizer para estar cá às nove. E que devia aguentar até às dez e meia. Se ninguém aparecesse, devia ir-me embora e ir trabalhar como habitualmente. Ainda bem que vieste. Já sabes como eu detesto que faltem aos encontros que marcam comigo.

— Vejo que trouxeste material de leitura — disse Gabriel, olhando de relance para o jornal.

— Não aprovas?

— A doutrina do Departamento proíbe os agentes de lerem jornais em cafés. É demasiado evidente.

Parou por uns instantes e, a seguir, acrescentou:

— Pensava que te tínhamos treinado melhor do que isso, Sarah.

— E treinaram. Mas, de vez em quando, gosto de me comportar como uma pessoa normal. E, às vezes, uma pessoa normal acha agradável ler um jornal num café, numa manhã de outono soalheira.

— Com uma *Glock* escondida junto aos rins.

— Graças a ti, faz-me sempre companhia.

Sarah fez um sorriso melancólico. Filha de um abastado administrador do Citibank, tinha passado grande parte da infância na Europa, onde adquirira uma educação europeia, juntamente com várias línguas europeias e maneiras europeias irrepreensíveis. Tinha regressado à América para frequentar a Universidade de Massachusetts-Dartmouth e, mais tarde, após passar um ano a estudar no prestigiado Courtauld Institute of Art de Londres, tornou-se a mulher mais jovem de sempre a tirar um doutoramento em História de Arte em Harvard.

Mas tinha sido a vida amorosa de Sarah Bancroft, e não a excelente educação que recebera, a conduzi-la ao mundo da espionagem. Enquanto terminava a tese, começou a namorar com um jovem advogado chamado Ben Callahan, que teve a infelicidade de embarcar no Voo 175 da United Airlines na manhã de 11 de setembro de 2001. Ele conseguiu fazer um telefonema antes de o avião mergulhar de encontro à Torre Sul do World Trade Center. Essa chamada foi para Sarah. Com a bênção de Adrian Carter, e com a ajuda de um Van Gogh perdido, Gabriel tinha-a introduzido no séquito de um bilionário saudita chamado Zizi al--Bakari, numa arriscada tentativa de descobrir o dirigente terrorista escondido no seu interior. Concluída a operação, Sarah ingressou na CIA e foi destacada para o Centro de Contraterrorismo. Desde então, mantivera um contacto estreito com o Departamento e tinha trabalhado com Gabriel e a sua equipa em várias ocasiões. E até tinha um namorado do Departamento, um assassino e agente de campo chamado Mikhail Abramov. Tendo em conta a ausência de um anel no seu dedo, a relação estava a avançar a um ritmo mais lento do que ela esperaria.

— Já há um tempo que andamos sempre a acabar e a voltar — esclareceu ela, como se tivesse lido os pensamentos de Gabriel.

— E neste momento?

— Tudo acabado — afirmou ela. — Completamente acabado.

— Eu disse-te para não te envolveres com um homem que mata ao serviço do seu país.

— E tinhas razão, Gabriel. Tens sempre razão.

— Então e o que é que aconteceu?

— Prefiro não entrar nos pormenores sórdidos.

— Ele disse-me que estava apaixonado por ti.

— A mim também me disse o mesmo. Engraçado como as coisas são.

— Ele magoou-te?

— Não me parece que ainda haja alguém que seja capaz de me magoar.

Sarah demorou um pouco a sorrir. Não estava a ser sincera; Gabriel conseguia perceber isso.

— Queres que eu fale com ele?

— Deus do Céu, não! — respondeu ela. — Sou mais do que capaz de dar cabo da minha vida sozinha.

— Ele esteve envolvido numas quantas operações difíceis, Sarah. A última foi...

— Ele contou-me tudo — interrompeu ela. — Às vezes, preferia que não tivesse saído vivo dos Alpes.

— Não estás a falar a sério.

— Pois não — admitiu ela com relutância —, mas soube-me bem dizê-lo.

— Se calhar, é melhor assim. Devias arranjar alguém que não viva do outro lado do mundo. Alguém que viva aqui em Washington.

— E o que é que eu iria responder quando eles me perguntassem onde é que trabalho?

Gabriel não disse nada.

— Não estou a ir para nova, sabes? Acabei de fazer...

— Trinta e sete — completou Gabriel.

— O que quer dizer que me estou a aproximar rapidamente do estatuto de solteirona — lançou ela, fazendo uma careta. — Nesta altura, suponho que o melhor que posso esperar seja um casamento confortável mas sem paixão com um homem mais velho com dinheiro. Se tiver sorte, vai deixar-me ter um ou dois filhos, que vou ser obrigada

113

a criar sozinha porque ele não se vai interessar minimamente por eles.

— De certeza que a situação não é assim tão deprimente como a pintas.

Ela encolheu os ombros e deu um gole no café.

— E como é que andam as coisas contigo e com Chiara?

— Perfeitas — respondeu Gabriel.

— Estava com medo de que fosses dizer isso — murmurou Sarah maliciosamente.

— Sarah...

— Não te preocupes, Gabriel, já te esqueci há imenso tempo.

Duas mulheres de meia-idade entraram no jardim e sentaram-se do outro lado. Num gesto de falsa intimidade, Sarah inclinou-se para a frente e, em francês, perguntou a Gabriel o que estava a fazer na cidade. Ele respondeu batendo ao de leve com o dedo na primeira página do jornal.

— E desde quando é que a nossa elevadíssima dívida nacional preocupa os serviços secretos israelitas? — perguntou ela num tom brincalhão.

Gabriel apontou para a notícia na primeira página que falava de uma discussão ao rubro no seio da comunidade dos serviços secretos americanos acerca da proveniência dos três atentados na Europa.

— E como é que foste arrastado para isto?

— Eu e Chiara resolvemos dar um passeio por Covent Garden na passada sexta-feira à tarde, quando íamos almoçar.

O rosto de Sarah ensombrou-se.

— Então as notícias de um homem não identificado a puxar de uma arma poucos segundos antes do atentado...

— São verdadeiras — completou Gabriel. — Eu podia ter salvado dezoito vidas. Infelizmente, os britânicos não quiseram saber disso.

— Então e quem é que achas que foi responsável?

— Tu é que és a perita em terrorismo, Sarah. Diz-me tu.

— É possível que os atentados tenham sido arquitetados pelo comando antigo da Al-Qaeda no Paquistão — afirmou ela. — Mas, na minha opinião, estamos a lidar com uma rede completamente nova.

— Comandada por quem?

— Por alguém com o carisma de Bin Laden e que pode recrutar os seus próprios agentes na Europa e pedir auxílio a células de outros grupos terroristas.

— Algum candidato?

— Só um — respondeu ela. — Rashid al-Husseini.

— E porquê Paris?

— A proibição do véu islâmico.

— Copenhaga?

— Ainda estão a espumar de raiva por causa dos desenhos.

— E Londres?

— Londres está à mão de semear. Londres pode ser atacada à vontade.

— Nada mau para uma ex-curadora da Phillips Collection.

— Sou historiadora de arte, Gabriel. Sei juntar os pontos. E também posso juntar mais uns quantos, se quiseres.

— Faz favor.

— A tua presença em Washington significa que os rumores são verdadeiros.

— E que rumores são esses?

— Os que dizem que Rashid esteve a soldo da CIA depois do 11 de Setembro. Os que falam de uma boa ideia que deu completamente para o torto. Adrian acreditou em Rashid e Rashid retribuiu essa confiança construindo uma rede mesmo debaixo do nosso nariz. Agora, calculo que Adrian queira que lhe resolvas o problema... não oficialmente, claro.

— E haverá mais alguma maneira?

— Não quando se trata de ti — retorquiu ela. — Mas o que é que isto tem que ver comigo?

— Adrian precisa de uma pessoa para me espiar. Tu eras o candidato óbvio. — Gabriel hesitou e, a seguir, disse: — Mas se achares que será muito constrangedor...

— Por causa de Mikhail?

— É possível que tenham de trabalhar juntos outra vez, Sarah. Não quero que haja sentimentos pessoais a interferirem no funcionamento normal da equipa.

— E desde quando é que a tua equipa funciona normalmente? Vocês são israelitas. Estão constantemente a discutir uns com os outros.

— Mas nunca deixamos que os sentimentos pessoais influenciem as decisões relacionadas com uma operação.

— Sou uma profissional — respondeu ela. — Tendo em conta o nosso passado comum, não pensei que fosse preciso estar a lembrar-te isso.

— E não precisas.

— Então e por onde é que começamos?

— Precisamos de ficar a conhecer Rashid um bocadinho melhor.

— E como vamos fazer isso?

— Lendo os dossiês da CIA acerca dele.

— Mas estão cheios de mentiras.

— Correto — retorquiu Gabriel. — Mas essas mentiras são como camadas de tinta numa tela. Se as arrancarmos com jeitinho, somos capazes de dar por nós a olhar diretamente para a verdade.

— Não há ninguém que fale assim em Langley.

— Eu sei — respondeu Gabriel. — Se falassem, eu ainda estaria na Cornualha a trabalhar num Ticiano.

GEORGETOWN, WASHINGTON, D.C.

Na manhã seguinte, Gabriel e Sarah instalaram-se na casa da N Street às nove horas. A primeira leva de dossiês chegou passada uma hora — seis caixotes de aço inoxidável, todos fechados com cadeados digitais. Por alguma razão insondável, Carter apenas confiou as combinações a Sarah. *Regras são regras,* explicou, *e as regras da CIA determinam que as combinações dos recetáculos de documentos nunca sejam dadas aos agentes de serviços secretos estrangeiros.* Quando Gabriel realçou que lhe estavam a dar acesso a alguma da roupa mais suja da CIA, Carter mostrou-se inflexível. Tecnicamente, o material devia manter-se nas mãos de Sarah. As notas a tirar deviam ser reduzidas ao mínimo e as fotocópias estavam proibidas. Foi o próprio Carter que retirou da casa o fax seguro e pediu a Gabriel que lhe entregasse o telemóvel — um pedido que Gabriel rejeitou educadamente. O telemóvel tinha-lhe sido atribuído pelo Departamento e incluía várias funcionalidades que não se encontravam disponíveis comercialmente. Aliás, tinha-se servido dele na noite anterior para procurar aparelhos de escuta na casa. Tinha descoberto quatro. Evidentemente, a cooperação entre serviços tinha limites.

O carregamento inicial de dossiês centrava-se em exclusivo no tempo que Rashid passara na América antes do 11 de Setembro e nas suas ligações, nefastas ou casuais, à trama propriamente dita. A maior parte do material tinha sido gerada pelo pouco atraente rival da CIA, o FBI, e partilhada durante o curto período em que, por decreto presidencial, as duas agências se encontravam supostamente a colaborar. As informações revelavam que Rashid al-Husseini chamou a atenção do FBI algumas semanas depois de chegar a San Diego, tendo sido alvo de uma vigilância algo apática. Havia transcrições das escutas efetuadas aos seus telefones, com autorização do tribunal, e fotografias de vigilância tiradas nos curtos períodos em que as agências de San Diego e Washington tiveram tempo e efetivos disponíveis para o seguirem. Havia também uma cópia da análise secreta realizada pelas duas agências e que ilibou oficialmente Rashid de ter participado na trama do 11 de Setembro. Era, pensou Gabriel, um documento profundamente ingénuo que optava por descrever o clérigo à luz mais favorável possível. Gabriel, que acreditava que um homem se media pelas suas companhias, já conhecia as redes terroristas há tempo suficiente para reconhecer um agente quando via um. Rashid al-Husseini era quase de certeza um mensageiro ou um informador. No mínimo, um simpatizante. E, na opinião de Gabriel, os simpatizantes raramente deviam ser contratados por serviços secretos como agentes de influência. Deviam ser vigiados e, se necessário, receber tratamento severo.

O carregamento seguinte continha as transcrições e gravações do interrogatório a Rashid realizado pela CIA, com os detritos da funesta operação que ele tinha protagonizado a surgirem logo depois. O material ficou concluído com uma desesperante dissecação retrospetiva, escrita nos dias que se seguiram à deserção de Rashid em Meca. A operação, afirmava o relatório, tinha sido mal concebida desde o início. Grande parte da culpa tinha sido atribuída em exclusivo a Adrian Carter, que foi criticado por ter feito uma fiscalização negligente. A avaliação do próprio Carter, que não era muito menos contundente, vinha anexada. Prevendo que se dessem consequências indesejadas, Carter recomendou uma análise minuciosa dos contactos de Rashid nos Estados Unidos e na Europa. O diretor de Carter rejeitou essa pretensão. A CIA já andava demasiado assoberbada para se pôr a perseguir sombras, disse o diretor. Rashid tinha voltado ao Iémen, que era o lugar dele. Boa viagem.

— Não foi propriamente o melhor momento da CIA — declarou Sarah já a noite ia avançada, durante um intervalo em todo aquele processo. — Foi uma parvoíce servirmo-nos dele logo para começar.

— A CIA partiu de uma suposição inicial correta, que Rashid era falso, mas algures pelo caminho foi enfeitiçada por ele. É fácil de perceber como é que isso aconteceu. Rashid era muito persuasivo.

— Quase tão persuasivo como tu.

— Mas eu não envio os meus recrutas para ruas apinhadas de gente para cometerem atos de assassínio indiscriminado.

— Pois não — concordou Sarah —, envia-los para campos de batalha secretos para castigarem os vossos inimigos.

— A coisa não é assim tão bíblica como a estás a pintar.

— É, sim senhora. Acredita, eu sei do que estou a falar — disse ela, lançando um olhar exausto às pilhas de dossiês. — Ainda temos uma montanha de material para analisar e isto é só o princípio. As comportas estão prestes a abrir-se.

— Não te preocupes — respondeu Gabriel, sorrindo. — A ajuda já vem a caminho.

Chegaram ao Aeroporto de Dulles ao final da tarde seguinte, utilizando nomes falsos e com passaportes falsos nos bolsos. Mas não foram punidos por esses pecados; bem pelo contrário, uma equipa de vigias da CIA fê-los passar num ápice pela alfândega e, a seguir, conduziu-os em direção a uma frota de *Cadillacs Escalade* para a viagem até Washington. De acordo com as instruções de Carter, os *Escalades* partiram de Dulles com intervalos de quinze minutos. Por consequência, a equipa de agentes mais lendária do mundo da espionagem instalou-se nessa noite na casa da N Street, sem que os vizinhos sequer se apercebessem.

Chiara foi a primeira a chegar, seguida passados uns momentos por uma perita em terrorismo do Departamento chamada Dina Sarid. Pequena e com cabelo escuro, Dina conhecia bem de perto os horrores da violência extremista. Estava na Praça Dizengoff, em Telavive, a 19 de outubro de 1994, quando um bombista suicida do Hamas transformou o autocarro número 5 num caixão para vinte e uma pessoas. A mãe e duas irmãs de Dina morreram; Dina tinha ficado gravemente ferida e ainda coxeava ligeiramente. Ao recuperar, jurou derrotar os terroristas não através da força, mas da inteligência. Uma autêntica base de dados humana, era capaz de recitar a hora, o lugar, os autores e o número de mortos de todos os atos de terrorismo cometidos contra alvos israelitas e ocidentais. Uma vez, Dina tinha dito a Gabriel que sabia mais sobre os terroristas do que eles sabiam sobre si próprios. E Gabriel tinha acreditado nela.

A seguir, veio um homem de meia-idade chamado Eli Lavon. Pequeno e desgrenhado, com cabelo grisalho fino e olhos castanhos inteligentes, Lavon era considerado o melhor artista de vigilância de rua que o Departamento tinha produzido até então. Abençoado com um natural anonimato, aparentava ser um dos oprimidos pela vida. Na realidade, era um predador capaz de seguir um agente dos serviços secretos altamente treinado ou um terrorista calejado através de uma qualquer rua no mundo sem atrair a mínima centelha de interesse. Naquele momento, os laços que o uniam ao Departamento, tal como Gabriel, eram na melhor das hipóteses ténues. Continuava a dar aulas na Academia — nenhum recruta do Departamento era enviado para o terreno sem passar primeiro algumas horas aos pés de Lavon —, mas, por aqueles dias, a sua principal morada de trabalho era a Universidade Hebraica de Jerusalém, onde ensinava arqueologia. Apenas com um punhado de cerâmicas partidas, Eli Lavon era capaz de desvendar os segredos mais obscuros de uma aldeia da Idade do Bronze. E se lhe dessem umas quantas pontas soltas de informação relevante, conseguia fazer o mesmo em relação a uma rede terrorista.

Yaakov Rossman, um veterano e bexigoso administrador de agentes, surgiu depois, seguido por um par de versáteis agentes de campo, Oded e Mordecai. Mais tarde, chegou Rimona Stern, uma antiga agente dos serviços secretos militares que passara a tratar de assuntos relacionados com o inutilizado programa nuclear iraniano. Uma figura que parecia saída de um quadro de Rubens, com cabelo cor de arenito, Rimona por acaso também era sobrinha de Shamron. Gabriel conhecia-a desde criança — aliás, as recordações mais agradáveis que tinha de Rimona eram de uma menina destemida a descer de trotineta, a toda a velocidade, pelo íngreme caminho de entrada da casa do seu famoso tio. Tinha na generosa coxa esquerda a cicatriz desbotada de uma ferida sofrida num trambolhão particularmente violento. Gabriel tinha-lhe posto o penso; Gilah tinha enxugado as lágrimas de Rimona. Shamron tinha ficado demasiado perturbado para oferecer qualquer tipo de ajuda. Único membro da sua família a ter sobrevivido ao Holocausto, não suportava ver sofrer aqueles de quem gostava.

Poucos minutos depois de Rimona, chegou Yossi Gavish. Uma figura alta e com pouco cabelo, vestida com roupa de bombazina e *tweed,* Yossi era um dos principais agentes dentro da Investigação, que era a forma como o Departamento se referia à sua divisão analítica. Nascido em Londres, tinha lido os clássicos em Oxford e falava hebraico com um sotaque britânico pronunciado. Também tinha representado um pouco — o seu desempenho no papel de Iago ainda era recordado com grande admiração pelos críticos presentes no Festival de Stratford —, além de ser um violoncelista dotado. Gabriel ainda não tinha tirado partido dos talentos musicais de Yossi, mas as suas capacidades como ator tinham-se revelado úteis no terreno, em mais do que uma ocasião. Havia um café junto à praia, em St. Barts, onde as empregadas o achavam um sonho e um hotel em Genebra onde o *concierge* tinha jurado a si mesmo dar-lhe um tiro se o visse.

Como de costume, Mikhail Abramov foi o último a chegar. Alto e magro, com pele clara, de feições regulares e olhos da cor do gelo dos glaciares, tinha abandonado a Rússia e emigrado para Israel quando adolescente e ingressado nas Sayeret Matkal, a unidade de elite de operações especiais das IDF. Descrito numa ocasião como *Gabriel sem uma consciência,* tinha assassinado vários dos principais cabecilhas dos terroristas do Hamas e da Jihad Islâmica palestiniana. Carregado com duas pesadas caixas repletas de material eletrónico, cumprimentou Sarah com um beijo gelado e nada ambíguo. Mais tarde, Eli Lavon descrevê-lo-ia como a manifestação de afeto mais gelada desde que Shamron, nos dias tranquilos do processo de paz, tinha sido obrigado a apertar a mão a Yasser Arafat.

Conhecidos pelo nome de código Barak, a palavra hebraica para relâmpago, estes nove homens e mulheres que compunham a equipa de Gabriel tinham muitas idiossincrasias e muitas tradições. Entre as idiossincrasias, contava-se uma ritualista e infantil disputa em relação à atribuição de quartos. Entre as tradições, uma faustosa refeição de planeamento preparada por Chiara na primeira noite de uma operação. A que ocorreu na N Street foi mais pungente do que a maioria, pois supostamente nunca deveria ter acontecido. Como toda a gente na Avenida Rei Saul, a equipa esperava que a operação contra o programa nuclear iraniano fosse a última de Gabriel. Fora isso que lhes dissera o seu chefe putativo, Uzi Navot, que não parecia nada incomodado, e Shamron, que se encontrava destroçado. *Não tive outra hipótese a não ser deixá-lo ir,* confessou Shamron após o mítico encontro com Gabriel no cimo dos penhascos da Cornualha. *E desta vez é para sempre.*

E poderia ter sido para sempre se Gabriel não tivesse avistado Farid Khan a avançar por Wellington Street com uma bomba debaixo do sobretudo. Os homens e as mulheres que se encontravam reunidos à mesa da sala de jantar compreendiam o peso que Covent Garden tinha tido para Gabriel. Muitos anos antes, noutra vida e com outro nome, ele não conseguira impedir um atentado bombista em Viena, que mudou o rumo da sua vida para sempre. Nessa ocasião, a bomba não fora escondida debaixo do sobretudo de um *shahid* mas no chassis do carro de Gabriel. As vítimas não foram desconhecidos mas pessoas que lhe eram queridas — a mulher, Leah, e o único filho, Dani. Leah vivia agora num hospital psiquiátrico no cimo do monte Herzl, em Jerusalém, encerrada na prisão da sua memória e de um corpo devastado pelo fogo. Tinha apenas uma vaga noção de que Dani se encontrava enterrado não muito longe dela, no monte das Oliveiras.

Nessa noite, os membros da equipa de Gabriel não mencionaram Leah nem Dani, tal como também não se alongaram muito sobre a sucessão de acontecimentos que fez com que Gabriel fosse testemunha involuntária do martírio de Farid Khan. Em vez disso, falaram de amigos e da família, de livros que tinham lido e de filmes que tinham visto, e das extraordinárias mudanças que varriam naquele momento o mundo árabe. No Egito, o faraó tinha finalmente caído, desencadeando uma vaga de protestos que ameaçava derrubar os reis e os ditadores seculares que governavam a região há várias gerações. Se essas mudanças iriam trazer uma maior segurança a Israel ou pôr o país sob um perigo ainda maior, era uma questão que estava a provocar um fervoroso debate no seio do Departamento e à mesa de jantar naquela noite. Yossi, otimista por natureza, acreditava que os árabes, se lhes dessem a oportunidade de se autogovernarem, não iriam querer conversas com quem quisesse atacar Israel. Yaakov, que tinha passado vários anos a introduzir agentes em regimes árabes hostis, afirmou que Yossi estava perigosamente iludido, tal como o haviam afirmado quase todos os outros. Dina foi a única que não quis avançar com uma opinião, pois os seus pensamentos estavam centrados nas caixas com dossiês à espera na sala de estar. Tinha um relógio a dar horas dentro do seu cérebro formidável e acreditava que um minuto desperdiçado era um minuto mais para os terroristas conspirarem e planearem. Os dossiês continham a esperança de vidas salvas. Eram textos sagrados que incluíam segredos que só ela poderia decifrar.

Já era quase meia-noite quando o jantar terminou por fim. Seguiu-se a tradicional discussão sobre quem deveria levantar a mesa, lavar a louça e limpá-la. Depois de se ter posto de parte, Gabriel mostrou os dossiês a Dina e subiu as escadas com Chiara em direção ao quarto. Este ficava no segundo andar, com vista para o jardim de trás. Ao longe, no alto das torres da Georgetown University, as luzes vermelhas de aviso aos aviões piscavam suavemente, lembrando a vulnerabilidade da cidade em relação ao terrorismo aéreo.

— Imagino que haja sítios piores para passar uns dias — observou Chiara. — Onde é que puseste Mikhail e Sarah?

— O mais longe possível um do outro.

— E quais é que achas que são as probabilidades de esta operação os voltar a juntar?

— Mais ou menos as mesmas do que as de o mundo árabe passar a reconhecer de repente o nosso direito a existirmos.

— Assim tão más?

— Receio bem que sim.

Gabriel pegou na mala de Chiara e pousou-a na borda da cama, que afundou com o peso.

— O que tens aqui dentro?

— Gilah mandou-te umas coisas.

— Pedras?

— Comida — respondeu Chiara. — Sabes como Gilah é. Sempre a achar que estavas demasiado magro.

— E como é que ela está?

— Agora que Ari já não passa tanto tempo em casa, parece estar bastante melhor.

— Ele lá se inscreveu finalmente naquele curso de cerâmica que sempre quis tirar?

— Por acaso, está outra vez na Avenida Rei Saul.

— A fazer o quê?

— Uzi achou que ele precisava de qualquer coisa que o mantivesse ocupado e, por isso, nomeou-o teu coordenador de operação. Quer que lhe ligues logo de manhãzinha.

Chiara deu-lhe um beijo na cara e sorriu.

— Bem-vindo a casa, querido.

CAPÍTULO

16

GEORGETOWN, WASHINGTON, D.C.

Há uma verdade evidente acerca das redes terroristas:
colocar as peças nas suas posições não é tão difícil como se
poderia imaginar. Mas assim que o cabecilha carrega no gatilho e leva a cabo o primeiro atentado, perde-se o elemento de surpresa e a rede revela-se. Nos primeiros anos da
guerra contra o terrorismo — quando o Setembro Negro
e Carlos, *o Chacal,* andavam por aí à solta, com o auxílio de
euro-idiotas esquerdistas prestáveis como o Grupo Baader-
-Meinhof e as Brigadas Vermelhas —, os agentes dos serviços secretos serviam-se sobretudo de vigilância física, escutas rudimentares e trabalho de detetive à moda antiga para
identificar os membros de uma célula. Nos tempos que
corriam, com o advento da Internet e das comunicações
globais via satélite, os contornos do campo de batalha tinham sido alterados. A Internet fornecera ao terrorismo
uma ferramenta poderosa para organizar, inspirar e comunicar, mas também tinha concedido aos serviços secretos
um meio para seguir cada passo dessas redes. O ciberespaço era como uma floresta no inverno. Os terroristas podiam esconder-se lá durante algum tempo, congeminando
os seus planos e organizando as suas forças, mas não podiam ir e vir sem deixar pegadas na neve. Para o agente de

contraterrorismo, a dificuldade era seguir as pegadas certas, pois a floresta virtual era um lugar escuro e confuso onde uma pessoa podia deambular sem rumo enquanto morriam inocentes.

Na manhã seguinte, foi com cautela que Gabriel e a sua equipa entraram nessa floresta, quando os serviços secretos britânicos, à luz do acordo estabelecido, revelaram aos seus primos americanos os resultados preliminares da investigação ao atentado em Covent Garden. No material, vinham incluídos o conteúdo dos computadores pessoal e de trabalho de Farid Khan, uma impressão de todos os números que ele tinha marcado no telemóvel e uma lista de conhecidos extremistas islâmicos com quem se tinha cruzado enquanto membro das organizações terroristas Hizb ut-Tahrir e Al-Muhajiroun. Havia também uma cópia da cassete com a sua mensagem de suicídio, bem como várias centenas de imagens captadas por CCTV durante os últimos meses da sua vida. A fotografia final mostrava-o parado em Covent Garden, com os braços levantados por cima da cabeça e uma explosão de fogo a irromper do cinto de explosivos que trazia à volta da cintura. Deitado no chão, a um ou dois metros de distância e protegido por dois homens, estava Gabriel. Quando a foto foi ampliada, foi possível ver a sombra de uma pistola na sua mão esquerda.

Carter tinha distribuído o material ao CCT, em Langley, e à NSA, em Fort Meade, no Maryland. A seguir, sem lhes dar conhecimento, tinha entregado uma terceira cópia na casa da N Street. No dia seguinte, tinha lá deixado um pacote extraordinariamente parecido e de origem dinamarquesa, mas só passada uma semana é que apareceu com o material de Paris. *Os franceses ainda não perceberam bem que isto nos toca a todos,* explicou Carter. *Para eles, o atentado tratou-se de uma falha dos seus serviços secretos, o que significa que só nos estão a revelar parte da história, podem ter a certeza disso.*

Gabriel e a sua equipa analisaram o material o mais rapidamente possível, mas com a paciência e a atenção aos pormenores necessárias num empreendimento dessa natureza. Por instinto, Gabriel instruiu-os para abordarem o caso como se fosse uma tela enorme que tivesse sofrido danos extensos. *Não recuem demasiado para tentarem ver tudo de uma só vez,* recomendou. *Isso só vos vai deixar loucos. Avancem lentamente, a partir das margens. Concentrem-se nos pormenores — uma mão, um olho, a bainha do vestuário, um fio comum que una os três atentados. Não vão conseguir vê-lo logo à partida, mas ele está lá, garanto-vos.*

Com a ajuda da NSA e dos analistas de dados informáticos que trabalhavam para o governo em incaracterísticos prédios de apartamentos à volta da Capital Beltway, a equipa escavou a fundo a memória das unidades centrais de computadores e servidores espalhados por todo o mundo. Números de telefone geraram números de telefone, contas de *e-mail* geraram contas de *e-mail,* nomes geraram nomes. Foram lidas milhares de mensagens de *chat* numa dezena de línguas diferentes. Foram esquadrinhados históricos de visualizações, à procura de nexos de causalidade, fotografias, à procura de indícios de seleção de alvos, e históricos de pesquisas, à procura de desejos secretos e de paixões proibidas.

Gradualmente, começaram a esboçar-se os contornos ténues de uma rede terrorista. Estava espalhada e era difusa — aqui, o nome de um potencial agente em Lyon; ali, a morada de um possível apartamento seguro em Malmö;

aqui, um *site* da Internet de origem incerta que fornecia a possibilidade de descarregar vídeos de atentados bombistas e decapitações, a pornografia do mundo jihadista. Serviços secretos ocidentais com quem os americanos tinham boas relações enviaram de bom grado, pensando que tinham a CIA do outro lado, material que por norma não revelariam. O mesmo fizeram os agentes secretos do mundo islâmico. Passado pouco tempo, as paredes da sala de estar já se encontravam repletas de uma rede estarrecedora de informações. Eli Lavon dizia que era como estar a contemplar o céu sem a ajuda de um mapa das estrelas. Era agradável, afirmava, mas dificilmente produtivo quando havia vidas em jogo. Algures por ali havia um princípio organizador, uma mão invisível a guiar ações terroristas. Rashid, o carismático clérigo, tinha construído a rede com a sua bela e sedutora língua, mas outra pessoa tinha-a aprimorado para levar a cabo três atentados em três cidades europeias, cada um num momento preciso. Não era amador nenhum, esse homem. Era um coordenador terrorista profissional.

Atribuir um nome e um rosto a esse monstro transformou-se na obsessão de Dina. Sarah, Chiara e Eli Lavon trabalhavam incansavelmente a seu lado, ao passo que Gabriel se contentava em desempenhar os papéis de moço de recados e mensageiro. Duas vezes por dia, Dina fornecia-lhe uma lista de perguntas a necessitarem de respostas urgentes. Umas vezes, Gabriel ia até à embaixada israelita, na ponta noroeste de Washington, e transmitia-as a Shamron através da linha segura. Noutras, entregava-as a Adrian Carter, que fazia então uma peregrinação até Fort Meade para ter uma conversa discreta com os analistas de dados informáticos. No Dia de Ação de Graças, à noite, com uma atmosfera de vazio repentino a pairar sobre Georgetown,

Carter pediu a Gabriel que fosse ter com ele a um café na Thirty-fifth Street para lhe entregar um pacote volumoso com material.

— Onde é que Dina quer chegar com isto? — perguntou Carter, abrindo a tampa de um café americano que não fazia tenções de beber.

— Nem eu sei ao certo — respondeu Gabriel. — Ela tem uma metodologia própria. Eu limito-me a tentar não a atrapalhar.

— Ela está a vencer-nos, sabes? Os serviços secretos dos Estados Unidos têm duzentos analistas a tentarem desvendar este caso e uma mulher, uma só, está a conseguir vencê-los.

— Isso é porque ela sabe exatamente o que é que vai acontecer se nós não acabarmos com eles. E não parece precisar de dormir.

— E ela tem alguma teoria em relação a quem possa ser?

— Sente que o conhece.

— Pessoalmente?

— Com Dina é sempre pessoal, Adrian. É por isso que ela é tão boa naquilo que faz.

Embora Gabriel não o quisesse admitir, o caso também se tinha tornado pessoal para ele. Com efeito, quando não estava na embaixada ou reunido com Carter, normalmente podia ser encontrado no *Rashidistão,* o nome pelo qual a equipa se referia à exígua biblioteca da casa da N Street. As quatro paredes estavam repletas de fotografias do telegénico clérigo. Dispostas cronologicamente, registavam a sua improvável ascensão, de pregador obscuro em San Diego a líder de uma rede terrorista jihadista. O seu aspeto pouco se tinha alterado ao longo desse tempo — a mesma barba fina, os mesmos óculos de estudioso, a mesma expressão benevolente nos olhos castanhos e serenos. Não parecia um homem capaz de cometer um assassínio em massa, ou sequer uma pessoa que o pudesse inspirar. Gabriel não ficou surpreendido; ele fora torturado por homens com mãos de padres e em tempos matara um mestre terrorista palestiniano com cara de criança. Ainda agora, mais de vinte anos depois, Gabriel sentia dificuldade em conciliar a doçura do rosto sem vida do homem com a quantidade aterradora de sangue nas suas mãos.

O maior trunfo de Rashid não era o aspeto banal, mas sim a voz. Gabriel ouviu os sermões de Rashid — tanto em árabe como no seu inglês americano coloquial — e as muitas entrevistas ponderadas que ele tinha concedido à imprensa a seguir ao 11 de Setembro. Acima de tudo, analisou as gravações em que Rashid se batia intelectualmente com os agentes da CIA que o interrogaram. Rashid era um misto de poeta, pregador e professor da *jihad*. Avisou os americanos de que os dados demográficos jogavam definitivamente a favor dos seus inimigos, de que o mundo islâmico era jovem, estava a crescer e a fervilhar com uma mistura potente de raiva e humilhação. *A não ser que se faça alguma coisa para alterar essa equação, meus caros amigos, uma geração inteira vai ser perdida para a* jihad. Do que a América precisava era de uma ponte para o mundo islâmico, e Rashid al-Husseini ofereceu-se para desempenhar esse papel.

Cansados da presença insidiosa de Rashid, o resto da equipa insistiu com Gabriel para que deixasse a porta da biblioteca bem fechada sempre que estivesse a ouvir as gravações. Mas, a altas horas da noite, quando quase todos os outros já se tinham ido deitar, ele desobedecia a essa ordem, apenas para mitigar a sensação de claustrofobia produzida pelo som da voz de Rashid. Invariavelmente, dava com Dina a olhar fixamente para o *puzzle* disposto nas paredes da sala de estar. *Vai dormir, Dina,* dizia-lhe ele. E Dina respondia-lhe: *Vou dormir quando tu fores dormir.*

Na primeira sexta-feira de dezembro, com as tempestades de neve a cobrirem de branco as ruas de Georgetown, Gabriel ouviu mais uma vez o último relatório fornecido por Rashid aos agentes da CIA perante os quais respondia. Foi na noite anterior à sua deserção. Parecia mais nervoso do que o costume e ligeiramente irritado. No final do encontro, deu ao agente responsável por ele o nome de um imã de Oslo que, na opinião de Rashid, andava a angariar dinheiro para os combatentes da resistência no Iraque. *Não são combatentes da resistência, são terroristas,* disse o homem da CIA com contundência. *Peço desculpa, Bill,* respondeu Rashid, utilizando o pseudónimo do agente, *mas às vezes tenho dificuldade em lembrar-me de que lado é que estou.*

Gabriel desligou o computador e entrou na sala de estar sem fazer barulho. Dina estava diante da rede dela, em silêncio e a coçar a perna no sítio onde lhe doía sempre que se encontrava cansada.

— Vai dormir, Dina — aconselhou Gabriel.

— Hoje não — respondeu ela.

— Apanhaste-o?

— Acho que sim.

— E quem é ele?

— É Malik — disse ela baixinho. — E que Deus tenha piedade de todos nós.

CAPÍTULO

17

GEORGETOWN, WASHINGTON, D.C.

Passavam poucos minutos das duas da madrugada, uma hora terrível, segundo uma célebre tirada de Shamron, em que raramente se inventavam estratagemas brilhantes. Gabriel sugeriu que esperassem até de manhã, mas o relógio que Dina tinha na cabeça estava a fazer demasiado barulho para isso. Foi ela própria levantar os outros da cama e pôs-se a andar de um lado para o outro da sala de estar, com grande nervosismo, enquanto aguardava que o café ficasse pronto. Quando falou por fim, o tom da voz surgiu urgente mas respeitoso. Malik, o mestre do terrorismo, merecia-o.

Começou o relato recordando à equipa a linhagem de Malik — uma linhagem que não podia ter outro desfecho possível. Descendente do clã Al-Zubair — uma família de sangue palestiniano e sírio originária da aldeia de Abu Ghosh, nas cercanias a oeste de Jerusalém —, tinha nascido no campo de refugiados de Zarqa, na Jordânia. Zarqa era um sítio miserável, mesmo para os padrões deploráveis dos campos, e ideal para o florescimento do extremismo islâmico. Jovem inteligente mas sem objetivos, Malik passou bastante tempo na Mesquita Al-Falah. Foi lá que se deixou enfeitiçar por um incendiário imã salafita que o conduziu para os braços do Movimento de Resistência Islâmica, mais conhecido como Hamas. Malik ingressou na ala militar do grupo, as Brigadas Izzaddin al-Qassam, e estudou a arte do terrorismo com alguns dos profissionais mais mortíferos do ramo. Líder natural e organizador talentoso, subiu pelas fileiras do grupo e, no início da Segunda Intifada, já era um dos principais cabecilhas dos terroristas do Hamas. Refugiado na segurança do campo de Zarqa, planeou alguns dos mais letais atentados desse período, incluindo um ataque perpetrado por um bombista suicida num clube noturno de Telavive que ceifou trinta e três vidas.

— Depois desse atentado — informou Dina —, o primeiro-ministro assinou um decreto a autorizar o assassínio de Malik. Malik escondeu-se ainda mais no campo de Zarqa e planeou aquele que seria o maior ataque por si levado a cabo até essa altura: a explosão de uma bomba no Muro das Lamentações. Felizmente, conseguimos prender os três *shahids* antes que pudessem chegar ao alvo. Pensa-se que é o único falhanço de Malik.

No verão de 2004, prosseguiu Dina, já era evidente que o conflito israelo-palestiniano se tratava de um palco demasiado pequeno para Malik. Inspirado pelo 11 de Setembro, escapuliu-se do campo e, vestido de mulher, viajou para Amã para se encontrar com alguém que estava a recrutar para a Al-Qaeda. Depois de Malik recitar o *bayat,* o juramento pessoal de fidelidade a Osama Bin Laden, fizeram-no atravessar a fronteira clandestinamente e entrar na Síria. Seis semanas mais tarde, esgueirou-se para o Iraque.

— Malik era bem mais sofisticado do que os outros membros da Al-Qaeda no Iraque — explicou Dina. — Tinha passado anos a aperfeiçoar o seu ofício contra as mais impressionantes forças de contraterrorismo do mundo. Não só era especialista no fabrico de bombas, como sabia também como fazer passar os seus *shahids* pela segurança mais apertada. Diz-se que foi o coordenador por detrás de alguns dos ataques mais mortíferos e aparatosos da rebelião. A sua coroa de glória foi uma vaga de atentados bombistas, ao longo de um dia, no bairro xiita de Bagdade, que matou mais de duzentas pessoas.

No Iraque, o último ataque de Malik foi um atentado numa mesquita xiita que deixou cinquenta fiéis mortos. Por essa altura, já era alvo de uma gigantesca operação de busca empreendida pela Força de Intervenção 6-26, a unidade conjunta americana de operações especiais e serviços secretos. Dez dias depois do atentado, a força de intervenção soube que Malik estava escondido numa casa segura a dezasseis quilómetros a norte de Bagdade, com outras duas importantes figuras da Al-Qaeda. Nessa noite, jatos americanos *F-16* atacaram a casa com duas bombas guiadas a *laser,* mas quando se passou revista aos destroços apenas foram encontrados dois conjuntos de restos mortais. Nenhum deles pertencia a Malik al-Zubair.

— Ao que parece, ele escapuliu-se da casa uns minutos antes de as bombas rebentarem — revelou Dina. — Mais tarde, disse aos companheiros que Alá lhe tinha ordenado que se fosse embora. O incidente só serviu para reafirmar a sua crença de que tinha sido escolhido por Deus para fazer coisas grandes.

Foi então que Malik decidiu que estava na altura de se internacionalizar. Tinha ganhado o gosto por matar americanos no Iraque e queria matá-los na sua terra, por isso viajou até ao Paquistão para pedir financiamento e apoio ao gabinete central da Al-Qaeda. Bin Laden ouviu com atenção. Depois, mandou Malik ir passear.

— Por acaso — acrescentou Dina apressadamente —, diz-se que quem esteve por detrás da decisão de mandar Malik embora de mãos a abanar foi Ayman al-Zawahiri. O egípcio tinha vários planos contra o Ocidente em andamento e não os queria ver ameaçados por um palestiniano arrivista de Zarqa.

— E então Malik foi ao Iémen para oferecer os seus serviços a Rashid? — inquiriu Gabriel.

— Exato.

— Provas — pediu Gabriel. — Onde é que estão as provas?

— Sou analista de dados — respondeu Dina, sem pretender com isso desculpar-se. — Raramente tenho a sorte de possuir provas irrefutáveis. O que te estou a apresentar são conjeturas, baseadas num punhado de factos pertinentes.

— Como por exemplo?

— Damasco — afirmou ela. — No outono de 2008, o Departamento foi avisado por um dos nossos ativos nos serviços secretos sírios de que Malik estava lá escondido, a mudar constantemente de sítio, entre uma série de casas seguras de vários membros do clã Al-Zubair. Perante a insistência de Shamron, o primeiro-ministro autorizou-nos a começar a planear o fim há muito esperado de Malik. Nessa altura, Uzi ainda era o chefe da divisão de Operações Especiais. Enviou uma equipa de agentes para Damasco... uma equipa que incluía um tal Mikhail Abramov — acrescentou Dina, olhando na sua direção. — Passados poucos dias, já andavam a vigiar Malik a tempo inteiro.

— Continua, Dina.

— Malik não era lá muito fácil de seguir, como Mikhail te dirá. Estava sempre a mudar de aspeto... pelos faciais, óculos, chapéus, roupa, até a maneira de falar... mas a equipa conseguiu não o perder de vista. No dia 23 de outubro, ao final da tarde, viram Malik a entrar num apartamento que pertencia a um homem chamado Kemel Arwish. Arwish gostava de se descrever como um moderado de influências ocidentais que queria arrastar os conterrâneos à força para o século XXI. Na verdade, era um islamita que se movia nas margens da Al-Qaeda e das organizações ligadas a ela. O facto de poder viajar sem suspeitas entre o Médio Oriente e o Ocidente tornava-o um valioso mensageiro e moço dos mais diversos recados.

Dina olhou diretamente para Gabriel antes de prosseguir:

— Como tens passado uma série de tempo a familiarizar-te com os dossiês da CIA sobre Rashid, acredito que o nome e a morada de Kemel não sejam novidade para ti.

— Rashid foi a um jantar no apartamento de Kemel Arwish, em 2004, quando esteve em Damasco ao serviço da CIA — retorquiu Gabriel. — Depois, disse ao agente da CIA responsável por ele que tinha estado a discutir com Arwish várias ideias interessantes para extinguir as chamas da *jihad*.

— E se acreditares nisso...

— Pode não passar de uma coincidência, Dina.

— Pois pode, mas eu fui treinada para nunca acreditar em coincidências. E tu também.

— E o que aconteceu à operação contra Malik?

— Ele escapou-se-nos por entre os dedos, tal como se tinha escapado dos americanos em Bagdade. Uzi pensou pôr Arwish sob vigilância, mas isso acabou por não ser necessário. Três dias depois do desaparecimento de Malik, o corpo de Kemel Arwish foi encontrado no deserto, a leste de Damasco. Tinham-lhe concedido uma morte pouco dolorosa.

— Malik mandou matá-lo?

— Talvez tenha sido Malik, talvez tenha sido Rashid. Não interessa muito. Arwish era peixe miúdo em lago grande. Já tinha desempenhado o papel que lhe tinham atribuído. Tinha entregado uma mensagem e, depois disso, passou a ser um risco.

Gabriel não pareceu convencido.

— E que mais tens?

— O *design* dos cintos de explosivos usados pelos *shahids* em Paris, Copenhaga e Londres — respondeu ela. — Eram idênticos ao tipo de cinto que Malik usou nos atentados durante a Segunda Intifada, que, por seu turno, eram idênticos ao que tinha usado em Bagdade.

— O *design* não tinha necessariamente de ser da autoria de Malik. Já podia andar há anos a circular pelos esgotos do submundo jihadista.

— De certeza que Malik não ia pôr esse *design* na Internet para que o mundo inteiro o visse. Os fios, o detonador, a configuração dos explosivos e os projéteis são tudo inovações dele. Está praticamente a *dizer-me* que foi ele.

Gabriel não disse nada. Dina ergueu a sobrancelha e perguntou:

— Não tens mais comentários sobre coincidências?

Gabriel ignorou a tirada.

— E qual é que é o último sítio onde sabemos que ele esteve?

— Houve indicações não confirmadas de que teria voltado para Zarqa, e o chefe da nossa base na Turquia ouviu um rumor desagradável de que estaria a viver em grande estilo em Istambul. O rumor revelou-se falso. No que diz respeito ao Departamento, Malik é um fantasma.

— Até um fantasma precisa de passaporte.

— Achamos que ele anda com um passaporte sírio que lhe foi dado pelo grande reformador em pessoa, em Damasco. Infelizmente, não fazemos ideia do nome que ele anda a usar nem do aspeto atual. A última fotografia que se conhece de Malik foi tirada há mais de vinte anos. Não serve para nada.

— E não há ninguém chegado a Malik a quem possamos deitar a mão? Um familiar? Um amigo? Um antigo companheiro dos tempos do Hamas?

— Tentámos isso quando Malik nos andava a enfiar bombas a torto e a direito durante a Segunda Intifada — respondeu Dina, abanando a cabeça. — Já não há nenhum Al-Zubair em Israel ou nos territórios ocupados, e os que estão no campo de Zarqa estão de tal maneira empenhados na luta que nunca colaborariam connosco.

Ela parou por uns instantes.

— Mas somos capazes de ter uma coisa a funcionar a nosso favor.

— E qual é?

— Acho que a rede dele é capaz de estar a ficar sem dinheiro.

— Quem diz isso?

Dina apontou para uma fotografia de Farid Khan, o bombista de Covent Garden.

— Ele.

GEORGETOWN, WASHINGTON, D.C.

Nas últimas semanas da sua curta mas extraordinária vida, Farid Khan, o assassino que matou dezoito almas inocentes na terra onde nascera, publicou uma série de mensagens num fórum de discussão islâmico na Internet, lamentando-se por não ter dinheiro para comprar à irmã um presente de casamento apropriado. Ao que parecia, estava a pensar faltar ao casamento para evitar vergonhas. Mas havia apenas um problema em relação à história, realçou Dina. Alá tinha abençoado a família Khan com quatro rapazes, mas nenhuma rapariga.

— Acho que ele se está a referir a um pagamento pelo martírio... um pagamento que tinha sido prometido por Malik. É assim que o Hamas funciona. O Hamas trata sempre das necessidades financeiras póstumas dos seus *shahids*.

— E ele chegou a receber o dinheiro?

— Uma semana antes do atentado, publicou uma última mensagem a dizer que lhe tinha sido concedido o dinheiro necessário para comprar um presente à irmã. Afinal de contas, já poderia ir ao casamento, Alá seja louvado.

— Então Malik acabou por cumprir a palavra.

— É verdade, mas só depois de o seu *shahid* ter ameaçado que não ia para a frente com a missão. É possível que a rede tenha dinheiro que chegue para financiar mais uma série de atentados, mas se Rashid e Malik se quiserem transformar nos novos Bin Laden e Zawahiri...

— Vão precisar de uma injeção de capital.

— Exato.

Gabriel avançou e contemplou a galáxia de nomes, números de telefone e caras reunida por Dina. A seguir, virou-se para Lavon e perguntou:

— Quanto é que achas que seria preciso para criar um novo grupo terrorista jihadista com um alcance verdadeiramente global?

— Vinte milhões devem chegar — lançou Navot. — Se calhar, um bocadinho mais, se lhes quisermos dar alojamento e viagens em primeira classe.

— Isso é muito dinheiro, Eli.

— O terrorismo não sai barato — respondeu Lavon, olhando para Gabriel de soslaio. — Em que é que estás a pensar?

— Estou a pensar que temos duas hipóteses. Podemos ficar aqui sentados a olhar para as nossas redes de telefones e *e-mails,* à espera que nos caia no colo alguma informação que nos permita agir, ou...

A voz de Gabriel sumiu-se.

— Ou o quê?

— Ou podemos entrar nós no negócio do terrorismo.

— E como faríamos isso?

— Dando-lhes o dinheiro, Eli. Dando-lhes o dinheiro.

Há dois tipos essenciais de informação, recordou escusadamente Gabriel à sua equipa. Há a informação de origem humana, ou *infhum* no jargão do ramo, e a informação com origem em telecomunicações, também conhecida como *inftel*. Mas a capacidade de seguir em direto movimentações de dinheiro no sistema bancário mundial tinha fornecido aos espiões uma terceira e poderosa forma de recolha de informação por vezes referida como *inffin,* ou informação de origem financeira. Na maioria dos casos, a *inffin* era extraordinariamente segura. O dinheiro não mentia; ia simplesmente para onde lhe diziam para ir. E, além do mais, o rasto eletrónico de informação deixado por essas movimentações tinha uma natureza profética. Há muito que os terroristas islâmicos tinham aprendido a enganar as agências de espionagem ocidentais com conversas falsas, mas raramente investiam preciosos recursos financeiros em matéria de logro. Normalmente, o dinheiro ia para agentes verdadeiros, que estavam envolvidos em planos verdadeiros. Se o seguissem, afirmou Gabriel, o dinheiro iria iluminar as intenções de Rashid e Malik como as luzes de uma pista de aeroporto.

Mas como fazê-lo? Foi com essa pergunta que Gabriel e a sua equipa se debateram durante o resto daquela noite longa e em branco. Uma falsificação ardilosa? Não, teimou Gabriel, o mundo jihadista era demasiado insular para isso. Se a equipa tentasse criar do nada um mecenas muçulmano abastado, os terroristas metiam-no à frente de uma câmara e cortavam-lhe a cabeça com uma faca de manteiga. O dinheiro teria de vir de alguém com credenciais jihadistas inatacáveis. Caso contrário, os terroristas nunca o aceitariam. Mas onde poderiam encontrar alguém que tivesse um pé em cada lado do conflito? Alguém que fosse considerado genuíno pelos jihadistas, mas que estivesse ao mesmo tempo disposto a trabalhar para os serviços secretos israelitas e americanos. Liguem ao Velho, sugeriu Yaakov. Com toda a probabilidade, estalava os dedos manchados de nicotina e avançava logo com um nome. E se não o fizesse, saberia com certeza onde encontrar um.

Como se veio a revelar, Shamron sabia de facto de um nome, que murmurou ao ouvido de Gabriel, pelo telefone seguro, poucos minutos depois das quatro da manhã, hora de Washington. Shamron já vigiava essa pessoa há vários anos. Para Gabriel, a abordagem estaria repleta de riscos, pessoais e profissionais, mas Shamron tinha uma quantidade substancial de provas, nas gavetas onde guardava os dossiês, que indiciava que tal opção poderia ser recebida positivamente. Propôs a ideia a Uzi Navot e, passados uns minutos, Navot aprovou-a. E, assim, com um rabisco da ridícula caneta de ouro de Navot, o regresso de Gabriel Allon, o filho desavindo dos serviços secretos israelitas, ficou finalizado.

Ao longo dos anos, os membros da equipa Barak tinham-se envolvido em muitas discussões intensas, mas nenhuma se equipararia à que ocorreu naquela manhã, na casa da N Street. Chiara rejeitou a ideia, considerando-a um devaneio perigoso; Dina caracterizou-a como uma perda de tempo e de recursos valiosos que não resultaria de certeza em nada. E até Eli Lavon, o amigo e aliado mais chegado de Gabriel, se mostrou reticente em relação às possibilidades de êxito. *Vai acabar por ser a nossa versão de Rashid,* afirmou. *Vamos congratular-nos por sermos tão inteligentes. E depois, um dia, vai rebentar tudo na nossa cara.*

Para grande surpresa de toda a gente, Sarah foi a única a defender Gabriel. Sarah conhecia o candidato de Shamron bem melhor do que os outros, e Sarah acreditava no poder da redenção.

— Ela não é igual ao pai — disse Sarah. — É diferente. Está a tentar mudar as coisas.

— É verdade — retorquiu Dina —, mas isso não quer dizer que vá aceitar trabalhar connosco.

— O pior que pode acontecer é ela dizer que não.

— Talvez — respondeu Lavon sorumbaticamente. — Ou talvez o pior que possa acontecer seja ela dizer que *sim*.

19

VOLTA PARK, WASHINGTON, D.C.

Gabriel esperou até ao nascer do Sol para telefonar a Adrian Carter. Carter já estava a caminho de Langley, naquela que seria a sua primeira paragem num dia violentamente longo. Incluía uma manhã passada a testemunhar à porta fechada em Capitol Hill, um almoço formal ao meio-dia com uma delegação de espiões polacos que se encontrava de visita e, por fim, uma reunião de planificação em termos de contraterrorismo, na Situation Room da Casa Branca, presidida por nem mais nem menos do que James McKenna. Pouco depois das seis da tarde, exausto e desanimado, Carter desceu do seu *Escalade* blindado, na Q Street, e, numa escuridão quase completa, entrou no Volta Park. Gabriel estava à espera, sentado num banco junto aos campos de ténis, com a gola do casaco levantada para se proteger do frio. Carter sentou-se ao seu lado. Na rua, a carrinha SUV blindada roncava em ponto-morto, tão discreta como uma baleia encalhada numa praia.

— Importas-te? — perguntou Carter, tirando do bolso do casaco o cachimbo e a bolsa para o tabaco. — Foi uma tarde difícil.

— O McKenna?

— Por acaso, o presidente resolveu agraciar-nos com a sua presença, e a verdade é que não estava muito interessado no que eu tinha para dizer — informou Carter, parecendo estar a dedicar todos os seus consideráveis poderes de concentração à tarefa de carregar o cachimbo. — Já tive o privilégio de ser descomposto por quatro presidentes durante os meus anos de serviço a este grande país. Continua a não ser uma experiência agradável.

— E o que é que se passa?

— A NSA anda a apanhar uma série de conversas que indiciam que pode estar iminente outro atentado. O presidente exigiu saber os pormenores concretos, incluindo o local, a hora e a arma a utilizar. Quando eu não lhe soube responder, ficou irritado — explicou Carter, acendendo o cachimbo e iluminando por breves instantes o seu rosto macilento. — Há doze horas, talvez estivesse disposto a considerar essas conversas insignificantes e a não fazer caso delas. Mas agora que sei que o nosso adversário é Malik al-Zubair, já não estou tão otimista.

— Normalmente, quando os agentes de contraterrorismo se sentem otimistas, acabam por morrer pessoas inocentes.

— Estás sempre assim tão bem-disposto?

— Os últimos dias foram longos.

— E até que ponto é que Dina tem a certeza de que é mesmo ele?

Gabriel enumerou os elementos fulcrais da argumentação da analista: a tentativa falhada de Malik de assegurar o apoio de Bin Laden, a reunião no apartamento de Kemel Arwish, em Amã, e o *design* singular dos cintos de explosivos de Malik. Carter não precisou de mais provas. No passado, já tinha agido com base em muito menos, e há muito que esperava que aquilo acontecesse. Malik era o tipo de terrorista que Carter mais temia. Malik e Rashid a trabalharem juntos era o seu pior pesadelo tornado realidade.

— Para que fique registado — anunciou —, ainda ninguém do CCT estabeleceu qualquer ligação entre Rashid e Malik. Dina foi a primeira a lá chegar.

— É o que costuma acontecer.

— Então e o que é que uma pessoa faz com uma informação dessas quando está na minha posição? Vai dá-la aos analistas que se afadigam nas catacumbas do CCT? Vai informar o diretor e o presidente?

— Não a revela a ninguém, para não dar cabo da minha operação.

— E que operação é essa?

Gabriel levantou-se e fez Carter atravessar o parque até chegarem a um segundo banco, com vista para os baloiços. Encostando-se ao ouvido de Carter, Gabriel explicou-lhe as linhas gerais do plano enquanto um baloiço desocupado rangia tenuemente ao sabor da brisa suave.

— Isto cheira-me a Ari Shamron.

— E com razão.

— Em que é que estão a pensar? Numa doação anónima à instituição de caridade islâmica que escolherem?

— Por acaso, estávamos a pensar numa coisa um bocadinho mais específica.

— Uma doação que vá diretamente para os cofres de Rashid?

— Uma coisa desse género.

O vento fazia abanar as árvores à volta dos baloiços, e as folhas caíam em catadupa. Carter limpou uma do ombro e disse:

— Vai demorar demasiado tempo.

— A paciência é uma virtude, Adrian.

— Em Washington, não. Gostamos de fazer as coisas a correr.

— E tens alguma ideia melhor?

Com o seu silêncio ensurdecedor, Carter deixou bem claro que não tinha.

— É interessante — admitiu. — Melhor ainda, é uma ideia matreira como o raio! Se conseguirmos realmente passar a ser a principal fonte de financiamento da rede de Rashid...

— Então temo-los *na mão,* Adrian.

Carter bateu com o cachimbo ao de leve no banco e voltou a encher o fornilho lentamente.

— Mas o melhor é não nos entusiasmarmos já muito. Esta conversa é completamente irrelevante se não conseguirem convencer um muçulmano abastado e com credenciais jihadistas a colaborar convosco.

— Eu nunca disse que ia ser fácil.

— Mas é evidente que já pensaram num candidato.

Gabriel lançou um olhar ao campo de basquetebol, onde um dos seguranças que protegiam Carter andava de um lado para o outro lentamente.

— O que é que se passa? — perguntou Carter. — Não confias em mim?

— Não és tu, Adrian. São as outras oitocentas mil pessoas, na vossa comunidade dos serviços secretos, com autorizações referentes a assuntos ultrassecretos.

— Nós ainda sabemos compartimentar a informação.

— Digam isso aos vossos amigos e aliados que vos deixaram instalar prisões secretas no território deles. Tenho a certeza de que lhes prometeram que o programa continuaria secreto. Mas não continuou. Na verdade, acabou escarrapachado na primeira página do *Washington Post*.

— Sim — respondeu Carter taciturnamente —, acho que me lembro de ler qualquer coisa acerca disso.

— A pessoa em quem estamos a pensar é de um país que tem laços próximos com o vosso. Se alguma vez se soubesse que essa pessoa estava a trabalhar para nós... — disse Gabriel, com a voz a sumir-se. — Digamos apenas que os danos não se ficariam só por uma notícia embaraçosa no jornal. Morreriam pessoas, Adrian.

— Pelo menos, diz-me o que é que estás a pensar fazer a seguir.

— Preciso de ir visitar uma amiga a Nova Iorque.

— Alguém que eu conheça?

— Só de nome. Já foi uma jornalista de investigação muito influente do *Financial Journal* de Londres. Agora, trabalha para a CNBC.

— Nós temos uma regra que não nos permite recorrer a jornalistas.

— Mas *nós* não. E como ambos sabemos, isto é uma operação israelita.

— Vê só se tens cuidado lá. Não queremos que acabes no noticiário da noite.

— Mais algum conselho útil?

— As conversas que temos andado a apanhar podem ser inofensivas ou enganadoras — afirmou Carter, levantando-se. — Mas, por outro lado... também podem não ser.

Deu meia-volta sem dizer mais nada e voltou para o *Escalade,* com os seguranças a seguirem-no. Gabriel deixou-se ficar sentado no banco, a observar o baloiço desocupado movendo-se com o vento. Passados uns minutos, foi-se embora do parque e seguiu para sul, passando pela li-geira elevação da Thirty-fourth Street. Dois homens ma-gros e de capacete passaram por ele de mota, com grande estrépito, e desapareceram na escuridão. Foi nessa altura que uma imagem irrompeu na cabeça de Gabriel — uma mulher de cabelos pretos desconcertada, ajoelhada junto ao corpo do pai no Quai Saint-Pierre, em Cannes. O barulho das motas dissipou-se, tal como a recordação da mulher. Gabriel enfiou as mãos nos bolsos do casaco e continuou a andar, sem pensar em absolutamente nada e com as árvo-res a derramarem folhas douradas.

PALISADES, WASHINGTON, D.C.

Nesse preciso momento, um carro encostou ao passeio, à frente de uma casa revestida de ripas de madeira, no bairro de Washington conhecido como Palisades. O carro, um *Ford Focus,* era de Ellis Coyle, da CIA, tal como a casa. Uma construção bastante pequena, mais chalé do que casa, tinha esticado as finanças de Coyle até ao limite. Depois de muitos anos passados no estrangeiro, quisera instalar-se num dos subúrbios acessíveis da Virgínia do Norte, mas Norah tinha insistido em morar em Washington para estar mais perto do consultório. A mulher de Coyle era psicóloga infantil, uma escolha profissional estranha, sempre achou ele, para uma mulher cujo ventre infértil não tinha sido capaz de gerar nenhum filho. O seu idílico percurso diário, um passeio agradável de quatro quarteirões por MacArthur Boulevard, contrastava gritantemente com o percurso de Coyle, a travessia, duas vezes por dia, do rio Potomac. Durante algum tempo, tinha tentado ouvir música New Age para se acalmar, mas percebeu que isso só o punha mais zangado. Nos tempos que corriam, era a vez dos livros em cassete. Tinha terminado recentemente a obra-prima de Martin Gilbert sobre Winston Churchill. Na verdade, devido às obras na Chain Bridge, quase não tinha demorado uma semana. Coyle sempre admirara a capacidade de decisão de Churchill. Nos últimos tempos, Coyle também se tinha mostrado decidido.

Desligou o motor. Era obrigado a estacionar na rua porque a casa que lhe tinha custado perto de um milhão de dólares não tinha garagem. A sua esperança era de que o chalé servisse de porta de entrada em Washington, uma casa pequena que poderia depois trocar por uma propriedade maior, em Kent ou Spring Valley, ou talvez até em Wesley Heights. Em vez disso, fora com frustração que vira os preços dispararem para valores bem fora do alcance do seu salário governamental. Nos tempos que corriam, só os habitantes mais ricos de Washington — os advogados chupistas, os lobistas corruptos, os jornalistas famosos que criticavam a CIA a cada oportunidade — podiam pagar as hipotecas nesses bairros. Mesmo em Palisades, os pitorescos chalés de madeira estavam a ser deitados abaixo, substituídos por mansões. O vizinho de Coyle, um advogado bem-sucedido chamado Roger Blankman, tinha construído recentemente uma monstruosidade ao estilo do Movimento Artes e Ofícios que ensombrava por completo o recanto, antes banhado pela luz do Sol, onde Coyle tomava o pequeno-almoço. Os mal-educados filhos de Blankman entravam frequentemente na propriedade de Coyle, assim como o exército de jardineiros paisagistas do vizinho, que estavam constantemente a fazer pequenas melhorias na configuração dos zimbros e das sebes de Coyle. Coyle retribuiu o favor envenenando as alegrias-do-lar de Blankman. Coyle acreditava na eficácia das ações secretas.

Naquele momento, estava sentado ao volante, a olhar para a luz que brilhava na janela da sua cozinha. Conseguia imaginar a cena que se desenrolaria a seguir, pois pouco mudava de noite para noite. Norah estaria na cozinha, sentada à mesa, com o seu primeiro copo de Merlot, a passar os olhos pelo correio e a ouvir um programa qualquer horroroso na rádio pública. Dar-lhe-ia um beijo fugidio e recordar-lhe-ia que *Lucy,* a labrador *retriever* preta do casal, precisava de ser levada à rua. A cadela, tal como a casa em Palisades, tinha sido ideia de Norah, e no entanto, sem se perceber bem como, passara a ser responsabilidade de Coyle supervisionar a atividade intestinal do animal. Normalmente, *Lucy* ficava inspirada no Battery Kemble Park, uma encosta com um matagal denso que devia ser evitada por uma mulher desacompanhada. Por vezes, quando Coyle se sentia particularmente rebelde, deixava as fezes de *Lucy* no parque e não as levava para casa. Coyle também cometia outros atos de rebeldia, atos que não revelava a Norah nem aos colegas em Langley.

Um dos seus segredos era Renate. Tinham-se conhecido um ano antes, no bar de um hotel em Bruxelas. Coyle tinha vindo de Langley para uma reunião de agentes de contraterrorismo ocidentais; Renate, fotógrafa, tinha vindo de Hamburgo para fotografar um ativista dos direitos humanos para a revista onde trabalhava. As duas noites que passaram juntos foram as mais ardentes da vida de Ellis Coyle. Voltaram a ver-se passados três meses, quando Coyle inventou uma desculpa para viajar até Berlim à custa dos contribuintes, e outra vez, um mês depois, quando Renate veio a Washington para fotografar uma reunião do Banco Mundial. As suas relações sexuais atingiram um novo patamar, tal como o afeto que nutriam um pelo outro. Renate, que era solteira, implorou-lhe que deixasse a mulher. Coyle, com a cara lavada em lágrimas, respondeu que isso era o que mais queria. Só precisava de uma coisa antes. Demoraria um pouco, disse-lhe ele, mas não seria difícil. Coyle tinha acesso a segredos — segredos que podia transformar em ouro. Tinha os dias em Langley contados. E também as noites em que voltaria para Norah e para o chalezinho em Palisades.

Saiu do carro e entrou em casa. Norah usava uma saia pregueada fora de moda, meias grossas e uns óculos em meia-lua que Coyle achava que lhe ficavam extremamente mal. Recebeu sem emoção o beijo que a mulher lhe deu e respondeu *Sim, claro, querida* quando ela lhe recordou que *Lucy* precisava de ir à rua. *E não te demores, Ellis,* disse ela, franzindo o sobrolho perante a conta da eletricidade. *Sabes como eu me sinto sozinha quando não estás ao pé de mim.*

Coyle recorreu às técnicas que tinha aprendido na CIA para abafar a culpa. Ao sair de casa, teve o prazer de ver Blankman a estacionar o seu *Mercedes* enorme num dos lugares da sua garagem para três carros. *Lucy* rosnou baixinho e depois puxou Coyle na direção de MacArthur Boulevard. Do outro lado da larga rua, ficava a entrada para o parque. Um letreiro castanho de madeira avisava que as bicicletas eram proibidas e que os cães tinham de andar sempre com trela. Na parte de baixo do letreiro, parcialmente escondida por um tufo de ervas daninhas, estava uma marca de giz. Coyle tirou a trela a *Lucy* e ficou a vê-la a entrar no parque aos pulinhos. A seguir, apagou a marca com a biqueira do sapato e avançou.

SEGUNDA PARTE

O INVESTIMENTO

21

NOVA IORQUE

Na manhã seguinte, surgiu no *New York Times* uma descrição extraordinariamente precisa das novas e preocupantes conversas entre os terroristas. Gabriel leu a notícia com mais do que um interesse passageiro, a bordo do comboio expresso Amtrak Acela de Washington para Nova Iorque. A pessoa que ia ao lado dele, uma consultora política de Washington, passou a viagem inteira a gritar ao telemóvel. De vinte em vinte minutos, um polícia com uniforme paramilitar atravessava a carruagem com um cão a farejar à procura de bombas. Parecia que o Departamento de Segurança Interna tinha percebido por fim que os comboios da Amtrak eram catástrofes terroristas ambulantes à espera de acontecerem.

Quando saiu da Penn Station, Gabriel foi recebido por uma chuva miudinha. Ainda assim, passou a hora seguinte a passear pelas ruas de Midtown Manhattan. Na esquina da Lexington Avenue com a East Sixty-third Street, viu Chiara a espreitar para a montra de uma sapataria, com um telemóvel encostado ao ouvido direito. Se estivesse encostado ao esquerdo, significaria que Gabriel se encontrava sob vigilância. No direito, significava que ninguém o estava a seguir e que era seguro avançar em direção ao alvo.

Atravessou a cidade até à Fifth Avenue. Dina estava empoleirada no muro de pedra que circundava o Central Park, com um *kaffiyeh* preto e branco ao pescoço. Uns passos mais a sul, Eli Lavon estava a comprar um refrigerante a um vendedor ambulante. Ao passar, Gabriel tocou nele de raspão, sem lhe dizer nada, e seguiu para as bancas dos alfarrabistas na esquina da East Sixtieth Street. Uma mulher atraente estava parada junto a uma das mesas assentes em suportes, como se estivesse a fazer horas antes de um encontro. Depois de Gabriel chegar, continuou a olhar para baixo durante vários segundos e, a seguir, olhou para ele demoradamente e sem falar. Tinha cabelo escuro, pele cor de azeitona e grandes olhos castanhos. Um ligeiro sorriso deu-lhe vida ao rosto. Gabriel teve a sensação desconfortável, e que já conhecia, de estar a ser examinado por uma figura saída de um quadro.

— Era mesmo preciso fazerem-me apanhar o raio do metro? — perguntou Zoe Reed com irritação, no seu chique sotaque londrino.

— Tínhamos de ter a certeza de que não estava a ser seguida.

— Como está aqui, parto do princípio de que não estou.

— Não tem ninguém atrás de si.

— Que alívio — respondeu ela jocosamente. — Nesse caso, pode levar-me ao Pierre para tomarmos um copo. Estive em direto desde as seis da manhã.

— Lamento dizê-lo, mas a sua cara é demasiado conhecida para isso. Tornou-se uma autêntica estrela desde que veio para a América.

— Eu sempre fui uma estrela — retorquiu ela num tom brincalhão. — Só que só conta se aparecermos na televisão.

— Ouvi dizer que vai ter o seu próprio programa.

— E em horário nobre. A ideia é ser um noticiário em formato de entrevista, cheio de graça e focado na economia e nos assuntos mundiais. Talvez o Gabriel gostasse de participar no programa de estreia.

Baixou a voz e acrescentou num tom conspiratório:

— Podemos contar finalmente ao mundo como é que nós os dois desmantelámos o programa nuclear iraniano. A história tem todos os elementos necessários a um êxito de bilheteira. Rapaz conhece rapariga. Rapaz seduz rapariga. Rapariga rouba os segredos do rapaz e entrega-os aos serviços secretos israelitas.

— Acho que ninguém iria achar isso credível.

— Mas a beleza dos noticiários da televisão por cabo americana é mesmo essa, meu querido. Não têm de ser credíveis. Só têm de ser divertidos.

Ela afastou uma gota de chuva da cara e depois perguntou:

— E a que é que eu devo esta honra? Espero que não seja para outra inspeção de segurança.

— Eu não faço inspeções de segurança.

— Claro, também não pensei que fizesse — replicou ela, pegando num romance que estava em cima da mesa e voltando a capa para Gabriel. — Já leu este autor? O protagonista dele é um bocadinho parecido consigo... taciturno e egotista, mas com um lado sensível que as mulheres acham irresistível.

— Aquele ali é mais o meu estilo — observou ele, apontando para uma monografia sobre Rembrandt em mau estado.

Zoe riu-se.

— Por favor, deixe-me oferecer-lho.

— Não vai caber na minha mala. Além disso, já tenho um.

— É claro que tem — retorquiu ela, voltando a pôr o romance onde estava e lançando um olhar falsamente indiferente à Fifth Avenue. — Estou a ver que trouxe dois dos seus ajudantezinhos. Acho que se referiu a eles como Max e Sally quando estávamos na casa segura em Highgate. Não são nomes de disfarce lá muito realistas, se quer a minha opinião. São mais adequados para um par de *corgis* galeses do que para dois espiões profissionais.

— Não existe nenhuma casa segura em Highgate, Zoe.

— Ah, sim, já me lembro. Tudo não passou de um pesadelo — disse ela, conseguindo esboçar um sorriso fugaz. — Mas por acaso nem foi tudo um *pesadelo,* pois não, Gabriel? Na verdade, as coisas correram bastante bem até chegarem ao fim. Mas é assim que as coisas são nas questões amorosas. Acabam sempre desastrosamente e há alguém que sai magoado. Normalmente, a rapariga.

Pegou na monografia sobre Rembrandt e folheou-a até encontrar um quadro intitulado *Retrato de Uma Jovem.*

— Em que é que acha que ela está a pensar? — inquiriu.

— Está curiosa — respondeu Gabriel.

— Em relação a quê?

— Quer saber porque é que um homem do seu passado recente reapareceu sem aviso.

— E porque é que foi?

— Ele precisa de um favor.

— Da última vez que ele lhe disse isso, ela quase acabou morta.

— Não é um favor desse tipo.

— Então o que é?

— Uma ideia para o seu novo noticiário na televisão por cabo, em horário nobre.

Zoe fechou o livro e pousou-o outra vez em cima da mesa.

— Ela está a ouvir. Mas não a tente enganar. Não se esqueça de que ela é a única pessoa do mundo que sabe quando é que Gabriel está a mentir.

A chuva parou quando entraram no parque. Passaram devagar pelo relógio Delacorte e depois seguiram até ao início do Literary Walk. Durante a maior parte do tempo, Zoe ouviu em silêncio e atentamente, interrompendo Gabriel apenas para o interpelar ou para clarificar alguma questão. As perguntas que fez foram formuladas com a inteligência e a perspicácia que a tinham tornado uma das jornalistas de investigação mais respeitadas e temidas do mundo. Zoe Reed só tinha cometido um erro em toda a sua ilustre carreira: apaixonara-se por um sedutor homem de negócios suíço que, sem que ela soubesse, andava a vender material nuclear proibido à República Islâmica do Irão. Zoe expiara os seus pecados aceitando colaborar com Gabriel e os seus aliados britânicos e americanos dos serviços secretos. O desfecho da operação tinha sido um programa nuclear iraniano desfeito.

— Então, injetam dinheiro na rede — resumiu ela —, e, com um bocadinho de sorte, vai circulando pela corrente sanguínea até chegar à cabeça.

— Eu não o teria dito melhor.

— E depois o que é que acontece?

— Cortamos a cabeça.

— E o que é que isso quer dizer?

— Suponho que isso dependa inteiramente das circunstâncias.

— Não me venha com tretas, Gabriel.

— Pode querer dizer que sejam presos membros importantes da rede, Zoe. Ou pode querer dizer qualquer coisa mais definitiva.

— Definitiva? Mas que eufemismo tão elegante.

Gabriel parou diante da estátua de Shakespeare, mas não disse nada.

— Não vou participar num assassínio, Gabriel.

— E prefere participar antes noutro massacre como o de Covent Garden?

— Está a descer ainda mais baixo do que o costume, meu querido.

Baixando a cabeça, Gabriel reconheceu que ela tinha razão. A seguir, agarrou em Zoe pelo cotovelo e avançaram pelo caminho pedonal.

— Está a esquecer-se de uma coisa importante — lembrou ela. — Aceitei colaborar consigo e com os seus amigos no caso do Irão, mas isso não quer dizer que tenha abandonado os meus valores. No meu âmago, continuo a ser uma jornalista de esquerda bastante ortodoxa. E, como tal, acredito que é essencial combatermos o terrorismo mundial de uma forma que não comprometa os nossos princípios básicos.

— Esse tipo de comentário cheio de significado soa muito bem dito num estúdio de televisão, mas receio bem que as coisas não funcionem dessa maneira no mundo real.

Gabriel parou por uns instantes e, a seguir, acrescentou:

— Ainda se lembra do mundo real, não lembra, Zoe?

— Ainda não me explicou o que é que tudo isto tem que ver comigo.

— Gostávamos que fizesse uma apresentação. Só precisa de dar início à conversa. A seguir, pode passar discretamente para segundo plano e depois desaparecer por completo.

— Esperemos que com a cabeça ainda agarrada ao corpo.

Ela estava a brincar, mas só até certo ponto.

— É alguém que eu conheça?

Gabriel esperou que um casal de namorados passasse antes de dizer o nome. Zoe parou e levantou a sobrancelha.

— Está a falar a sério?

— Já sabe que essa não é uma pergunta que se faça, Zoe.

— Ela é uma das mulheres mais ricas do mundo.

— A questão é mesmo essa.

— E por acaso também é famosa por ser avessa à imprensa.

— E tem boas razões para isso.

Zoe recomeçou a andar.

— Lembro-me da noite em que o pai dela foi morto em Cannes — disse ela. — Segundo os relatos da imprensa, ela estava ao lado dele quando ele foi abatido. As testemunhas dizem que ele lhe morreu nos braços. Parece que foi mesmo horrível.

— Foi o que ouvi dizer — respondeu Gabriel, olhando por cima do ombro e vendo Eli Lavon a seguir uns passos atrás, com um bloco de notas *Moleskine* debaixo do braço direito, como se fosse um poeta em busca de inspiração. — Chegou a investigar alguma coisa?

— Sobre Cannes? — retorquiu Zoe, semicerrando os olhos. — Esgravatei um bocadinho à superfície.

— E?

— Nunca consegui descobrir nada que fosse suficientemente sólido para publicar. A teoria que corria nos círculos financeiros londrinos era de que ele tinha sido morto por causa de uma disputa interna saudita qualquer. Ao que parece, havia um príncipe envolvido, um membro de pouca importância da família real que tinha tido vários desentendimentos com a polícia europeia e funcionários de hotéis — explicou ela, olhando para Gabriel. — Imagino que me vá dizer que havia mais qualquer coisa por trás dessa história.

— Há coisas que lhe posso dizer, Zoe, e outras que não posso. É para a sua própria proteção.

— Tal como da outra vez?

Gabriel assentiu com a cabeça.

— Tal como da outra vez.

Uns passos mais adiante, Chiara estava sentada num banco sozinha. Zoe conseguiu não olhar para ela quando passaram. Avançaram um pouco mais, até ao caramanchão de glicínias, e encolheram-se por baixo da treliça. Com a chuva a regressar, Gabriel explicou exatamente o que precisava que Zoe fizesse.

— E o que é que acontece se ela se zangar e resolver dizer aos meus chefes que eu estou a trabalhar para os serviços secretos israelitas?

— Ela tem demasiado a perder para se pôr com uma brincadeira dessas. Para além disso, quem é que vai acreditar numa acusação tão tresloucada? Zoe Reed é uma das jornalistas mais respeitadas do mundo.

— Há um certo homem de negócios suíço que é capaz de não concordar com essa afirmação.

— Ele é a menor das nossas preocupações.

Zoe caiu num silêncio pensativo, que foi interrompido pelo tinir do *BlackBerry*. Sacou-o da mala e depois ficou a olhar para o ecrã, em silêncio e com a perturbação estampada no rosto. Uns segundos mais tarde, foi a vez de o *BlackBerry* de Gabriel lhe vibrar no bolso do casaco. Conseguiu não revelar qualquer emoção ao ler a mensagem.

— Afinal de contas, parece que não se tratava de conversas inofensivas — disse ele. — Continua a achar que devíamos combater estes monstros de uma forma que não comprometa os nossos valores intrínsecos? Ou será que não se importa de voltar por uns instantes ao mundo real e ajudar-nos a salvar vidas inocentes?

— Nada garante que ela aceite o meu telefonema.

— Vai aceitar — garantiu Gabriel. — É o que toda a gente faz.

Pediu o *BlackBerry* de Zoe. Passados dois minutos, depois de descarregar um ficheiro de um *site* que dizia oferecer descontos em viagens para a Terra Santa, devolveu-lho.

— Faça todas as suas negociações com este aparelho. Se precisar de nos dizer alguma coisa diretamente, basta dizê-lo ao pé do telemóvel. Vamos estar a ouvir o tempo todo.

— Tal como da última vez?

Gabriel assentiu com a cabeça.

— Tal como da última vez.

Zoe enfiou o *BlackBerry* na mala e levantou-se. Gabriel ficou a vê-la a afastar-se, seguida por Lavon e Chiara. Deixou-se ficar sentado no banco mais alguns minutos, a ler as primeiras atualizações informativas. Parecia que Rashid e Malik tinham acabado de se aproximar mais um pouco da América.

E depois caio eu, cais tu, caímos todos.

22

MADRID-PARIS

A velha complacência tinha regressado a Madrid, mas isso era de esperar. Já tinham passado sete anos desde os mortíferos atentados terroristas aos comboios, e as recordações dessa terrível manhã há muito que se tinham esbatido. Espanha tinha reagido ao massacre dos seus cidadãos retirando as tropas que tinha no Iraque e lançando o que descreveu como *uma aliança de civilizações* com o mundo islâmico. Essa ação, afirmaram os comentadores políticos, tinha conseguido fazer com que a fúria muçulmana se redirecionasse da Espanha para a América, onde era o seu lugar. A submissão às vontades da Al-Qaeda protegeria a Espanha de um novo ataque. Ou era o que julgavam os comentadores.

A bomba explodiu às 21h12, no cruzamento entre duas ruas movimentadas, perto da Puerta del Sol. Tinha sido montada numa garagem arrendada num bairro industrial do sul da cidade e escondida numa carrinha *Peugeot*. Devido à sua construção engenhosa, o impacto inicial da explosão foi dirigido para a esquerda, onde se encontrava um restaurante popular entre as elites governamentais espanholas. Não haveria testemunhos em primeira mão do que tinha acontecido ao certo lá dentro, pois ninguém sobreviveu para o descrever. Se tivesse havido algum sobrevivente, teria relatado um breve mas terrível instante com corpos a voarem e à deriva numa nuvem letal de vidros, talheres, cerâmica e sangue. A seguir, todo o prédio desabou, sepultando os mortos e os moribundos sob uma montanha de alvenaria destruída.

Os danos foram maiores do que o próprio terrorista esperava. As fachadas dos prédios foram arrancadas ao longo de um quarteirão inteiro, deixando à vista vidas que, até poucos segundos antes, decorriam tranquilamente. Várias lojas e cafés nas imediações sofreram danos e baixas, ao passo que as pequenas árvores que revestiam a rua ficaram sem folhas ou foram completamente arrancadas. Não havia destroços visíveis da carrinha *Peugeot,* apenas uma grande cratera na rua, no sítio onde o automóvel se encontrava antes. Durante as primeiras vinte e quatro horas da investigação, a polícia espanhola esteve convencida de que a bomba tinha sido detonada à distância. Mais tarde, foram descobertos vestígios do ADN do *shahid* espalhados no meio da destruição. Só tinha vinte anos e era um carpinteiro marroquino desempregado que vivia no bairro madrileno de Lavapiés. No vídeo que tinha deixado com a sua mensagem de suicídio, falava com apreço de Yaqub al-Mansur, o califa almóada do século XII famoso pelas suas incursões sangrentas em terras cristãs.

Foi com este pano de fundo tenebroso que Zoe Reed, da estação televisiva americana de informação especializada em negócios, a CNBC, telefonou pela primeira vez ao departamento de comunicação e imagem da AAB Holdings, anteriormente com sede em Riade e Genebra, e, em tempos mais recentes, no Boulevard Haussmann, no nono *arrondissement* de Paris. Passavam dez minutos das quatro da tarde e o tempo em Paris estava previsivelmente nublado. A pergunta não obteve resposta imediata, conforme ditava o protocolo da AAB.

Referida anualmente pela revista *Forbes* como uma das empresas de investimento mais bem-sucedidas e inovadoras do mundo, a companhia tinha sido fundada em 1979 por Abdul Aziz al-Bakari. Conhecido como Zizi tanto pelos amigos como pelos detratores, era o décimo nono filho de um proeminente comerciante saudita que tinha sido banqueiro pessoal e consultor financeiro de Ibn Saud, o fundador do Reino da Arábia Saudita e o seu primeiro monarca absoluto. As atividades da AAB eram tão extensas como lucrativas. A AAB trabalhava nos ramos do transporte e da exploração mineira. A AAB lidava com produtos químicos e medicamentos. A AAB possuía participações maioritárias em bancos europeus e americanos. A divisão imobiliária e de hotéis da AAB era uma das maiores do mundo. Zizi viajava pelo mundo num *Boeing 747* revestido a ouro, tinha uma série de palácios, de Riade até à Riviera francesa, passando por Aspen, e cruzava os mares num iate do tamanho de um couraçado que dava pelo nome de *Alexandra*. A sua coleção de arte impressionista e moderna era considerada uma das maiores a título privado. Durante um curto período de tempo, a coleção incluíra o quadro *Marguerite Gachet no Toucador,* de Vincent van Gogh, comprado à Isherwood Fine Arts, localizada nos números 7 e 8 de Mason's Yard, em St. James's, Londres. A venda tinha sido intermediada por uma jovem americana chamada Sarah Bancroft, que viria a ocupar, brevemente, o cargo de principal consultora de arte ao serviço de Zizi.

Ele era alvo de muitos rumores, em especial no que dizia respeito à origem da sua enorme fortuna. O prospeto lustroso da AAB afirmava que a empresa tinha sido inteiramente construída com a modesta herança que Zizi recebera do pai, explicação que uma fidedigna publicação económica americana considerou, após cuidadosa investigação, insuficiente. A extraordinária liquidez da AAB, declarou a revista, só podia ser explicada de uma forma: a empresa estava a ser utilizada como fachada para a casa de Saud reinvestir discretamente os seus petrodólares pelo mundo. Enfurecido com esse artigo, Zizi ameaçou processar a revista. Mais tarde, a conselho dos advogados, mudou de ideias. *A melhor vingança é viver bem,* disse a uma jornalista do *Wall Street Journal. E isso é coisa que eu sei fazer.*

Talvez assim fosse, mas o punhado de ocidentais com direito de entrada no círculo íntimo de Zizi sempre sentiu uma certa inquietação nele. As festas que Zizi dava eram extravagantes, mas pareciam não o divertir. Não fumava nem bebia álcool e recusava-se a estar ao pé de cães ou de carne de porco. Rezava cinco vezes por dia: todos os invernos, quando as chuvas faziam o deserto florescer, refugiava-se num acampamento isolado, na província do Nedj, para meditar e caçar com os seus falcões. Afirmava ser descendente de Muhammad Abdul Wahhab, o pregador do século XVIII responsável pela versão austera e puritana do Islão que se tornou o credo oficial da Arábia Saudita. Tinha construído mesquitas por todo o mundo, incluindo várias na América e na Europa Ocidental, e dava generosas contribuições aos palestinianos. As empresas que quisessem fazer negócio com a AAB sabiam que o melhor era não ser nenhum judeu a reunir-se com Zizi. Segundo o que se dizia, Zizi gostava ainda menos de judeus do que de prejuízos nos investimentos.

Veio a saber-se, no entanto, que as atividades caridosas de Zizi se estendiam bem para lá do que era conhecido publicamente. Também dava contribuições generosas para instituições de caridade ligadas ao extremismo islâmico e até diretamente à própria Al-Qaeda. Passado algum tempo, acabou por cruzar a linha ténue mas visível que separa os financiadores e facilitadores do terrorismo dos terroristas propriamente ditos. O resultado foi um atentado no Vaticano que deixou mais de setecentas pessoas mortas e a Basílica de São Pedro em ruínas. Com a ajuda de Sarah Bancroft, Gabriel perseguiu o homem que planeou o atentado — um agente renegado dos serviços secretos sauditas chamado Ahmed Bin Shafiq — e matou-o num quarto de hotel em Istambul. Passada uma semana, no Quai Saint-Pierre de Cannes, matou também Zizi.

Apesar de seguir as tradições sauditas, Zizi tinha apenas duas mulheres, das quais se tinha divorciado, e uma filha — uma linda rapariga chamada Nadia. Ela enterrou o pai de acordo com a tradição wahabita, no deserto, numa sepultura não identificada, e tomou de imediato posse do seu património. Transferiu a sede europeia da AAB de Genebra, que a aborrecia, para Paris, onde se sentia mais confortável. Alguns dos empregados mais devotos da empresa recusaram-se a trabalhar para uma mulher — em especial, uma mulher que não usava o véu e que bebia álcool —, mas a maioria continuou. Sob a direção de Nadia, a empresa aventurou-se por territórios que ainda não tinha desbravado. Nadia adquiriu uma famosa empresa de moda francesa, uma manufatura italiana de artigos de cabedal de luxo, uma parte substancial de um banco de investimento europeu e uma produtora cinematográfica alemã. E também fez alterações significativas nos seus bens pessoais. As várias casas e propriedades do pai foram postas à venda discretamente, assim como o *Alexandra* e o 747. Nadia passou a viajar num jato *Boeing Business,* mais modesto, e tinha apenas duas casas — uma elegante mansão na Avenue Foch, em Paris, e um palácio extravagante em Riade que raramente via. E apesar de não ter formação na área dos negócios propriamente dita, revelou-se uma administradora competente e perspicaz. O valor total dos ativos controlados pela AAB era o mais elevado de sempre na história da empresa, e Nadia al-Bakari, com apenas trinta e três anos, era considerada uma das mulheres mais ricas do mundo.

As relações da AAB com os meios de comunicação, embora não fossem grande coisa, eram da responsabilidade da assistente executiva de Nadia, uma francesa de cinquenta anos, bem conservada, chamada Yvette Dubois. Madame Dubois raramente se dava ao trabalho de responder a pedidos de jornalistas, especialmente dos que trabalhavam para empresas americanas. Mas ao receber um segundo telefonema da famosa Zoe Reed, decidiu que lhe devia responder. Deixou passar mais um dia e depois, por via das dúvidas, fez o telefonema a meio da noite, hora de Nova Iorque, altura em que partiu do princípio de que a senhora Reed estivesse a dormir. Mas, por razões que Madame Dubois desconhecia, não era esse o caso. A conversa que se seguiu foi cordial mas muito pouco promissora. Madame Dubois explicou que a proposta de um programa especial de uma hora, em horário nobre, embora lisonjeira, estava completamente fora de questão. A senhora Al-Bakari andava a viajar ininterruptamente e tinha vários negócios importantes pendentes. E, mais concretamente, a senhora Al-Bakari não dava pura e simplesmente o género de entrevista que a senhora Reed tinha na ideia.

— É capaz de, ao menos, lhe transmitir o pedido?

— Vou transmiti-lo — respondeu a francesa —, mas as probabilidades de haver entrevista não são grandes.

— Mas não são zero, pois não? — inquiriu Zoe, sondando.

— Não vamos estar com joguinhos de palavras, senhora Reed. Somos melhores do que isso.

O comentário final de Madame Dubois originou uma explosão de gargalhadas bem necessárias no Château Treville, uma mansão francesa do século XVIII situada a norte de Paris, logo a seguir à aldeia de Seraincourt. Protegida de olhares metediços por muros de três metros e meio, tinha uma piscina aquecida, dois campos de ténis de terra batida, treze hectares de jardins bem tratados e catorze quartos enfeitados. Gabriel tinha-a arrendado em nome de uma empresa alemã de alta tecnologia que existia apenas na imaginação de um advogado de direito comercial do Departamento, e enviado a conta prontamente para a Avenida Rei Saul, ao cuidado de Ari Shamron. Em circunstâncias normais, Shamron teria ficado horrorizado com o preço exorbitante. Em vez disso, com grande prazer, enviou a conta para Langley, que tinha assumido a responsabilidade por todas as despesas relacionadas com a operação.

Ao longo dos dias seguintes, Gabriel e a sua equipa passaram a maior parte do tempo a monitorizar a ligação áudio do *BlackBerry* de Zoe, que tinha passado a funcionar como um incansável espiãozinho eletrónico dentro do seu bolso. Sabiam a latitude e a longitude exatas de Zoe e, quando ela se deslocava, sabiam a que velocidade ia. Sabiam quando ela estava a comprar o café da manhã no Starbucks, quando estava parada no trânsito de Nova Iorque e quando estava irritada com os seus produtores, o que acontecia com frequência. Por lhe monitorizarem a atividade na Internet, sabiam que estava a pensar remodelar o seu apartamento no Upper West Side. Por lhe lerem o *e-mail*, sabiam que ela tinha muitos pretendentes, incluindo um corretor milionário que, apesar de enormes prejuízos, arranjava de alguma maneira tempo para lhe enviar no mínimo dois *e-mails* por dia. Sentiam que, pese embora todo o seu sucesso, Zoe não estava completamente feliz na América. Sussurrava-lhes cumprimentos em código frequentemente. À noite, os pesadelos não a deixavam dormir descansada.

No entanto, para o resto do mundo, ela projetava um ar sereno e indomável. E aos poucos que tiveram o privilégio de assistir à sedução que montou à relações públicas francesa, forneceu ainda mais provas de ser o maior espião natural que já tinham encontrado. O seu domínio das artes do ofício era um exemplo clássico de um misto de técnica sólida e persistência inquebrantável. Zoe bajulou, Zoe persuadiu e, no final de um telefonema particularmente conflituoso, Zoe até conseguiu verter umas lágrimas. Ainda assim, Madame Dubois demonstrou ser mais do que uma valorosa adversária. Passada uma semana, afirmou que as negociações se encontravam num impasse, para dois dias depois inverter o rumo, enviando inesperadamente um questionário pormenorizado a Zoe. Zoe preencheu o documento num francês perfeito e devolveu-o na manhã seguinte, altura em que Madame Dubois adotou uma postura silenciosa. No Château Treville, a equipa de Gabriel entrou num desespero incaracterístico, à medida que foram passando vários dias preciosos sem mais qualquer contacto. Zoe foi a única a manter-se otimista. Já tinha passado por muitas seduções no passado e sabia ver quando alguém fora fisgado. *Já a apanhei, meu querido,* murmurou ela a Gabriel uma noite, já tarde, quando o seu *BlackBerry* estava a carregar na mesinha de cabeceira. *É só uma questão de saber quando é que ela capitula.*

A previsão de Zoe revelou-se correta, embora a francesa ainda tivesse deixado passar mais vinte e quatro horas antes de anunciar a rendição sob determinadas condições. Surgiu sob a forma de um convite relutante. Segundo parecia, devido a um cancelamento inesperado, a senhora Al--Bakari estaria livre para almoçar dali a dois dias. Será que a senhora Reed estaria disposta a viajar para Paris tão em cima da hora? Como perfeita profissional que era, Zoe esperou noventa irritantes minutos e só depois retribuiu a chamada para aceitar o convite.

— Deixe-me esclarecer bem uma coisa — avisou Madame Dubois. — Isto não é uma entrevista. Será um almoço formal completamente confidencial. Se a senhora Al-Bakari se sentir confortável consigo, pensará em dar ou não o passo seguinte.

— E onde é que me devo encontrar com ela?

— Como deve calcular, a senhora Al-Bakari tem dificuldade em tratar de assuntos em restaurantes. Tomámos a liberdade de reservar a suíte Louis XV do Hôtel de Crillon. A senhora Al-Bakari espera que lá esteja à uma e meia. E insiste em pagar. É uma das suas regras.

— E ela tem mais alguma que eu deva saber?

— A senhora Al-Bakari é muito sensível a perguntas sobre a morte do pai — respondeu Madame Dubois. — E eu não me alongaria muito sobre o tema do Islão e o terrorismo. Acha-o extremamente entediante. *À tout à l'heure,* senhora Reed.

CAPÍTULO

23

PARIS

No rescaldo da operação, a equipa recordaria o período
de preparação que se seguiu como um dos mais desagradáveis que já tinham suportado. A causa disso foi nem mais
nem menos do que Gabriel, cujo estado de espírito instável
conduziu a uma atmosfera depressiva nas divisões do Château Treville. Mostrou-se picuinhas em relação à colocação
dos postos de observação, criticou os planos de reserva e,
por breves momentos, até ponderou a hipótese de pedir
uma alteração de local. Em circunstâncias normais, a equipa
teria ripostado, mas eles pressentiam que havia qualquer
coisa na operação que tinha posto Gabriel tenso. Dina
achou que tinha sido Covent Garden e a recordação terrível
do tiro não disparado, uma teoria descartada por Eli Lavon.
Não era Londres que pesava na cabeça de Gabriel, explicou
Lavon, mas sim Cannes. Nessa noite, Gabriel tinha violado
um cânone pessoal; tinha matado Zizi à frente da filha. Zizi
al-Bakari, financiador de assassínios em massa, merecia
morrer. Mas Nadia, a sua única filha, não devia ter sido
obrigada a ver isso.

Apenas Zoe Reed se manteve a salvo do ataque de mau
humor de Gabriel. Passou o último dia antes do início da
operação em Nova Iorque, sem pressas, e depois, às cinco

e meia da tarde, embarcou no Voo 17 da Air France com destino a Paris. Habituada a viajar, levou apenas um pequeno saco de viagem e uma pasta onde tinha o *notebook* e um pacote com os resultados da investigação efetuada, incluindo um dossiê com material altamente secreto e um relatório pormenorizado acerca da estratégia para o almoço formal. Os artigos tinham sido entregues a Zoe pouco depois de o avião descolar, pela pessoa que ia sentada ao lado dela, um agente do Departamento da base de Nova Iorque, e recolhidos novamente pouco antes da aterragem.

Tendo ainda passaporte britânico, Zoe passou rapidamente pela alfândega, pela fila expresso para os membros da UE, e apanhou um táxi para o centro da cidade. Eram quase nove horas quando chegou ao Crillon; depois de se registar e subir até ao quarto, vestiu um fato de treino e foi correr para os trilhos do Jardim das Tulherias. Às onze e meia, entrou num luxuoso salão de beleza ao lado do hotel para lavar o cabelo e fazer um *brushing* e, a seguir, voltou ao quarto para se vestir para o almoço. Saiu do quarto com antecedência e estava parada no elegante átrio, com as mãos entrelaçadas para esconder um ataque de nervos, quando o imponente relógio que se encontrava na sala marcou uma hora e um quarto.

Era a época sossegada do ano no Crillon, o cessar-fogo anual entre a batalha feroz da época de verão e o assédio das celebridades das férias de inverno. Monsieur Didier, o concierge-chefe, encontrava-se atrás da sua barricada, com uns óculos dourados em meia-lua enfiados na ponta do majestoso nariz e aparentando ser a última pessoa à face da Terra a quem se devia pedir ajuda. Herr Schmidt, o gerente de dia importado da Alemanha, estava a um ou dois metros dele, na receção, com um telefone encostado ao ouvido, ao passo que Isabelle, a coordenadora de eventos especiais, se debatia com umas orquídeas no reluzente átrio. Os seus esforços passaram em larga medida despercebidos ao homem de negócios árabe de ar aborrecido que estava sentado ao pé dos elevadores e ao casal de namorados que se debruçava sobre os seus *cafés crème*, nas sombras frias do pátio interior. O homem de negócios era na realidade um dos membros do bem preenchido departamento de segurança da AAB. Os namorados eram Yaakov e Chiara. O pessoal do hotel julgava que eles eram um casal encantador de Montreal que tinha dado um salto a Paris, à última hora, para confortar um amigo a braços com um divórcio complicado.

Quando o relógio marcou uma e meia, Isabelle foi até à entrada do hotel e espreitou esperançosamente para a cinzenta tarde parisiense. Zoe olhou de relance para o pátio e viu Yaakov a bater com uma caixa de fósforos no tampo da mesa. Era o sinal combinado para indicar que a caravana automóvel — dois grandes *Mercedes Classe S* para os empregados e um *Maybach 62* para Sua Alteza — tinha saído do edifício da AAB, no Boulevard Haussmann, e se encontrava a caminho do hotel. Naquele preciso momento, os carros estavam parados no trânsito, na estreita Rue de Miromesnil. Assim que se livraram do engarrafamento, só demoraram cinco minutos a chegar à entrada do hotel, onde se encontrava Isabelle, com o mais bonito dos paquetes ao seu lado. O segurança à paisana da AAB já não se fingia aborrecido. Estava colado às costas de Zoe, sem fazer grande esforço para esconder que estava armado.

Lá fora, abriram-se seis portas ao mesmo tempo, e seis homens, todos antigos membros da Guarda Nacional de elite saudita, saíram dos carros. Gabriel e o resto da equipa conheciam um deles: Rafiq al-Kamal, ex-chefe da equipa de segurança privada de Zizi al-Bakari e que exercia agora as mesmas funções ao serviço da filha deste. Tinha sido Al--Kamal a conduzir a vistoria prévia ao hotel umas horas antes. E era Al-Kamal que naquele momento seguia com subserviência atrás de Nadia, que avançou majestosamente do *Maybach* para o *lobby* do hotel, onde Zoe a esperava com um sorriso de porcelana estampado na cara e o coração a ribombar-lhe no esterno.

Nas salas de arquivo da Avenida Rei Saul, há muitas fotografias de uma versão mais jovem de Nadia, ou, como Eli Lavon gostava de dizer, de Nadia antes da queda. Na viagem de avião de Nova Iorque, Zoe tinha tido acesso a algumas das fotos mais elucidativas. Mostravam uma mulher petulante na casa dos vinte, morena e linda, mimada e com ares superiores. Era uma mulher que fumava cigarros e bebia álcool sem o pai saber e que, violando os ensinamentos de Maomé, exibia o corpo em algumas das praias mais elegantes do mundo. A morte do pai fê-la mudar de atitude e endureceu-lhe o rosto, mas não lhe roubou minimamente a beleza. Trazia um esfuziante vestido branco, com o cabelo escuro a cair-lhe sobre os ombros como uma capa de cetim. O nariz era comprido e direito. Os olhos grandes e quase pretos. Tinha a pele cor de caramelo do pescoço adornada com pérolas. Uma pulseira de ouro grossa reluzia-lhe no pulso esguio. Cheirava a uma mistura inebriante de jasmim, alfazema e sol. A mão, quando apertou a de Zoe, era fria como mármore.

— É um prazer tão grande conhecê-la finalmente — disse Nadia com um sotaque que nada revelava das suas origens a não ser uma riqueza incomensurável. — Já ouvi falar tanto do seu trabalho.

Sorriu pela primeira vez, num esforço prudente que não se estendia verdadeiramente aos olhos. Rodeada pelos guarda-costas, Zoe sentiu-se ligeiramente claustrofóbica, mas Nadia comportou-se como se não desse pela presença deles.

— Peço desculpa por tê-la feito vir até Paris tão em cima da hora.

— Não tem de pedir desculpa, senhora Al-Bakari.

— Nadia — replicou ela, desta vez com um sorriso verdadeiro. — Insisto que me trate por Nadia.

Al-Kamal parecia estar ansioso para fazer o grupo sair do *lobby,* tal como Madame Dubois, que se baloiçava ligeiramente dos calcanhares à ponta dos pés. Zoe sentiu uma mão invisível pousar-lhe no cotovelo e dar-lhe um pequeno empurrão na direção dos elevadores. Meteu-se numa cabina apertada com Nadia e os guarda-costas e teve de rodar um pouco o ombro para que a porta se fechasse. O cheiro a jasmim e a alfazema naquele espaço exíguo era um tanto ou quanto alucinogénio. Havia no hálito de Nadia um vestígio quase impercetível do último cigarro que ela tinha fumado.

— Costuma vir muito a Paris, Zoe?

— Não tanto como dantes — respondeu ela.

— E já tinha estado no Crillon?

— Por acaso, é a primeira vez.

— Tem mesmo de me deixar pagar-lhe o quarto.

— Lamento, mas isso é impossível — respondeu Zoe com um sorriso afável.

— É o mínimo que posso fazer.

— Não seria nada ético.

— Como assim?

— Poderia dar a ideia de que estou a aceitar qualquer coisa valiosa em troca de um artigo elogioso. A minha empresa proíbe-o. Tal como a maior parte das empresas jornalísticas, pelo menos as respeitáveis.

— Não sabia que havia uma coisa dessas.

— Uma empresa jornalística respeitável? — retorquiu Zoe num tom de confidência e sorrindo. — Uma ou duas.

— Incluindo a sua?

— Incluindo a minha — respondeu Zoe. — Aliás, sentir-me-ia muito mais confortável se me deixasse ser eu a pagar o almoço.

— Não seja tonta. Além disso — rebateu Nadia —, tenho a certeza de que a famosa Zoe Reed nunca se deixaria influenciar por um bom almoço num hotel de Paris.

Passaram o resto da viagem de elevador em silêncio. Quando as portas se abriram por fim, Al-Kamal inspecionou o vestíbulo e só depois conduziu rapidamente Zoe e Nadia para a suíte Louis XV. A mobília francesa clássica da sala de estar tinha sido reordenada para criar a sensação de uma elegante sala de jantar privada. Defronte das janelas altas com vista para a Place de la Concorde, estava uma mesa redonda posta para duas pessoas. Nadia examinou a sala com um olhar aprovador antes de apagar a vela que brilhava solitária no meio dos copos de cristal e dos talheres de prata. Depois, movendo os olhos escuros, convidou Zoe a sentar-se.

Seguiram-se alguns momentos algo ridículos, com guardanapos a abrirem-se, portas a fecharem-se, olhares furtivos e murmúrios trocados — uns em francês e outros em árabe. Por fim, perante a insistência de Nadia, os seguranças retiraram-se para o corredor, acompanhados por Madame Dubois, que se mostrava visivelmente apreensiva perante a perspetiva de deixar a patroa sozinha com a famosa jornalista. O *sommelier* serviu umas gotas de *Montrachet* no copo de Nadia. Nadia declarou o vinho satisfatório e, a seguir, olhou para o *BlackBerry* de Zoe, que se encontrava em cima da mesa, como um convidado indesejado.

— Importar-se-ia de desligar isso? — perguntou ela, tentando não dar muita importância ao pedido. — Hoje em dia, todo o cuidado é pouco no que toca aos aparelhos eletrónicos. Nunca se sabe quem é que pode estar a ouvir.

— Compreendo perfeitamente — respondeu Zoe.

Nadia voltou a pousar o copo na mesa e afirmou:

— Tenho a certeza que sim.

Se não fosse o minitransmissor cuidadosamente escondido na suíte do hotel, essas cinco palavras, inocentes e sinistras ao mesmo tempo, poderiam ter sido as últimas a serem ouvidas pelo homem de estatura e constituição médias que andava a percorrer as divisões de um *château* a norte de Paris. No entanto, bastou-lhe carregar numas quantas teclas do *notebook* para que a ligação áudio fosse retomada apenas com uma curta interrupção. No pátio do Crillon, o casal de Montreal foi-se embora, tendo sido substituído por duas mulheres na casa dos trinta. Uma tinha cabelo cor de arenito e ancas de quem já tivera filhos; a outra tinha cabelo escuro e coxeava ligeiramente. Fez de conta que estava a ler uma luxuosa revista de moda parisiense. Ajudava-a a acalmar o relógio que tinha na cabeça e que dava horas incessantemente.

24

PARIS

Alguns recrutamentos são como seduções, outros estão no limite da extorsão e ainda há aqueles que se assemelham a um *ballet* de gente magoada. Mas até Ari Shamron, que já assombrava o mundo da espionagem há muito mais tempo do que a maioria, confessaria mais tarde nunca se ter deparado com nada que se parecesse com o recrutamento de Nadia al-Bakari. Depois de ouvir o primeiro ato através de uma ligação segura na Avenida Rei Saul, afirmou tratar-se de um dos exemplos mais extraordinários de trabalho de campo que já tinha escutado. Era um fortíssimo elogio, tendo em conta que a pessoa que estava a fazer o recrutamento tinha uma profissão pela qual Shamron não sentia mais que desprezo.

Gabriel tinha dado instruções à recrutadora para avançar devagar e foi isso mesmo que ela fez. Durante a primeira hora da reunião, com os empregados do hotel a entrarem e a saírem da suíte num corrupio constante, Zoe questionou Nadia respeitosamente acerca das muitas alterações que esta tinha introduzido no perfil de investimentos da AAB e dos desafios colocados pela interminável recessão mundial. Para grande surpresa de Gabriel, a reclusa herdeira saudita revelou-se uma conversadora cativante e franca, que parecia bem mais sensata do que os seus trinta e três anos levariam a crer. Com efeito, não houve um único vestígio de tensão até Zoe ter perguntado descontraidamente a Nadia com que frequência visitava a Arábia Saudita. A pergunta produziu o primeiro momento de silêncio desconfortável da reunião, precisamente como Gabriel contava que acontecesse. Nadia ficou a olhar para Zoe durante algum tempo, com os seus olhos escuros impenetráveis, e depois respondeu fazendo ela própria uma pergunta:

— Já foi à Arábia Saudita?

— Uma vez — respondeu Zoe.

— Em trabalho?

— E há mais alguma razão para um ocidental ir à Arábia Saudita?

— Suponho que não — retorquiu Nadia com um rosto menos fechado. — E onde é que esteve?

— Passei dois dias em Riade. Depois estive no Setor Vazio[1] para visitar o novo projeto de exploração petrolífera da Saudi Aramco, em Shaybah. Foi bastante impressionante.

— Na verdade, descreveu-o como *uma maravilha tecnológica que irá assegurar o domínio saudita do mercado mundial de petróleo pelo menos por mais uma geração* — disse Nadia com um sorriso fugaz. — Acha mesmo que eu iria aceder reunir-me consigo sem analisar primeiro o seu trabalho? Afinal de contas, não se pode dizer que a Zoe não tenha uma reputação.

— De ser o quê?

---

[1] Nome alternativo dado ao deserto árabe Rub' al Khali. *(N. do T.)*

— Implacável — respondeu Nadia sem hesitar. — Dizem que tem uma espécie de veia puritana. Dizem que gosta de destruir as empresas e os executivos que se portam mal.

— Já não faço esse género de trabalho. Agora estou na televisão. Não investigamos. Limitamo-nos a falar.

— Não tem saudades de ser uma jornalista *a sério*?

— Está a referir-se a ser jornalista de imprensa?

— Sim.

— De vez em quando — admitiu Zoe —, mas depois olho para a minha conta bancária e sinto-me muito melhor.

— Foi por isso que saiu de Londres? Pelo dinheiro?

— Houve outras razões.

— Que tipo de razões?

— Das que não costumo discutir em contextos profissionais.

— Quer-me parecer que teve qualquer coisa que ver com um homem — retorquiu Nadia num tom conciliatório.

— É muito perspicaz.

— Pois sou.

Nadia esticou-se para pegar no copo de vinho, mas depois deteve-se.

— Não vou muitas vezes à Arábia Saudita — disse de repente —, de três em três meses ou de quatro em quatro meses, não mais do que isso. E, quando vou, não fico muito tempo.

— Porquê?

— Pelas razões que seriam de esperar.

Nadia pareceu escolher com grande cuidado as palavras que disse a seguir:

— As leis e os costumes do Islão e da Arábia Saudita são antigas e muito importantes para a nossa sociedade. Eu aprendi a mover-me no sistema de forma a poder tratar dos meus assuntos com um mínimo de perturbação.

— E as suas compatriotas?

— O que é que têm?

— A maioria não tem tanta sorte como a Nadia. Na Arábia Saudita, as mulheres são consideradas propriedade e não pessoas. A maioria passa a vida trancada dentro de casa. As mulheres não podem guiar automóveis. Não podem sair à rua se não estiverem acompanhadas por um homem e sem se taparem primeiro com uma *abaya* e um véu. Não podem viajar, mesmo dentro do país, sem que tenham a autorização dos pais ou dos irmãos mais velhos. É permitido matar uma mulher por questões de honra, se ela envergonhar a família ou tiver algum comportamento anti-islâmico, e o adultério é um crime punível por apedrejamento. Na terra natal do Islão, as mulheres não podem sequer entrar numa mesquita a não ser em Meca e Medina, o que é estranho, já que o Profeta Maomé até era um pouco feminista. *Tratem bem as vossas mulheres e sejam gentis com elas,* disse o Profeta, *pois são vossas companheiras e vossas ajudantes empenhadas.*

Nadia começou a puxar com os dedos um fio invisível da toalha.

— Admiro a sua franqueza, Zoe. A maioria dos jornalistas a tentar assegurar uma entrevista importante recorreria a banalidades e à bajulação.

— Também posso fazer isso, se preferir.

— Por acaso, prefiro a franqueza. É coisa que não temos muito na Arábia Saudita. Na verdade, evitamo-la a todo o custo.

Nadia olhou para as janelas. A escuridão que estava lá fora foi suficiente para que o seu reflexo surgisse no vidro como um fantasma.

— Nunca me tinha dado conta de que estivesse tão interessada na condição das mulheres muçulmanas — disse ela baixinho. — Até agora, não há sinais disso no seu trabalho.

— E o que é que leu do meu trabalho?

— Tudo — replicou Nadia. — Havia muitas reportagens sobre empresários corruptos, mas não havia uma única sobre o sofrimento das mulheres muçulmanas.

— Interesso-me pelos direitos de *todas* as mulheres, independentemente da fé.

Zoe parou por uns instantes e depois acrescentou em jeito de provocação:

— Pensava que uma pessoa na sua posição também estaria interessada.

— E porque havia de pensar uma coisa dessas?

— Porque a Nadia tem o poder e a influência para ser um exemplo importante.

— Sou diretora de uma grande empresa, Zoe. Não tenho tempo nem vontade para me envolver em questões políticas.

— E não tem nenhuma?

— Nenhuma quê?

— Convicção política.

— Sou cidadã da Arábia Saudita — respondeu Nadia. — Temos um rei e não convicções políticas. Além disso, no Médio Oriente, as convicções políticas podem ser muito perigosas.

— E o seu pai foi morto por causa de convicções políticas? — perguntou Zoe com cautela.

Nadia virou-se e olhou para Zoe.

— Não sei porque é que o meu pai foi morto. Não sei se alguém o saberá, a não ser os assassinos, claro.

Instalou-se um silêncio incómodo entre ambas. Foi interrompido uns segundos depois pelo som de uma porta a abrir-se. Entraram dois empregados, trazendo bandejas com café e bolos. Seguiram-se Rafiq al-Kamal, o chefe dos seguranças, e Madame Dubois, que estava a bater com o dedo no mostrador do relógio *Cartier* como que para dizer que a reunião já se tinha prolongado por tempo suficiente. Zoe receou que Nadia fosse aproveitar o sinal como desculpa para se ir embora. Em vez disso, fazendo um gesto imperioso com a mão, ela ordenou aos intrusos que se retirassem da suíte. Fez o mesmo ao empregado que trazia a bandeja dos bolos, mas aceitou o café. Bebeu-o sem lhe juntar mais nada a não ser uma quantidade incrível de açúcar.

— São perguntas deste género que tenciona fazer-me à frente das câmaras? Perguntas sobre os direitos das mulheres na Arábia Saudita? Perguntas sobre a morte do meu pai?

— Nós não divulgamos as perguntas antes de uma entrevista.

— Então, Zoe, vá lá. Ambas sabemos como é que estas coisas funcionam.

Zoe fez questão de mostrar que estava a ponderar bem o assunto.

— Se eu não lhe perguntasse nada sobre o seu pai, teria de enfrentar uma acusação de negligência jornalística. É um tema que faz de si uma figura apaixonante.

— Faz é de mim uma mulher sem pai.

Nadia tirou um maço de *Virginia Slims* da carteira e acendeu um cigarro com um isqueiro dourado de aspeto bastante vulgar.

— Estava lá naquela noite em Cannes?

— Estava — respondeu Nadia. — Primeiro, estávamos todos a comer uma refeição maravilhosa no nosso restaurante preferido. E logo a seguir, tinha o meu pai a morrer-me nos braços, no meio da rua.

— Viu os homens que o mataram?

— Eram dois — respondeu ela, assentindo com a cabeça. — Vinham de mota, a andarem muito depressa, com grande habilidade. Primeiro, julguei que fossem só rapazes franceses a divertirem-se um pouco numa noite quente de verão. Depois, vi as armas. Eram obviamente profissionais — afirmou, inalando o fumo do cigarro e expelindo uma fina espiral de fumo para o teto. — O que se passou a seguir está envolto em névoa.

— Há quem diga que houve testemunhas que a ouviram a soltar gritos de vingança.

— Lamento dizê-lo, mas a retribuição faz parte da maneira de ser beduína — desabafou Nadia com tristeza. — Imagino que esteja entranhada em mim.

— A Nadia admirava o seu pai — insistiu Zoe.

— É verdade — confessou Nadia.

— Ele era colecionador de arte.

— E voraz.

— Pelo que sei, a Nadia tem a mesma paixão do seu pai.

— A minha coleção de arte é privada — retorquiu Nadia, pegando no café.

— Não é tão privada como pensa.

Nadia olhou para Zoe bruscamente, mas não disse nada.

— As minhas fontes dizem-me que a Nadia fez uma aquisição importante o mês passado. Dizem-me que foi a Nadia que pagou aquele preço recorde pelo Rothko no leilão da Christie's em Nova Iorque.

— As suas fontes estão enganadas, Zoe.

— As minhas fontes *nunca* estão enganadas. E também me disseram outras coisas de si. Ao que parece, não é assim tão indiferente aos direitos das mulheres no mundo islâmico como dá a ideia de ser. Já deu discretamente milhões de dólares para combater a violência contra as mulheres e ainda mais milhões para promover o empreendedorismo feminino, que considera que irá capacitar como nunca as mulheres muçulmanas. Mas as suas ações de caridade não se resumem a isso. Dizem-me que tem utilizado a sua fortuna para promover a liberdade e a independência dos meios de comunicação no mundo árabe. E também tentou contrariar o alastramento da perigosa ideologia wahabita com doações a organizações que promovem uma versão mais tolerante do Islão.

Zoe parou por uns instantes e, a seguir, rematou:

— Tudo junto, as suas atividades traçam o retrato de uma mulher corajosa que está a tentar, sozinha, alterar a realidade do Médio Oriente atual.

Nadia conseguiu esboçar um sorriso, como quem não dava grande importância àquelas palavras.

— É uma história interessante — disse ela passado um momento. — Só é pena que não seja minimamente verdadeira.

— É pena — retorquiu Zoe —, já que há pessoas que gostariam de a ajudar.

— Que tipo de pessoas?

— Pessoas discretas.

— No Médio Oriente, as pessoas discretas são, das duas uma, ou espiões ou terroristas.

— Posso garantir-lhe que não se trata de terroristas.

— Então só podem ser espiões.

— Não me disseram a que organização pertenciam.

Nadia lançou-lhe um olhar cético. Zoe mostrou-lhe um cartão. Não tinha nome, apenas o número do seu *BlackBerry*.

— Tem aqui o meu número pessoal. É importante que aja com prudência. Como sabe, há pessoas à sua volta que não partilham o seu objetivo de mudar o mundo islâmico para melhor... incluindo os seus próprios guarda-costas.

— E qual é que é o seu interesse neste assunto, Zoe?

— Não tenho outro interesse que não seja conseguir uma entrevista com uma mulher que admiro imenso.

Nadia hesitou. Depois, aceitou o cartão e enfiou-o na carteira. Nesse instante, a porta voltou a abrir-se e Madame Dubois entrou na suíte, acompanhada por Rafiq al-Kamal. Estava a bater novamente com o dedo no relógio. Mas, dessa vez, Nadia levantou-se. Parecendo subitamente fatigada, estendeu a mão a Zoe.

— Não sei bem se já estou pronta para levantar o véu — disse ela —, mas gostaria que me desse algum tempo para pensar na sua proposta. Será que pode ficar mais uns dias em Paris?

— Vai ser um grande sofrimento — respondeu Zoe em tom de brincadeira —, mas vou tentar aguentar.

Nadia largou a mão de Zoe e seguiu o chefe dos seguranças em direção ao corredor. Zoe deixou-se ficar na suíte por mais uns momentos e depois voltou para o quarto, três andares abaixo. Foi lá que ligou o *BlackBerry* e telefonou ao seu produtor, em Nova Iorque, para lhe explicar que iria continuar em Paris para prosseguir as negociações. A seguir, pousou o *BlackBerry* em cima da mesinha de cabeceira e ficou sentada durante muito tempo na borda da cama. Sentiu o cheiro a jasmim e a alfazema, o cheiro de Nadia, e lembrou-se do instante em que se despediram. A mão de Nadia estava estranhamente fria. Era a mão do medo, pensou Zoe. A mão da morte.

25

SERAINCOURT, FRANÇA

O telefonema de Zoe para Nova Iorque foi recebido com grande excitação nas divisões de teto alto do Château Treville. A reação de Gabriel foi enviar de imediato a Adrian Carter um cabograma seguro, e, com isso, a AAB Holdings e a sua proprietária, Nadia al-Bakari, passaram a ser alvo de vigilância por parte da NSA. Isso significava que Carter já sabia o nome do rico muçulmano, com credenciais jihadistas inatacáveis, que Gabriel queria que financiasse a rede de Rashid. E também significava que, a qualquer momento, várias dezenas de membros da imensa comunidade dos serviços secretos americanos também poderiam ficar a saber. Era um risco que Gabriel não podia deixar de correr. As capacidades dos serviços secretos israelitas em termos de transmissões eram formidáveis, mas tornavam-se pálidas quando comparadas com as da NSA. O domínio do mundo digital por parte da América não conhecia rival. Era o fator humano — a capacidade de recrutar espiões e penetrar no campo dos inimigos — que escapava aos americanos, e, por isso, tinham recorrido ao Departamento.

A pedido de Gabriel, Carter esforçou-se ao máximo para esconder o nome de Nadia do resto dos círculos oficiais de Washington. Apesar das evidentes implicações potenciais em termos das relações entre os Estados Unidos e a Arábia Saudita, não o referiu ao presidente nem a James McKenna na reunião semanal na Casa Branca sobre contraterrorismo. E também teve o cuidado de salvaguardar a identidade da pessoa que iria analisar as interceções realizadas pela NSA. Foram enviadas primeiro para Carter, em Langley, e depois encaminhadas para a base de Paris da CIA. Foi o próprio chefe-adjunto, um homem que devia a carreira a Carter, que as levou de carro até à imponente mansão em Seraincourt, onde foram entregues a Sarah Bancroft. A Gabriel e à equipa, interessava-lhes especialmente o telefone e a conta de *e-mail* de Rafiq al-Kamal, o chefe da equipa de segurança de Nadia. Apesar das inúmeras chamadas efetuadas para contactos dentro do GID[1] e do Ministério do Interior sauditas, Al-Kamal não mencionou o nome de Zoe Reed uma única vez. No entanto, o mesmo não se podia dizer de Madame Dubois, que passou grande parte das setenta e duas horas seguintes colada ao telefone, a ligar para Londres, à procura de podres e mexericos no passado profissional de Zoe. Gabriel encarou-o como um sinal encorajador. Significava que, no que à AAB dizia respeito, a jornalista de investigação da CNBC era um problema de relações públicas e não uma ameaça em matéria de segurança.

Zoe manteve-se alegremente a leste das maquinações à sua volta. Seguindo o guião que Gabriel tinha preparado com todo o cuidado, coibiu-se de voltar a contactar a AAB ou os funcionários desta. Para ajudar a preencher as horas

---

[1] O departamento dos serviços secretos da Arábia Saudita. *(N. do T.)*

mortas, visitou museus e deu longas passeatas à beira do Sena, o que permitiu que Eli Lavon e o resto dos agentes de campo concluíssem que não estava a ser vigiada. Depois de se passarem mais dois dias sem notícias de Nadia, o produtor de Zoe em Nova Iorque começou a ficar impaciente. *Quero-te aqui o mais tardar na segunda,* disse-lhe ao telefone, *com ou sem esse exclusivo. É pura e simplesmente uma questão de dinheiro. A Nadia tem carradas dele. E nós temos de pedinchar cada cêntimo.*

O telefonema ensombrou o ambiente na casa segura em Seraincourt, tal como o discurso proferido essa tarde pelo presidente francês, numa sessão de emergência da Assembleia Nacional. *Não se trata de uma questão de saber se a França vai ser atacada outra vez por terroristas,* avisou o presidente, *trata-se apenas de uma questão de saber quando e onde. Mais vidas se perderão à mercê das chamas do extremismo, o que é triste. Lamentavelmente, é isso que significa ser cidadão da Europa no século XXI.*

Minutos depois do fim do discurso, chegou uma mensagem ao Gabinete de Operações da Avenida Rei Saul. Tinha apenas quatro caracteres — duas letras seguidas de dois números —, mas não havia dúvidas em relação ao significado. Deus estava à espera num apartamento seguro em Montmartre. E Deus queria dar uma palavrinha a Gabriel em privado.

26

MONTMARTRE, PARIS

O prédio de apartamentos ficava na Rue Lepic, não muito longe do cemitério. Era cinzento e tinha sete andares, com balaustradas de ferro forjado e águas-furtadas no cimo. Uma única árvore sem folhas erguia-se no pátio central e no *foyer* bem arranjado havia uma escada em caracol, com uma passadeira estreita e já gasta que abafou os passos de Gabriel quando ele subiu rapidamente ao terceiro andar. A porta do apartamento 3A estava ligeiramente entreaberta e na sala de estar encontrava-se um homem de idade, com calças engomadas cor de caqui, uma camisa clássica branca e um casaco de cabedal tipo aviador com um rasgão no ombro esquerdo. Tinha-se instalado na ponta de uma poltrona de orelhas coberta por um tecido de brocado, com as pernas ligeiramente abertas e as mãos grandes à volta do punho da bengala de madeira de oliveira, como um viajante resignado a uma longa espera no cais de uma estação de caminho de ferro. Entre dois dedos amarelados, ardia a ponta de um cigarro sem filtro. Um fumo acre rodopiava-lhe por cima da cabeça, como uma nuvem de tempestade só sua.

— Estás com boa cara — disse Ari Shamron. — Estar outra vez no terreno faz-te obviamente bem.

— Não era bem assim que eu tinha planeado passar o inverno.

— Então talvez não devesses ter seguido um bombista suicida até Covent Garden.

Shamron sorriu sem alegria e, a seguir, apagou o cigarro no cinzeiro que estava em cima da mesa de apoio. Já lá estavam seis beatas, numa fila perfeita, como balas à espera de serem carregadas numa pistola. Juntou-lhes a sétima e olhou pensativamente para Gabriel através do nevoeiro do fumo.

— É bom ver-te, meu filho. Pensei que o nosso encontro na Cornualha, no verão passado, seria o último.

— Por acaso, estava a contar que fosse.

— Podes pelo menos *fingir* que te importas com os meus sentimentos?

— Não.

Shamron acendeu outro cigarro com o seu velho isqueiro *Zippo* e atirou fumo de propósito na direção de Gabriel.

— Mas que eloquente — observou Gabriel.

— Às vezes, faltam-me as palavras. Felizmente, é raro faltarem-me os inimigos. E, mais uma vez, conseguiram lançar-te de novo para os braços da Avenida Rei Saul, que é o teu lugar.

— Temporariamente.

— Ah, claro — concordou Shamron rápida e falsamente. — Como é evidente, esta combinação é só temporária.

Gabriel dirigiu-se para as portas duplas com vista para a Rue Lepic e abriu uma. Uma corrente de ar fria entrou na sala, transportando o barulho do trânsito do final da tarde.

— Isso é mesmo preciso? — perguntou Shamron com uma careta. — O meu médico diz que eu devia evitar correntes de ar.

— E o meu diz que eu devia evitar ser fumador passivo. Graças a ti, tenho os pulmões de um homem que fuma quarenta cigarros por dia.

— Em alguma altura vais ter de deixar de me culpar por tudo o que aconteceu de errado na tua vida.

— Porquê?

— Porque é contraproducente.

— E acontece que também é verdade.

— Sempre achei que era melhor evitar a verdade. Conduz invariavelmente a complicações desnecessárias.

Gabriel fechou a porta, abafando o barulho do trânsito, e perguntou a Shamron por que razão tinha vindo a Paris.

— Uzi achou que talvez pudesses precisar de uma ajudinha extra no terreno.

— Então porque é que não me disse que vinhas?

— Deve ter-se esquecido.

— Ele sabe sequer que estás cá?

— Não.

Gabriel não foi capaz de evitar um sorriso.

— Vamos tentar mais uma vez, Ari. Porque vieste a Paris?

— Estava preocupado.

— Com a operação?

— Contigo — revelou Shamron. — É isso que significa ser pai. Preocupamo-nos com os nossos filhos até ao dia em que morremos.

— Lamento dizê-lo, mas não sei nada em relação a isso.

— Peço desculpa, meu filho — respondeu Shamron passado um momento. — Não devia ter dito isso. Afinal de contas, também foi culpa minha.

Levantou-se com dificuldade e, apoiando-se claramente na bengala, foi até à cozinha. As peças de uma cafeteira de êmbolo estavam espalhadas no balcão, ao lado de uma chaleira vazia e de uma embalagem aberta de café *Carte Noir*. Shamron esboçou uma débil tentativa de acender o fogão, mas depois levantou as mãos num gesto de desistência. Gabriel empurrou-o delicadamente na direção da mesa de café e levou a embalagem de café ao nariz com cautela. Cheirava a pó.

— Ou muito me engano — disse Shamron, sentando-se na poltrona — ou é o mesmo café que bebemos da última vez que aqui estivemos.

— Há um supermercado aqui ao lado. Achas que consegues sobreviver até eu voltar?

Fazendo um gesto de indiferença com a mão, Shamron deu a entender que o café servia perfeitamente. Gabriel encheu a chaleira de água e colocou-a no fogão para que fervesse.

— Só há uma coisa que ainda não consegui perceber — declarou Shamron, observando-o com atenção.

— Não é nada complicado, Ari, a sério. Primeiro, despejas o café, a seguir, juntas-lhe a água e, no fim, empurras o embolozinho para baixo.

— Eu estava a falar de Covent Garden. Porque é que foste atrás dele? Porque não avisaste simplesmente Graham Seymour e voltaste para o teu chalé à beira-mar?

Gabriel não respondeu.

— Permites-me que proponha uma explicação possível?

— Se insistes.

— Foste atrás dele porque sabias perfeitamente que os britânicos não tinham a coragem nem a determinação necessárias para o deter sozinhos. Os nossos amigos europeus estão a braços com uma completa crise existencial. Estou convencido de que essa é uma das razões que os levam a desprezar-nos. Nós temos um propósito. Nós acreditamos que a nossa causa é justa. Eles não acreditam em mais nada a não ser na sua semana de trabalho de trinta e cinco horas, no seu aquecimento global e nas suas seis semanas de férias por ano no sul. O que me deixa perplexo é o motivo por que foste resolver viver no meio deles.

— Porque, em tempos, chegaram a acreditar em Deus, e essa fé inspirou-os a pintarem como anjos.

— É verdade — retorquiu Shamron. — Mas, hoje em dia, a fé em Deus reside quase em exclusivo nos jihadistas. Infelizmente, é uma fé que nasceu da intolerância wahabita e foi alimentada com dinheiro saudita. A seguir ao 11 de Setembro, os sauditas prometeram que iam acabar com os incentivos que deram origem a Bin Laden e à Al-Qaeda. Mas agora, apenas dez anos depois, o dinheiro saudita está outra vez a alimentar o ódio, sem que os americanos praticamente protestem.

— Conseguiram convencer-se a eles próprios de que os sauditas são um aliado importante na luta contra o terrorismo.

— Estão a delirar — lançou Shamron. — Mas a culpa não é só deles. O petróleo não é a única coisa que sai da Arábia Saudita para o Ocidente. Também há uma grande quantidade de informação a ser transmitida. O GID saudita está constantemente a avisar a CIA e os serviços secretos europeus de potenciais planos e de indivíduos suspeitos. De vez em quando, esses avisos incluem informações que permitem que se atue, mas na maioria dos casos são pura e simplesmente tretas.

— Não estás *realmente* a insinuar — respondeu Gabriel sarcasticamente — que os serviços secretos sauditas andam a fazer o velho jogo duplo de combater os jihadistas ao mesmo tempo que os apoiam?

— É precisamente isso que estou a insinuar. E, neste momento, os americanos estão tão fracos economicamente que não se encontram em situação de poder fazer seja o que for em relação a isso.

A chaleira começou a chiar. Gabriel encheu a cafeteira com a água a ferver e ficou ao lado dela, à espera que o café ficasse pronto. Lançou um olhar a Shamron. A sua expressão carregada evidenciava claramente que ainda estava a pensar nos americanos.

— Todas as administrações americanas têm as suas palavras de ordem. A atual gosta de falar em termos de *interesses*. Estão sempre a lembrar-nos dos *interesses* que têm investidos no Médio Oriente. Têm interesses no Iraque, interesses no Afeganistão e interesses na manutenção de um preço estável para o petróleo. De momento, não contamos para grande coisa no balanço das contas americanas. Mas se conseguires neutralizar a rede de Rashid...

— Isso é capaz de acrescentar um pouco de capital bem necessário à nossa conta.

Shamron assentiu com a cabeça sorumbaticamente.

— Mas isso não quer dizer que tenhamos de nos comportar como uma empresa subsidiária detida a cem por cento pela CIA. Aliás, o primeiro-ministro mostrou-se inflexível na convicção de que devemos aproveitar esta oportunidade para tratarmos de assuntos pendentes.

— Como Malik al-Zubair?

Shamron assentiu com a cabeça.

— Algo me diz que tu sabias que Malik estava envolvido nisto desde o princípio.

— Digamos apenas que eu tinha uma forte suspeita de que pudesse ser esse o caso.

— Por isso, quando Adrian Carter me pediu para viajar para Washington... Pus de lado as minhas dúvidas habituais e concordei sem hesitar.

— Mas que generoso — comentou Gabriel. — Então porque é que agora estás preocupado?

— Nadia.

— Ela foi uma ideia tua.

— Talvez me tenha enganado. Talvez ela nos tenha andado a enganar estes anos todos. Talvez seja mais parecida com o pai do que julgávamos.

Parou por uns instantes e, a seguir, acrescentou:

— Talvez devêssemos desistir dela e arranjar outra pessoa.

— Essa pessoa não existe.

— Então inventa-a — ripostou Shamron. — Ouvi dizer que és muito bom nisso.

— É impossível e tu sabes isso.

Gabriel levou o café para a mesa e serviu duas chávenas. Shamron despejou açúcar no café e mexeu-o pensativamente durante um momento.

— Mesmo que Nadia al-Bakari aceite trabalhar para ti — observou Shamron —, não tens forma de a manter sob controlo. Nós temos os nossos métodos tradicionais. *Kesef, kavod, kussit:* dinheiro, respeito, sexo. Nadia al-Bakari não precisa de nenhuma dessas coisas. Logo, não pode ser controlada.

— Então, suponho que vamos ter de confiar simplesmente um no outro.

— *Confiar?* — questionou Shamron. — Desculpa, Gabriel, mas não conheço essa palavra.

Shamron bebeu um pouco do café e fez uma careta.

— Há um velho provérbio de que gosto particularmente. Diz que o véu que nos esconde o futuro é tecido por um anjo da misericórdia. Infelizmente, não há nenhum véu que nos consiga proteger do passado. Está cheio de fantasmas. Os fantasmas daqueles que amávamos. Os fantasmas dos nossos inimigos. Estão sempre connosco. Estão connosco agora mesmo — afirmou ele. Os seus olhos azuis remelosos perscrutaram a minúscula cozinha por um momento e pousaram novamente em Gabriel. — Talvez seja melhor deixarmos o passado sossegado. Melhor para Nadia. Melhor para ti.

Gabriel examinou Shamron com atenção.

— Será que estou enganado, Ari, ou estás mesmo com remorsos por me teres metido outra vez nisto?

— Foste bem claro em relação ao que querias no verão passado, na Cornualha. Devia ter respeitado a tua vontade.

— Nunca o fizeste. Porquê começar agora?

— Porque conquistaste esse direito. E a última coisa de que precisas nesta altura da tua vida é de te confrontares com a filha de um homem que mataste a sangue-frio.

— Não estou a pensar confessar os meus pecados.

— És capaz de não ter escolha nessa matéria — retorquiu Shamron. — Mas promete-me uma coisa, Gabriel. Se insistires em utilizá-la, assegura-te de que não cometes o mesmo erro que os americanos cometeram com Rashid. Parte do princípio de que ela é uma inimiga mortal e lida com ela em conformidade.

— E porque não ficas connosco? Temos espaço de sobra para mais um na casa segura.

— Sou um velho — respondeu Shamron melancolicamente. — Só vos iria atrapalhar.

— Então, o que vais fazer?

— Vou ficar aqui sentado, sozinho, a preocupar-me. Hoje em dia, parece ser essa a minha sorte na vida.

— Não te comeces a preocupar já, Ari. É possível que Nadia não apareça.

— Ela vai aparecer — afirmou Shamron.

— Como é que podes ter tanta certeza?

— Porque, no fundo, ela sabe que és tu que lhe andas a sussurrar ao ouvido. E não vai ser capaz de resistir à oportunidade de ver a tua cara.

A doutrina em termos operacionais ditava que Gabriel regressasse de imediato ao Château Treville, mas a raiva obrigou-o a fazer uma peregrinação até aos Campos Elísios. Chegou lá pouco depois da meia-noite e viu que todos os sinais do atentado tinham sido cuidadosamente apagados. As lojas e os restaurantes tinham sido arranjados. Os edifícios tinham recebido novas janelas e uma nova demão de tinta. O sangue tinha sido lavado das pedras da calçada. Não havia qualquer manifestação de ultraje, nenhum memorial aos mortos, ninguém a suplicar sanidade num mundo enlouquecido. Com efeito, se não fosse pelos dois *gendarmes* que se encontravam de vigia à esquina da rua, teria sido possível imaginar que nada de desagradável tinha ocorrido ali. Por um momento, Gabriel arrependeu-se da decisão de ter aí ido, mas, quando se estava a ir embora, um *e-mail* seguro enviado pela equipa em Seraincourt animou-o inesperadamente. Informava que tinham acabado de ouvir Nadia al-Bakari, a filha de um homem que Gabriel tinha matado no Velho Porto de Cannes, a cancelar uma viagem a Sampetersburgo. Gabriel voltou a guardar o *BlackBerry* no bolso e continuou a andar, iluminado pelos candeeiros. O véu que lhe escondia o futuro tinha sido rasgado ao meio. Viu uma linda mulher de cabelos escuros a atravessar o pátio de entrada de um *château* a norte de Paris. E um velho sentado, sozinho, num apartamento de Montmartre, a preocupar-se de morte.

CAPÍTULO

27

PARIS

Foi a própria Nadia al-Bakari que, às 10h22 da manhã seguinte, telefonou a Zoe Reed a convidá-la para tomar chá na mansão na Avenue Foch. Zoe declinou o convite educadamente. Parecia que já tinha planos.

— Vou passar a tarde com um velho amigo de Londres. Ganhou imenso dinheiro com fundos de capital de risco e comprou um *château* no Val-d'Oise. E a verdade é que vai dar uma pequena festa em minha honra.

— Uma festa de aniversário?

— Como é que sabe?

— A minha equipa de segurança verificou discretamente os seus antecedentes antes do nosso almoço no Crillon. A partir de hoje, tem trinta e...

— Por favor, não diga em voz alta. Estou a tentar fingir que não passa de um pesadelo.

Nadia conseguiu soltar uma gargalhada. A seguir, perguntou como se chamava o amigo de Londres de Zoe.

— Fowler. Thomas Fowler.

— E para que empresa é que ele trabalha?

— Thomas não trabalha para empresas, é militantemente independente. Ao que parece, a Nadia conheceu-o há uns anos nas Caraíbas. Numa das ilhas francesas. Não

209

me lembro de qual. Acho que foi em St. Barts. Ou talvez tenha sido em Antígua.

— Nunca pus os pés em Antígua.

— Então deve ter sido em St. Barts.

Instalou-se um silêncio.

— Ainda aí está? — perguntou Zoe.

— Sim, ainda aqui estou.

— Passa-se alguma coisa?

— E onde é que eu o conheci?

— Ele contou-me que foi num bar perto de uma das praias.

— Qual bar?

— Não tenho a certeza.

— E qual praia?

— Acho que Thomas não mencionou o nome.

— E o Thomas estava sozinho?

— Por acaso, até estava com a mulher. Uma rapariga encantadora. Um bocadinho para o arrogante, mas imagino que isso seja de esperar dadas as circunstâncias.

— Quais circunstâncias?

— Ser mulher de um bilionário como Thomas.

Mais silêncio, mais prolongado do que o primeiro.

— Lamento, mas não me lembro dele.

— Mas ele lembra-se de si.

— Descreva-mo, por favor.

— Um tipo assim para o alto. Forte como um touro. Mas um bocadinho mais interessante quando ficamos a conhecê-lo. Acho que fez um negócio há uns anos com um sócio do seu pai.

— E por acaso não se lembra do nome desse sócio?

— Porque é que não o pergunta a Thomas?

— O que é que está a dizer, Zoe?

*

No segundo andar do Château Treville, havia uma sombria sala de música com paredes revestidas de seda vermelha e luxuosos cortinados a condizer nas janelas. Numa ponta da sala, estava um cravo com frisos dourados e uma cena pastoril pintada a óleo na tampa. Na outra, estava uma mesa antiga da Renascença Francesa, com embutidos em nogueira, à qual Gabriel e Eli Lavon se encontravam sentados, de olhos colados num par de computadores. Um deles mostrava uma luz a piscar, que indicava a localização e a altitude de Zoe. O outro continha uma gravação da conversa que ela tinha tido com Nadia al-Bakari às 10h22. Gabriel e Lavon tinham-na ouvido dez vezes. E, nessas dez vezes, não tinham encontrado uma única justificação para não avançarem com a operação. Eram 11h55. Lavon fez uma careta quando Gabriel carregou uma última vez no ícone de PLAY.

— *E por acaso não se lembra do nome desse sócio?*

— *Porque é que não o pergunta a Thomas?*

— *O que é que está a dizer, Zoe?*

— *Estou a dizer que devia vir à festa. Sei que Thomas iria simplesmente adorar, e isso dar-nos-ia oportunidade de passarmos um pouco mais de tempo juntas.*

— *Receio bem que não seja muito apropriado.*

— *E porque não?*

— *Porque o seu amigo... peço desculpa, Zoe, mas diga-me por favor o nome dele outra vez.*

— *Thomas Fowler. Como a personagem do livro de Graham Greene.*

— Quem?

— Não interessa. O que interessa é que a Nadia venha à festa.

— Não quero estar a incomodar.

— E não vai estar, por amor de Deus! Para além disso, é o meu aniversário e eu insisto.

— E onde é mesmo a casa do seu amigo?

— Logo a norte de Paris. O hotel já me disponibilizou um carro.

— Diga ao hotel para cancelar. Vamos antes no meu. Assim teremos oportunidade para falar.

— Ótimo. Thomas diz que é para se ir com roupa informal para o château. Mas não exageremos na segurança, pode ser? Thomas é um bocadinho para o parvalhão e fala-barato, mas de resto é bastante inofensivo.

— Vemo-nos ao meio-dia, Zoe.

A chamada foi interrompida. Gabriel carregou no STOP e depois levantou os olhos e viu Yossi encostado à ombreira da porta, aparentando ser a imagem perfeita de um próspero magnata de fundos de capital de risco que ia passar o fim de semana no seu retiro no campo francês.

— Para que fique registado — disse ele com o seu sotaque arrastado de Oxford —, não gostei daquela parte do touro.

— Tenho a certeza de que ela o disse num sentido carinhoso.

— E como é que tu te sentirias se te comparassem a um touro?

— Enternecido.

Yossi alisou a parte da frente do casaco de caxemira comprado em Bond Street.

— Já conseguimos atingir o informal para château?

212

— Parece-me bem que sim.

— Com plastrão ou sem plastrão?

— Sem plastrão.

— Com plastrão — interrompeu Lavon. — Sem a mínima dúvida.

Yossi foi-se embora. Gabriel esticou o braço para agarrar novamente o rato do computador, mas Lavon impediu-o.

— Ela sabe que somos nós e vem à mesma. Além disso — acrescentou Lavon —, agora já é demasiado tarde para fazermos alguma coisa.

Gabriel olhou para o ecrã do outro computador. O nível de altitude indicado pelo ícone mostrava que Zoe estava a descer lentamente para o *lobby* do hotel. Isso foi confirmado uns segundos mais tarde, quando Gabriel ouviu o som das portas do elevador a abrirem-se, seguido do bater dos saltos de Zoe no momento em que esta começou a atravessar o *lobby*. Deu os bons-dias a Herr Schmidt, agradeceu a Isabelle pelo cesto de fruta de boas-vindas que lhe tinha sido deixado no quarto na noite anterior e atirou um beijo a Monsieur Didier, que estava nessa altura a tentar conseguir uma reserva para Chiara e Yaakov no Jules Verne — uma reserva que, lamentavelmente, iriam ser depois forçados a cancelar. A seguir, ouviu-se o barulho repentino do trânsito quando Zoe saiu do hotel, e depois o baque forte da porta de uma limusina a fechar-se. Seguiu-se um silêncio sepulcral. Foi interrompido pela voz amável de uma mulher com credenciais jihadistas inatacáveis.

— Que bom que é voltar a vê-la, Zoe — disse Nadia al-Bakari. — Trouxe uma garrafa de *Latour* para o seu amigo, como agradecimento pelo convite. Espero que ele goste de tinto.

213

— Não era preciso.

— Não seja tonta.

E, posto isso, o ícone estava outra vez em movimento, seguido por mais três sinais luminosos que representavam as equipas de segurança. Passado um momento, estavam todos a dirigir-se para oeste, avançando pelos Campos Elíseos a uma velocidade ligeiramente superior a cinquenta quilómetros por hora. Ao aproximarem-se do Arco do Triunfo, Zoe fez menção de desligar o *BlackBerry*.

— Não se incomode — disse Nadia em voz baixa. — Agora já confio em si, Zoe. Aconteça o que acontecer, vou considerá-la sempre uma amiga.

28

SERAINCOURT, FRANÇA

As *banlieues* do nordeste de Paris pareciam estender-se por uma eternidade, mas, aos poucos, os prédios de apartamentos vulgares foram dando lugar às primeiras manchas de verde. Mesmo no inverno, com o céu baixo e carregado, o campo francês parecia ter sido arranjado para um retrato de família. Atravessaram-no na limusina *Maybach* preta, sem outros carros a servirem de escolta, pelo menos que Zoe visse. Rafiq al-Kamal, o chefe da equipa de segurança de rosto bexigoso, ia sentado à frente, no lugar do passageiro, e de semblante carregado. Trazia o habitual fato escuro, mas, atendendo à informalidade da ocasião, não tinha gravata. Nadia trazia uma magnífica camisola de caxemira creme, umas calças justas de camurça castanho-claras e botas de salto raso próprias para andar por caminhos rurais arborizados. Para esconder o nervosismo, Nadia não parou de falar. Dos franceses. Das modas horríveis daquele inverno. De um artigo que tinha lido de manhã no *Financial Journal* e que falava das dificuldades financeiras das economias da zona euro. O calor dentro do carro era tropical. Zoe estava a transpirar por baixo da roupa, mas Nadia parecia sentir um bocadinho de frio. Tinha as mãos estranhamente exangues. Reparando no interesse de Zoe, culpou o clima húmido parisiense, do qual falou sem parar até surgir uma placa a indicar que se estavam a aproximar da aldeia de Seraincourt.

Nesse preciso momento, uma mota ultrapassou-os. Era um modelo japonês de grande cilindrada, do género que obrigava o condutor a inclinar-se para a frente e guiar num ângulo desconfortável. Ele espreitou para a janela de Zoe ao passar, como se tivesse curiosidade em saber quem ia num automóvel tão bom, e depois fez um gesto obsceno ao motorista e desapareceu, deixando atrás de si uma nuvem de borrifos na estrada. *Olá, Mikhail,* pensou Zoe. *Que bom que é ver-te outra vez.*

Ela tirou o *BlackBerry* da carteira e marcou um número. A voz que atendeu era-lhe vagamente familiar. Claro que era, lembrou a si própria rapidamente. Era a voz do seu velho amigo de Londres, Thomas Fowler. Thomas, que tinha ganhado uma fortuna a investir em sabe lá Deus o quê. Thomas, que tinha conhecido Nadia há uns anos, num bar perto da praia em St. Barts. Thomas, que estava naquele momento a explicar a Zoe o caminho para o seu novo e vistoso *château* — à direita, na Rue de Vexin, à esquerda, na Rue des Vallées, e depois outra vez à direita, na Route des Hèdes. O portão ficava do lado esquerdo da estrada, disse ele, logo a seguir à velha vinha. Não liguem à tabuleta a alertar para os cães. Não passava de um *bluff,* por razões de segurança. Thomas estava preocupado com a segurança. Thomas tinha boas razões para isso.

Zoe interrompeu a ligação e voltou a guardar o *Black-Berry* na carteira. Quando levantou de novo os olhos, apanhou Rafiq al-Kamal a observá-la com um ar desconfiado pelo retrovisor. Nadia estava a olhar pela janela, contemplando sorumbaticamente a paisagem que ia passando. *Sorri*, pensou Zoe. *Afinal de contas, vamos a uma festa. É importante que tentes sorrir.*

Não havia precedente formal para aquilo que estavam a tentar fazer, doutrina estabelecida ou tradição do Departamento em que se pudessem apoiar. Durante as intermináveis sessões de preparação, Gabriel comparou a situação à revelação de um quadro, com Nadia no papel de potencial compradora e o próprio Gabriel a servir de quadro, colocado num pedestal para exposição. O acontecimento seria precedido por um curto percurso — um percurso, explicou ele, que levaria Nadia e a equipa a recuarem do presente a um passado não muito longínquo. A natureza dessa viagem teria de ser calibrada cuidadosamente. Teria de ser suficientemente agradável para não afugentar Nadia e, ao mesmo tempo, suficientemente convincente para não lhe dar oportunidade de voltar atrás. Nem Gabriel, que tinha concebido a estratégia, foi capaz de avaliar as possibilidades de êxito da equipa em mais do que três para um. Eli Lavon mostrou-se ainda mais pessimista. Mas a verdade é que Lavon, um estudioso dos desastres bíblicos, era naturalmente dado a preocupações.

No entanto, nesse momento, a hipótese de um fracasso era aquilo que mais afastado estava dos pensamentos de Lavon. Embrulhado em várias camadas de lã, resquícios de operações anteriores, arrastava-se pela berma coberta de relva da Rue des Vallées, com a ajuda de uma bengala e a cabeça aparentemente nas nuvens. Parou por instantes para

217

observar a limusina *Maybach* que ia a passar — se não o fizesse teria sido estranho —, mas não prestou atenção à pequena carrinha *Renault* com porta traseira que seguia atrás da limusina grande como um parente pobre. Depois da *Renault,* a estrada estava deserta, precisamente aquilo com que Lavon estava a contar. Levou a mão à boca e, fingindo que tossia, informou Gabriel de que o alvo estava a avançar conforme combinado, apenas com vigilância por parte da equipa da casa.

Por essa altura, já o *Maybach* tinha virado para a Route des Hèdes e estava a passar a toda a velocidade pela velha vinha. Atravessou o imponente portão principal do *château* e depois seguiu pelo longo e direito caminho de entrada de cascalho, no fim do qual se encontrava Yossi, com uma pose indolente que só o dinheiro podia comprar. Esperou que a limusina parasse para avançar então na sua direção, mas parou por completo quando Al-Kamal de lá saiu, uma mancha escura e agressiva. O guarda-costas saudita ficou parado ao lado da limusina durante vários segundos, com os olhos a passarem em revista a fachada da majestosa mansão, antes de, finalmente, abrir a porta de trás num ângulo de quarenta e cinco graus perfeito. Nadia saiu da limusina devagar e por etapas — uma bota dispendiosa a pisar o cascalho, uma mão cheia de joias a pousar na parte de cima da porta, um vislumbre de cabelo sedoso que pareceu captar o que restava da luz da tarde.

Por motivos que não revelou aos outros, Gabriel tinha resolvido assinalar o momento com uma fotografia, que ainda continua nas salas de arquivo da Avenida Rei Saul. Tirada de uma janela do segundo andar por Chiara, mostra Nadia a começar a atravessar o pátio de entrada, acompanhada por Zoe, com uma mão hesitantemente estendida na direção de Thomas Fowler e a outra a segurar a garrafa de *Latour* pelo gargalo. Tem o sobrolho ligeiramente franzido e os olhos indiciam reconhecer muito tenuemente o homem à sua frente. Era verdade que o tinha visto uma vez na ilha de St. Barts, na pequena e encantadora esplanada de um bar com vista para as marnotas de Saline. Nesse dia, Nadia tinha estado a beber daiquiris; o homem, bronzeado pelo sol, tinha estado a beber uma cerveja sem pressa, a umas mesas de distância dela. E a acompanhá-lo tinha uma mulher exiguamente vestida, com cabelo cor de arenito e ancas generosas — a mesma mulher que estava naquele momento a sair pela porta principal da casa, com um vestuário que se equiparava ao de Nadia no preço e no estilo. Uma mulher que estava naquele momento a apertar a mão a Nadia como se não fizesse tenções de a voltar a largar.

— Jenny Fowler — disse Rimona Stern. — Estou encantada que tenha vindo. Por favor, vamos entrar antes que morramos todos de frio.

Com a primeira etapa do percurso de Nadia terminada, deram todos meia-volta ao mesmo tempo e começaram a dirigir-se para a porta de entrada. Por breves instantes, o guarda-costas tentou segui-los, mas Nadia, no seu primeiro ato conspiratório, fê-lo parar com um gesto da mão e algumas palavras tranquilizadoras murmuradas em árabe. Se achou que os anfitriões não as compreenderiam, estava enganada; os Fowlers falavam os dois árabe fluentemente, tal como a mulher pequena e de cabelo escuro que os esperava por baixo do candelabro no imponente *foyer* principal. Uma vez mais, a expressão de Nadia deixou transparecer uma recordação longínqua.

— Emma — disse Dina Sarid. — Sou uma velha amiga dos Fowlers. É um prazer conhecê-la.

Nadia apertou a mão que lhe tinha sido estendida, completando outra etapa do seu percurso, e deixou que Dina a levasse para o salão abobadado. Diante de uma enfiada de portas duplas, com os olhos postos no elaborado jardim em socalcos, estava uma mulher com cabelo louro-claro e pele de alabastro. Quando ouviu passos a aproximarem-se, a mulher virou-se devagar e fitou Nadia durante um longo momento com uns olhos azuis inexpressivos. Não se deu ao trabalho de dar um nome falso. Não teria sido apropriado.

— Olá, Nadia — cumprimentou Sarah Bancroft por fim. — Que bom que é voltar a vê-la.

Nadia estremeceu ligeiramente e pela primeira vez pareceu assustada.

— Meu Deus! — exclamou após um momento de hesitação. — É mesmo você? Receava que tivesse...

— Morrido?

Nadia não respondeu. Os seus olhos deslocaram-se lentamente de cara em cara até pousarem por fim em Zoe.

— Sabe quem são estas pessoas?

— Claro.

— E trabalha para elas?

— Eu trabalho para a CNBC, em Nova Iorque.

— Então porque está aqui?

— Eles precisam de falar consigo. Não havia outra forma.

Nadia pareceu aceitar a explicação, pelo menos no imediato. Uma vez mais, o seu olhar deslocou-se pelo salão. Dessa vez, fixou-se em Sarah.

— Isto tem que ver com o quê?

— Tem que ver consigo, Nadia.

— Comigo o quê?

— Está a tentar mudar o mundo islâmico. Nós queremos ajudar.

— E quem são os senhores?

— Sou Sarah Bancroft, a rapariga americana que vendeu um quadro do Van Gogh ao seu pai. Depois disso, ele convidou-me para ser a sua consultora de arte. Acompanhei-vos no vosso cruzeiro de inverno anual às Caraíbas. A seguir, desapareci.

— É uma espia? — perguntou Nadia, mas Sarah limitou-se a estender-lhe a mão.

O percurso de Nadia estava praticamente completo. Só lhe faltava fazer mais uma paragem. Conhecer mais uma pessoa.

CAPÍTULO

29

SERAINCOURT, FRANÇA

Separada do salão principal por um par de majestosas portas duplas, ficava uma sala de estar mais pequena e menos formal, com paredes forradas de livros e peças de mobília almofadadas, dispostas diante de uma grande lareira de pedra. Era um local ao mesmo tempo reconfortante e conspiratório, onde tinham sido roubados beijos, confessados pecados e forjadas alianças secretas. Quando Sarah a conduziu ali, Nadia, desorientada, tinha percorrido a sala antes de se instalar na ponta de um sofá comprido. Zoe sentou-se na outra extremidade, como que para equilibrar, e Sarah sentou-se à sua frente, com as mãos cruzadas no colo e sem olhar diretamente para Nadia. Os outros membros da equipa estavam espalhados descontraidamente pela sala, como se tivessem retomado a festa que tinha sido interrompida pela chegada de Nadia. A única exceção era Gabriel, que se encontrava parado defronte da lareira apagada, com a mão encostada ao queixo e a cabeça ligeiramente inclinada para o lado. Nesse instante, estava a tentar decidir qual seria a melhor forma de responder a uma pergunta simples que Nadia lhe tinha feito uns segundos depois de ele ter entrado na sala. Frustrada com o silêncio de Gabriel, ela voltou a fazer-lhe a pergunta, desta vez com mais vigor:

— Quem são os senhores?

Gabriel tirou a mão do queixo e serviu-se dela para o ajudar a fazer as apresentações.

— Aqueles ali são os Fowlers, Thomas e Jenny. Thomas ganha dinheiro. Jenny gasta-o. Aquela rapariga ali ao canto, de ar bastante melancólico, é Emma. Ela e Thomas são velhos amigos. Na verdade, já foram amantes e, nos seus momentos mais negros, Jenny ainda suspeita que continuem a ser.

Parou por uns instantes e pousou a mão no ombro de Sarah.

— E a Nadia lembra-se desta senhora, claro. É Sarah, a nossa estrela. Sarah tem mais licenciaturas do que todos nós juntos. Mas apesar de uma educação dispendiosa, paga na totalidade por um pai com sentimentos de culpa, estava a trabalhar há uns anos numa galeria de arte londrina em má situação financeira quando o pai da Nadia apareceu à procura de um Van Gogh, o único artista que lhe faltava na coleção. Ficou tão impressionado com Sarah, que despediu o seu consultor de arte de há muito tempo e ofereceu o cargo a Sarah, multiplicando várias vezes o salário que ela recebia. As regalias incluíam um convite para um cruzeiro às Caraíbas a bordo do *Alexandra*. Se bem me lembro, a Nadia mostrou-se bastante distante ao princípio. Mas, quando chegaram à ilha encantada de St. Barts, a Nadia e a Sarah já se tinham tornado boas amigas. Confidentes, diria mesmo.

Sarah fez de conta que não tinha ouvido nada. Nadia olhou para ela atentamente por um breve instante e depois voltou a virar-se para Gabriel.

— Não foi por acidente que estas quatro pessoas foram parar ao mesmo tempo a St. Barts. É que eles são todos profissionais dos serviços secretos, Nadia. Thomas, Jenny e Emma trabalham para os serviços secretos externos do estado de Israel, tal como eu. A Sarah trabalha para a CIA. Os conhecimentos de arte dela são bem autênticos, o que explica o motivo por que foi escolhida para participar numa operação contra a AAB Holdings. O seu pai era um filantropo secreto, tal como a Nadia. Infelizmente, a caridade dele era dirigida ao outro extremo do espectro islâmico. Ele dava aos que incitavam, aos que recrutavam e diretamente aos próprios terroristas. Quando o seu pai descobriu a verdade acerca de Sarah, entregou-a para a torturarem e matarem. Mas a verdade é que a Nadia já sabia isso, não sabia? Foi por isso que ficou tão surpreendida ao ver a sua amiga Sarah vivinha da silva e em perfeitas condições.

— Ainda não me disse o seu nome.

— De momento, o meu nome não é importante. Prefiro ver-me como alguém que reúne centelhas.

Parou por uns instantes e, a seguir, acrescentou:

— Tal qual a Nadia.

— Peço desculpa?

— Alguns dos nossos antigos rabis acreditavam que, quando Deus estava a criar o Universo, tinha colocado a Sua luz divina em recipientes celestiais especiais. Mas acontece que a Criação não correu exatamente como Deus planeava e houve um acidente. Os recipientes partiram-se e o Universo encheu-se de centelhas de luz divina e de fragmentos dos recipientes partidos. Os rabis acreditavam que a tarefa da Criação só terminaria quando essas centelhas fossem reunidas. Chamamos-lhe Tikkun Olam ou Reparação do Mundo. As pessoas que aqui estão nesta sala andam a tentar reparar o mundo, Nadia, e nós acreditamos que a Nadia também ande. Está a tentar reunir os fragmentos de ódio que foram espalhados pelos pregadores wahabitas. Está a tentar reparar os danos causados pelo apoio que o seu pai prestou ao terrorismo. Aplaudimos os seus esforços. E queremos ajudar.

— E como é que sabem isso tudo acerca de mim?

— Sabemos porque já há muito tempo que a andamos a vigiar.

— Porquê?

— Por cautela — respondeu Gabriel. — Depois de o seu pai ter sido morto em Cannes, receámos que a Nadia fosse tentar honrar a promessa de vingar a sua morte. E a última coisa de que o mundo precisava era de mais um saudita rico a encher os bolsos dos terroristas com dinheiro. Os nossos receios aumentaram substancialmente quando recorreu discretamente aos serviços de um ex-agente do GID saudita chamado Faisal Qahtani para investigar as circunstâncias que rodearam a morte do seu pai. O senhor Qahtani informou-a de que o seu pai tinha sido morto pelos serviços secretos israelitas, com a bênção da CIA e do presidente americano. A seguir, descreveu-lhe pormenorizadamente a longa história do seu pai em termos de apoio ao movimento jihadista mundial.

Gabriel fez uma pausa.

— Sempre me interroguei sobre qual seria o aspeto da vida do seu pai que a incomodaria mais, Nadia... o facto de ser um assassino em massa ou o facto de lhe ter mentido. Pode ser muito traumatizante descobrir que fomos enganados por um progenitor.

Nadia não respondeu. Gabriel prosseguiu.

— Nós sabemos o que o senhor Qahtani lhe contou porque ele nos comunicou esse mesmo relatório pela quantia muito razoável de cem mil dólares americanos, depositados numa conta bancária numerada na Suíça — explicou Gabriel, permitindo-se um breve sorriso. — O senhor Qahtani é um homem com fontes irrepreensíveis mas lealdades duvidosas. E também tem uma predileção por mulheres bonitas de cariz profissional.

— E as informações eram corretas?

— Que parte?

— A parte que referia que os serviços secretos israelitas assassinaram o meu pai com a bênção da CIA e do presidente americano.

Gabriel lançou um olhar a Zoe, que estava a conseguir disfarçar admiravelmente a sua curiosidade. Tendo já terminado a sua missão, deviam tê-la mandado embora discretamente. Mas Gabriel decidira deixá-la continuar por mais algum tempo na sala. As razões que o moviam eram puramente interesseiras. Tinha perfeita consciência da ligação que se tinha formado entre o seu alvo e o agente de apresentação deste. E também tinha consciência de que Zoe poderia ser um trunfo poderoso para ajudar a fechar o acordo. Com a sua simples presença, Zoe conferia legitimidade à causa de Gabriel e nobreza aos seus propósitos.

— Assassinar não é propriamente a palavra correta para descrever o que aconteceu ao seu pai — disse ele. — Mas, se não se importar, preferia alongar-me um pouco mais sobre o tema do nosso conhecido, o dúplice senhor Qahtani. Ele fez mais do que dissecar simplesmente a morte do seu pai. Também lhe entregou uma mensagem enviada por nem mais nem menos do que o próprio monarca saudita. E essa mensagem deixava bem claro que determinados elementos da casa de Saud sabiam das atividades do seu pai e que as tinham aprovado tacitamente. Mas também deixava bem claro que a Nadia não devia, sob quaisquer circunstâncias, empreender nenhuma tentativa de retaliação contra alvos israelitas ou americanos. Na altura, a casa de Saud estava debaixo de uma pressão tremenda por parte de Washington no sentido de acabar com o apoio dado pelo reino ao Islão extremista e ao terrorismo. O rei não queria que Nadia causasse mais complicações entre Riade e Washington.

— E também foi o senhor Qahtani que vos contou isso?

— Veio incluído no pacote original, sem custos adicionais.

— E o senhor Qahtani descreveu a minha reação?

— Descreveu — respondeu Gabriel. — Disse que o aviso da casa de Saud provavelmente tinha sido desnecessário porque, na opinião do senhor Qahtani, a Nadia não fazia qualquer tenção de levar avante a promessa de vingança pela morte do seu pai. O que o senhor Qahtani não percebeu foi que a Nadia se tinha sentido enojada com o que tinha ficado a saber do seu pai... tão enojada que até acabou por se transformar também numa espécie de extremista. Depois de consolidar o controlo sobre a AAB Holdings, decidiu usar a fortuna do seu pai para reparar os danos causados por ele. Tornou-se uma reparadora do mundo, uma pessoa que reúne centelhas.

Nadia sorriu como se não desse importância àquelas palavras.

— Como já disse no outro dia à sua amiga Zoe, ao almoço, é uma história interessante, mas acontece que não é verdade.

Gabriel pressentiu que faltava ali convicção. Decidiu que o melhor que tinha a fazer era ignorar por completo o que ela acabara de dizer.

— Está entre amigos, Nadia — disse ele delicadamente.

— Admiradores, na verdade. Não só admiramos a coragem daquilo que faz, como também nos maravilha a habilidade com que o conseguiu esconder. Aliás, demorámos bastante tempo a perceber que estava a utilizar transações de arte engenhosamente elaboradas para lavar dinheiro e colocá-lo nas mãos das pessoas que queria ajudar. Enquanto profissionais, saudamos o seu domínio das artes do ofício. Com toda a honestidade, não o teríamos feito melhor.

Nadia levantou os olhos bruscamente, mas dessa vez não tentou negar nada. Gabriel continuou.

— Com as suas manobras habilidosas, tem conseguido não revelar nada daquilo que faz aos serviços secretos sauditas e à família Al-Saud. É uma proeza notável, tendo em conta que anda rodeada dia e noite pelos antigos empregados e seguranças do seu pai. De início, ficámos perplexos com a decisão de os manter ao seu serviço. Olhando para trás, as razões são bastante evidentes.

— Ai, sim?

— Não tinha outra opção. O seu pai era um homem de negócios arguto, mas a sua fortuna não foi propriamente construída de maneira honesta. A casa de Zizi foi financiada inteiramente pela casa de Saud, o que quer dizer que basta à família Al-Saud estalar os seus dedos reais para a destruir.

Gabriel olhou para Nadia à espera de uma reação. O rosto dela manteve-se impassível.

— E quer dizer que a Nadia está metida num jogo perigoso — prosseguiu Gabriel. — Anda a servir-se do dinheiro do monarca para espalhar ideias que podem acabar por ameaçar o seu controlo sobre o trono. E isso faz de si uma subversiva. Uma herege. E ambos sabemos o que é que acontece aos subversivos e aos hereges que ameaçam a casa de Saud. De uma forma ou de outra, são eliminados.

— Não me parece que me queiram ajudar. Aliás, parece-me que tencionam chantagear-me de modo a fazerem o que querem.

— O nosso único interesse é que continue com o seu trabalho. Mas gostaríamos de lhe dar um pequeno conselho.

— Que tipo de conselho?

— Um conselho em matéria de investimento — respondeu Gabriel. — Achamos que agora poderá ser boa altura para fazer algumas mudanças no seu portefólio... mudanças que se coadunem mais com o seu direito de primogenitura enquanto filha única do falecido Zizi al-Bakari.

— O meu pai era um financiador do terrorismo.

— Não, Nadia, ele não era só um financiador do terrorismo *qualquer*. O seu pai era único. O seu pai pertencia à *jihad*.

— Peço desculpa — retorquiu Nadia —, mas não estou a compreender o que querem de mim.

— É simples. Queremos que siga as pisadas do seu pai. Queremos que dê continuidade à defesa da causa que o seu pai teve de abandonar naquela terrível noite em Cannes. Queremos que vingue a morte dele.

— Querem que *eu* me torne terrorista?

— Exato.

— E como é que eu faria isso?

— Adquirindo o seu próprio grupo terrorista. Mas não se preocupe, Nadia. Não vai ter de fazer isso sozinha. Eu e Thomas vamos ajudá-la.

SERAINCOURT, FRANÇA

Tinham chegado a uma boa altura para fazer uma pausa — um oásis, pensou Gabriel, dando por si de repente enfeitiçado pela iconografia do deserto. O motivo que levara Nadia a ser convocada tinha sido abordado com sucesso. Estava na altura de descansar por uns momentos e refletir no percurso realizado até aí. E também estava na altura de tratar de alguns assuntos um pouco desagradáveis. Gabriel precisava de ver algumas questões respondidas antes de poderem continuar, questões relacionadas com as complexidades políticas e os ódios antigos do Médio Oriente. Fez a primeira, agachado diante da lareira, com um fósforo por acender na mão.

— O que é que pensa de nós? — perguntou, raspando o fósforo na pedra.

— Dos israelitas?

— Dos judeus — retorquiu Gabriel, encostando o fósforo às acendalhas. — Acha que somos filhos do Diabo? Acha que controlamos as finanças e os meios de comunicação mundiais? Acha que a culpa de nos ter acontecido o Holocausto é nossa? Acredita sequer que o Holocausto aconteceu? Acha que utilizamos o sangue das crianças que não são judaicas para preparar o nosso pão sem fermento?

Acredita que somos macacos e porcos, como os vossos clérigos wahabitas e livros de escola sauditas gostam de nos pintar?

— Não andei na escola na Arábia Saudita — respondeu Nadia sem qualquer intenção de se defender.

— Pois não — retorquiu Gabriel —, andou nas mais prestigiadas escolas europeias, tal como a sua amiga Sarah. E Sarah lembra-se bastante bem de um incidente numa praia em St. Barts, em que a Nadia disse qualquer coisa bastante desagradável sobre um homem que achava ser judeu. E ela também se recorda de muito palavreado mais forte acerca dos judeus sempre que o seu pai e o seu séquito começavam a discutir política.

Nadia fitou Sarah com uma leve expressão de tristeza, como se um segredo tivesse sido traído.

— As opiniões do meu pai sobre os judeus eram bem conhecidas — disse ela passado um momento. — Infelizmente, eu fui exposta a essas opiniões diariamente e, durante algum tempo, as opiniões do meu pai transformaram-se nas minhas.

Fez uma pausa e olhou para Gabriel.

— Nunca disse nada de que depois se tenha arrependido? Nunca fez nada que o tenha envergonhado profundamente?

Gabriel soprou suavemente para as acendalhas, mas não respondeu.

— Tenho uma fortuna de muitos milhares de milhões de dólares — afirmou Nadia. — Por isso, provavelmente não vai achar surpreendente se lhe disser que não acredito que os judeus controlam o sistema financeiro mundial. E também não acredito que controlem os meios de comunicação. Mas acredito que o Holocausto aconteceu mesmo,

232

que morreram seis milhões de pessoas e que negar essa verdade é um ato próprio de um discurso de ódio. E também acredito que a calúnia do sangue antigo não passa disso mesmo, de uma calúnia, e estremeço sempre que ouço um dos supostos homens de religião da Arábia Saudita referir-se aos judeus e aos cristãos como macacos e porcos.

Parou por uns instantes e, a seguir, rematou:

— Deixei passar alguma coisa?

— O Diabo — respondeu Gabriel.

— Não acredito no Diabo.

— E em relação a Israel, Nadia? Acredita que temos direito a viver em paz? Que temos direito a levar os nossos filhos à escola ou a ir ao mercado sem termos medo de ir pelos ares com uma bomba de um soldado de Alá?

— Acredito que o estado de Israel tem direito a existir. E também acredito que tem direito a defender-se daqueles que o querem destruir ou assassinar os seus cidadãos.

— E o que acha que aconteceria se amanhã nos fôssemos embora da Cisjordânia e de Gaza e concedêssemos aos palestinianos o seu Estado? Acha que o mundo islâmico nos iria alguma vez aceitar ou será que estamos condenados a ser considerados uma entidade estranha, um cancro que precisa de ser eliminado?

— A segunda hipótese, receio bem — respondeu Nadia —, mas eu ando a tentar ajudar-vos. Era capaz de dar jeito se, de tempos a tempos, vocês não me dificultassem tanto as coisas. Todos os dias, sem exceção, seja de forma pequena ou grande, vocês humilham os palestinianos e os seus apoiantes no universo do mundo islâmico. E quando se misturam humilhações com a ideologia dos wahabitas...

— Explodem bombas nas ruas da Europa — completou Gabriel. — Mas é preciso mais do que humilhações e ideologia para dar origem ao terrorismo à escala mundial. Também é preciso dinheiro. Os cabecilhas precisam de dinheiro para inspirar, dinheiro para recrutar e treinar e dinheiro para agir. Com dinheiro, podem atacar à vontade. Sem dinheiro, não são nada. O seu pai compreendia o poder do dinheiro. E a Nadia também. É por isso que nos demos a tanto trabalho para falar consigo. É por isso que aqui está.

Eli Lavon tinha entrado na sala de forma discreta e estava a assistir ao que se passava impassivelmente, numa espécie de poleiro junto às janelas. Nadia observou-o com atenção durante um momento, como se estivesse a tentar localizá-lo nas gavetas desordenadas da sua memória.

— É ele que manda? — perguntou ela.

— Max? — retorquiu Gabriel, abanando a cabeça lentamente. — Não, não é Max que manda. Eu é que fui amaldiçoado com a responsabilidade de comandar. Max é apenas a minha consciência pesada. Max é a minha alma atormentada.

— Não me parece nada atormentado.

— Isso é porque Max é um profissional. E como todos os profissionais, Max esconde muito bem as emoções.

— Como o senhor.

— Sim, como eu.

Ela deitou um olhar a Lavon e perguntou:

— O que o está a apoquentar?

— Max acha que eu já estou a perder um pouco as qualidades. Max está a tentar impedir-me de cometer o que ele pensa ser o maior erro de uma carreira até aqui imaculada.

— E que erro é esse?

— A Nadia — replicou Gabriel. — Estou convencido de que a Nadia é a resposta às minhas preces, de que nos podemos juntar para eliminar uma ameaça séria à segurança do Ocidente e do Médio Oriente. Mas, como pode ver, Max é muito mais velho do que eu e de ideias extremamente fixas. Acha a noção de uma colaboração entre nós ridícula e ingénua. Acredita que, sendo muçulmana e da Arábia Saudita, a Nadia absorveu o seu ódio aos judeus juntamente com o leite do peito da sua mãe. E Max também está convencido de que, acima de tudo o resto, a Nadia é filha do seu pai. E Max acredita que, tal como o seu pai, a Nadia tem duas caras... uma que mostra ao Ocidente e outra que mostra no seu país.

Nadia sorriu pela primeira vez.

— Se calhar, deveria recordar a Max que não posso mostrar a cara no meu país, pelo menos em público. E, se calhar, também deveria recordar a Max que arrisco a vida todos os dias a tentar mudar isso.

— Max tem grandes dúvidas acerca das suas atividades filantrópicas e dos motivos por detrás delas. Max acredita que são um disfarce para a sua verdadeira agenda, que tem muito mais que ver com a do seu falecido pai. Max acredita que a Nadia é uma jihadista. Em suma, Max acredita que a Nadia é uma mentirosa.

— Se calhar, *o senhor* é que é um mentiroso.

— Sou agente dos serviços secretos, Nadia, o que significa que ganho a vida a mentir.

— E agora está a mentir-me?

— Só um bocadinho — reconheceu Gabriel contritamente. — Receio bem que aquela alminha penada que ali está não se chame realmente Max.

— Mas ele continua a achar que eu sou mentirosa?

— Tem esperanças de que não seja esse o caso. Mas precisa de ter a certeza de que estamos todos do mesmo lado para esta conversa poder continuar.

— E que lado é esse?

— O lado dos anjos, claro.

— Os mesmos anjos que assassinaram o meu pai a sangue-frio.

— Lá está essa palavra de novo, Nadia. O seu pai não foi assassinado. Foi morto por forças inimigas num campo de batalha que ele escolheu. Morreu como um mártir, ao serviço da grande *jihad*. Infelizmente, a ideologia violenta que ajudou a propagar não morreu com ele. Continua viva, num crescendo de fúria sagrada que se estende das regiões tribais do Paquistão às ruas de Londres. E continua viva através de uma nova e mortífera rede terrorista instalada nas montanhas do Iémen. Essa rede tem um líder carismático, um talentoso dirigente de operações, e um conjunto de *shahids* dispostos a morrerem. O que lhe falta é uma coisa que a Nadia pode providenciar.

— Dinheiro — disse ela.

— Dinheiro — repetiu Gabriel. — A questão é saber se a Nadia é realmente uma mulher corajosa que está a tentar, sozinha, alterar a realidade do Médio Oriente atual ou se é mesmo filha do seu pai.

Nadia ficou calada durante um momento.

— Lamento informá-lo, mas vai ter de resolver isso sem a minha ajuda — disse por fim —, porque, a partir deste instante, este interrogatoriozinho está oficialmente terminado. Se quer alguma coisa de mim, sugiro-lhe que me diga o que é. E, se fosse a si, não esperaria muito tempo. Pode ter dúvidas em relação às minhas posições, mas é melhor que não tenha nenhumas em relação às do chefe da minha equipa de seguranças. Rafiq al-Kamal é um verdadeiro crente do wahabismo e muito leal ao meu pai. E se eu tivesse de dar um palpite, acho que ele deve estar a começar a ficar um bocadinho desconfiado com o que se está a passar aqui dentro.

31

SERAINCOURT, FRANÇA

Lentamente, a equipa saiu da sala em fila indiana — todos menos Eli Lavon, que se manteve na sua espécie de poleiro junto às janelas, e Gabriel, que se instalou no lugar deixado livre por Sarah. Fitou Nadia durante um momento, num silêncio respeitoso. A seguir, com um tom de voz melancólico herdado de Shamron, começou a contar-lhe uma história. Era a história de um carismático clérigo islâmico chamado Rashid al-Husseini, de uma operação bem-intencionada da CIA que tinha corrido extremamente mal e de uma rede terrorista mortífera que se encontrava sedenta do capital para operações necessário para atingir os seus objetivos finais. O relato foi extraordinariamente exaustivo — com efeito, quando Gabriel terminou por fim, já o fraco sol do outono se tinha posto e a sala se encontrava numa semiescuridão. Nessa altura, Lavon era uma mera silhueta, indistinguível não fora o tufo de cabelo desgrenhado que lhe rodeava a cabeça como um halo. Nadia deixou-se ficar sentada, sem se mexer, na ponta do sofá comprido, com os pés puxados para trás e os braços cruzados por baixo dos seios. Os seus olhos escuros fitaram sem pestanejar Gabriel enquanto ele falava, como se ela estivesse a posar para um retrato. Era um retrato de uma mulher revelada, pensou Gabriel, óleo sobre tela, autor desconhecido.

Da sala adjacente, ergueu-se uma onda de gargalhadas. Quando se esbateu, ouviu-se música. Nadia fechou os olhos e pôs-se a escutar.

— É Miles Davis? — perguntou ela.

— «Dear Old Stockholm» — respondeu Gabriel, assentindo com a cabeça lentamente.

— Sempre gostei muito de Miles Davis, apesar de o meu pai, sendo um muçulmano wahabita devoto, ter tentado impedir-me, durante um curto período de tempo, de ouvir qualquer tipo de música.

Parou por uns instantes, ainda a ouvir a música.

— E também gosto bastante de Estocolmo. Esperemos que Rashid não a tenha posto na sua lista de alvos.

— Um homem muito sábio disse-me em tempos que a esperança não é uma estratégia aceitável quando há vidas em jogo.

— Talvez não — retorquiu Nadia —, mas, neste momento, a esperança está muito em voga em Washington.

Gabriel sorriu e disse:

— Ainda não respondeu à minha pergunta, Nadia.

— E que pergunta é essa?

— O que foi mais doloroso? Saber que o seu pai era um terrorista ou que a tinha enganado?

Nadia fitou Gabriel com uma intensidade perturbante. Passado um momento, tirou o maço de *Virginia Slims* da carteira, acendeu um cigarro e depois estendeu o maço a Gabriel. Este recusou com um gesto seco da mão.

— Lamento dizê-lo, mas a sua pergunta revela uma profunda ignorância da cultura saudita — disse ela por fim.

— O meu pai era muitíssimo ocidentalizado, mas ainda assim era, antes de mais nada, um homem saudita, o que significava que tinha a minha vida nas mãos, de forma bastante literal. Mesmo na morte, tinha medo do meu pai. E, mesmo na morte, nunca me permiti sentir minimamente desiludida com ele.

— Mas dificilmente a poderíamos considerar uma criança saudita típica.

— É verdade — reconheceu ela. — O meu pai concedeu-me imensa liberdade quando estávamos no Ocidente. Mas essa liberdade não se estendia à Arábia Saudita ou à nossa relação. O meu pai era como a família Al-Saud. Era o monarca absoluto da nossa família. E eu sabia exatamente o que aconteceria se alguma vez pisasse o risco.

— Ele ameaçava-a?

— Claro que não. O meu pai nunca se zangou comigo. Não precisava. Na Arábia Saudita, as mulheres sabem qual é o seu lugar. Desde a primeira menstruação que são escondidas atrás de um véu preto. E que Deus as ajude se alguma vez desonrarem o homem que as domina.

Já estava sentada um pouco mais direita, como se estivesse ciente da sua postura. A luz trémula da lareira tinha-lhe apagado do rosto os primeiros indícios de envelhecimento. Naquele momento, parecia a jovem insolente e espantosamente bonita que tinham visto pela primeira vez vários anos antes, a deslizar pela calçada de Mason's Yard. Na operação contra o pai, Nadia tinha sido como uma reflexão tardia, um aborrecimento. Nem mesmo Gabriel conseguia acreditar realmente que a filha mimada de Zizi al-Bakari se tinha transformado na mulher elegante e ponderada que se encontrava à sua frente naquele momento.

— A honra é muito importante para a psique do homem árabe — continuou ela. — A honra é tudo. Foi uma lição que aprendi bastante dolorosamente quando tinha apenas dezoito anos. Uma das minhas melhores amigas era uma rapariga chamada Rena. Era de boas famílias, uma família que não era tão rica como a nossa, mas que era importante. Rena tinha um segredo. Ela apaixonara-se por um rapaz egípcio atraente que conheceu num centro comercial em Riade. Andavam a encontrar-se em segredo no apartamento do rapaz. Avisei Rena de que estava a meter-se num jogo perigoso, mas ela recusou-se a terminar a relação. A *mutaween,* a polícia religiosa, acabou por apanhá-la com o egípcio. O pai de Rena ficou tão horrorizado que tomou a única decisão possível, pelo menos na cabeça dele.

— Um crime de honra?

Nadia assentiu com a cabeça devagar.

— Rena foi acorrentada com correntes pesadíssimas. A seguir, com o resto da família a assistir, foi atirada para dentro da piscina da sua casa. A mãe e as irmãs foram obrigadas a ver. Não disseram nada. Não fizeram nada. Não podiam fazer nada.

Nadia calou-se subitamente.

— Quando soube o que tinha acontecido — disse por fim —, fiquei destroçada. Como é que um pai pôde ser tão bárbaro e primitivo? Como é que pôde matar a própria filha? Mas quando fiz estas perguntas ao meu pai, ele respondeu-me que era a vontade de Alá. Rena tinha de ser castigada pelo seu comportamento imprudente. Era uma coisa que pura e simplesmente tinha de ser feita.

Ela parou por uns instantes e depois continuou:

— Nunca me esqueci da expressão do meu pai quando disse essas palavras. Foi a mesma que lhe vi no rosto vários anos mais tarde, enquanto assistia ao colapso do World Trade Center. Foi uma tragédia terrível, disse ele, mas foi a vontade de Alá. Era uma coisa que pura e simplesmente tinha de ser feita.

— E alguma vez suspeitou que o seu pai estivesse envolvido em terrorismo?

— Claro que não. Eu achava que o terrorismo era obra de jihadistas loucos como Bin Laden e Zawahiri, não de um homem como o meu pai. Zizi al-Bakari era um homem de negócios e um colecionador de arte, não um assassino de massas. Ou, pelo menos, era isso que eu julgava.

O cigarro dela tinha ardido até ao filtro. Apagou-o e acendeu outro de imediato.

— Mas agora que já passou tempo suficiente, consigo ver que há uma ligação entre a morte de Rena e o assassínio de três mil inocentes no 11 de Setembro. Ambas as coisas tiveram um antepassado comum: Muhammad Abdul Wahhab. Até a sua ideologia de ódio ser neutralizada, vai haver mais terrorismo e mais mulheres como Rena. Tudo o que faço é por ela. Rena é o meu guia, o meu farol.

Nadia olhou de relance para o canto da sala onde Lavon se encontrava sentado, sozinho, encoberto pela escuridão.

— Max ainda está apoquentado?

— Não — respondeu Gabriel. — Max já não está minimamente apoquentado.

— E o que é que Max acha?

— Max acha que seria uma honra trabalhar consigo, Nadia. E eu também.

Nadia fitou a lareira, em silêncio, durante um momento.

— Já ouvi a sua proposta — disse ela por fim — e já respondi a todas as perguntas que pretendo responder. Agora, vai ter de responder a umas quantas minhas.

— Pode perguntar-me o que quiser.

Nadia esboçou um levíssimo sorriso.

— Se calhar, devíamos beber um pouco do vinho que eu trouxe. Sempre achei que uma boa garrafa de *Latour* pode ajudar a suavizar até a conversa mais desagradável.

SERAINCOURT, FRANÇA

Nadia observou as mãos de Gabriel com atenção enquanto ele tirava a rolha e abria a garrafa de vinho. Gabriel serviu dois copos, ficando com um e passando o outro a Nadia.

— E nenhum para Max?

— Max não bebe.

— Max é um fundamentalista islâmico?

— Max é abstémio.

Gabriel ergueu o copo ligeiramente para fazer um brinde. Nadia não o quis acompanhar. Pousou o copo na mesa com um cuidado que pareceu excessivo a Gabriel.

— Houve uma série de questões acerca da morte do meu pai a que eu nunca consegui responder — afirmou ela após um silêncio prolongado. — Preciso que me responda a elas agora.

— Há limites para aquilo que posso dizer.

— Aconselhava-o a repensar essa posição. Caso contrário...

— O que é que quer saber, Nadia?

— O objetivo desde o início era assassiná-lo?

— Bem pelo contrário.

— E o que quer isso dizer?

— Quer dizer que os americanos deixaram muitíssimo claro que o seu pai era demasiado importante para ser tratado como um terrorista normal. Não fazia parte da família real, mas era quase tão valioso como isso: um descendente de uma importante família de comerciantes, da província do Nedj, que afirmava ter laços de sangue com nem mais nem menos do que o próprio Muhammad Abdul Wahhab.

— E isso fazia dele intocável aos olhos dos americanos?

— A palavra que utilizaram foi *radioativo*.

— Então, o que aconteceu?

— Aconteceu Sarah.

— Eles fizeram-lhe mal?

— Quase a mataram.

Nadia ficou calada por um instante.

— E como é que a conseguiram recuperar?

— Nós combatemos num campo de batalha secreto, mas consideramo-nos soldados e nunca deixamos um dos nossos nas mãos dos inimigos.

— Mas que nobres.

— Pode nem sempre estar de acordo com os nossos objetivos e métodos, Nadia, mas a verdade é que tentamos agir segundo um determinado código. De vez em quando, os nossos inimigos também. Mas o seu pai não. O seu pai funcionava pelas suas próprias regras. As regras de Zizi.

— E por causa disso foi morto numa rua apinhada de Cannes.

— Preferia que tivesse sido em Londres? Ou Genebra? Ou Riade?

— Preferia não ter sido obrigada a ver o meu pai a ser morto com um tiro a sangue-frio.

— Nós também preferíamos a mesma coisa. Infelizmente, não tínhamos outra opção.

Um silêncio profundo abateu-se sobre a sala. Nadia fitou Gabriel olhos nos olhos. Não havia raiva nos olhos dela, apenas uma levíssima tristeza.

— Continua sem me dizer o seu nome — disse ela por fim. — Isso não é propriamente a base para uma parceria forte e sustentada na confiança.

— Acho que a Nadia já sabe o meu nome.

— Pois sei — retorquiu ela passado um momento. — E se os terroristas e seus apoiantes da casa de Saud alguma vez descobrirem que estou a colaborar com Gabriel Allon, precisamente o homem que matou o meu pai, vão declarar-me apóstata. E depois, à primeira oportunidade, vão cortar-me o pescoço.

Parou por uns instantes e, a seguir, acrescentou:

— Não o seu pescoço, senhor Allon. O meu.

— Temos plena consciência dos perigos associados àquilo que lhe estamos a pedir e vamos fazer tudo o que estiver ao nosso alcance para garantir a sua segurança. Cada passo do seu percurso será planeado e executado com tanto cuidado como este encontro.

— Mas não é isso que eu estou a perguntar, senhor Allon. Preciso de saber se *o senhor* me vai proteger.

— Dou-lhe a minha palavra — respondeu ele sem hesitar.

— A palavra de um homem que matou o meu pai.

— Lamento, mas não posso fazer nada para alterar o passado.

— Pois não — exclamou ela —, só o futuro.

Ela olhou para Eli Lavon, que estava a conseguir esconder admiravelmente o seu desagrado em relação ao que tinha acabado de ocorrer, e depois espreitou pelas janelas com vista para o jardim em socalcos.

— Ainda temos mais uns minutos de sol — disse ela por fim. — E se déssemos um passeio, senhor Allon? Preciso de lhe dizer mais uma coisa.

Seguiram por um trilho de cascalho, por entre colunas de ciprestes ondulantes. Nadia ia à direita de Gabriel. Primeiro, parecia estar com receio de se aproximar demasiado, mas, à medida que se foram embrenhando no jardim, Lavon reparou que ela tinha a mão pousada discretamente no cotovelo de Gabriel. Parou uma vez, como se tivesse sido compelida a fazê-lo pela gravidade das palavras que tinha proferido, e depois outra, junto à fonte sossegada que se encontrava no centro do jardim. Ficou ali sentada vários minutos, a andar com a mão para trás e para a frente através da superfície da água, como uma criança, enquanto a última luz do dia desaparecia do céu. A seguir, Lavon perdeu-os praticamente de vista. Viu Gabriel a tocar com a mão na face de Nadia e depois mais nada, até eles aparecerem outra vez no trilho, a caminho da casa e com Nadia agarrada ao cotovelo de Gabriel para se amparar.

Quando regressaram à sala de estar, Gabriel chamou o resto da equipa e a festa recomeçou. Perante a insistência de Gabriel, falaram de tudo menos do passado que tinham em comum e do futuro incerto que os aguardava. Naquele momento, não havia guerra mundial contra o terrorismo, não havia rede nova a precisar de ser desmantelada, não havia motivo para quaisquer preocupações. Havia apenas bom vinho, conversas agradáveis e um grupo de bons amigos que nem sequer eram na verdade amigos. Nadia, tal como Gabriel, manteve-se durante a maior parte do tempo a observar passivamente a bonomia fingida. Parecendo continuar a posar para um hipotético retrato, os seus olhos iam-se deslocando lentamente de cara em cara, como se estas fossem peças de um *puzzle* que ela estava a tentar montar na cabeça. De vez em quando, fixava o olhar nas mãos de Gabriel. Este não fazia qualquer tentativa para as esconder, pois já não havia mais nada a esconder. Para Lavon e para o resto da equipa, era evidente que Gabriel já não tinha quaisquer dúvidas sobre as intenções de Nadia. Como dois amantes, tinham consagrado um laço partilhando segredos.

Passavam poucos minutos das sete quando Gabriel deu a indicação de que a festa estava a chegar ao fim. Levantando-se, Nadia pareceu subitamente aturdida. Deu as boas-noites a todos; a seguir, acompanhada por Zoe, atravessou o pátio de entrada escurecido em direção à limusina, junto à qual Rafiq al-Kamal, o guardião do seu pai, esperava para a reaver. Na viagem de regresso a Paris, ela voltou a falar sem parar, desta vez sobre os seus novos amigos, Thomas e Jenny Fowler. Gabriel monitorizou a conversa através do *BlackBerry* de Zoe. Na manhã seguinte, observou o ícone a piscar e a deslocar-se da Place de la Concorde para o Aeroporto Charles de Gaulle. Enquanto esperava pelo voo, Zoe telefonou para Nova Iorque para dizer ao seu produtor que, pelo menos de momento, o exclusivo com a senhora Al-Bakari tinha sido cancelado. A seguir, com um sussurro sensual, disse a Gabriel: *Está na altura de nos despedirmos, meu querido. Não hesite em contactar-me se precisar de mais alguma coisa.* Gabriel esperou até Zoe estar em segurança a bordo do avião e depois desativou o *software* que se encontrava instalado no telemóvel dela. A luzinha piscou mais três vezes. E, a seguir, Zoe desapareceu do ecrã.

CAPÍTULO

33

SERAINCOURT, FRANÇA

A operação propriamente dita começou às 10h15 da manhã seguinte, quando Nadia al-Bakari, herdeira, ativista e agente dos serviços secretos israelitas, informou os quadros superiores da sua empresa que pretendia formar uma parceria com a Thomas Fowler Associates, uma pequena mas extremamente rentável empresa de capitais de risco, com sede em Londres. À tarde, acompanhada apenas pela sua equipa de segurança, foi de carro até à casa de Fowler, a norte de Paris, para a primeira ronda de negociações diretas. Posteriormente, descreveria as conversações como produtivas e intensas, o que até era verdade em ambos os casos.

Voltou lá no dia seguinte e também no dia a seguir a esse. Por razões que não revelou aos outros, Gabriel abdicou de grande parte do treino habitual e concentrou-se principalmente na história de disfarce de Nadia. Não foi difícil aprendê-la, já que correspondia maioritariamente aos factos. *É a sua história,* explicou Gabriel, *só que com os pormenores mais importantes ligeiramente reordenados. É uma história de assassínio, vingança e ódio tão velha como o Médio Oriente. A partir de agora, Nadia al-Bakari já não faz parte da solução. Nadia é exatamente como o pai. Faz parte do problema. Ela é a razão pela qual os árabes nunca vão conseguir escapar à sua própria história.*

Yossi ajudou-a nas questões de desempenho mais superficiais, mas Nadia recorreu maioritariamente a Sarah para orientação. De início, Gabriel mostrou-se apreensivo em relação à amizade renovada entre ambas, mas Lavon considerou essa ligação um trunfo em termos da operação. Sarah funcionava como uma lembrança oportuna da maldade de Zizi. E, ao contrário de Rena, a amiga de infância de Nadia que tinha sido assassinada, Sarah fitara o monstro olhos nos olhos e derrotara-o. Era Rena sem as correntes, Rena ressuscitada.

Nadia revelou-se uma pessoa que aprendia depressa, mas Gabriel não esperava outra coisa. A sua preparação foi facilitada pelo facto de, tendo vivido uma vida dupla durante anos, ser por natureza uma dissimuladora. E também tinha duas vantagens importantes em relação aos outros ativos que haviam tentado penetrar no movimento jihadista mundial: o nome e os guarda-costas. O nome garantia-lhe acesso e credibilidade imediatos, ao passo que os guarda-costas lhe forneciam uma capa de proteção sem a qual a maioria dos agentes de penetração tinha de viver. Enquanto única filha viva de um bilionário saudita assassinado, Nadia al-Bakari era uma das pessoas mais bem guardadas do mundo. Fosse onde fosse, estava rodeada pela sua leal guarda palaciana, além de um perímetro secundário constituído pela equipa de segurança do Departamento. Seria quase impossível atacá-la.

No entanto, o trunfo mais valioso de Nadia era o seu dinheiro. Gabriel tinha a certeza de que não lhe faltariam pretendentes mal ela regressasse ao mundo da *jihad* e do terrorismo. Para Gabriel e a sua equipa, o desafio seria colocar o dinheiro nas mãos certas. Foi a própria Nadia que forneceu, uma tarde, o nome de um potencial candidato enquanto passeava com Gabriel e Sarah no jardim do *château*.

— Ele procurou-me pouco depois de o meu pai morrer para me pedir uma contribuição para uma instituição de caridade islâmica. Descreveu-se como um sócio do meu pai. Um irmão.

— E a instituição de caridade?

— Não passava de uma fachada da Al-Qaeda. Samir Abbas é o homem de quem andam à procura. Mesmo que não esteja envolvido nesta rede nova, conhece de certeza pessoas que estão.

— E o que é que ele faz?

— Trabalha para o TransArabian Bank, nos escritórios de Zurique. Como provavelmente sabem, o TransArabian tem sede no Dubai e é uma das maiores instituições financeiras do Médio Oriente. E também é considerado o banco preferido do movimento jihadista mundial, do qual Samir Abbas é um membro com estatuto importante. Gere as contas de clientes abastados do Médio Oriente, o que o deixa numa posição única para tentar obter contribuições para as ditas instituições de caridade.

— E alguma parte da sua fortuna é gerida pelo TransArabian?

— De momento, não.

— Talvez devesse pensar em abrir uma conta. Nada de muito grande. Apenas o suficiente para atrair a atenção de Samir.

— E quanto é que eu lhe devo dar?

— Pode dispensar cem milhões?

— Cem milhões? — repetiu ela, abanando a cabeça. — O meu pai nunca lhes teria dado uma quantia dessas.

— Então quanto?

— Fiquemos nos *duzentos* milhões — respondeu ela, sorrindo. — Assim, ele vai saber que estamos a falar mesmo a sério.

Doze horas depois da conversa, já Gabriel tinha uma equipa no terreno, em Zurique, e Samir Abbas, gestor de fortunas do TransArabian Bank do Dubai, estava a ser vigiado pelo Departamento. Eli Lavon ficou no Château Treville para finalizar os últimos pormenores da operação, incluindo a questão delicada de saber como iria uma empresária saudita estabelecida em Paris financiar um grupo terrorista sem levantar as suspeitas dos franceses e das outras autoridades financeiras europeias. Por via do seu financiamento secreto do movimento reformista árabe, Nadia já lhes mostrara como. Gabriel só precisava de um quadro e de alguém disposto a servir de cúmplice. O que explicava a razão por que, na véspera de Natal, enquanto o resto da França se preparava para vários dias de empanturramento e festa, pedira a Lavon para o levar de carro até à Gare du Nord. Gabriel tinha um bilhete para o comboio das 15h15 para Londres e uma catastrófica dor de cabeça devida à falta de sono. Já Lavon estava mais nervoso do que era habitual naquela fase de uma operação. Solteiro e sem filhos, ficava sempre deprimido por altura do Natal.

— Tens mesmo a certeza de que queres ir para a frente com isto?

— Apanhar um comboio para Londres na véspera de Natal? Por acaso, acho que até preferia ir a pé.

— Eu estava a falar de Nadia.

— Eu sei, Eli.

Lavon espreitou pela janela do vidro do carro e observou a multidão que avançava em catadupa para a entrada da estação de comboios. Era a amálgama do costume: homens de negócios, estudantes, turistas, imigrantes africanos e carteiristas, todos vigiados por polícias franceses fortemente armados. O país inteiro estava à espera que rebentasse a bomba seguinte. E o resto da Europa também.

— Vais contar-me ou não o que é que ela te disse naquele fim de tarde no jardim?

— Não, não vou.

Lavon já esperava essa resposta. Ainda assim, não conseguiu esconder a desilusão.

— Há quanto tempo é que trabalhamos juntos?

— Há cento e cinquenta anos — respondeu Gabriel. — E nunca deixei de te contar qualquer informação importante, por mais pequena que fosse.

— Então porquê agora?

— Porque ela me pediu.

— E contaste à tua mulher?

— Eu conto tudo à minha mulher e a minha mulher não me conta nada. Faz parte do nosso acordo.

— És um sortudo — retorquiu Lavon. — Mais uma razão para não andares a fazer promessas que não podes cumprir.

— Eu cumpro sempre as minhas promessas, Eli.

— É disso que eu tenho medo — comentou Lavon, olhando para Gabriel. — Tens a certeza em relação a ela?

— Tanta como tenho em relação a ti.

— Mexe-te — disse Lavon passado um momento. — Não quero que percas o teu comboio. E se por acaso vires um bombista suicida lá dentro, faz-me um favor e limita-te a avisar um *gendarme*. A última coisa de que precisamos neste momento é que faças explodir outra estação de comboios francesa.

Gabriel entregou a Lavon a *Beretta* de 9 milímetros, depois saiu do carro e seguiu para a estação, na direção das bilheteiras. Por milagre, o comboio partiu a horas e, às cinco da tarde, já ele se encontrava a percorrer novamente os passeios de St. James's. Mais tarde, Adrian Carter acharia o regresso de Gabriel a Londres bastante simbólico, uma vez que tinha sido aí que o seu percurso se iniciara. Mas, na realidade, os motivos que o tinham feito voltar estavam longe de ser assim tão superiores. O seu plano para destruir a rede de Rashid a partir de dentro implicava um crime de fraude. E que sítio melhor para o levar a cabo do que o mundo da arte?

ST. JAMES'S, LONDRES

O cúmplice de Gabriel ainda não tinha conhecimento dos planos deste — o que não era de surpreender, pois tratava-se de nada mais nada menos do que Julian Isherwood, dono e único proprietário da Isherwood Fine Arts, localizada nos números 7 e 8 de Mason's Yard. Entre as muitas centenas de quadros na posse da galeria de Isherwood, encontrava-se o *Virgem e Menino com Maria Madalena,* previamente atribuído ao mestre veneziano Palma Vecchio e de momento atribuído, sem certeza absoluta, a nem mais nem menos do que ao próprio e grandioso Ticiano. Mas, naquele momento, o quadro ainda continuava guardado na arrecadação subterrânea de Isherwood, com a sua imagem oculta por uma capa protetora de lenços de papel. Isherwood tinha ganhado uma aversão pelo quadro quase tão grande como a que sentia pelo homem que o tinha desfigurado. Na verdade, na cabeça atormentada de Isherwood, aquela magnífica tela tinha acabado por simbolizar tudo o que havia de errado na sua vida.

Na opinião de Isherwood, tinha sido um outono para esquecer. Só tinha vendido um quadro — uma obra de temática devota de pouca importância a um colecionador de Houston igualmente de pouca importância — e adquirira apenas uma tosse de cão crónica capaz de esvaziar uma sala mais depressa do que uma ameaça de bomba. Segundo os rumores, andava assolado por mais uma crise de vida tardia, a sétima ou oitava, consoante se contasse ou não com o prolongado Período Triste pelo qual tinha passado depois de ter sido abandonado pela rapariga que tirava cafés no Costa, em Piccadilly. Jeremy Crabbe, o diretor do departamento dos Velhos Mestres da leiloeira Bonhams, adepto de roupas de *tweed,* achou que uma festa-surpresa poderia ajudar a animar Isherwood, uma ideia que Oliver Dimbleby, o barrigudo adversário de Isherwood, de Bury Street, descartou, considerando-a a coisa mais parva que tinha ouvido no ano inteiro. *Tendo em conta o estado de saúde precário de Julie,* disse Oliver, *uma festa surpresa poderia matá-lo.* Em alternativa, sugeriu que arranjassem a Isherwood uma prostituta talentosa, mas a verdade é que essa era a solução de Oliver para todos os problemas, pessoais ou profissionais.

Na tarde em que Gabriel regressou a Londres, Isherwood fechou a galeria mais cedo e, sem nada melhor para fazer, seguiu para Duke Street, debaixo de uma chuva torrencial, para beber um copo no Green's. Com a ajuda de Roddy Hutchinson, considerado universalmente o negociante com menos escrúpulos de toda a zona de St. James's, Isherwood consumiu rapidamente uma garrafa de Borgonha branco, seguida de um copo de *brandy* à sua saúde. Pouco depois das seis, voltou para a rua a cambalear e tentou apanhar um táxi, mas quando finalmente se aproximou um, Isherwood teve um ataque de tosse seca que o deixou incapaz de levantar o braço. *Raios partam!,* vociferou Isherwood quando o carro passou em grande velocidade por ele, encharcando-lhe as calças. *Raios, raios, raios* partam!

O acesso de cólera provocou-lhe mais uma sucessão do que pareciam latidos em *staccato*. Quando diminuíram por fim, reparou numa figura encostada aos tijolos da passagem que dava para Mason's Yard. Trazia uma gabardina *Barbour* e um boné bem enterrado na cabeça. Tinha o pé direito cruzado sobre o esquerdo e os olhos perscrutavam a rua de cima a baixo. Fitou Isherwood durante um momento, com um misto de perplexidade e pena. A seguir, sem dizer uma palavra ou fazer nenhum som, virou-se e começou a atravessar a calçada de pedras arredondadas do velho pátio. Contra tudo o que seria mais sensato, Isherwood foi atrás dele, tossindo a plenos pulmões, como um tuberculoso a caminho do sanatório.

— Deixa-me ver se percebi isto bem — disse Isherwood. — Primeiro, tapas o meu Ticiano com cola de pele de coelho e lenços de papel. Depois, deixa-lo guardado na minha arrecadação e desapareces, com paradeiro desconhecido. E agora reapareces sem aviso, todo desmazelado como de costume, e dizes-me que precisas do referido Ticiano para um dos teus projetos extracurriculares. Deixei passar alguma coisa?

— Para que este estratagema resulte, Julian, vou precisar que enganes o mundo da arte e que te comportes de uma forma que alguns colegas teus poderão não considerar ética.

— Mais um dia de trabalho normal, meu querido — comentou Isherwood, encolhendo os ombros. — Mas o que é que *moi* ganha com isso?

— Se resultar, não vai haver mais atentados como o de Covent Garden.

— Até aparecer o próximo maluquinho jihadista. Nessa altura, voltaremos à estaca zero, não é? Deus sabe que não sou nenhum especialista, mas parece-me que o jogo do terrorismo é um bocadinho como o negócio da arte. Tem os seus altos e baixos, épocas boas e más, mas nunca desaparece.

Na magnífica sala de exposições do segundo andar da galeria de Isherwood, os candeeiros no teto brilhavam suavemente como velas votivas. A chuva tamborilava na claraboia e pingava da bainha do sobretudo empapado que Isherwood ainda não tinha tirado. Isherwood fez uma careta quando viu a poça no seu soalho de parqué e depois olhou para o quadro danificado que se encontrava apoiado em cima de um pedestal coberto de baeta.

— Sabes quanto é que aquela coisa vale?

— Num leilão legítimo, dez milhões à vontade. Mas no leilão que eu tenho em mente...

— Meu grande maroto — lançou Isherwood. — Meu grande, grande maroto.

— Já falaste disto a alguém, Julian?

— Do quadro? — retorquiu Isherwood, abanando a cabeça. — Nem uma palavra.

— Tens a certeza? Não houve nenhum momento de indiscrição ao balcão do Green's? Nenhuma conversa na cama com aquela rapariga ridiculamente nova da Tate?

— Ela chama-se Penelope — respondeu Isherwood.

— E ela sabe do quadro, Julian?

— É claro que não. Não é assim que as coisas funcionam quando se consegue uma jogada de mestre, meu querido. Não nos gabamos dessas coisas. Não dizemos nada até chegar o momento certo. Nessa altura, anunciamo-las ao mundo com toda a pompa e circunstância habitual. E também esperamos ser compensados pela nossa esperteza. Mas, de acordo com o cenário que estás a pintar, espera-se que no fundo eu tenha prejuízo... para bem dos filhos de Deus, claro.

— O teu prejuízo vai ser temporário.

— Temporário até que ponto?

— A CIA é que está a tratar de todas as despesas da operação.

— Isso não é coisa que se ouça todos os dias numa galeria de arte.

— De uma maneira ou de outra, Julian, vais ser compensado.

— É claro que vou — atirou Isherwood com uma confiança fingida. — Isso faz-me lembrar quando a minha Penelope me disse que o marido só ia voltar a casa dali a uma hora. Já estou demasiado velho para andar a pular muros de jardins.

— Ainda andas metido com ela?

— Com a Penelope? Ela deixou-me — respondeu Isherwood, abanando a cabeça. — Mais cedo ou mais tarde, toda a gente acaba por me deixar. Mas tu não, meu querido. E o raio desta tosse também não. Já começo a pensar nela como uma velha amiga.

— E já foste ao médico?

— Não consegui arranjar consulta. Hoje em dia, o Serviço Nacional de Saúde anda tão mal que estou a pensar em tornar-me cientista cristão.

— Pensei que fosses hipocondríaco.

— Por acaso, sou ortodoxo — retorquiu Isherwood, começando a puxar com os dedos o lenço de papel no canto superior direito da tela.

— Vou ter de voltar a pôr no sítio cada lasca de tinta em que mexeres.

— Desculpa — disse Isherwood, enfiando a mão no bolso do sobretudo. — Mas há um precedente para isto, sabes? Há um par de anos, a Christie's vendeu um quadro atribuído à escola de Ticiano pela quantia irrisória de oito mil libras. Mas o quadro não pertencia à escola de Ticiano. Era um *Ticiano* de Ticiano. Como poderás imaginar, os donos não ficaram lá muito contentes. Acusaram a Christie's de negligência. Os advogados foram chamados ao barulho. Saíram histórias horríveis nos jornais. Sobraram ressentimentos entre todas as partes.

— Se calhar, deveríamos dar uma oportunidade à Christie's para se redimir.

— Até são capazes de gostar disso. Só há é um problema.

— Só um?

— Já deixámos passar as grandes vendas dos Velhos Mestres.

— É verdade — reconheceu Gabriel —, mas estás a esquecer-te do leilão especial da Escola Veneziana planeado para a primeira semana de fevereiro. Um Ticiano recém--descoberto é bem capaz de ser exatamente aquilo que é necessário para criar um pouco de entusiasmo extra.

— Meu grande maroto. Meu grande, grande maroto.

— Contra factos não há argumentos.

— Tendo em conta a minha ligação anterior a determinados elementos desagradáveis desta operação, talvez seja prudente estabelecermos alguma distância entre a galeria e a venda final. Isto quer dizer que vamos ter de assegurar os serviços de outro negociante. E dadas as circunstâncias, vai ter de ser ganancioso, trapaceiro, manhoso e um cabrão de primeira ordem.

— Já sei em quem é que estás a pensar — retorquiu Gabriel —, mas tens a certeza de que ele é capaz de dar conta do recado?

— Ele é perfeito — afirmou Isherwood. — Agora, só precisas de um Ticiano que se pareça de facto com um.

— Acho que me consigo safar.

— E onde é que tencionas trabalhar?

Gabriel olhou em redor e respondeu:

— Esta sala vai servir lindamente.

— E precisas de mais alguma coisa?

Gabriel entregou-lhe uma lista. Isherwood pôs os óculos e franziu o sobrolho.

— Um rolo de linho italiano, um ferro de nível profissional, uma lupa, um litro de acetona, um litro de acetato metílico, um litro de essências minerais, uma dúzia de pincéis Série 7 *Winsor & Newton,* dois candeeiros de pé com lâmpadas de trabalho de halogéneo, uma gravação de *La Bohème* de Giacomo Puccini... — leu Isherwood em voz alta, lançando um olhar feroz a Gabriel por cima dos óculos. — Sabes quanto é que isto me vai custar?

Mas Gabriel pareceu não o ter ouvido. Estava parado diante da tela, com a mão no queixo e a cabeça inclinada pensativamente para o lado.

Gabriel achava que a arte de restaurar quadros era um pouco como fazer amor. Era algo que devia ser feito lentamente e com uma atenção minuciosa aos pormenores, intercalado ocasionalmente por períodos de descanso e recuperação de forças. Mas em caso de necessidade, e se o artista e o objeto do seu trabalho se conhecessem devidamente, o restauro podia ser feito a uma velocidade extraordinária e mais ou menos com os mesmos efeitos.

Mais tarde, Gabriel não seria capaz de se lembrar de grande coisa dos dez dias seguintes, pois correspondiam a um borrão, passado quase em claro, de linho, solventes, médium e pigmentos, com banda sonora de Puccini e iluminação fornecida pelo brilho branco e penetrante das lâmpadas de halogéneo. Os seus temores iniciais acerca do estado da tela revelaram-se felizmente exagerados. Com efeito, assim que terminou o revestimento e retirou o verniz amarelado, descobriu que o trabalho original de Ticiano se encontrava na sua grande parte intacto, à exceção de uma sucessão de pontos em branco espalhada pelo corpo da Virgem e quatro linhas de desgaste no sítio onde a tela se tinha descolado e raspado no velho suporte. Tendo já restaurado vários Ticianos, conseguiu restaurar o quadro quase tão depressa como o próprio mestre o tinha conseguido pintar. A sua paleta era a paleta de Ticiano, assim como as pinceladas. Apenas as condições do estúdio eram diferentes. Ticiano tinha trabalhado de certeza com uma equipa de aprendizes e assalariados talentosos, ao passo que o único ajudante de Gabriel era Julian Isherwood, o que queria dizer que não tinha ajuda nenhuma.

Não usou relógio para ter apenas uma ideia muito vaga da passagem do tempo e, quando dormia, o que acontecia raramente, fazia-o numa cama portátil instalada no canto da sala, por baixo de uma paisagem luminosa da autoria de Claude. Bebia grandes copos de café comprados no Costa e alimentava-se principalmente das bolachas de manteiga e das outras bolachas que Isherwood trazia do Fortnum

& Mason para a galeria clandestinamente. Sem poder perder tempo a fazer a barba, deixou-a crescer. Para seu grande espanto, ficou ainda mais grisalha do que da última vez. Isherwood comentou que, com a barba, parecia que o próprio Ticiano se encontrava diante da tela. Tendo em conta a perícia assombrosa de Gabriel com o pincel, não era uma observação que estivesse muito longe da verdade.

Na sua última tarde em Londres, Gabriel passou por Thames House, o quartel-general do MI5 à beira-rio, para, conforme prometido, informar Graham Seymour de que a operação tinha de facto desembocado nas Ilhas Britânicas. Seymour estava bastante mal-humorado e a pensar claramente noutros assuntos. O filho do futuro rei tinha resolvido casar na primavera e Seymour e os seus colegas do Serviço da Polícia Metropolitana de Londres tinham sido incumbidos de garantir que nada estragaria o acontecimento. Enquanto ouvia Seymour a lamuriar-se da sua situação, Gabriel não pôde deixar de se lembrar das palavras que Sarah lhe tinha dito no jardim do café em Georgetown. Londres está a mão de semear. Londres pode ser atacada à vontade.

Como que para demonstrar isso mesmo, Gabriel saiu de Thames House e deparou com a Jubilee Line do metro de Londres encerrada, no pico da hora de ponta, devido a uma embalagem suspeita. Voltou a pé para Mason's Yard e, com Isherwood a espreitar-lhe por cima do ombro, aplicou uma camada de verniz no Ticiano recém-restaurado. Na manhã seguinte, disse a Nadia para depositar duzentos milhões de dólares no TransArabian Bank. Depois, meteu-se num táxi e seguiu para o Aeroporto de Heathrow.

CAPÍTULO

35

ZURIQUE

Poucos países tinham desempenhado um papel de maior relevo na vida e na carreira de Gabriel Allon do que a Confederação Suíça. Gabriel falava três das suas quatro línguas fluentemente e conhecia as suas montanhas e vales tão bem como as reentrâncias e curvas do corpo da própria mulher. Tinha matado na Suíça, raptado na Suíça e revelado alguns dos seus segredos mais repugnantes. Um ano antes, num café no sopé de um glaciar em Les Diablerets, tinha jurado solenemente nunca mais voltar a pôr os pés naquele país. Era engraçado como as coisas pareciam nunca correr conforme o planeado.

Ao volante de um *Audi* alugado, passou rapidamente pelos bancos e pelas montras de aspeto austero da Bahnhofstrasse e depois virou para a estrada movimentada que seguia ao longo da margem ocidental do lago Zurique. A casa segura ficava a três quilómetros para sul do centro da cidade. Era uma estrutura moderna, com demasiadas janelas para o gosto de Gabriel e um pequeno cais em forma de T que tinha ficado coberto de branco por causa de um nevão recente. Ao entrar, Gabriel ouviu a voz de uma mulher a cantar baixinho em italiano. Sorriu. Chiara cantarolava sempre quando estava sozinha.

Deixou a mala no *foyer* e seguiu o som até à sala de estar, que tinha sido convertida num posto de comando operacional improvisado. Chiara estava a olhar para o ecrã de um computador enquanto ia descascando uma laranja ao mesmo tempo. Quando beijou Gabriel, tinha os lábios muito quentes, como se estivesse com febre. Gabriel beijou-os durante bastante tempo.

— Chiara Allon — murmurou ela, acariciando-lhe a barba hirsuta. — E o senhor quem é?

— Já não sei ao certo.

— Dizem que a idade pode trazer problemas de memória — sentenciou ela, continuando a beijá-lo. — Devias experimentar óleo de peixe. Parece que ajuda.

— Preferia comer um bocado dessa laranja.

— Tenho a certeza que sim. Já passou muito tempo.

— Muitíssimo tempo.

Chiara partiu a fruta em vários pedaços e enfiou um na boca de Gabriel.

— E onde é que anda o resto da equipa?

— Estão a vigiar um empregado do TransArabian Bank que por acaso também tem ligações ao movimento jihadista mundial.

— Então estás completamente sozinha?

— Agora já não.

Gabriel desabotoou a blusa de Chiara. Os mamilos dela endureceram mal ele lhes tocou. Ela deu-lhe mais um pedaço da laranja.

— Se calhar, não devíamos fazer isto à frente de um computador — disse ela. — Nunca se sabe quem pode estar a ver.

— Quanto tempo temos?

— O tempo todo de que precisares.

Pegou-lhe na mão e levou-o para o andar de cima.

— Devagar — disse ela quando ele a deitou na cama.
— Devagar.

O quarto já estava quase às escuras quando Gabriel, es-gotado, largou o corpo de Chiara. Ficaram os dois deitados em silêncio ao lado um do outro, mas sem chegarem a to-car-se. Lá fora, ouviu-se o barulho longínquo de um barco a passar, seguido, após um momento, do leve ruído de on-das pequenas a baterem na doca. Chiara pôs-se de lado e, apoiada no cotovelo, passou o dedo pela longa cana do na-riz de Gabriel.

— Durante quanto tempo é que pensas usá-la?

— Já que preciso dela para respirar, estou a pensar usá--la o máximo de tempo possível.

— Estava a falar da tua barba, querido.

— Detesto-a, mas algo me diz que sou capaz de vir a precisar dela antes do fim da operação.

— Se calhar, não a devias cortar mesmo depois de a operação terminar. Acho que te dá um ar... — lançou ela, com a voz a sumir-se.

— Não digas isso, Chiara.

— Eu ia dizer distinto.

— Isso é o mesmo que chamar elegante a uma mulher.

— E o que é que isso tem de mal?

— Vais perceber quando as pessoas começarem a di-zer-te que tens um ar elegante.

— Não vai ser assim tão mau.

— Isso nunca vai acontecer, Chiara. Tu és linda e vais ser sempre linda. E se eu não cortar esta barba depois da operação, as pessoas vão começar a pensar que és minha filha.

— Agora já estás a ser disparatado.

— Mas olha que *é* biologicamente possível.

— O quê?

— Tu seres minha filha.

— A verdade é que nunca tinha pensado nisso dessa maneira.

— E não penses — disse ele.

Ela riu-se baixinho e depois não disse mais nada.

— E no que é que estás a pensar agora? — perguntou Gabriel.

— No que podia ter acontecido se não tivesses reparado naquele rapaz com a bomba debaixo do casaco, a andar por Wellington Street. Estaríamos sentados à mesa para almoçarmos quando a bomba explodiu. Teria sido uma tragédia, claro, mas a nossa vida teria continuado normalmente, tal como a de toda a gente.

— Talvez isto *seja* o normal para nós, Chiara.

— Os casais normais não fazem amor em casas seguras.

— Por acaso, sempre gostei de fazer amor contigo em casas seguras.

— Eu apaixonei-me por ti numa casa segura.

— Qual?

— A de Roma — respondeu ela. — Aquele apartamentozinho a seguir à Via Veneto, onde eu te levei depois de a Polizia di Stato ter tentado matar-te naquela *pensione* horrorosa perto da estação de comboios.

— A Abruzzi — disse Gabriel num suspiro profundo.

— Que espelunca.

— Mas o apartamento seguro era encantador.

— Mal me conhecias.

— Por acaso, até te conhecia muito bem.

— Fizeste-me *fettuccini* com cogumelos.

— Só faço o meu *fettuccini* com cogumelos às pessoas que amo.

— Faz-me isso agora.

— Primeiro, precisas de trabalhar um pouco.

Chiara acendeu um interruptor na parede, por cima da sua cabeça. Uma lâmpada de halogéneo minúscula, para ler, feriu-lhe os olhos como um *laser*.

— Tem mesmo de ser? — perguntou ele.

— Endireita-te.

Ela pegou numa pasta de arquivo que estava em cima da mesinha de cabeceira e passou-lha. Gabriel abriu-a e, pela primeira vez, viu a cara de Samir Abbas. Tinha um rosto angular, óculos e barba curta, com olhos castanhos sérios e grandes entradas nas frontes. Na altura em que a fotografia foi tirada, estava a andar numa rua de um bairro residencial de Zurique. Trazia um fato cinzento, o uniforme de um banqueiro suíço, e uma gravata prateada. A pasta tinha um aspeto caro e os sapatos também. Tinha o sobretudo desapertado e não usava luvas. Estava a falar ao telemóvel. A julgar pela forma como a boca articulava as palavras, Gabriel ficou com a ideia de que estava a falar alemão.

— Aqui tens o homem que te vai ajudar a comprar um grupo terrorista — anunciou Chiara. — Samir Abbas, nascido em Amã, em 1967, formado na London School of Economics e contratado pelo TransArabian Bank em 1998.

— E onde é que ele vive?

— Em Hottingen, perto da universidade. Quando está bom tempo, vai a pé para o trabalho, para manter a linha.

Quando está mau, apanha o elétrico em Römerhof e sai na zona financeira.

— Qual?

— O número 8, claro. Qual é que havia de ser?

Chiara sorriu. O conhecimento que tinha dos transportes públicos europeus, assim como Gabriel, era enciclopédico.

— E onde é que fica o seu apartamento?

— No número 4 de Carmenstrasse. É um prédio pequeno, do pós-guerra, com as paredes exteriores em estuque e seis apartamentos ao todo.

— Mulher?

— Vê a próxima foto.

A fotografia mostrava uma mulher a andar na mesma rua. Estava vestida com roupa ocidental, tirando um *hijab* que lhe enquadrava um rosto infantil. Trazia um rapaz, com cerca de quatro anos, agarrado à mão esquerda. Agarrada à direita, trazia uma rapariga que parecia ter oito ou nove.

— Ela chama-se Johara, que quer dizer *joia* em árabe. É professora em *part-time* num centro comunitário islâmico na zona oeste da cidade. A filha estuda lá. O rapaz anda no infantário. Falam os dois alemão suíço fluentemente, mas Johara sente-se muito mais à vontade a falar árabe.

— E Samir vai a alguma mesquita?

— Reza em casa. Os filhos gostam de desenhos animados americanos, para grande consternação do pai. Mas não podem ouvir música. A música está estritamente proibida.

— E a mulher de Samir sabe das suas ações caridosas?

— Tendo em conta que utilizam o mesmo computador, seria difícil não dar por isso.

— E onde é que eles têm o computador?

— Na sala de estar. Tratámos dele no dia a seguir a termos chegado. Está a dar-nos cobertura áudio e visual bastante razoável. E também andamos a ler-lhe os *e-mails* e a monitorizar-lhe as visualizações. O teu amigo Samir gosta do seu porno jihadista.

— E o telemóvel?

— Isso exigiu um bocadinho mais de trabalho, mas também conseguimos — respondeu Chiara, apontando para a fotografia de Samir. — Ele anda com o telemóvel no bolso direito do sobretudo. Nós apanhámo-lo no elétrico, quando ele estava a caminho do emprego.

— Nós?

— Yaakov encarregou-se do encontrão, Oded sacou-lhe o telemóvel e Mordecai tratou da parte técnica. Pusemo-lo sob escuta enquanto Samir lia o jornal. Aquilo tudo não demorou mais de dois minutos.

— E porque é que ninguém me disse nada?

— Não te queríamos incomodar.

— E há mais alguma coisa de que não me tenham informado?

— Só uma — respondeu Chiara.

— E qual é?

— Estamos a ser vigiados.

— Pelos suíços?

— Não, não é pelos suíços.

— Então é por quem?

— Três tentativas. E as duas primeiras não contam.

Gabriel pegou no seu *BlackBerry* seguro e começou a escrever uma mensagem.

CAPÍTULO
36

LAGO ZURIQUE

Foram precisas quase quarenta e oito horas para Adrian Carter aparecer em Zurique. Encontrou-se com Gabriel ao final da tarde, na proa de um *ferry* com destino ao subúrbio de Rapperswil. Trazia um impermeável castanho-claro e uma edição do *Neue Zürcher Zeitung* debaixo do braço. O papel do jornal estava molhado da neve.

— Estou surpreendido por não trazeres as tuas credenciais da CIA — afirmou Gabriel.

— Tomei precauções ao vir para aqui.

— Como é que viajaste?

— Em classe económica plus — respondeu Carter com irritação.

— E disseste aos suíços que vinhas?

— Só podes estar a brincar.

— E onde é que vais ficar?

— Não vou.

Gabriel espreitou por cima do ombro e olhou para o recorte de Zurique no céu, que mal se via por trás de um manto de nuvens baixas e de neve a cair. Era um cenário totalmente desprovido de cor — uma cidade cinzenta à beira de um lago cinzento. Ajustava-se ao estado de espírito de Gabriel.

— Quando é que estavas a pensar informar-me, Adrian?

— Informar-te de quê?

Gabriel entregou a Carter um envelope de carta em branco. Lá dentro, estavam oito fotografias de vigilância tiradas a oito agentes de campo da CIA.

— Quanto tempo é que demoraram a topá-los? — perguntou Carter, folheando as fotos carrancudamente.

— Queres mesmo que eu responda a essa pergunta?

— Suponho que não — replicou Carter, fechando o envelope. — Neste momento, tenho os meus melhores agentes de campo destacados noutros sítios. Tive de me servir do que estava disponível. Há um ou dois acabadinhos de sair da Quinta, como nós gostamos de dizer.

A Quinta era o centro de treinos da CIA, em Camp Peary, na Virgínia.

— Enviaste uns novatos para nos vigiar? Se eu não estivesse tão furioso, até me sentiria insultado.

— Tenta não levar isso a peito.

— Esta tua brincadeirazinha podia ter-nos lixado a todos por completo. Os suíços não são estúpidos, Adrian. Aliás, até são bastante bons. Têm olhos. E também têm ouvidos. E ficam extremamente aborrecidos quando há espiões a atuarem no seu país sem terem assinado o livro de visitas à entrada. Até agentes de campo experientes já se meteram em sarilhos aqui, incluindo os nossos. E o que é Langley faz? Envia oito miúdos imberbes que já não vinham à Europa desde que passaram um ano do liceu a estudar no estrangeiro. Sabes que um até foi de encontro a Yaakov há dois dias por estar a olhar para um mapa *Streetwise Zurich?* Essa vai ficar para a história, Adrian.

273

— Já deixaste a tua opinião bem clara.

— Ainda não — retorquiu Gabriel. — Quero-os daqui para fora. Hoje à noite.

— Lamento muito, mas isso é impossível.

— Porquê?

— Porque as autoridades superiores ficaram muitíssimo interessadas na vossa operação. E as autoridades superiores decidiram que ela precisa de uma componente ativa americana.

— Diz às autoridades superiores que a operação já tem uma componente ativa americana. Chama-se Sarah Bancroft.

— Uma única analista do CCT não conta.

— Essa única analista seria capaz de dar baile a qualquer um desses oito totós que enviaste para cá para nos vigiar.

Carter pôs-se a olhar para o lago sem dizer nada.

— O que é que se passa, Adrian?

— Não é o quê. É quem — respondeu Carter, devolvendo o envelope a Gabriel. — Quanto é que me vai custar convencer-te a queimar o raio dessas fotos?

— Começa a falar.

LAGO ZURIQUE

Havia um pequeno café no convés superior da cabina de passageiros. Carter bebeu um café turvo. Gabriel, chá. Partilharam uma sanduíche de ovo que parecia borracha e um pacote de batatas fritas velhas. Carter guardou o recibo para as suas despesas.

— Pedi-te para não revelares o nome dela — disse Gabriel.

— E eu tentei.

— O que aconteceu?

— Alguém avisou a Casa Branca. Levaram-me para a Sala Oval para uma sessãozinha de técnicas reforçadas de interrogatório. McKenna e o presidente apertaram comigo em conjunto, género polícia mau, polícia bom. Posições de stresse, privação de sono, comida e água... todas as técnicas que agora estamos proibidos de utilizar contra o inimigo. Não demoraram muito a quebrar-me. Basta dizer que agora o presidente já sabe o meu nome. E também sabe o nome da muçulmana com credenciais jihadistas inatacáveis com quem andas metido... no que diz respeito à operação, claro.

— E?

— Não está muito contente com isso.

— A sério?

— Tem medo de que as relações entre os Estados Unidos e a Arábia Saudita sofram danos gravosos se a operação, por acaso, der para o torto. Por isso, já não está disposto a permitir que Langley seja um mero passageiro.

— Quer que sejam vocês a pilotar o avião?

— E não só — explicou Carter. — Quer que sejamos nós a fazer a manutenção do avião, a atestá-lo, a encher-lhe as cozinhas e a carregar a bagagem para o porão.

— Controlo total? É isso que estás a dizer?

— É isso que estou a dizer.

— Mas não faz sentido nenhum, Adrian.

— Que parte?

— Tudo, sinceramente. Se formos nós a comandar as coisas, o presidente tem todas as hipóteses de negar o vosso envolvimento aos sauditas se alguma coisa correr mal. Mas se Langley estiver à frente de tudo, quaisquer hipóteses de um desmentido voam pela janela da Casa Branca fora. É como se ele se estivesse a tentar defender-se de um soco com o queixo.

— Sabes, Gabriel, nunca vi isso por esse prisma — observou Carter, pegando na última batata frita. — Importas-te?

— Força.

Carter enfiou a batata na boca e passou bastante tempo a limpar o sal dos dedos, com um ar pensativo.

— Tens o direito de estar furioso — disse por fim. — Se eu estivesse no teu lugar, também estaria.

— Porquê?

— Porque eu apareci aqui com uma história da treta, a pensar que te podia enganar com ela, e tu mereces mais do que isso. A verdade é que o presidente e o seu fiel mas ignorante criado, James A. McKenna, não estão preocupados com a possibilidade de a operação Al-Bakari fracassar. Na realidade, têm medo de que resulte.

— Repete lá isso, Adrian. Os últimos dias têm sido compridos.

— Parece que o presidente está perdidinho de amores.

— E quem é a felizarda?

— Nadia — murmurou Carter para o guardanapo de papel amarrotado. — Está maluquinho por ela. Adora a sua história. Adora a sua coragem. E, o que é mais importante, adora a operação que vocês construíram em torno dela. É exatamente o tipo de coisa de que ele anda à procura. É limpa. É inteligente. É avançada. Está pensada para durar. E, por acaso, também encaixa bastante bem na visão que o presidente tem do mundo. Uma parceria entre o Islão e o Ocidente para derrotar as forças do extremismo. Massa cinzenta em vez de força bruta. Ele quer ver a rede de Rashid arrumada e embrulhada com um laço antes das próximas eleições e não quer partilhar os louros.

— Então quer fazer tudo sozinho? Sem parceiros?

— Não é bem assim — respondeu Carter. — Quer que envolvamos os franceses, os britânicos, os dinamarqueses e os espanhóis, já que foram eles que foram atacados.

— Só falta Jesus.

— Agora trabalha para uma empresa de segurança privada. Anda a safar-se bastante bem, pelo que ouço dizer.

— Necessidade de saber — replicou Gabriel. — Não se trata de um *slogan* publicitário, Adrian. É um credo sagrado. Faz com que as operações não vão por água abaixo. Faz com que os ativos se mantenham vivos.

— As tuas preocupações foram devidamente registadas.

— E ignoradas.

Carter não disse nada.

— E qual é que é a consequência disso tudo para mim e para o resto da minha equipa?

— A tua equipa vai retirar-se do terreno discretamente e ser substituída por agentes da CIA. Tu vais continuar, mas com funções consultivas, até estar tudo a carburar.

— E depois disso?

— Vais ser dispensado do espetáculo.

— Pois então vou dar-te uma novidade, Adrian. Já está tudo a carburar. Aliás, a estrela do espetáculo vai estrear-se amanhã à tarde, aqui em Zurique.

— Vamos ter de adiar isso até que a nova administração entre em funções.

Gabriel viu as luzes de Rapperswil a brilharem tenuemente ao longo da costa.

— Estás a esquecer-te de uma coisa — disse ele passado um momento. — A estrela do espetáculo é uma diva. É muito exigente. E não trabalha com qualquer um.

— Estás a dizer que ela é capaz de trabalhar para ti, o homem que lhe matou o pai, mas não para nós?

— É isso que estou a dizer.

— Gostaria de testar eu mesmo essa afirmação.

— Estás à vontade. Se quiseres falar com Nadia, podes ligar-lhe para o escritório no Boulevard Haussmann, no nono *arrondissement* de Paris.

— Por acaso, estava com esperança de que nos pudesses ajudar a fazer essa transição.

— A esperança não é uma estratégia aceitável quando há vidas em jogo — retorquiu Gabriel, mostrando o envelope com as fotografias. — Além disso, se eu estivesse a aconselhar Nadia, dir-lhe-ia para se afastar o mais possível de ti e dos teus agentes de campo acabadinhos de sair da Quinta.

— Somos os dois adultos. Já enfrentámos várias guerras juntos. Já salvámos vidas. Já fizemos os trabalhos sujos que mais ninguém queria ou tinha coragem de fazer. Mas, neste preciso momento, estou mesmo irritado contigo, caraças.

— Ainda bem que não sou só eu.

— Achas mesmo que isto é uma coisa que eu *quero* fazer? Trata-se do presidente, Gabriel. Das duas uma, ou sigo as suas ordens ou demito-me. E não faço tenções de me demitir.

— Então diz por favor ao presidente que lhe desejo as maiores felicidades — ripostou Gabriel. — Mas, a determinada altura, devias recordar-lhe que Nadia é só o primeiro passo para destruir a rede de Rashid. Quando estiver tudo terminado, as coisas não vão ser limpas, nem inteligentes, nem avançadas. Só espero que o presidente não perca a paixão quando chegar a altura de tomar as decisões difíceis.

O *ferry* estremeceu ao encostar ao cais. Gabriel levantou-se abruptamente. Carter recolheu os copos vazios e os guardanapos e empurrou as migalhas para o chão com as costas da mão.

— Preciso de saber o que é que tencionas fazer.

— Tenciono regressar ao meu posto de comando e informar a minha equipa de que vamos voltar para casa.

— E isso é a decisão final?

— Eu nunca faço ameaças.

— Então faz-me um favor.

— Qual?

— Conduz devagar.

Saíram do *ferry* com alguns segundos de diferença e avançaram pelo elegante cais de desembarque, em direção a um pequeno parque de estacionamento na ponta do terminal. Carter sentou-se no banco do passageiro de um *Mercedes* e seguiu para a fronteira com a Alemanha; Gabriel pôs-se ao volante do seu *Audi* e atravessou a Seedamm a toda a velocidade, passando para o outro lado do lago. Apesar do conselho de Carter, conduziu muito depressa. Por isso mesmo, já estava a estacionar em frente à casa segura quando Carter lhe telefonou para lhe dar conta das linhas gerais do novo acordo relativo à operação. Os parâmetros eram simples e nada ambíguos. Gabriel e a sua equipa seriam autorizados a manter os poderes de que usufruíam no terreno desde que a operação não tocasse no solo sagrado da Arábia Saudita. Em relação a esse ponto, afirmou Carter, não havia espaço de manobra para mais negociações. O presidente não iria permitir tropelias dos serviços secretos israelitas na terra de Meca e Medina. A Arábia Saudita tinha capacidade para alterar o desenrolar do jogo. A Arábia Saudita era para ser tratada com pinças. Se a operação atravessasse a fronteira saudita, explicou Carter, tudo podia acontecer. Gabriel interrompeu a ligação e ficou sentado ao volante, sozinho na escuridão, a ponderar o que fazer. Passados dez minutos, telefonou a Carter para aceitar com relutância os termos propostos. A seguir, entrou na casa segura e informou a equipa da prorrogação de tempo que tinha acabado de ser concedida.

CAPÍTULO

38

PARIS

Nadia al-Bakari tinha criado um confortável *pied-à-terre* num dos muitos pisos da sua mansão na Avenue Foch. Incluía um escritório, uma sala de estar, a suíte que era o seu quarto e uma galeria de arte privada, com doze dos seus quadros preferidos. Pelo apartamento, estavam espalhadas várias fotografias do pai. Não havia nenhuma em que estivesse a sorrir, preferindo fazer a *juhayman,* a tradicional *cara fechada* do árabe beduíno. A única exceção era uma fotografia em que não estava a fazer pose, tirada por Nadia a bordo do *Alexandra* no seu último dia de vida. Tinha uma expressão vagamente melancólica, como se estivesse de alguma forma ciente do destino que o aguardava nessa noite, no Porto Velho de Cannes.

Com uma moldura de prata, a fotografia estava em cima da mesinha de cabeceira de Nadia. Ao lado, estava um relógio de Thomas Tompion, comprado num leilão pela quantia de dois milhões e meio de dólares e oferecido a Nadia no dia em que completou vinte e cinco anos. Nos últimos tempos, andava vários minutos adiantado, o que Nadia achava estranhamente apropriado. Estava a deitar olhadelas constantes a essa majestosa antiguidade desde que tinha acordado sobressaltada às três da manhã. Sentindo um desejo enorme de cafeína, começava a sentir o início de uma dor de cabeça brutal. Mesmo assim, não se levantou da sua grande cama. Na última sessão de treino que tivera, Gabriel lembrou-lhe que devia evitar qualquer mudança na sua rotina diária — uma rotina que várias dezenas de empregados e membros do seu *staff* sabiam de cor. Sem falhar, levantava-se todas as manhãs às sete em ponto, nem um minuto a mais nem a menos. A bandeja com o pequeno-almoço devia ser deixada em cima do aparador, no escritório. A não ser que houvesse alguma especificação em contrário, devia incluir um termos com *café filtre,* um jarro de leite vaporizado, um copo de sumo de laranja acabado de espremer e duas fatias de quinze centímetros de *tartine,* com manteiga e compota de morango a acompanhar. Os jornais deviam ser deixados no lado direito da secretária — com o *Wall Street Journal* à cabeça, seguido do *International Herald Tribune,* do *Financial Journal* e do *Le Monde* —, bem como a agenda, encadernada a couro, com o que tinha programado para esse dia. A televisão devia estar na BBC, sem som e com o comando acessível.

Naquele momento, eram seis e meia. Pensando em tudo menos na cabeça a latejar, fechou os olhos e conseguiu entrar com muito custo num sono leve, que foi interrompido, passados trinta minutos, quando a governanta de há muito, Esmeralda, bateu à porta do quarto delicadamente. Como de costume, Nadia deixou-se ficar na cama até Esmeralda se ir embora. A seguir, vestiu um roupão e, sob o olhar atento do pai, foi descalça para o escritório.

Foi recebida pelo cheiro a café acabado de fazer. Serviu-se de uma chávena, acrescentou-lhe leite e três colheres de açúcar, e sentou-se à secretária. Na televisão, passavam imagens de destruição em Islamabad, o rescaldo de mais uma bomba poderosa que a Al-Qaeda tinha feito explodir num carro, matando mais de cem pessoas, praticamente todas muçulmanas. Nadia não ligou o som da televisão e abriu a sua agenda de couro. Era um dia espantosamente benigno. Tinha duas horas para si e depois estava previsto que saísse de casa para apanhar um avião para Zurique. Era lá que, numa sala de conferências do Dolder Grand Hotel e acompanhada pelos seus assessores mais próximos, se reuniria com os executivos de uma empresa ótica com sede em Zug e detida maioritariamente pela AAB Holdings. Logo a seguir, teria uma segunda reunião, sem os assessores. O assunto estava classificado como *privado,* que era o que acontecia sempre que estavam em causa as finanças pessoais de Nadia.

Fechou a agenda e, como era habitual, passou a hora seguinte a ler os jornais enquanto bebia café e comia torradas. Pouco depois das oito, ligou o computador para saber o ponto da situação dos mercados asiáticos e, a seguir, passou vários minutos a saltar entre os vários canais de notícias por cabo. Terminou a digressão na Al Jazeera, que tinha avançado da carnificina em Islamabad para a notícia de um ataque militar israelita na Faixa de Gaza que tinha matado dois dos principais dirigentes dos terroristas do Hamas. Descrevendo o ataque como *um crime contra a humanidade,* o primeiro-ministro turco apelou às Nações Unidas para que castigassem Israel com sanções económicas — um apelo rejeitado, no segmento noticioso seguinte, por um importante clérigo saudita. *Terminou o tempo da diplomacia,* afirmou ao jornalista bajulador da Al Jazeera que o entrevistava. *Agora, é tempo de todos os muçulmanos se juntarem à luta*

armada contra os intrusos sionistas. E que Deus castigue todos aque-
les que ousem colaborar com os inimigos do Islão.

Nadia desligou a televisão, voltou para o quarto e vestiu roupa para fazer exercício. Nunca tinha gostado de exercício físico e, desde que tinha feito trinta anos, gostava ainda menos. No entanto, obedientemente, elevava o ritmo cardíaco e esforçava os membros todas as manhãs porque era uma coisa que, sendo uma empresária moderna que vivia maioritariamente no Ocidente, era esperado que fizesse. Continuando com uma ligeira dor de cabeça, abreviou a sua já curta rotina diária. Depois de um percurso descontraído na passadeira, fez alongamentos durante vários minutos num tapete de ioga de borracha. A seguir, deitou-se de costas sem se mexer, com os tornozelos encostados um ao outro e os braços abertos para o lado. Como sempre, a posição provocou-lhe uma sensação de leveza. Contudo, nessa manhã, também lhe trouxe uma revelação extraordinariamente nítida do seu futuro. Ficou ali deitada durante bastante tempo, na mesma posição, ponderando se devia ou não viajar para Zurique. Bastaria um telefonema, pensou ela. Um telefonema e o fardo ser-lhe-ia tirado dos ombros. Mas era um telefonema que ela não conseguia fazer. Acreditava que tinha sido posta na Terra, naquele tempo e naquele lugar, por uma razão. Acreditava que o mesmo se aplicava ao homem que lhe tinha matado o pai, e não o queria desiludir.

Nadia levantou-se e, ultrapassando uma tontura, voltou para o quarto. Depois de tomar banho e de se perfumar, entrou no quarto de vestir para escolher a roupa, descartando as cores claras que preferia em favor de tons mais sombrios de cinzento e preto. Deu um ar devoto ao cabelo. E,

ao passar por Rafiq al-Kamal e entrar para a parte de trás
da limusina trinta minutos mais tarde, a cara ostentava a expressão *juhayman* dos beduínos. A transformação era quase
total. Era uma saudita rica que planeava vingar o assassínio
do pai.

O carro passou pelo portão principal da mansão e virou para a rua. Ao seguir junto ao Bois de Boulogne, Nadia
reparou no homem que conhecia como Max a caminhar alguns passos atrás de uma mulher que podia ou não ser Sarah. Foi então que uma mota lhe apareceu por breves instantes à janela, conduzida por uma figura alta e esguia, de
capacete e com um blusão de cabedal preto. Havia qualquer coisa nele que provocou em Nadia uma súbita recordação dolorosa. Não deve ser nada, disse a si própria, no
momento em que a mota virou para uma rua secundária
e desapareceu. Só um nervoso miudinho de última hora. Só
a cabeça a pregar-lhe partidas.

A pedido da família Al-Saud, Nadia tinha-se visto compelida a não manter apenas a antiga equipa de segurança do
pai. A estrutura básica da empresa permanecia a mesma, tal
como a maior parte dos quadros superiores. Daoud Hamza, um libanês formado em Stanford, continuava a tratar
das operações quotidianas. Manfred Wehrli, um financeiro
suíço de uma calma inabalável, continuava a lidar com os
aspetos económicos. E a equipa jurídica conhecida como
Abdul & Abdul continuava a manter tudo razoavelmente
legal. Com a companhia de mais vinte assessores, lacaios,
factótuns e diversos penduras, encontravam-se todos no
lounge VIP do Aeroporto de Le Bourget quando Nadia chegou. Às dez em ponto, seguiram em fila indiana para o jato

285

Boeing Business da AAB e, às 10h15, estavam a caminho de Zurique. Passaram o voo de uma hora a analisar números à volta da mesa de reuniões e, ao aterrarem no Aeroporto de Kloten, amontoaram-se numa comitiva de grandes *Mercedes*. Subiram pelas encostas arborizadas de Zürichberg a uma velocidade considerável e chegaram à elegante entrada do Dolder Grand Hotel, com a gerência a conduzi-los para uma sala de conferências com um nome de sonoridade alpina e uma vista para o lago que valia, por si só, o seu escandaloso preço. A delegação da empresa de ótica suíça já tinha chegado e estava a servir-se abundantemente do amplo bufete. A equipa da AAB sentou-se e começou a abrir as pastas e os computadores portáteis. O *staff* da AAB nunca comia em reuniões. Regras de Zizi.

Estava previsto que a reunião durasse duas horas. Prolongou-se por mais meia hora e terminou com Nadia a prometer investir mais vinte milhões de francos na empresa suíça para a ajudar a melhorar as fábricas e a linha de produção. Após alguns comentários de agradecimento, a delegação suíça foi-se embora. Quando atravessaram o elegante *lobby*, passaram por um árabe magro e de barba curta, com quarenta e poucos anos, que se encontrava sentado sozinho, com a pasta ao seu lado. Passados cinco minutos, um telefonema chamou-o à sala de conferências que os suíços tinham acabado de abandonar. Só lá estava uma mulher linda e com credenciais jihadistas impecáveis.

— Que Deus esteja consigo — disse ela em árabe.

— E consigo também — respondeu Samir Abbas na mesma língua. — Espero que a sua reunião com os suíços tenha corrido bem.

— Assuntos triviais — esclareceu Nadia, fazendo um gesto de desprezo com a mão.

— Deus foi muito generoso consigo — comentou Abbas. — Preparei algumas propostas com o intuito de aconselhá-la a investir o seu dinheiro.

— Não preciso de conselhos de investimento seus, senhor Abbas. Saio-me bastante bem sozinha.

— Então o que posso fazer por si, senhora Al-Bakari?

— Pode começar por se sentar. E depois pode desligar o *BlackBerry*. Hoje em dia, todo o cuidado é pouco no que toca aos aparelhos eletrónicos. Nunca se sabe quem é que pode estar a ouvir.

— Compreendo perfeitamente.

Nadia conseguiu esboçar um sorriso.

— Tenho a certeza que sim.

ZURIQUE

Sentaram-se à frente um do outro na mesa de reuniões,
sem mais nada para beber a não ser as garrafas de água mineral suíça em que nenhum tocou. Entre ambos, estavam
pousados dois *smartphones,* com os ecrãs a negro e sem os
cartões SIM. Tendo desviado o olhar do rosto de Nadia,
sem véu, Samir Abbas parecia estar a analisar o candelabro
que se encontrava por cima de si. Escondido no meio das
lâmpadas e dos cristais, estava um minitransmissor de curto
alcance, que tinha sido instalado de manhã por Mordecai
e Oded. Os dois estavam naquele momento a monitorizar
o sinal enviado pelo aparelho, num quarto do quarto piso,
com todas as despesas pagas pelo Serviço Clandestino Nacional da CIA. Gabriel estava a ouvir a transmissão na casa
segura, na outra margem do lago, através de uma ligação
segura por micro-ondas. Os seus lábios mexiam-se ligeiramente, como se estivesse a tentar comunicar a Nadia o que
ela devia dizer a seguir.

— Queria começar por lhe apresentar as minhas mais
sinceras desculpas — afirmou Nadia.

Abbas pareceu momentaneamente confundido.

— Acaba de depositar duzentos milhões de dólares na
instituição financeira onde eu trabalho, senhora Al-Bakari.

Não consigo imaginar por que razão deveria pedir desculpas.

— Porque, pouco tempo depois de o meu pai morrer, o senhor pediu-me para fazer uma doação a uma das instituições de caridade islâmicas a que estava associado. E eu rejeitei esse pedido... de forma bastante ríspida, se bem me lembro.

— Fiz mal em abordá-la num momento tão delicado.

— Eu sei que o senhor só queria o meu bem. O *zakat* é extremamente importante para a nossa fé. Aliás, o meu pai achava que dar esmola era o mais importante dos Cinco Pilares do Islão.

— O seu pai era muitíssimo generoso. Podia contar sempre com ele quando precisávamos.

— Ele falou sempre muito bem de si, senhor Abbas.

— E de si também, senhora Al-Bakari. O seu pai amava-a muito. Não consigo imaginar a dor que foi a sua perda. Console-se sabendo que o seu pai está com Deus no Paraíso.

— *Inshallah* — suspirou ela, melancólica —, mas lamento dizer que ainda não tive um único dia de paz desde que ele foi assassinado. E o meu sofrimento só foi intensificado pelo facto de os assassinos nunca terem sido punidos pelo crime que cometeram.

— Tem o direito de sentir raiva. Todos nós temos. O assassínio do seu pai foi um insulto a todos os muçulmanos.

— Mas o que devo fazer com esta raiva?

— Está a pedir-me conselhos, senhora Al-Bakari?

— Espirituais — respondeu ela. — Eu sei que o senhor é um homem de grande fé.

— Como o seu pai — retorquiu ele.

— Como o meu pai — repetiu ela baixinho.

Por breves instantes, Abbas fitou-a olhos nos olhos e depois desviou de novo o olhar.

— O Alcorão é mais do que a recitação da palavra de Alá — afirmou ele. — Também é um documento legal que governa todos os aspetos da nossa vida. E é bastante claro em relação ao que deve ser feito em caso de assassínio. Dá pelo nome de *al-quisas*. Sendo o familiar mais próximo, a senhora Al-Bakari tem três opções. Pode perdoar simplesmente aos culpados, num ato de bondade. Pode aceitar que lhe paguem dinheiro de sangue. Ou pode fazer a quem o matou o mesmo que foi feito à vítima, sem matar mais ninguém a não ser os culpados.

— Os homens que mataram o meu pai eram assassinos profissionais. Foram enviados por outras pessoas.

— Então os homens que enviaram os assassinos são, em última instância, os responsáveis pela morte do seu pai.

— E se o meu coração não conseguir perdoar-lhes?

— Então, pelas leis de Alá, tem o direito de os matar — respondeu ele. — Sem matar mais ninguém — acrescentou apressadamente.

— Uma premissa difícil de cumprir, não lhe parece, senhor Abbas?

A única resposta do banqueiro foi fitar, pela primeira vez, Nadia olhos nos olhos sem o mínimo vestígio de decoro islâmico.

— Passa-se alguma coisa? — perguntou Nadia.

— Eu sei quem matou o seu pai, senhora Al-Bakari. E sei porque é que ele foi morto.

— Então sabe que não me é possível puni-los de acordo com as leis do Islão.

Parou por uns instantes e, a seguir, acrescentou:

— A não ser com ajuda.

Abbas pegou no *BlackBerry* desativado de Nadia e examinou-o em silêncio.

— Não há razão para estar nervoso — disse ela em voz baixa.

— E porque haveria de estar nervoso? Trabalho para o TransArabian Bank como gestor de conta de clientes com ativos líquidos elevados. Nos meus tempos livres, angario fundos para instituições de caridade legítimas, com o objetivo de aliviar o sofrimento dos muçulmanos espalhados por todo o mundo.

— E foi por isso que pedi para falar consigo.

— Quer fazer uma doação?

— Bastante substancial.

— A quem?

— Ao género de homens capazes de fazerem a justiça que me é devida.

Abbas voltou a pousar o *BlackBerry* de Nadia em cima da mesa, mas não disse nada. Nadia fitou-o olhos nos olhos durante uns longos e desconfortáveis instantes.

— Vivemos os dois no Ocidente, mas somos filhos do deserto. A minha família veio da província do Nedj e a sua da província do Hejaz. Somos capazes de dizer muita coisa com muito poucas palavras.

— O meu pai costumava falar comigo só com os olhos — afirmou Abbas melancolicamente.

— E o meu também — recordou Nadia.

Abbas tirou a tampa da garrafa de água mineral e deitou um bocado num copo, devagar, como se fosse a última água à face da Terra.

— As instituições de caridade a que estou associado são inteiramente legítimas — disse por fim. — O dinheiro é utilizado para construir estradas, escolas, hospitais e coisas do género. De vez em quando, uma parte vai parar às mãos de um grupo instalado nas regiões tribais do noroeste do Paquistão. Tenho a certeza de que esse grupo ficaria muito grato por qualquer tipo de ajuda. Como sabe, perderam o seu principal patrono recentemente.

— Não estou interessada no grupo das regiões tribais do Paquistão — respondeu Nadia. — Já não são eficazes. O tempo deles já passou.

— Diga isso aos habitantes de Paris, Copenhaga, Londres e Madrid.

— Segundo me consta, o grupo das regiões tribais do Paquistão não teve nada que ver com esses atentados.

Abbas levantou os olhos bruscamente.

— E quem é que lhe disse uma coisa dessas?

— Um dos meus seguranças, que tem bons contactos no GID saudita.

Nadia ficou surpreendida com a facilidade com que a mentira lhe surgiu nos lábios. Abbas pôs outra vez a tampa na garrafa e pareceu ponderar a resposta dela com todo o cuidado.

— Ouvem-se rumores acerca do pregador iemenita — disse por fim. — O que anda com um passaporte americano e fala como eles. E também se ouvem rumores de que está a expandir as operações. As operações de caridade, claro — acrescentou Abbas.

— E sabe como contactar a organização dele?

— Se quiser mesmo tentar ajudá-los, acho que posso tratar das apresentações.

— Quanto mais depressa, melhor — replicou ela.

— Estes homens não são dos que gostam que lhes digam o que devem fazer, senhora Al-Bakari, especialmente uma mulher.

— Mas eu não sou uma mulher qualquer. Sou a filha de Abdul Aziz al-Bakari e já estou à espera há imenso tempo.

— E eles também... há centenas de anos, na verdade. São homens de grande paciência. E a senhora também tem de ser paciente.

A reunião desenrolou-se da mesma maneira rigorosa com que tinha sido planeada e executada. Abbas voltou para o escritório, Nadia para o avião, Oded e Mordecai para a casa segura na margem ocidental do lago. Gabriel não deu a mínima importância ao facto de lá terem chegado. Estava debruçado sobre o computador, na sala de estar, com os auscultadores nos ouvidos e uma expressão de resignação no rosto. Carregou no botão de PAUSE, depois no de REWIND e, por fim, no de PLAY.

— *Estes homens não são dos que gostam que lhes digam o que devem fazer, senhora Al-Bakari, especialmente uma mulher.*

— *Mas eu não sou uma mulher qualquer. Sou a filha de Abdul Aziz al-Bakari e já estou à espera há imenso tempo.*

— *E eles também... há centenas de anos, na verdade. São homens de grande paciência. E a senhora também tem de ser paciente.*

— *Tenho um pedido a fazer-lhe, senhor Abbas. Devido ao que aconteceu ao meu pai, é essencial que eu saiba com quem me vou encontrar e que estarei em segurança.*

— *Não precisa de se preocupar, senhora Al-Bakari. A pessoa que eu tenho em mente não representa nenhuma ameaça à sua segurança.*

— E quem é essa pessoa?

— Chama-se Marwan Bin Tayyib. É o diretor do Departamento de Teologia da Universidade de Meca e um homem muito piedoso.

Gabriel voltou a carregar no botão de PAUSE, depois no de REWIND e, a seguir, no de PLAY.

— Chama-se Marwan Bin Tayyib. É o Diretor do Departamento de Teologia da Universidade de Meca e um homem muito piedoso.

Gabriel carregou no botão de STOP. Depois, com relutância, enviou uma mensagem com o nome para Adrian Carter, em Langley. A resposta de Carter chegou passados cinco minutos. Era uma reserva no voo da manhã para Washington. Classe económica plus, claro. A vingança de Carter.

CAPÍTULO

40

LANGLEY, VIRGÍNIA

— Muito bem — disse Carter. — Um desempenho brilhante. Uma obra de arte. Verdadeiramente.

Estava parado à frente dos elevadores, na suíte executiva do sétimo andar, a sorrir com toda a sinceridade das plantas artificiais que floresciam na permanente penumbra do seu gabinete. Era o género de sorriso consolador que os executivos faziam quando chegava a altura de despedir alguém, pensou Gabriel. Para o cenário ser perfeito, só faltavam mesmo o relógio de ouro, o acordo de indemnização modesto e o jantar gratuito para duas pessoas na cervejaria Morton's.

— Vem comigo — pediu Carter, dando uma palmadinha no ombro de Gabriel, coisa que nunca fazia. — Quero mostrar-te uma coisa.

Depois de descerem para um andar subterrâneo do edifício, percorreram uma série de corredores cinzentos e brancos por o que pareceu ser um quilómetro e meio. Tinham como destino final uma plataforma de observação, com vista para um *open space* cavernoso com a atmosfera de uma sala de mercados em Wall Street. Em cada uma das quatro paredes, havia vídeo-painéis a piscarem, do tamanho de *placards* publicitários. Mais abaixo, duzentos ecrãs de computador iluminavam duzentos rostos. O que estes estavam a fazer ao certo, Gabriel não sabia. Aliás, verdade seja dita, já não tinha a certeza se estava em Langley ou sequer no estado da Virgínia.

— Decidimos que estava na altura de juntar toda a gente debaixo do mesmo teto — explicou Carter.

— Toda a gente? — repetiu Gabriel.

— Isto é a tua operação — esclareceu Carter.

— Isto tudo é para *uma* operação?

— Somos americanos — respondeu Carter com um laivo de contrição. — Só fazemos coisas em grande estilo.

— E isto vem com o seu próprio código postal?

— Por acaso, ainda nem sequer tem nome. Por enquanto, chamamos-lhe Rashidistão, em tua honra. Anda dar uma vista de olhos.

— Tendo em conta as circunstâncias, acho que deveria ser no mínimo uma visita de chefe de Estado.

— Vamos começar com mais uma disputa sobre prerrogativas?

— Só se for necessário.

Gabriel seguiu Carter por uma escada de caracol apertada e desceram até ao piso do centro de operações. O ar bafiento cheirava a alcatifa acabada de colocar e a instalações elétricas em sobreaquecimento. Ao passar, uma rapariga com cabelo preto espetado tocou de raspão em Gabriel, sem dizer nada, e sentou-se numa das muitas mesas de trabalho no meio da sala. Gabriel olhou para um dos ecrãs de vídeo e viu vários comentadores famosos de assuntos relacionados com Washington à conversa sob o brilho quente de um estúdio de televisão. O som estava desligado.

— Estão a planear algum atentado terrorista?

— Que eu saiba, não.

— Então porque é que os estamos a ver? — perguntou Gabriel, olhando em redor da sala num misto de espanto e desespero. — Quem é que *são* estas pessoas todas?

Até Carter, o chefe putativo da operação, pareceu ter de pensar um pouco antes de responder.

— A maioria vem da própria CIA — explicou por fim —, mas também temos gente da NSA, do FBI, do Departamento da Justiça e do Departamento do Tesouro, além de várias dezenas de subcontratados. Nem eu sei ao certo quantos é que temos a trabalhar em Langley atualmente. Mas uma coisa sei. A maioria ganha bem mais do que eu.

— A fazer o quê?

— Alguns são antigos agentes de contraterrorismo que triplicaram o salário quando passaram a trabalhar para empresas privadas. Em muitos casos, fazem exatamente a mesma coisa e têm exatamente as mesmas autorizações de acesso a material secreto. Só que agora quem lhes paga é a ACME Security Solutions ou outra entidade privada qualquer e não a CIA.

— E o resto?

— Prospeção de dados — explicou Carter. — E graças àquela reunião de ontem em Zurique, descobriram o filão principal — afirmou, apontando para uma das mesas de trabalho. — Aquele grupo que ali está anda a tratar de Samir Abbas, o nosso amigo do TransArabian Bank. Estão a esmiuçá-lo de uma ponta à outra, *e-mail* a *e-mail,* telefonema a telefonema, transação financeira a transação financeira. Conseguiram juntar um rasto de dados anterior ao 11 de Setembro. Na nossa perspetiva, Samir por si só já valeu o preço desta operação. É fantástico que ele tenha sido capaz de escapar à nossa atenção ao longo destes anos todos.

É um produto genuíno. E o amigo dele da Universidade de Meca também.

A rapariga do cabelo preto espetado entregou um dossiê a Carter. A seguir, este levou Gabriel para uma sala de conferências à prova de som. Havia uma única janela, que dava para o piso do centro de operações.

— Aqui tens o teu rapaz — anunciou Carter, passando uma fotografia de 20 por 25 centímetros a Gabriel. — O dilema saudita em carne e osso.

Gabriel olhou para a fotografia e viu o xeque Marwan Bin Tayyib a fitá-lo de rosto fechado. O clérigo saudita tinha a barba comprida e mal-arranjada própria de um muçulmano salafita e a expressão de um homem que não gostava de ser fotografado. A maneira como tinha posto o seu *ghutra* vermelho e branco deixava ver o barrete *taqiyah* branco que se encontrava por baixo. Ao contrário da maior parte dos sauditas, não segurava o lenço árabe com o cordão preto circular conhecido como *agal*. Era uma demonstração de devoção que dizia ao mundo que Marwan se importava pouco com o seu aspeto.

— E o que sabem dele? — perguntou Gabriel.

— Nasceu no coração do território wahabita, a norte de Riade. Aliás, na sua terra há uma cabana de adobe onde o próprio Wahhab supostamente passou em tempos uma noite. Os homens da sua terra sempre se consideraram os guardiões da verdadeira fé, os mais puros dos puros. Ainda hoje, os forasteiros não são bem-vindos. Se por acaso aparecer lá algum, os habitantes da terra tapam a cara e afastam-se.

— E Bin Tayyib tem ligações à Al-Qaeda?

— São ténues — respondeu Carter —, mas indesmentíveis. Ele foi uma das principais figuras do despertar do fervor islâmico que varreu a Arábia Saudita depois da tomada da Grande Mesquita, em 1979. Na tese de doutoramento, defendeu que o secularismo era um estratagema de inspiração ocidental que visava destruir o Islão e, em última análise, a Arábia Saudita. Tornou-se leitura obrigatória para determinados membros radicais da casa de Saud, incluindo o príncipe Nabil, o nosso velho amigo e ministro do Interior saudita que até hoje se recusa a admitir que dezanove dos sequestradores do 11 de Setembro eram cidadãos do seu país. Nabil ficou tão impressionado com a tese de Bin Tayyib que o recomendou ele próprio para o cargo influente que ocupa na Universidade de Meca.

Gabriel devolveu a fotografia a Carter, que lhe lançou um olhar de desprezo antes de a voltar a guardar no dossiê.

— E não é a primeira vez que o nome de Bin Tayyib surge ligado à rede de Rashid — prosseguiu. — Apesar do seu passado radical, Bin Tayyib é um dos consultores do muito louvado programa da Arábia Saudita de reabilitação de terroristas. Pelo menos vinte e cinco sauditas já regressaram ao campo de batalha depois de terminarem o programa. Quatro estarão supostamente no Iémen com Rashid.

— E há mais alguma ligação?

— Adivinha lá quem é que foi a última pessoa com quem Rashid foi visto na noite em que resolveu mudar outra vez de lado.

— Bin Tayyib?

Carter assentiu com a cabeça.

— Foi Bin Tayyib que fez o convite para Rashid ir falar à Universidade de Meca. E foi Bin Tayyib que o acompanhou na noite em que ele desertou.

— E chegaram a falar disto aos vossos amigos em Riade?

— Tentámos.

— E?

— Não chegámos a lado nenhum — admitiu Carter. — Como sabes, a relação da casa de Saud com os representantes do poder eclesiástico é, no mínimo, complicada. A família Al-Saud não pode governar sem o apoio dos ulemás. E se eles decidissem opor-se a um teólogo influente como Bin Tayyib, a nosso pedido...

— Os jihadistas poderiam ficar ofendidos.

Assentindo com a cabeça, Carter vasculhou de novo o dossiê e tirou de lá duas folhas — transcrições de interceções efetuadas pela NSA.

— Hoje de manhã, o nosso amigo do TransArabian Bank fez dois telefonemas interessantes do escritório, um para Riade e outro para Jeddah. No primeiro telefonema, diz que está a fazer negócios com Nadia al-Bakari. No segundo, diz que tem uma amiga que quer falar de assuntos espirituais com o xeque Bin Tayyib. Individualmente, os dois telefonemas parecem completamente inocentes. Mas se os juntarmos...

— Não deixam margem para dúvidas de que Nadia al-Bakari, uma mulher com credenciais jihadistas impecáveis, gostaria de dar uma palavrinha ao xeque em privado.

— Para falar de assuntos espirituais, claro.

Carter guardou outra vez as transcrições no dossiê.

— A questão — disse ele, fechando o dossiê — é saber se a deixamos ir.

— E porque não haveríamos de deixar?

— Porque isso violaria todos os acordos em vigor com o governo e os serviços de segurança sauditas. O Hadith estipula claramente que não poderá haver duas religiões na

Arábia. E a família Al-Saud também já deixou bem claro que não vai tolerar dois serviços secretos.

— Quando é que vocês vão perceber que eles são o problema e não a solução?

— No dia em que já não precisarmos mais do petróleo deles para alimentar os nossos carros e a nossa economia — atirou Carter. — Já prendemos e matámos centenas de cidadãos sauditas desde o 11 de Setembro, mas nenhum dentro da própria Arábia Saudita. O país está interdito a infiéis como nós. Se Nadia for falar com o xeque Bin Tayyib, tem de ir sozinha, sem apoio.

— E não podemos levar a montanha a Maomé?

— Se estás a perguntar se Bin Tayyib pode viajar para fora da Arábia Saudita para se encontrar com Nadia, a resposta é não. Está em demasiadas listas de segurança para que seja possível. Nenhum país europeu, no seu perfeito juízo, o deixaria entrar. Se Bin Tayyib morder o isco, não temos outra hipótese a não ser mandar Nadia subir a montanha sozinha. E se a família Al-Saud descobrir que ela está lá em nosso nome, vão rolar cabeças.

— Se calhar, deverias ter pensado nisso antes de teres criado uma agência governamental completamente nova para se ocupar disto — retorquiu Gabriel, apontando para o centro de operações do lado de lá da janela. — Mas isso agora é problema teu, Adrian. Segundo o nosso mais recente acordo no que toca à operação, é nesta altura que eu entrego as chaves e passo discretamente para segundo plano.

— Estava aqui a pensar se não aceitarias fazer uns aditamentos — sugeriu Carter cautelosamente.

— Estou a ouvir.

— Acredites ou não, antes de passar a ser o chefe da maior força de contraterrorismo do mundo, eu recrutava e dirigia espiões. E se há coisa que um espião detesta, é a mudança. Foste tu que descobriste Nadia. Foste tu que a recrutaste. Faz sentido que continues a ser tu a dirigi-la.

— Queres eu que seja o agente responsável por ela?

— Suponho que sim.

— Sob a tua supervisão, claro.

— Para a Casa Branca, é ponto assente que a CIA assuma o controlo global da operação. Lamento muito, mas estou de mãos atadas.

— Nem parece teu esconderes-te atrás das autoridades superiores, Adrian.

Carter não disse nada. Gabriel pareceu estar a pensar seriamente no assunto, mas na realidade já tinha decidido. Apontou com a cabeça para o vidro à prova de som e perguntou:

— Tens espaço ali fora para mim?

Carter sorriu.

— Já mandei fazer um cartão de identificação para poderes entrar no edifício sozinho — disse ele. — É verde, claro.

— Verde é a cor do nosso inimigo.

— O Islão não é o inimigo, Gabriel.

— Ah, pois, já me tinha esquecido.

Carter levantou-se e levou Gabriel para um pequeno cubículo cinzento no canto mais distante do centro de operações. Tinha uma secretária, uma cadeira, um telefone de linha interna, um computador, um cofre para guardar documentos, um saco para destruir material confidencial e uma chávena de café com a insígnia da CIA. A rapariga do cabelo preto espetado trouxe-lhe uma pilha de dossiês e depois, sem dizer uma palavra, voltou para o seu casulo. Quando abriu o primeiro dossiê, Gabriel levantou os olhos e viu Carter na plataforma de observação, a admirar a vista para o Rashidistão. Parecia satisfeito consigo próprio. Tinha esse direito. A operação tinha passado a ser sua. Gabriel era apenas mais um subcontratado, um homem enfiado numa caixa cinzenta, com um cartão verde ao pescoço.

CAPÍTULO

41

RIADE, ARÁBIA SAUDITA

O jato *Boeing Business* detido e operado pela AAB Holdings entrou no espaço aéreo do Reino da Arábia Saudita precisamente às 17h18. Como era habitual, o piloto britânico informou de imediato os passageiros e a tripulação desse facto, para que todas as mulheres a bordo pudessem começar a trocar a sua roupa ocidental por vestes islâmicas apropriadas.

Dez das mulheres a bordo do avião fizeram isso mesmo logo de imediato. A décima primeira, Nadia al-Bakari, não se levantou do seu lugar habitual e continuou a tratar de uma pilha volumosa de papelada até as primeiras luzes de Riade surgirem como pedaços de âmbar espalhados pelo solo do deserto. Um século antes, a capital saudita não passava de um posto avançado no deserto, com muros de lama e praticamente desconhecido do mundo ocidental, uma mancha pequena no mapa, algures entre as encostas das montanhas Sarawat e as margens do golfo Pérsico. O petróleo tinha transformado Riade numa metrópole moderna de palácios, arranha-céus e centros comerciais. No entanto, em muitos aspetos, o aparato da riqueza proveniente do petróleo era uma miragem. Por todos os milhares de milhões que a família Al-Saud tinha gastado a modernizar o seu pacato império no deserto, tinham esbanjado outro tanto nos seus iates, nas suas prostitutas e nas suas casas de férias em Marbella. Pior ainda, pouco tinham feito para preparar o país para o dia em que o último poço secasse. Havia dez milhões de trabalhadores estrangeiros a trabalharem arduamente nos campos petrolíferos e nos palácios, mas centenas de milhares de jovens sauditas não conseguiam arranjar emprego. Tirando o petróleo, os produtos que o país mais exportava eram as tâmaras e os livros do Alcorão. E os fanáticos barbudos, pensou Nadia sorumbaticamente enquanto observava as luzes de Riade a ficarem cada vez mais nítidas. No que dizia respeito à produção de extremistas islâmicos, a Arábia Saudita era líder de mercado.

Nadia tirou os olhos da janela e examinou o interior do avião. O compartimento da frente encontrava-se organizado ao estilo de um *majlis*[1], com cadeiras confortáveis dispostas pela fuselagem e tapetes orientais vistosos espalhados pelo chão. Os lugares estavam ocupados pelos quadros superiores, exclusivamente masculinos, da AAB — Daoud Hamza, a equipa jurídica composta por Abdul & Abdul e, claro, Rafiq al-Kamal. Estava a fitar Nadia com uma expressão de desaprovação transparente, como se estivesse a tentar recordar-lhe, silenciosamente, que estava na altura de mudar de roupa. Estavam prestes a aterrar na terra das mulheres invisíveis, o que significava que Rafiq passaria a ser mais do que o guarda-costas de Nadia. Também serviria como pau de cabeleira e, por lei, estaria obrigado

---

[1] Expressão árabe que significa *local de assento,* utilizada num contexto de *conselho. (N. do T.)*

a acompanhá-la a qualquer lugar público. No espaço de poucos minutos, Nadia al-Bakari, uma das mulheres mais ricas do mundo, passaria a ter os direitos de um camelo. Menos ainda, pensou ela com irritação, pois até um camelo podia mostrar a cara em público.

Sem dizer uma palavra, levantou-se e avançou até à parte de trás do avião, onde se encontravam os seus elegantemente equipados aposentos privados. Ao abrir o armário, viu o seu uniforme saudita pendurado num cabide: uma simples *thobe*[1] branca, uma capa *abaya* bordada e preta e um véu *niqab* preto. Por uma só vez, pensou, gostaria de andar pelas ruas do seu país com roupa branca e folgada, em vez de um casulo preto e apertado. Era impossível, claro; nem sequer a riqueza à escala dos Al-Bakari servia de proteção contra os *mutaween,* a fanática polícia religiosa. Além disso, não era propriamente o momento indicado para testar as normas sociais e religiosas da Arábia Saudita. Tinha vindo à sua terra natal para se encontrar em privado com o xeque Marwan Bin Tayyib, diretor do Departamento de Teologia da Universidade de Meca. Seguramente que o conceituado estudioso acharia estranho se, na véspera desse encontro, Nadia fosse presa pelos barbudos por não trazer o vestuário islâmico apropriado.

Relutantemente, tirou o fato claro *Oscar de la Renta* e, com uma lentidão eclesiástica, vestiu-se de preto. Com o *niqab* a tapar a cara que Deus lhe deu, olhou-se ao espelho e examinou o seu aspeto. Só os olhos estavam à vista, além de um tentador vestígio de pele nos tornozelos. Tirando isso, todas as provas visuais da sua existência tinham sido

---

[1] Espécie de túnica. *(N. do T.)*

apagadas. Com efeito, o seu regresso à parte da frente do avião quase não motivou um único olhar por parte dos seus colegas. Apenas Daoud Hamza, libanês, se deu ao trabalho de registar a presença dela. Os outros, todos sauditas, evitaram manifestamente olhar para ela. A doença tinha voltado, pensou ela, a doença que era a Arábia Saudita. Não importava que Nadia fosse a patroa deles. Alá tinha querido que ela nascesse mulher e, ao chegar à terra do Profeta, Nadia iria pôr-se no lugar que lhe cabia.

A aterragem no Aeroporto Internacional King Khalid coincidiu com a oração do final da tarde. Perante a proibição de rezar com os homens, Nadia não teve outra opção que não fosse aguardar pacientemente que eles completassem esse pilar muitíssimo importante do Islão. A seguir, rodeada de várias mulheres com véu, desceu as escadas do avião desajeitadamente, esforçando-se para não tropeçar na bainha da *abaya*. Um vento frígido fustigava a pista, trazendo consigo uma nuvem castanha e espessa de poeira do Nedj. Inclinando-se no sentido contrário do vento para se equilibrar, Nadia seguiu os colegas em direção ao terminal geral de aviação. Lá chegados, separaram-se, já que no terminal, como em todos os outros espaços públicos na Arábia Saudita, estava em vigor a segregação de género. Apesar de as etiquetas indicarem o nome da AAB, viram a bagagem ser cuidadosamente revistada, à procura de pornografia, álcool ou qualquer outro sinal de decadência ocidental.

Saindo do lado oposto do edifício, Nadia entrou, com Rafiq al-Kamal, para a parte de trás de uma limusina *Mercedes* que a aguardava para a levar até Riade, uma viagem de trinta e cinco quilómetros. A tempestade de poeira tinha reduzido a visibilidade a uns poucos metros. De vez em quando, os faróis de um carro que se aproximava oscilavam na sua direção como as luzes de navegação de um pequeno barco, mas, na maior parte do tempo, pareciam estar inteiramente sozinhos. Nadia estava desesperada por tirar o *niqab,* mas sabia que não podia. Os *mutaween* andavam sempre à espreita de mulheres sem véu dentro de automóveis, em especial, mulheres ricas e ocidentalizadas a regressarem a casa da Europa.

Passados quinze minutos, o recorte de Riade no céu furou por fim o negrume castanho e preto. Passaram em grande velocidade pela Universidade Islâmica Ibn Saud e contornaram uma série de rotundas até King Fahd Road, a via principal de Al-Olaya, o novo e próspero bairro financeiro de Riade. Em frente, erguia-se a torre prateada do Kingdom Center, como uma pasta de diplomata moderna e perdida, à espera de ser recuperada pelo seu proprietário errante. Na sua sombra, encontrava-se o novo e reluzente Makkah Mall, que tinha reaberto após as orações do final da tarde e estava sob assalto de hordas de pessoas desejosas de fazerem compras. Os *mutaween,* de bastão em riste, circulavam aos pares entre a multidão, à procura de indícios de relações ou comportamentos impróprios. Nadia lembrou-se de Rena e, pela primeira vez desde que a tinham convocado para a casa em Seraincourt, sentiu uma pontada de verdadeiro medo.

Passados poucos momentos, essa sensação diluiu-se quando o carro virou para Musa Bin Nusiar Street e se dirigiu para Al-Shumaysi, um bairro murado de palácios habitados por príncipes da família Al-Saud e outros membros da elite saudita. O complexo dos Al-Bakari ficava na ponta ocidental do bairro, numa rua vigiada constantemente pela polícia e por tropas. Uma mistura requintada de Oriente e Ocidente, o palácio estava rodeado por mais de um hectare com piscinas cintilantes, fontes, relvados e palmares. Os imponentes muros brancos tinham sido concebidos para manter à distância até o inimigo mais determinado, mas não tinham hipóteses perante a poeira, que se ia encrespando pelo pátio de entrada quando a limusina passou pelo portão de segurança.

Os dez empregados permanentes do palácio, todos asiáticos, estavam à entrada, em sentido. Ao sair da parte de trás da limusina *Mercedes,* Nadia desejou poder cumprimentá-los calorosamente. Mas, desempenhando o papel de herdeira saudita reservada, passou por eles sem dizer uma palavra e começou a subir a ampla escadaria central. Quando chegou ao primeiro patamar, já tinha arrancado o *niqab* da cara. A seguir, na privacidade dos seus aposentos, despiu a roupa e pôs-se diante de um espelho de corpo inteiro, nua, até que uma tontura a fez cair de joelhos no chão. Depois de o mal-estar ter passado, lavou o cabelo para tirar a poeira do Nedj e deitou-se no chão com os tornozelos encostados um ao outro e os braços abertos para o lado, à espera de que a sensação familiar de leveza a transportasse para longe dali. Estava quase a acabar, pensou. Uns meses, talvez apenas umas semanas. E depois estaria feito.

Eram apenas 11h30 em Langley, mas a atmosfera no Rashidistão era de noite permanente. Adrian Carter estava sentado à secretária de comando, com um telefone seguro numa mão e uma folha na outra. O telefone estabelecia ligação com James McKenna, na Casa Branca. A folha era uma impressão do mais recente cabograma enviado pela Base de Riade da CIA. Afirmava que NAB, o nome de código não muito críptico dado pela CIA a Nadia al-Bakari, tinha chegado a casa em segurança e, aparentemente, sem ser alvo de vigilância — jihadista, saudita ou qualquer coisa pelo meio. Carter leu o cabograma com uma expressão de alívio profundo estampada no rosto e depois passou-o a Gabriel, sentado à sua frente, que permaneceu impassível ao lê-lo. Não disseram mais nada um ao outro. Não precisavam. A angústia era repartida. Tinham uma agente em território inimigo e nenhum deles teria um minuto de descanso até ela voltar a entrar no avião e sair do espaço aéreo saudita.

Ao meio-dia, hora de Washington, Carter voltou para o gabinete no sétimo andar enquanto Gabriel foi para a casa na N Street dormir um pouco, algo de que precisava bastante. Acordou à meia-noite e, à uma da manhã, já estava outra vez no Rashidistão, com o cartão verde ao pescoço e Adrian Carter sentado nervosamente ao seu lado. O cabograma seguinte de Riade chegou passados quinze minutos. Dizia que NAB tinha saído do complexo murado em Al-Shumaysi e se encontrava a caminho dos seus escritórios em Al-Olaya Street. Só se foi embora de lá à uma da tarde, altura em que a levaram de carro para o Four Seasons Hotel para um almoço formal com investidores sauditas, que por acaso eram todos homens. Ao afastar-se do hotel, o carro virou à direita para King Fahd Street — estranho, uma vez que o escritório era no sentido oposto. Viram-na pela última vez dez minutos mais tarde, a dirigir-se para norte, na A65. A equipa da CIA não tentou segui-la. NAB passava a estar inteiramente por sua conta.

CAPÍTULO

42

NEJD, ARÁBIA SAUDITA

O vento extinguiu-se ao meio-dia e, ao final da tarde, a paz impusera-se mais uma vez na província do Nedj. Mas seria uma paz temporária, como acontecia na maioria dos casos nesse planalto inóspito, já que ao longe, a ocidente, nuvens pretas de tempestade avançavam sorrateiramente sobre as montanhas Sarawat como um grupo de salteadores da província do Hejaz. Já tinham passado duas semanas desde as primeiras chuvas, e o piso do deserto brilhava com as primeiras ervas e plantas silvestres. No espaço de poucas semanas, aquelas terras ficariam tão verdes como um prado no Berkshire. A seguir, o alto-forno voltaria a ligar-se e nem uma gota de chuva cairia do céu — pelo menos, até ao inverno seguinte, altura em que, se Alá quisesse, as tempestades se abateriam uma vez mais sobre as encostas das Sarawat.

Para o povo da província do Nedj, a chuva era uma das poucas coisas bem-vindas com origem no ocidente. Olhavam para praticamente tudo o resto, incluindo os supostos compatriotas da província do Hejaz, com desprezo e desdém. Era a sua fé que os tornava hostis às influências externas, uma fé que lhes tinha sido concedida, três séculos antes, por um austero pregador reformista chamado

311

Muhammad Abdul Wahhab. Em 1744, forjou uma aliança com uma tribo do Nedj chamada Al-Saud, criando assim a união de poder político e religioso que acabaria por levar ao nascimento do moderno estado da Arábia Saudita. A aliança revelara-se instável e, de tempos a tempos, a família Al-Saud tinha-se sentido compelida a pôr os fanáticos barbudos do Nedj no seu lugar, por vezes com ajuda de infiéis. Em 1930, a família Al-Saud tinha-se servido de metralhadoras britânicas para massacrar os guerreiros sagrados dos Ikhwan, em Sabillah. E, depois do 11 de Setembro, a família Al-Saud tinha-se unido aos odiosos americanos para rechaçar a versão moderna dos Ikhwan conhecida como Al-Qaeda. No entanto, apesar de tudo isso, o casamento dos seguidores de Wahhab com a casa de Saud tinha resistido. Dependiam uns dos outros para a sua própria sobrevivência. No cenário implacável do Nedj, não se podia pedir muito mais.

Apesar do clima extremo, o piso novo da A65 era uniforme e preto, como os rios de crude que corriam por baixo dele. Seguindo para noroeste, a autoestrada fazia o percurso da antiga rota das caravanas que ligava Riade à cidade-oásis de Hail. A poucos quilómetros para sul de Hail, perto da cidade de Buraydah, Nadia disse ao motorista para virar para uma estrada mais pequena, de duas faixas, que seguia para oeste, embrenhando-se ainda mais no deserto. Por essa altura, já Rafiq al-Kamal se mostrava visivelmente inquieto. Nadia só lhe tinha revelado que iriam fazer uma viagem até ao Nedj no momento em que saíram do Four Seasons, e mesmo então as suas explicações tinham sido nebulosas. Disse que iria jantar no acampamento da família do xeque Marwan Bin Tayyib, um membro importante dos ulemás. Depois do jantar — onde vigoraria, claro, uma rigorosa segregação de género —, reunir-se-ia em privado com o xeque para falarem de assuntos relacionados com o *zakat*. Não iria precisar de levar um pau de cabeleira para a acompanhar na reunião, uma vez que o clérigo era um homem bom e douto, conhecido pela sua extrema devoção. Tal como não havia razão para preocupações com a sua segurança. Al-Kamal tinha aceitado as ordens de Nadia, mas era evidente que não lhe agradavam.

Já passavam poucos minutos das cinco, e a luz começava a desaparecer do céu infinito. Passaram a grande velocidade por pomares de tamareiras, limoeiros e laranjeiras, abrandando apenas uma vez para deixar um velho pastor com roupa de couro atravessar a estrada com as suas cabras. A cada quilómetro, Al-Kamal parecia ficar mais tranquilo. Natural daquela região, foi indicando alguns dos marcos mais importantes à medida que lhe passavam junto à janela. E, em Unayzah, uma cidade extremamente religiosa e conhecida pela pureza do seu islamismo, pediu a Nadia para fazer um pequeno desvio para poder ver a casa humilde onde, em criança, tinha vivido com uma das quatro mulheres do pai.

— Não fazia ideia de que tinhas nascido aqui — disse Nadia.

— E o xeque Bin Tayyib também nasceu — respondeu ele, assentindo com a cabeça. — Conheci-o quando éramos crianças. Andámos na mesma escola e rezámos na mesma mesquita. Nessa época, Marwan era um verdadeiro agitador. Meteu-se em sarilhos por atirar uma pedra à montra de um videoclube. Achava que não era uma coisa islâmica.

— Então e tu?

— O videoclube não me fazia diferença. Em Unayzah, não havia muito mais para fazer além de ver vídeos e ir à mesquita.

— Pelo que percebi, o xeque moderou as suas opiniões desde essa altura.

— Os muçulmanos de Unayzah não conhecem o significado da palavra *moderação* — disparou Al-Kamal. — Se Marwan mudou alguma coisa desde essa altura, isso é só para consumo público. Marwan é um islamita puro e duro. E está-se nas tintas para a família Al-Saud, apesar de eles lhe pagarem bem. Se fosse a ti, tinha cuidado com ele.

— Vou ter isso em conta.

— Se calhar, eu deveria ir à reunião contigo.

— Não é preciso, Rafiq.

Al-Kamal calou-se de repente, ao saírem de Unayzah e mergulharem uma vez mais no deserto. À frente deles, do outro lado de um mar de pedras e pedregulhos, erguia-se uma escarpa rochosa desprovida de vegetação, com saliências recortadas e retalhadas por milhões de anos de vento e areia. O acampamento do xeque ficava a norte do afloramento, na extremidade de um uade profundo. À medida que avançavam por um caminho cheio de buracos e não pavimentado, Nadia sentia as pedras pesadas a baterem na parte de baixo do carro.

— Era bom que me tivesses dito para onde é que íamos — exclamou Al-Kamal, agarrando-se ao descanso do braço para se apoiar. — Podíamos ter trazido um dos *Range Rovers*.

— Não pensei que fosse assim tão mau.

— É um acampamento no deserto. Como é que julgavas que íamos lá chegar?

Ainda que não quisesse, Nadia riu-se.

— Espero que o meu pai não esteja a ver isto.

— Por acaso, eu até espero que esteja — retorquiu Al-Kamal, fitando-a durante muito tempo antes de voltar a falar. — Estive sempre ao lado do teu pai, Nadia, mesmo quando ele andava a discutir assuntos extremamente delicados com homens como o xeque Bin Tayyib. Ele punha a vida nas minhas mãos. Infelizmente, não fui capaz de protegê-lo naquela noite em Cannes, mas teria dado de bom grado o peito àquelas balas. E faria o mesmo por ti. Compreendes o que te estou a dizer?

— Acho que sim, Rafiq.

— Ótimo — replicou ele. — Se Deus quiser, a reunião de hoje à noite vai ser um sucesso. Mas, da próxima vez, avisa-me primeiro para eu poder tratar de tudo como deve ser. É melhor assim. Sem surpresas.

— Regras de Zizi? — inquiriu ela.

— Regras de Zizi — respondeu ele, assentindo com a cabeça. — As regras de Zizi são como os ensinamentos do Profeta, que a paz esteja com ele. Se as seguirmos cuidadosamente, Deus dar-nos-á uma vida longa e feliz. Se as ignorarmos... — disse, encolhendo os ombros largos. — Então acontecem coisas más.

Deram com um amontoado de carros estacionados ao acaso na extremidade do uade: *Range Rovers, Mercedes, Toyotas* e umas quantas carrinhas de caixa aberta já em mau estado. Ao lado da zona de estacionamento, e a brilharem com iluminação interna, estavam duas grandes tendas comunais. Havia ainda uma dezena de tendas mais pequenas espalhadas pelo piso do deserto, cada uma equipada com um gerador e uma antena parabólica. Nadia sorriu por trás do *niqab*. No inverno, os sauditas adoravam regressar ao deserto para se reaproximarem da sua herança beduína, mas a devoção aos velhos costumes tinha os seus limites.

— Dá para perceber que o xeque não se trata nada mal.

— E devias ver a *villa* que ele tem em Meca — respondeu Al-Kamal. — Isto é tudo por conta do governo. Para a família Al-Saud, é dinheiro bem gasto. Cuidam dos ulemás e os ulemás cuidam deles.

— E porquê este sítio? — perguntou Nadia, olhando à volta.

— Muito antes de haver uma coisa chamada Arábia Saudita, já os membros do clã do xeque costumavam trazer os animais para aqui no inverno. Os Bin Tayyib já acampam aqui há vários séculos.

— Só falta dizeres-me que também cá vieste quando eras pequeno.

Al-Kamal fez um raro sorriso.

— E vim.

O guarda-costas fez sinal ao motorista para estacionar num espaço isolado em relação aos outros carros. Depois de ajudar Nadia a sair da parte de trás, parou para observar um *Toyota Camry*. Se não fosse a fina camada de poeira, até parecia que tinha acabado de desembarcar no cais de Dhahran.

— É o carro dos teus sonhos? — perguntou Nadia sarcasticamente.

— É o modelo que dão a quem completa o programa de reabilitação de terroristas. Dão-lhes um carro, uma entrada para comprarem uma casa e uma rapariga gira para se casar com eles... todos os adornos de uma vida normal para se manterem presos a este mundo e não ao mundo da *jihad*. Compram a lealdade dos ulemás e compram a lealdade dos jihadistas. É assim que funciona o deserto. É assim que funciona a família Al-Saud.

Al-Kamal ordenou ao motorista que ficasse no carro e depois seguiu com Nadia para as duas tendas comunais. Passados poucos segundos, apareceu um jovem para os receber. Trazia uma *thobe,* ao estilo dos salafitas, que lhe ia até à barriga da perna e um barrete *taqiyah* sem o lenço árabe. Tinha barba comprida mas rala e uns olhos invulgarmente meigos para um saudita. Depois de, conforme a tradição, os cumprimentar desejando que a paz estivesse com eles, disse que se chamava Ali e que era um *talib,* ou aluno, do xeque Bin Tayyib. Parecia ter cerca de trinta anos.

— O jantar está mesmo a começar. O seu guarda-costas pode juntar-se a nós, se quiser. As mulheres estão ali — anunciou, apontando para a tenda da esquerda. — A família do xeque está cá em grande número. Tenho a certeza de que será muito bem-vinda.

Nadia trocou um último e rápido olhar com Al-Kamal e, a seguir, começou a dirigir-se para a tenda. Surgiram duas mulheres de véu que, cumprimentando-a calorosamente em árabe do Nedj, a levaram para dentro da tenda. Estavam lá mais umas vinte mulheres iguais. Encontravam-se sentadas em tapetes orientais grossos, em redor de travessas a abarrotarem de borrego, frango, beringela, arroz e pão *pita.* Algumas traziam o mesmo véu *niqab* de Nadia, mas a maioria estava completamente tapada. No espaço fechado da tenda, o som das suas conversas enérgicas lembrava o cantar das cigarras. Durante alguns segundos, imperou o silêncio enquanto Nadia era apresentada por uma das mulheres que a tinham recebido. Segundo parecia, estavam à espera de que Nadia chegasse para começarem a comer, já que uma das mulheres exclamou em voz alta: *Al-hamdu lillah!* — Graças a Deus! A seguir, as mulheres atacaram as travessas como se já não comessem há vários dias e não fossem voltar a ver comida durante muito tempo.

Ainda de pé, Nadia perscrutou as figuras tapadas, sem forma definida, e depois sentou-se entre duas mulheres na casa dos vinte. Uma chamava-se Adara e a outra Safia. Adara era de Buraydah e era sobrinha do xeque. O irmão tinha ido para o Iraque combater os americanos e desaparecera sem deixar rasto. Já Safia era a mulher de Ali, o *talib*. *Deram-me este nome em honra da muçulmana que matou um espião judeu na época do Profeta,* afirmou orgulhosamente, antes de soltar o obrigatório *que a paz esteja com ele*. Rafiq al-Kamal tinha razão em relação ao *Toyota Camry;* tinha sido dado a Ali a seguir a este ter completado o programa de reabilitação de terroristas. Safia também lhe tinha sido dada, além de um dote respeitável. Faltavam quatro meses para terem o primeiro filho.

— *Inshallah,* vai ser um menino — disse ela.

— Se Deus quiser — repetiu Nadia com uma serenidade que não correspondia aos seus pensamentos.

Nadia serviu-se de um pouco de frango e arroz e observou as outras mulheres. Algumas tinham tirado os *niqabs,* mas a maioria estava a tentar comer com a cara tapada, incluindo Adara e Safia. Nadia fez o mesmo, sempre a ouvir o zumbido constante das conversas à sua volta. Eram extraordinariamente banais: mexericos de família, o último centro comercial a abrir em Riade, os feitos dos filhos. Os rapazes, claro, já que a prole feminina correspondia a um fracasso em termos reprodutivos. Era assim que passavam a vida, trancadas em divisões específicas, em tendas específicas, na companhia de mulheres iguais a elas. Não iam ver peças de teatro, pois não havia um único teatro em todo o país. Não iam a discotecas, pois a música e a dança eram estritamente *haram,* proibidas. Não liam mais nada a não ser o Alcorão — que estudavam separadamente dos homens — e revistas fortemente censuradas que publicitavam roupa que não podiam usar em público. De vez em quando, davam prazer umas às outras, o segredinho maroto da Arábia Saudita, mas a maior parte da sua vida era um tédio dilacerante e deprimente. E quando chegasse ao fim, eram enterradas segundo a tradição wahabita, numa sepultura não identificada, sob a areia escaldante do Nedj.

Apesar de tudo isso, Nadia não conseguia deixar de se sentir estranhamente reconfortada com o caloroso abraço do seu povo e da sua fé. Era uma coisa que os ocidentais nunca iriam entender em relação ao Islão: abrangia tudo. Acordava a pessoa de manhã, chamando-a para a oração, e envolvia-a como uma *abaya* à medida que ela ia fazendo o seu dia. Estava em todas as palavras, todos os pensamentos e todas as ações de um muçulmano devoto. E estava ali, naquele ajuntamento comunal de mulheres de véu, no coração do Nedj.

Foi então que sentiu a primeira e terrível pontada de culpa. Apoderou-se dela tão repentinamente como uma tempestade de areia e sem a cortesia de um aviso. Ao juntar-se aos israelitas e aos americanos, estava para todos os efeitos a renunciar à sua fé enquanto muçulmana. Era uma herege, uma apóstata, e o castigo para a apostasia era a morte. Seria uma morte que aquelas mulheres à sua volta, entediadas e de véu, aprovariam com toda a certeza. Não tinham escolha; se ousassem revoltar-se em defesa dela, sofreriam o mesmo destino.

O sentimento de culpa passou rapidamente e foi substituído pelo medo. Para se fazer mais dura, Nadia pensou em Rena, o seu guia, o seu farol. E pensou que era bastante apropriado que a sua traição acontecesse ali, na terra sagrada do Nedj, no abraço reconfortante de mulheres de véu. E se ainda tinha alguma dúvida quanto ao caminho que escolhera, já era demasiado tarde. Porque, pela abertura da tenda, conseguiu ver Ali, o *talib* barbudo, a atravessar o deserto com a sua curta *thobe* salafita. Estava na altura de dar uma palavrinha em privado ao xeque. Depois disso, se Alá quisesse, viriam as chuvas e tudo estaria terminado.

43

NEJD, ARÁBIA SAUDITA

Ela seguiu o *talib* pelo deserto, na extremidade do uade. Não havia um trilho propriamente dito, apenas uma faixa de terra batida, os resquícios de um antigo caminho para camelos que tinha sido gravado no piso do deserto muito antes de alguém do Nedj ter ouvido falar de um pregador chamado Wahhab ou sequer de um comerciante de Meca chamado Muhammad. O *talib* não levava lanterna, pois não era preciso lanterna. O caminho estava iluminado pelas brilhantes estrelas brancas que cintilavam no vasto céu e pela lua *hilal*[1] que pairava sobre o cume de uma rocha, como um quarto crescente no cimo do minarete mais alto do mundo. Nadia levava os sapatos de salto alto numa mão e, com a outra, levantava a bainha da *abaya* preta. O ar tinha ficado bastante frio, mas ela sentia o chão quente debaixo dos pés. O *talib* ia uns passos à frente. A sua *thobe* parecia luminescente ao luar. Estava a recitar para si próprio versos do Alcorão em voz baixa, mas não dirigiu a palavra a Nadia.

---

[1] A lua em quarto crescente. *(N. do T.)*

Chegaram a uma tenda sem antena parabólica nem gerador. Estavam dois homens agachados à entrada, com os rostos jovens e barbudos iluminados pelo brilho fraco de uma pequena fogueira. O *talib* cumprimentou-os desejando que a paz estivesse com eles e, a seguir, abriu a aba da tenda e fez sinal a Nadia para entrar. O xeque Marwan Bin Tayyib, diretor do Departamento de Teologia da Universidade de Meca, estava sentado de pernas cruzadas num tapete oriental simples, a ler o Alcorão à luz de um petromax. Fechou o livro e olhou para Nadia através dos seus óculos pequenos e redondos, durante muito tempo, antes de a convidar a sentar-se. Ela baixou-se devagar, com cuidado para não mostrar a pele, e instalou-se respeitosamente no tapete, ao lado do livro.

— O véu fica-lhe bem — afirmou Bin Tayyib com admiração —, mas pode tirá-lo, se quiser.

— Prefiro não o tirar.

— Nunca tinha percebido que era tão devota. Tem a reputação de ser uma mulher emancipada.

Era óbvio que o xeque não tinha dito aquilo para a elogiar. Queria testá-la, mas Nadia não esperava outra coisa. Nem Gabriel. *Esconda-nos apenas a nós,* tinha instruído ele. *Diga a verdade sempre que possível. Minta apenas em último recurso.* Era assim que funcionava o Departamento. Era assim que funcionava um espião profissional.

— Emancipada em relação a quê? — perguntou Nadia, provocando-o deliberadamente.

— À *sharia* — respondeu o xeque. — Disseram-me que nunca usa o véu no Ocidente.

— Não é prático.

— Segundo sei, há cada vez mais mulheres que preferem não tirar o véu quando viajam. Disseram-me que muitas sauditas tapam a cara quando estão a beber chá no Harrods.

— Mas não estão à frente de grandes empresas de investimento. E a maioria não bebe só chá quando está no Ocidente.

— Ouvi dizer que a senhora Al-Bakari é uma delas.

Diga a verdade sempre que possível...

— Confesso que aprecio vinho.

— É *haram* — disparou ele num tom de censura.

— A culpa é do meu pai. Deixava-me beber quando estávamos no Ocidente.

— Era permissivo consigo?

— Não — respondeu ela, abanando a cabeça —, não era permissivo. Estragava-me com mimos. Mas também me passou a sua grande fé.

— Fé em quê?

— Fé em Alá e no Seu Profeta Maomé, que a paz esteja com ele.

— Se a memória não me atraiçoa, o seu pai considerava-se descendente do próprio Wahhab.

— Ao contrário da família Al-Asheikh, não somos descendentes diretos. Somos parentes afastados.

— Afastados ou não, tem sangue dele dentro de si.

— É o que consta.

— Mas decidiu não se casar e não ter filhos. É também uma questão de ser ou não ser prático?

Nadia hesitou.

Minta apenas em último recurso...

— Atingi a maturidade a seguir ao meu pai ser assassinado — respondeu ela. — A minha dor faz com que seja impossível contemplar sequer a ideia de me casar.

— E agora a sua dor trouxe-a até nós.

— A dor, não — replicou Nadia. — A raiva.

— Aqui no Nedj, às vezes é difícil distinguir as duas coisas.

O xeque dirigiu-lhe um sorriso de solidariedade, o primeiro.

— Mas fique sabendo que não está sozinha. Há centenas de sauditas iguais a si: bons muçulmanos cujos entes queridos foram mortos pelos americanos ou estão a apodrecer até hoje nas jaulas de Guantánamo Bay. E muitos vieram ter com os irmãos à procura de vingança.

— Mas nenhum viu o pai ser assassinado a sangue-frio.

— Acha que isso a torna especial?

— Não — respondeu Nadia —, acho que o meu dinheiro é que me torna especial.

— Muito especial — concordou o xeque. — Já passaram cinco anos desde que o seu pai se tornou um mártir, não é verdade?

Nadia assentiu com a cabeça.

— Isso é muito tempo, senhora Al-Bakari.

— No Nedj, é menos de nada.

— Contávamos que viesse ter connosco antes. Até mandámos o nosso irmão Samir contactá-la. Mas a senhora Al-Bakari rejeitou o pedido dele.

— Eu não podia ajudá-los nessa altura.

— Porquê?

— Estava a ser vigiada.

— Por quem?

— Por toda a gente — respondeu ela —, incluindo a família Al-Saud.

— Eles avisaram-na que não tentasse vingar a morte do seu pai?

— Com toda a clareza.

— E disseram-lhe que haveria consequências financeiras?

— Não entraram em pormenores, exceto terem dito que as consequências seriam graves.

— E acreditou neles?

— Porque é que não haveria de acreditar?

— Porque eles são uns mentirosos — replicou Bin Tayyib, deixando depois que as suas palavras ficassem a pairar no ar durante um momento. — Como é que eu sei que a senhora Al-Bakari não é uma espia que a família Al-Saud enviou para me armar uma cilada?

— E como é que eu sei que o espião não é *o senhor,* xeque Bin Tayyib? Afinal de contas, o senhor é que recebe dinheiro da família Al-Saud.

— E a senhora Al-Bakari também. Pelo menos, é esse o rumor.

Nadia lançou um olhar fulminante ao xeque. Só podia imaginar o aspeto que devia ter para ele: dois olhos pretos como o carvão a brilharem ferozmente por trás de um *niqab* preto. Afinal de contas, talvez o véu tivesse alguma utilidade.

— Tente ver as coisas do nosso ponto de vista, senhora Al-Bakari — continuou Bin Tayyib. — Nos cinco anos que se seguiram ao martírio do seu pai, não fez nenhuma declaração pública acerca dele. Parece passar o mínimo de tempo possível na Arábia Saudita. Fuma, bebe, rejeita o véu...

exceto, claro, quando está a tentar impressionar-me com a sua devoção... e gasta centenas de milhões de dólares em arte da autoria de infiéis.

Evidentemente, o teste do xeque ainda não tinha terminado. Nadia lembrou-se das últimas palavras que Gabriel lhe tinha dito no Château Treville. *É a filha de Zizi. Nunca deixe que se esqueçam disso.*

— Talvez tenha razão, xeque Bin Tayyib. Talvez eu me devesse ter tapado com uma *burqa* e declarado na televisão que era minha intenção vingar a morte do meu pai. Com certeza que isso teria sido a decisão mais sensata.

O xeque fez um sorriso conciliador.

— Já tinha ouvido falar da sua língua afiada — comentou ele.

— Tenho a língua do meu pai. E a última vez que ouvi a voz dele, estava a esvair-se em sangue nos meus braços.

— E agora quer vingança.

— Quero justiça... a justiça de Deus.

— Então e a família Al-Saud?

— Parece ter perdido o interesse em mim.

— Não me surpreende — retorquiu Bin Tayyib. — Nem sequer a casa de Saud tem a certeza de que irá sobreviver ao turbilhão que varre o mundo árabe. Precisam de amigos onde quer que os arranjem, mesmo que aconteça usarem as *thobes* curtas e as barbas mal-arranjadas dos salafitas.

Nadia não queria acreditar no que estava a ouvir. Se o xeque estava a dizer a verdade, os governantes da Arábia Saudita tinham renovado o pacto faustiano, o acordo com o Diabo que tinha levado ao 11 de Setembro e a inúmeras outras mortes depois disso. A família Al-Saud não tinha escolha, pensou ela. Pareciam um homem a segurar um tigre pelas orelhas. Se não largassem a fera, seriam capazes de sobreviver mais um bocadinho. Mas se a soltassem, seriam devorados num instante.

— E os americanos sabem disso? — perguntou.

— A suposta relação especial dos americanos com a casa de Saud pertence ao passado — respondeu Bin Tayyib. — Como sabe, senhora Al-Bakari, a Arábia Saudita anda a formar novas alianças e a arranjar novos clientes para o seu petróleo. Os chineses não se importam com coisas como os direitos humanos e a democracia. Pagam as contas a horas e não metem o nariz em coisas que não lhes dizem respeito.

— Coisas do género da *jihad?* — inquiriu ela.

O xeque assentiu com a cabeça e disse:

— O profeta Maomé, que a paz esteja com ele, ensinou-nos que havia Cinco Pilares do Islão. Nós achamos que há um sexto. A *jihad* não é uma opção. É uma obrigação. A família Al-Saud compreende isso. Estão mais uma vez dispostos a fechar os olhos, desde que os irmãos não arranjem problemas dentro do Reino. Esse foi o maior erro de Bin Laden.

— Bin Laden está morto — comentou Nadia —, e o seu grupo também. Estou interessada no homem que faz as bombas explodirem nas cidades europeias.

— Então está interessada no iemenita.

— Conhece-o?

— Já estive com ele.

— E consegue chegar à fala com ele?

— Essa é uma pergunta perigosa. E mesmo que tivesse possibilidades de chegar à fala com ele, de certeza que não me iria dar ao trabalho de lhe falar de uma saudita rica à procura de vingança. A senhora Al-Bakari tem de acreditar naquilo que está a fazer.

— Sou filha de Abdul Aziz al-Bakari e descendente de Muhammad Abdul Wahhab. Pode ter a certeza de que *acredito* naquilo que estou a fazer. E ando à procura de muito mais do que simplesmente vingança.

— E do *que é que* anda à procura?

Nadia hesitou. As palavras que lhe saíram da boca a seguir não eram suas. Tinham-lhe sido ditadas pelo homem que tinha matado o seu pai.

— Quero apenas retomar a obra de Abdul Aziz al-Bakari — disse com solenidade. — Vou pôr o dinheiro nas mãos do iemenita para que ele o utilize como bem entender. E talvez um dia, se Deus quiser, venham a explodir bombas nas ruas de Washington e Telavive.

— Suspeito que ele ficaria muito agradecido — retorquiu o xeque com cautela. — Mas tenho a certeza de que não lhe vai poder oferecer quaisquer garantias.

— Não ando à procura de garantias. Basta-me a promessa de que ele vai utilizar o dinheiro de forma sensata e cuidadosa.

— Está a propor um pagamento sem repetição futura?

— Não, xeque Bin Tayyib, estou a propor uma relação a longo prazo. Ele vai atacá-los. E eu vou pagar-lhe para isso.

— E quanto dinheiro é que está disposta a providenciar?

— Tanto quanto ele precisar.

O xeque sorriu.

— *Al-hamdu lillah.*

*

Nadia ficou mais uma hora na tenda do xeque. Depois, seguiu novamente o *talib* pela extremidade do uade até ao carro. Os céus estavam carregados de chuva quando fizeram a viagem para Riade, e continuava a chover no fim da manhã seguinte, quando Nadia e o seu séquito embarcaram no avião para regressarem à Europa. Assim que saíram do espaço aéreo saudita, Nadia tirou o *niqab* e a *abaya* e vestiu um fato *Chanel* de cor clara. A seguir, telefonou para a propriedade de Thomas Fowler a norte de Paris, para o informar de que as reuniões na Arábia Saudita tinham corrido melhor do que o esperado. Fowler ligou de imediato para uma empresa de capital de risco pouco conhecida, no norte da Virgínia — chamada que foi automaticamente encaminhada para a secretária de Gabriel, no Rashidistão. Gabriel passou a semana seguinte a monitorizar com toda a atenção as movimentações financeiras e jurídicas de um tal Samir Abbas, do TransArabian Bank de Zurique. De seguida, depois de jantar mal com Carter num restaurante de marisco em McLean, partiu outra vez para Londres. Carter deixou-o levar um *Gulfstream* da CIA. Sem algemas. Sem agulhas hipodérmicas. Sem ressentimentos.

ST. JAMES'S, LONDRES

No dia a seguir ao regresso de Gabriel a Londres, a venerável leiloeira Christie's anunciou que tinha acrescentado à última hora um quadro à venda de Velhos Mestres venezianos que estava prestes a realizar: *Virgem e Menino com Maria Madalena,* óleo sobre tela, 110 por 92 centímetros, previamente atribuído ao estúdio de Palma Vecchio e de momento atribuído, com toda a certeza, a nem mais nem menos do que o próprio e grandioso Ticiano. A meio do dia, os telefones da Christie's não paravam de tocar, e, à hora de fecho, já quarenta importantes museus e colecionadores tinham metido o nariz no assunto. Ao final da tarde, o ambiente no balcão do Green's Restaurant era elétrico, embora a ausência de Julian Isherwood fosse notória. *Vi-o quando estava a entrar num táxi em Duke Street,* murmurou Jeremy Crabbe para o seu gim com angustia. *Estava com um aspeto absolutamente horrível, o pobre diabo. Disse que contava passar uma noite sossegada, sozinho em casa com a tosse.*

É raro um quadro de um artista como Ticiano reaparecer e, quando isso acontece, normalmente há sempre uma boa história por detrás. Era, sem dúvida, esse o caso de *Virgem e Menino com Maria Madalena,* embora definir se se tratava de uma tragédia, comédia ou conto moral dependesse inteiramente de quem a estava a contar. A Christie's divulgou uma versão resumida, para reforçar a versão oficial da proveniência do quadro, mas na pequena aldeia que era St. James's, na zona oeste de Londres, foi de imediato desconsiderada por ser uma treta bem-comportada. Mais tarde, acabou por surgir uma versão *não oficial* da história que se desenrolava mais ou menos como se descreve em baixo.

Segundo parecia, algures em agosto, um fidalgo de Norfolk, não identificado, de uma família importante mas com recursos cada vez mais escassos, decidiu relutantemente separar-se de parte da sua coleção de arte. Esse nobre contactou um negociante de arte londrino, também não identificado, e perguntou-lhe se estaria interessado em ocupar-se do assunto. Na altura, o negociante londrino estava cheio de trabalho — na verdade, andava a bronzear-se na Costa del Sol — e foi só no final de setembro que acabou por aparecer na herdade do fidalgo. O negociante achou a coleção, no mínimo, fraca, embora tivesse aceitado ficar com alguns dos quadros do nobre, incluindo uma obra muito suja atribuída a um tarefeiro qualquer do estúdio de Palma Vecchio. A quantia que mudou de mãos nunca foi revelada. Diz-se que foi bastante pequena.

Por razões que não foram explicadas, o negociante deixou que os quadros ficassem a apanhar pó na arrecadação e só depois encomendou uma limpeza apressada do já referido Palma Vecchio. A identidade do restaurador nunca foi revelada, apesar da opinião geral de que tinha feito um bom trabalho num período extraordinariamente curto. Com efeito, o quadro ficou tão bom que conseguiu chamar a atenção do olhar sempre atento de um tal Oliver Dimbleby, o conhecido negociante de Velhos Mestres de Bury Street. Oliver adquiriu-o numa troca — os outros quadros em questão nunca foram revelados — e pendurou-o prontamente na sua galeria, onde podia ser visto apenas por marcação.

No entanto, não ficaria lá por muito tempo. Na verdade, passadas apenas quarenta e oito horas, foi comprado por uma entidade chamada Onyx Innovative Capital, uma empresa de investimento de responsabilidade limitada, com sede na cidade suíça de Lucerna. Oliver não negociou diretamente com a OIC, mas sim com um indivíduo afável chamado Samir Abbas, do TransArabian Bank. Depois de finalizarem os últimos pormenores enquanto tomavam chá no Dorchester Hotel, Abbas entregou a Oliver um cheque de vinte e duas mil libras. Oliver depositou rapidamente o dinheiro na sua conta no Lloyds Bank, selando assim a venda, e deu início ao complicado processo com vista a assegurar a necessária licença de exportação.

Foi por essa altura que o assunto conheceu um desenvolvimento desastroso, pelo menos do ponto de vista de Oliver. Isto porque, numa tarde sombria de meados de janeiro, apareceu na galeria de Oliver uma figura desgrenhada, envergando diversas camadas de roupa, e que, com uma pergunta descontraída, deitou tudo por terra. Oliver nunca revelaria a identidade do homem, referindo apenas que era especialista na área da arte do Renascimento italiano, em particular na Escola Veneziana. Já quanto à pergunta feita por esse homem, Oliver não se importava de a repetir palavra por palavra. Aliás, pelo preço de um bom copo de Sancerre, até representava a cena toda. Não havia nada de que

Oliver gostasse mais do que contar histórias acerca de si próprio, em especial quando não eram propriamente lisonjeiras, o que era quase sempre o caso.

— Oiça, Oliver, meu velho, aquele Ticiano já tem dono?

— Não é um Ticiano, meu bom homem.

— Tem a certeza?

— Absoluta.

— Então quem é?

— Palma.

— A sério? É bastante bom para um Palma. Do estúdio ou do próprio homem?

— Do estúdio, meu querido. Do estúdio.

Foi então que a figura desgrenhada se inclinou precariamente para a frente, para ver melhor o quadro — um movimento que Oliver recriava todas as noites, no Green's, perante gargalhadas estrondosas.

— Foi vendido, é isso? — perguntou a figura desgrenhada, puxando o lóbulo da orelha.

— Precisamente na semana passada — respondeu Oliver.

— Como sendo de Palma?

— Do estúdio, meu querido. Do estúdio.

— E por quanto?

— Meu bom homem!

— Se fosse a si, arranjava maneira de me escapar disso.

— Mas por que razão?

— Veja a qualidade do trabalho. Veja as pinceladas. Acabou de deixar um Ticiano fugir-lhe por entre os dedos. Devia ter vergonha, Oliver. Baixar a cabeça. Confessar os seus pecados.

Oliver não fez nada disso, mas, passados poucos minutos, estava a falar ao telefone com um velho amigo do Museu Britânico que já se tinha esquecido de mais coisas relativas a Ticiano do que aquilo que a maioria dos historiadores de arte chegaria a saber. O amigo foi a correr para St. James's, no meio de um dilúvio, e ficou a olhar para a tela, parecendo o único sobrevivente de um naufrágio.

— Oliver! Como é que foste capaz?

— É assim tão óbvio?

— Apostava a minha reputação nisso.

— Pelo menos, tens uma. A minha vai pela sanita abaixo se isto se souber.

— Mas ainda tens *uma* opção.

— Que é qual?

— Telefonar ao senhor Abbas. Dizer-lhe que o cheque foi devolvido.

E não se pense que essa ideia não passou pela cabecinha malandra de Oliver. Com efeito, passou grande parte das quarenta e oito horas que se seguiram a tentar encontrar alguma escapatória legal e moralmente aceitável que pudesse utilizar para se libertar do negócio. Não tendo encontrado nenhuma — pelo menos, nenhuma que lhe permitisse dormir à noite —, telefonou ao senhor Abbas para o informar de que a Onyx Innovative Capital era na verdade o orgulhoso proprietário de um Ticiano recém-descoberto. Oliver prontificou-se a vender o quadro no mercado, esperando retirar pelo menos uma comissão considerável daquele desastre, mas Abbas ligou no dia seguinte para lhe dizer que a opção da OIC era outra. *Tentou não me desiludir muito,* disse Oliver melancolicamente. *Foi um prazer fazer negócio consigo, senhor Dimbleby. Almoçamos da próxima vez que estiver em Zurique. E, já agora, senhor Dimbleby, os rapazes da Christie's passam por aí dentro de uma hora.*

Surgiram com uma rapidez digna de raptores profissionais e levaram o quadro para King Street, onde foi examinado por uma parada de peritos em Ticiano vindos de todo o mundo. Todos deram o mesmo veredicto e, milagrosamente, nenhum violou o acordo de confidencialidade draconiano que a Christie's os tinha feito assinar para receberem o seu dinheiro. E mesmo o habitualmente loquaz Oliver conseguiu ficar calado até a Christie's revelar a sua valiosa aquisição. Mas a verdade é que Oliver tinha motivos para manter a boca fechada. Oliver era o patinho que tinha deixado escapar um Ticiano.

Mas até Oliver pareceu retirar algum prazer do frenesim que se seguiu ao anúncio. E porque não? Tinha sido realmente um inverno tenebroso até àquele momento, com a austeridade governamental, os nevões e os atentados. Oliver tinha todo o prazer em ajudar a alegrar os ânimos, mesmo que isso significasse representar o papel de parvo a troco de bebidas no Green's. Além disso, era um papel que conhecia bem. Já o tinha desempenhado muitas vezes e com grandes aplausos.

Na noite do leilão, deu aquela que seria a sua última representação perante uma casa cheia. No final, foi chamado três vezes ao palco e, a seguir, juntou-se à multidão a caminho da Christie's para assistir ao grande espetáculo. A gerência tivera a gentileza de lhe reservar um lugar na segunda fila, mesmo em frente à tribuna da leiloeira. À sua esquerda, estava sentado o seu amigo e rival Roddy Hutchinson, e à esquerda de Roddy, Julian Isherwood. O lugar à direita de Oliver estava vazio. Passado um momento, foi ocupado por nada mais nada menos do que Nicholas Lovegrove, consultor de arte dos imensamente ricos. Lovegrove tinha acabado de chegar de Nova Iorque. Num avião privado, claro. Lovegrove já não voava em aviões comerciais.

— Porque é que estás com essa cara triste, Ollie?

— Estou a pensar no que poderia ter sido.

— Lamento aquilo do Ticiano.

— Umas vezes ganha-se, outras vezes perde-se. Como é que vai o negócio, Nicky?

— Não me posso queixar.

— Não sabia que lidavas com os Velhos Mestres.

— E a verdade é que me aterrorizam. Olha-me para este sítio. É como estar no raio de uma igreja... são só anjos e santos e martírio e crucificação.

— Então o que é que te traz cá?

— Um cliente que quer aventurar-se por novos territórios.

— E o cliente tem nome?

— O cliente quer continuar anónimo... *muito* anónimo.

— Conheço essa sensação. E o teu cliente está a pensar aventurar-se por novos territórios comprando um Ticiano?

— Daqui a nada vais descobrir, Ollie.

— Espero que o teu cliente tenha os bolsos fundos.

— Eu só lido com bolsos fundos.

— Diz-se por aí que o quadro vai atingir um valor elevadíssimo.

— Isso é o *hype* antes do espetáculo.

— De certeza que tens razão, Nicky. Tens sempre razão.

Lovegrove não se deu ao trabalho de responder. Em vez disso, tirou um telemóvel do bolso do peito do *blazer* e procurou um número nos contactos. Fiel a si mesmo, Oliver conseguiu espreitar rapidamente para o ecrã depois de Lovegrove ligar. *Mas que interessante,* pensou. *Mas que interessante mesmo.*

ST. JAMES'S, LONDRES

O quadro entrou na sala a meio do leilão, como uma rapariga bonita que chega atrasada a uma festa sem que isso caia mal. A festa estava a ser bastante enfadonha até àquele momento e a rapariga bonita veio animá-la bastante. Oliver Dimbleby sentou-se um bocadinho mais direito na cadeira desdobrável. Julian Isherwood pôs-se a mexer no nó da gravata e piscou o olho a uma das mulheres que estavam a atender os telefones no palco.

— Lote Vinte e Sete, o Ticiano — ronronou Simon Mendenhall, o principal e insinuante leiloeiro da Christie's.

Simon era o único homem em Londres com um bronzeado. A maquilhagem estava a começar a manchar-lhe o colarinho da camisa feita por encomenda.

— Vamos começar nos dois milhões?

Terry O'Connor, o último magnata irlandês com algum dinheiro, fez o obséquio. Trinta segundos depois, a licitação já estava em seis milhões e meio de libras. Oliver Dimbleby inclinou-se para a direita e murmurou:

— Continuas a achar que era só *hype*, Nicky?

— Ainda estamos apenas na primeira volta — sussurrou Lovegrove —, e eu ouvi dizer que, no início da pista, o vento está a soprar com muita força na direção contrária.

— Se fosse a ti, confirmava essa previsão meteorológica, Nicky.

A licitação parou nos sete milhões. Coçando o nariz, Oliver fez com que subisse para sete e meio.

— Sacana — resmungou Lovegrove.

— Sempre às ordens, Nicky.

A oferta de Oliver voltou a desencadear um frenesim. Terry O'Connor fez várias ofertas consecutivas, sempre com o cartão de licitação levantado, mas os outros concorrentes recusaram-se a ceder. O irlandês acabou por baixar o cartão nos doze milhões, altura em que Isherwood entrou acidentalmente na luta por Mendenhall ter confundido uma tossidela discreta com uma oferta de doze milhões e meio de libras. Mas pouco importou; passados poucos segundos, alguém fez uma oferta por telefone e espantou a sala levando a licitação para os quinze milhões. Lovegrove sacou do telemóvel e marcou um número.

— Como estão as coisas? — perguntou o senhor Hamdali.

Lovegrove fez-lhe o ponto da situação. Durante o tempo que levara a fazer a chamada, já a oferta por telefone tinha sido eclipsada. As atenções estavam outra vez viradas para a sala e para Terry O'Connor, que tinha oferecido dezasseis milhões.

— O senhor O'Connor acha-se um pugilista, não é verdade?

— Foi campeão de pesos médios na universidade.

— Então vamos acertar-lhe com um gancho forte, pode ser?

— Forte até que ponto?

— O suficiente para ele perceber que estamos a falar a sério.

Lovegrove olhou para Mendenhall e levantou dois dedos.

— Tenho vinte milhões aqui na sala. Não é a senhora. Não é o senhor. E não está com Lisa ao telefone. Está aqui na sala, com o senhor Lovegrove, em vinte milhões de libras. Alguém dá vinte milhões e meio?

E deram. Foi Julian Isherwood. Terry O'Connor subiu de imediato a licitação para os vinte e um. A pessoa ao telefone ripostou com vinte e dois. Um segundo licitador avançou com vinte e quatro, seguido logo depois por um terceiro, com vinte e cinco. Mendenhall andava às voltas de um lado para o outro como um bailarino de *flamenco*. A licitação tinha-se transformado numa luta até à morte, que era precisamente o que ele pretendia. Lovegrove encostou o telemóvel ao ouvido e disse:

— Isto não me está a cheirar bem.

— Faça uma nova oferta, senhor Lovegrove.

— Mas...

— Por favor, faça uma nova oferta.

Lovegrove fez o que lhe mandaram.

— A licitação está agora em vinte e seis milhões, aqui na sala, com o senhor Lovegrove. Alguém dá vinte e sete?

Lisa fez sinal com a mão da zona dos telefones.

— Tenho vinte e oito ao telefone. Agora, já está em vinte e nove, ao fundo da sala. Agora, trinta. Agora, está em trinta e um, aqui na sala, com o senhor O'Connor. Agora, trinta e dois. Trinta e três. Não, não vou aceitar trinta e três e meio porque estou à procura de trinta e quatro. E parece que sou capaz de os ter com o senhor Isherwood. Será que sim? Sim, é verdade. Está aqui na sala, trinta e quatro milhões, com o senhor Isherwood.

— Faça uma nova oferta — ordenou Hamdali.

— Não aconselharia isso.

— Faça uma nova oferta, senhor Lovegrove, ou o meu cliente arranja outro consultor que a faça.

Lovegrove indicou que oferecia trinta e cinco. Em poucos segundos, os licitadores que estavam ao telefone ultrapassaram a barreira dos quarenta milhões.

— Faça uma nova oferta, senhor Lovegrove.

— Não...

— Faça a oferta.

Mendenhall tomou nota da oferta de Lovegrove, de quarenta e dois milhões de libras.

— Agora, está em quarenta e três, com Lisa ao telefone. Agora, está em quarenta e quatro, com Samantha. E em quarenta e cinco, com Cynthia.

Foi então que se deu o momento de acalmia de que Lovegrove estava à espera. Lançou uma olhadela a Terry O'Connor e viu que ele já não ia dar mais luta. Perguntou a Hamdali:

— O seu cliente quer mesmo muito este quadro?

— Tanto que está disposto a oferecer quarenta e seis.

E foi isso que Lovegrove fez.

— A licitação está agora em quarenta e seis, aqui na sala, com o senhor Lovegrove — anunciou Mendenhall. — Alguém dá quarenta e sete?

Da zona dos telefones, Cynthia começou a fazer sinal com a mão como se quisesse chamar um helicóptero de salvamento.

— Está com Cynthia, ao telefone, em quarenta e sete milhões de libras.

Mais nenhum dos licitadores que estavam ao telefone avançou.

— Vamos acabar com isto? — perguntou Lovegrove.

— Vamos — respondeu Hamdali.

— Quanto?

— O meu cliente gosta de números redondos.

Lovegrove arqueou a sobrancelha e levantou cinco dedos.

— A licitação está em cinquenta milhões de libras — anunciou Mendenhall. — Não é o senhor. Nem está com Cynthia ao telefone. Cinquenta milhões, aqui na sala, pelo Ticiano. Quem te avisa teu amigo é. Última oportunidade. Tudo resolvido?

Nem tudo. Pois houve a pancada seca do martelo de Mendenhall, o suspiro de exultação da multidão e uma última e entusiasmada troca de palavras com o senhor Hamdali que Lovegrove não conseguiu ouvir bem, já que tinha Oliver Dimbleby a gritar-lhe qualquer coisa ao outro ouvido, e que também não conseguiu ouvir bem. E depois ainda houve os apertos de mão nada sinceros a quem tinha perdido, o namoriscar obrigatório com a imprensa a propósito da identidade do comprador e as longas escadas que tinham de se subir até aos escritórios da Christie's, no andar de cima, onde a papelada final foi despachada com um ar de solenidade funérea. Já eram quase dez horas quando Lovegrove assinou o último documento. Quando surgiu à pomposa entrada da Christie's, viu Oliver e o resto dos rapazes a andarem de um lado para o outro em King Street.

Estavam a preparar-se para seguirem para o Nobu para comerem rolos de atum picante e espreitar o mais recente talento russo. *Vem connosco, Nicky,* berrou Oliver. *Aproveita a companhia dos teus irmãos ingleses. Andas a passar demasiado tempo na América. Raios, já não tens piada nenhuma.*

Lovegrove sentiu-se tentado, mas sabia que o mais certo era aquela expedição acabar mal e, por isso, acompanhou-os até uma fila de táxis e voltou a pé para o hotel. Enquanto seguia por Duke Street, viu um homem sair de Mason's Yard e entrar num carro que o esperava. O homem era de estatura e constituição médias; o carro era um *Jaguar* grande e vistoso que tresandava ao governo britânico. Tal como a figura bem-parecida e com cabelo cor de prata que já se encontrava sentada na parte de trás. Nem um nem outro olharam sequer de relance para Lovegrove quando este passou, mas o consultor teve a impressão desconfortável de se estarem a rir de uma piada à sua custa que só eles conheciam.

Tinha a mesma sensação em relação ao leilão — o leilão que acabara de protagonizar. Nessa noite, alguém tinha sido enganado; Lovegrove tinha a certeza disso. E temia que tivesse sido o seu cliente. Mas não era nada que prejudicasse Lovegrove. Tinha ganhado vários milhões de libras só por levantar o dedo umas quantas vezes. Uma maneira nada má de ganhar a vida, pensou, sorrindo para consigo. Talvez devesse ter aceitado o convite de Oliver para a festarola pós-leilão. Não, decidiu, ao virar a esquina para Piccadilly, provavelmente tinha sido melhor não ter ido. As coisas acabariam mal. Normalmente, era o que acontecia sempre que Oliver estava metido ao barulho.

46

LANGLEY, VIRGÍNIA

Três dias úteis depois, a venerável leiloeira Christie's, localizada em King Street, St. James's, depositou a quantia de cinquenta milhões de libras — menos comissões, impostos e várias despesas de transação — na sucursal de Zurique do TransArabian Bank. A Christie's recebeu a confirmação da transferência às 14h18, hora de Londres, assim como a receberam os duzentos homens e mulheres reunidos no centro de operações subterrâneo conhecido como Rashidistão. Os fortes festejos que aí rebentaram ecoaram pelas salas da comunidade dos serviços secretos americanos e até no interior da própria Casa Branca. No entanto, a comemoração não durou muito tempo, pois havia bastante trabalho a ser feito. Após muitas semanas de trabalho árduo e preocupação, a operação de Gabriel tinha dado frutos por fim. A colheita iria então começar. E a seguir à colheita viria, se Deus quisesse, o festim.

O dinheiro passou um dia tranquilo em Zurique e depois foi transferido para a sede do TransArabian no Dubai. Mas não todo. Por indicação de Samir Abbas, que detinha poderes de representação, foram transferidos dois milhões de libras para um pequeno banco privado na Talstrasse de Zurique. Além disso, Abbas autorizou que fossem feitas grandes doações a instituições de caridade e grupos islâmicos — incluindo o Fundo Mundial Islâmico para a Justiça, a Iniciativa para a Libertação da Palestina, os Centros de Estudos Islâmicos, a Sociedade Islâmica da Europa Ocidental, a Liga Mundial Islâmica e o Instituto da Reconciliação Judaico-Islâmica, o preferido de Gabriel. E Abbas também retirou para si generosos honorários pelos serviços de consultoria prestados e que, curiosamente, foram pagos em dinheiro vivo. Deu uma parte do dinheiro ao imã da sua mesquita, para que o utilizasse como bem entendesse. E guardou o resto na despensa do seu apartamento em Zurique, ato que foi filmado pela câmara do seu computador comprometido e projetado em direto nos ecrãs gigantes do Rashidistão.

Devido às já muito antigas suspeitas de ligações entre o TransArabian e o movimento jihadista mundial, Langley e a NSA já conheciam bastante bem os livros-razão do banco, tal como acontecia com os especialistas financeiros em terrorismo do Departamento do Tesouro e do FBI. Em consequência, Gabriel e a equipa destacada para o Rashidistão puderam acompanhar o dinheiro quase em tempo real, passando por uma série de empresas servindo de fachada, testa de ferro e fantoche — todas criadas à pressa, tirando partido de jurisdições permissivas, nos dias que se seguiram à reunião de Nadia com o xeque Bin Tayyib no Nejd. A rapidez com que o dinheiro passava de uma conta para a outra demonstrava que a rede de Rashid possuía um grau de sofisticação contrário ao seu tamanho e relativa juventude. E também revelava — para grande inquietação de Langley — que a rede já se tinha expandido para muito mais longe do que o Médio Oriente e a Europa Ocidental.

As provas do alcance mundial de Rashid eram esmagadoras. Havia os trezentos mil dólares que tinham aparecido subitamente na conta de uma empresa de transporte rodoviário de mercadorias da Ciudad del Este, no Paraguai. E os quinhentos mil dólares pagos a uma empresa de construção comercial de Caracas. E os oitocentos mil dólares enviados para uma empresa de consultoria *online,* com sede em Montreal — uma empresa detida por um argelino com ligações no passado à Al-Qaeda e ao Magrebe Islâmico. O maior pagamento de todos — dois milhões de dólares — foi para a QTC Logistics, uma empresa de transporte de mercadorias e corretagem aduaneira, com sede no judicialmente permeável emirado de Sharjah, no golfo Pérsico. Poucas horas depois de o dinheiro ter sido entregue, já a equipa do Rashidistão estava a monitorizar os telefones da QTC e a analisar em pormenor os registos dos três anos anteriores. E o mesmo se aplicava para a empresa *online* de Montreal, embora a vigilância física movida ao argelino tivesse sido delegada aos Serviços Secretos e de Segurança do Canadá. Gabriel combateu tenazmente a decisão de incluir os canadianos na investigação, mas foi suplantado por Adrian Carter e pelo seu novo aliado na Casa Branca, James A. McKenna. Seria apenas uma de muitas batalhas, grandes e pequenas, que Gabriel iria perder à medida que a operação ia escapando cada vez mais ao seu controlo.

Acompanhando as informações que iam chegando ao centro de operações, a equipa atualizava constantemente uma matriz da rede, que fazia parecer minúscula a que Dina e a equipa de Gabriel tinham organizado a seguir aos primeiros atentados. McKenna passava por lá quase todos os dias só para a admirar, tal como uma série de membros de

346

vários comités do congresso com responsabilidades em matéria de serviços secretos e segurança interna. E, numa tarde de neve nos finais de fevereiro, Gabriel avistou o próprio presidente na plataforma de observação superior, com o diretor da CIA e Adrian Carter orgulhosamente ao seu lado. O presidente estava manifestamente satisfeito com o que via. Era limpo. Era inteligente. Era avançado. Uma parceria entre o Islão e o Ocidente para derrotar as forças do extremismo. Massa cinzenta em vez de força bruta.

A operação tinha sido uma criação de Gabriel, uma obra de arte de Gabriel, mas ainda não tinha conseguido fornecer nenhuma pista consistente quanto ao paradeiro do estratega das operações da rede ou do líder que a inspirava. E por isso foi com surpresa que Gabriel começou a ouvir rumores sobre detenções iminentes. No dia seguinte, confrontou Adrian Carter, na sala de conferências à prova de som do centro. Carter passou um momento a reordenar um dossiê e só depois confirmou que os rumores eram verdadeiros. Gabriel bateu com o dedo no cartão de identificação verde que trazia ao pescoço e perguntou:

— Isto dá-me direito a dar uma opinião?

— Infelizmente, dá.

— Estás prestes a cometer um erro, Adrian.

— Não seria o primeiro.

— Eu e a minha equipa passámos imenso tempo e tivemos imenso trabalho para pôr esta operação de pé. E agora vais mandar tudo por água abaixo engavetando uns quantos agentes.

— Lamento, mas estás a confundir-me com outra pessoa — respondeu Carter impassível.

— Com quem?

— Com alguém com poderes para decidir por decreto executivo. Sou o diretor-adjunto de operações da CIA. Tenho superiores neste edifício. Tenho homólogos ambiciosos de outras agências com interesses concorrentes. Tenho um diretor dos serviços secretos nacionais, comités do congresso e James A. McKenna. E, por último mas não menos importante, tenho um presidente.

— Nós somos espiões, Adrian. Não prendemos pessoas. Salvamos vidas. Tens de ter paciência, como os teus inimigos. Se continuares a deixar que o dinheiro vá passando de mão em mão, vais conseguir estar sempre um passo à frente deles durante *anos*. Vais observá-los. Vais ouvi-los. Vais deixá-los perder tempo e trabalho valiosos a conspirar e a planear atentados que nunca vão acontecer. E vais prendê-los apenas em último recurso... e apenas se isso for necessário para impedir que uma bomba expluda ou que um avião caia do céu.

— A Casa Branca não é dessa opinião — replicou Carter.

— Então isto é uma coisa política?

— Prefiro não estar a especular quanto aos motivos.

— Então e Malik?

— Malik é um rumor. Malik é um palpite de Dina.

Gabriel olhou para Carter, um olhar demorado e cético.

— Tu não acreditas nisso, Adrian. Afinal de contas, foste tu que disseste que os atentados na Europa foram planeados por alguém que fez o tirocínio em Bagdade.

— E mantenho o que disse. Mas o objetivo desta operação nunca foi encontrar um só homem. Foi desmantelar uma rede terrorista. E graças ao vosso trabalho, achamos que já temos provas suficientes para deitar a mão a sessenta agentes espalhados por uma dezena de países. Há quanto tempo é que ninguém prende sessenta mauzões? É um feito espantoso. E o feito é *vosso*.

— Esperemos apenas que sejam os sessenta agentes certos. Caso contrário, isso é capaz de não impedir o próximo atentado. Aliás, até é capaz de fazer com que Rashid e Malik acelerem os planos.

Carter começou a endireitar um clipe, o último de todos em Langley, mas não disse nada.

— E já pensaram nas consequências que isso poderá ter para a segurança de Nadia?

— É possível que Rashid ache o *timing* das detenções suspeito — reconheceu Carter. — E é por isso que pretendemos protegê-la com uma série de fugas de informação certeiras para a imprensa.

— Que género de fugas de informação?

— Do género que pintam as detenções como o culminar de uma investigação de vários anos, que começou quando Rashid ainda estava na América. Acreditamos que isso irá semear a discórdia no seio do seu círculo íntimo e deixar a rede paralisada.

— Ai acreditamos?

— É a nossa esperança — confessou Carter sem um vestígio de ironia na voz.

— E porque é que ninguém me consultou acerca disto? — quis saber Gabriel.

Carter mostrou o clipe, que já estava completamente direito.

— Pensava que era isso que estávamos a fazer agora.

Não tiveram mais nenhuma conversa durante vários dias. Carter deixou-se ficar pelo sétimo piso enquanto Gabriel passou a maior parte do tempo a supervisionar a retirada das suas tropas do terreno. No final de fevereiro, já a CIA tinha assumido total responsabilidade pela vigilância física e eletrónica de Nadia al-Bakari e de Samir Abbas. Da operação original de Gabriel, já só restava um par de casas seguras — uma numa pequena aldeia a norte de Paris e outra nas margens do lago Zurique. Ari Shamron decidiu manter o Château Treville, mas deu ordens para que a casa de Zurique fosse fechada. Foi a própria Chiara que tratou da papelada antes de apanhar um avião para Washington para ir ter com Gabriel. Instalaram-se num apartamento do Departamento, em Tunlaw Road, em frente à embaixada russa. Carter pôs dois vigias a segui-los, só para jogar pelo seguro.

Com Chiara em Washington, Gabriel abreviou profundamente o tempo que passava no Rashidistão. Chegava a Langley a tempo da reunião matinal dos quadros superiores e depois passava algumas horas a espreitar por cima do ombro dos analistas e dos prospetores de dados antes de voltar para Georgetown para almoçar com Chiara. A seguir, quando o céu estava limpo, faziam umas compras ou passeavam pelas ruas agradáveis conversando sobre o futuro. Por vezes, parecia que estavam simplesmente a retomar a conversa que tinha sido interrompida pelo atentado em Covent Garden. Chiara até trouxe à baila o tema da sociedade na galeria de Isherwood. *Pensa no assunto,* disse ela quando Gabriel protestou. *É só isso que estou a dizer, querido. Pensa só no assunto.*

No entanto, naquele momento Gabriel só conseguia pensar na segurança de Nadia. Com a aprovação de Carter, analisou os planos da CIA para a proteção a longo prazo de Nadia e até participou na redação do material que seria veiculado à imprensa americana. Mas, principalmente, empreendeu uma campanha incansável no interior do Rashidistão para impedir que as detenções acontecessem, dizendo a toda a gente que o quisesse ouvir que a CIA, ao ceder a pressões políticas, estava prestes a cometer um erro catastrófico. Carter deixou de ir às reuniões em que Gabriel estava presente. Mas era escusado. A Casa Branca tinha ordenado a Carter que atuasse. E Carter já estava em contacto com amigos e aliados de uma dezena de países, a coordenar o que seria a maior pescaria de militantes e agentes jihadistas desde a queda do Afeganistão.

No final de março, numa sexta-feira de manhã, Gabriel conseguiu chamar Carter à parte e estar com ele o tempo suficiente para lhe dizer que estava a pensar ir-se embora de Washington e regressar a Inglaterra. Carter sugeriu-lhe que ficasse um bocadinho mais. Caso contrário, iria perder o grande espetáculo.

— E quando é que começa? — perguntou Gabriel sorumbaticamente.

Carter olhou para o relógio e sorriu.

Poucas horas depois, os dominós começaram a cair. E caíram tão depressa, e com uma amplitude tão grande, que a imprensa teve dificuldade em acompanhar os desenvolvimentos noticiosos.

As primeiras detenções ocorreram nos Estados Unidos, com equipas de intervenção do FBI a executarem uma série de raides simultâneos em quatro cidades. Havia a célula de egípcios, em Newark, que estava a planear fazer descarrilar um comboio da Amtrak com destino a Nova Iorque. E a célula de somalis, em Minneapolis, que estava a preparar ataques químicos a vários prédios de escritórios na Baixa da cidade. E a célula de paquistaneses, em Denver, que estava prestes a concretizar um plano para assassinar centenas de pessoas com uma série de atentados em instalações desportivas apinhadas de gente. No entanto, o mais alarmante vinha de Falls Church, na Virgínia, onde uma célula com seis membros estava a finalizar um plano para atacar o novo Centro de Visitantes do Capitólio dos Estados Unidos. No computador de um dos suspeitos, o FBI encontrou fotografias de turistas e crianças de várias escolas à espera para poderem entrar, tiradas para serem depois estudadas com atenção. Outro suspeito tinha arrendado pouco tempo antes um armazém isolado para começar a construir as bombas de peróxido. O dinheiro viera do argelino de Montreal, que foi preso na mesma altura, além de outros oito residentes no Canadá.

Na Europa, a pescaria foi ainda maior. Em Paris, os terroristas estavam a planear atacar a Torre Eiffel e o Museu D'Orsay. Em Londres, tinham como alvos a Roda do Milénio e Parliament Square. E, em Berlim, estavam a preparar um ataque, no estilo dos atentados em Bombaim, aos visitantes do Memorial do Holocausto, perto das Portas de Brandemburgo. Copenhaga e Madrid, já vítimas da primeira ronda de atentados, produziram mais células. Tal como Estocolmo, Malmö, Oslo e Roma. Por todo o continente, foram congeladas contas bancárias e fechados negócios. Tudo graças ao dinheiro de Nadia.

Um por um, os primeiros-ministros, os presidentes e os chanceleres fizeram comunicados à imprensa proclamando que o desastre tinha sido evitado. O presidente americano foi o último a falar. Resoluto, descreveu a ameaça como a mais grave desde o 11 de Setembro e deu a entender que se seguiriam mais detenções. Quando lhe pediram para explicar como tinham sido descobertas as células, passou a palavra ao seu conselheiro para o contraterrorismo, James McKenna, que não quis responder. No entanto, deu-se a um enorme trabalho para ressalvar que aquele decisivo passo em frente tinha sido dado sem recorrer às táticas utilizadas pela administração anterior. *A ameaça evoluiu,* declarou McKenna, *e nós também.*

Na manhã seguinte, o *New York Times* e o *Washington Post* traziam artigos extensos sobre um triunfo de múltiplas agências policiais e dos serviços secretos que tinha demorado quase uma década a ser preparado. Além disso, ambos os jornais publicaram editoriais a louvar o presidente pela *visão do século XXI para a luta contra o extremismo mundial* e, à noite, nos *talk-shows* dos canais por cabo, os membros da oposição pareceram desalentados. O presidente tinha feito mais do que eliminar uma perigosa rede terrorista, observou um conceituado estratega. Tinha acabado de garantir mais quatro anos de mandato. A corrida para 2012 tinha terminado. Era altura de começar a pensar em 2016.

CAPÍTULO

47

PALISADES, WASHINGTON, D.C.

Nessa mesma noite, o diretor da CIA pediu ao *staff* para comparecer no Bubble, o auditório futurista de Langley, para um discurso de motivação mais parecido com um comício. Ellis Coyle preferiu não ir. Sabia que esses acontecimentos eram tão previsíveis como as noites passadas em casa com Norah. Dir-se-iam as parvoíces do costume sobre orgulho restaurado e uma agência em recuperação, uma agência que tinha encontrado por fim o seu lugar num mundo sem a União Soviética. Coyle já tinha ouvido o mesmo discurso da boca de sete diretores, sendo que todos eles tinham deixado a CIA mais fraca e mais disfuncional do que quando lá chegaram. Exaurida de talentos e enfraquecida pela reorganização da comunidade dos serviços secretos americanos, a CIA parecia um conjunto de ruínas a deitar fumo. Nem sequer Coyle, um mentiroso profissional, era capaz de se sentar no Bubble e fingir que a detenção de sessenta suspeitos de terrorismo anunciava um futuro melhor — especialmente porque sabia como esse passo decisivo tinha sido verdadeiramente dado.

Tinha havido um choque entre quatro carros em Canal Road. Por causa disso, Coyle pôde ouvir o final da cassete de *Atlas Shrugged* na viagem para casa. Quando chegou a Palisades, viu a casa de Roger Blankman iluminada por luzes à Great Gatsby e dezenas de carros luxuosos estacionados em fila na rua estreita.

— Ele está a dar mais uma festa — disse Norah ao receber o beijo sem amor de Coyle. — É uma espécie de angariação de fundos qualquer.

— Imagino que tenha sido por isso que não fomos convidados.

— Não sejas mesquinho, Ellis. Não te fica bem.

Ela deitou mais um pouco de Merlot no copo quando *Lucy* entrou na cozinha, com a trela na boca. Zelosamente, Coyle prendeu-a à coleira e foram ambos até ao Battery Kemble Park. Junto à parte de baixo da tabuleta de madeira, num ângulo exato de quarenta e cinco graus da esquerda para a direita, estava uma marca de giz. Significava que Coyle tinha um pacote à sua espera no local de entrega número três. Coyle apagou a marca com a biqueira do sapato e entrou no parque.

Estava escuro no meio das árvores, mas Coyle não precisava de lanterna; conhecia o trilho como um cego conhece as ruas à volta de casa. Começando em MacArthur Boulevard, era plano por uma curta distância e depois subia acentuadamente até ao cimo da colina. No parque, havia uma clareira onde em tempos se encontravam os canhões de quase cinquenta quilos da antiga artilharia. À direita, ficava um pequeno afluente, com uma ponte pedonal de madeira a atravessá-lo. O local de entrega número três ficava do outro lado da ponte, debaixo de um carvalho derrubado. Era difícil aceder-lhe, especialmente para um homem de meia-idade e com problemas crónicos nas costas, mas não para *Lucy*. A cadela conhecia todos os locais de entrega pelo som do respetivo número e era capaz de recolher o que lá se encontrava em poucos segundos. Além disso, a não ser que o FBI tivesse descoberto alguma maneira de falar com cães, *Lucy* nunca poderia ser chamada a depor. Era a agente de campo perfeita, pensou Coyle: inteligente, capaz, destemida e completamente leal.

Coyle parou por uns instantes, atento a possíveis passos ou vozes. Não ouvindo nada, ordenou a *Lucy* que recolhesse o que se encontrava no local de entrega número três. A cadela embrenhou-se rapidamente na mata, o seu pelo preto tornava-a praticamente invisível, e atirou-se para o riacho. Passado um momento, voltou a aparecer, trepando pelo talude com um pau na boca, que largou obedientemente aos pés de Coyle.

O pau tinha à volta de trinta centímetros de comprimento e aproximadamente cinco centímetros de diâmetro. Coyle pegou nele pelas pontas e torceu-o com força. O pau abriu-se facilmente, deixando ver um compartimento oculto. Dentro deste, estava um pequeno papel. Coyle tirou-o e, a seguir, montou o pau outra vez e devolveu-o a *Lucy,* para a cadela o colocar de novo no local de entrega. O mais provável era que o agente responsável por Coyle o fosse lá buscar antes do amanhecer. Não era o agente dos serviços secretos mais inteligente que Coyle já tinha conhecido, mas era meticuloso, à sua maneira lenta, e nunca fazia Coyle esperar pelo dinheiro. Mas isso não era propriamente uma surpresa. O serviço do agente enfrentava muitas ameaças, internas e externas, mas a falta de dinheiro não era uma delas.

Coyle leu a mensagem com a ajuda da luz do telemóvel e depois deitou o papel para um saco de plástico do Safeway. Foi o mesmo saco que utilizou, cinco minutos mais tarde, para recolher o presente que *Lucy* deixou naquela noite. Bem atado, ia balançando como um pêndulo e batendo, quente, no pulso de Coyle enquanto este regressava a casa pelo trilho. Já não faltava muito, pensou. Mais uns segredos, mais umas idas ao parque com *Lucy*. Interrogou--se se teria de facto coragem para se ir embora. A seguir, pensou nos óculos deselegantes de Norah, na casa enorme do vizinho e no livro em cassete sobre Winston Churchill que tinha ouvido enquanto estava parado no trânsito. Coyle sempre admirara a capacidade de decisão de Churchill. Mas Coyle também acabaria por se mostrar decidido.

Do outro lado do rio, em Langley, a festa continuou durante grande parte da semana seguinte. Celebraram o seu árduo trabalho. Celebraram a superioridade da sua tecnologia. Celebraram o facto de terem conseguido por fim levar a melhor sobre o inimigo. Mas, principalmente, celebraram Adrian Carter. A operação, disseram, ficaria com certeza como uma das melhores de Carter. As classificações negativas tinham sido apagadas; os pecados tinham sido perdoados. Pouco importava que Rashid e Malik continuassem à solta. De momento, eram terroristas sem uma rede, e tudo graças a Carter.

O Rashidistão continuou a funcionar, mas uma vaga de novos e apressados destacamentos emagreceu-lhe as fileiras. O que tinha começado como um empreendimento altamente secreto de recolha de informações transformara-se num assunto maioritariamente para polícias e delegados do Ministério Público. A equipa já não seguia o curso do dinheiro através de uma rede terrorista. Em vez disso, envolvia-se em debates acesos com os advogados do Departamento da Justiça em relação às provas que eram admissíveis e ao que nunca deveria ser revelado. Nenhum dos advogados se preocupou em perguntar a opinião de Gabriel Allon, o filho lendário mas desavindo dos serviços secretos israelitas, já que ninguém sabia que ele lá estava.

Com a operação a aproximar-se do fim, Gabriel dedicava a maior parte do seu tempo e energia a abandoná-la. A pedido da Avenida Rei Saul, fez uma série de *briefings* finais e negociou um sistema permanente de partilha das informações recolhidas, sabendo perfeitamente que os americanos nunca iriam cumprir esses mesmos termos. O acordo foi assinado com toda a pompa e circunstância, numa cerimónia com pouca gente, no gabinete do diretor, e depois Gabriel seguiu para a Divisão de Pessoal para entregar as suas credenciais verdes. O que deveria ter demorado cinco minutos levou mais de uma hora, tendo Gabriel sido obrigado a assinar uma série de compromissos escritos, nenhum dos quais tencionava cumprir. Depois de satisfeita por fim a ânsia de tinta da Divisão de Pessoal, um guarda fardado escoltou Gabriel até ao átrio de entrada. Ficou lá alguns minutos para assistir à gravação de uma nova estrela no Memorial da CIA e, a seguir, enfrentou a primeira trovoada violenta da demasiado curta primavera de Washington.

Quando Gabriel chegou a Georgetown, a chuva já tinha parado e o sol estava outra vez a brilhar intensamente. Encontrou-se com Chiara num café pitoresco ao ar livre perto da American University e, depois de almoçarem, seguiram para Tunlaw Road para fazerem as malas e regressarem a casa. Ao chegarem ao edifício de apartamentos, viram um *Escalade* preto blindado parado à entrada, com fumo a sair-lhe ligeiramente do tubo de escape. Uma mão chamou-os. Era Adrian Carter.

— Há algum problema? — perguntou Gabriel.

— Suponho que isso dependa exclusivamente de como olharmos para a coisa.

— Importas-te de ir direto ao assunto, Adrian? Temos de apanhar um avião.

— Por acaso, tomei a liberdade de cancelar as vossas reservas.

— Mas que atencioso.

— Entrem.

TERCEIRA PARTE

O SETOR VAZIO

48

THE PLAINS, VIRGÍNIA

A casa ficava no ponto mais alto do terreno, protegida do sol por uma pequena mata de carvalhos e ulmeiros. Tinha um telhado de cobre manchado e um agradável alpendre com dois andares e vista para um pasto verdejante. Os vizinhos tinham sido levados a crer que o proprietário era um abastado lobista de Washington chamado Hewitt. Mas não havia nenhum lobista de Washington chamado Hewitt, pelo menos nenhum que estivesse ligado aos dezasseis hectares da encantadora quinta a três quilómetros para leste de The Plains, na Country Road 601. O nome tinha sido escolhido aleatoriamente pelos computadores da CIA, que detinha e dirigia a quinta através de uma empresa-fachada. A CIA também era proprietária do trator *John Deere,* da carrinha *Ford* de caixa aberta, do cortador de relva rotativo *Bush Hog* e de dois cavalos baios. Um chamava-se *Colby;* o outro, *Helms.* Segundo os espirituosos da CIA, eram submetidos, como todos os empregados da agência, a testes de polígrafo anuais para se ter a certeza de que não tinham mudado de lado, fosse qual fosse esse lado.

Na tarde seguinte, os dois cavalos estavam a comer a erva mais recente do pasto de baixo quando o *Escalade* que trazia Gabriel e Chiara avançou aos solavancos pelo caminho de entrada de cascalho. Um segurança da CIA deixou-os entrar na casa e, depois de lhes ter ficado com os casacos e os telemóveis, indicou-lhes o salão. Ao entrarem, viram Uzi Navot a contemplar o bufete avidamente e Ari Shamron a tentar sacar uma chávena de café do termos cilíndrico. Vestido como se fosse passar um fim de semana prolongado no campo em Inglaterra, Graham Seymour estava sentado junto à lareira apagada. Adrian Carter estava sentado ao seu lado, fazendo uma careta em reação a qualquer coisa que James McKenna lhe estava a sussurrar urgentemente ao ouvido.

Os homens que se encontravam naquele salão representavam uma espécie de irmandade secreta. Desde os atentados do 11 de Setembro, tinham participado em variadíssimas operações conjuntas, das quais, em grande parte, a opinião pública nada sabia. Tinham lutado uns pelos outros, matado uns pelos outros e, em determinados casos, sangrado uns pelos outros. Apesar de um ou outro desentendimento, os laços que os uniam tinham conseguido transcender a passagem do tempo e os caprichos volúveis dos seus chefes políticos. Olhavam para a sua missão sem meios-termos — eram, para utilizar uma expressão do inimigo, o «Conselho Shura» do mundo civilizado. Assumiam as tarefas desagradáveis que mais ninguém queria realizar e preocupavam-se com as consequências depois, especialmente quando havia vidas em jogo. James McKenna não fazia parte do conselho, nem faria alguma vez. Era um animal político, o que significava, por definição, que era parte do problema. A sua presença prometia vir a ser um fator de complicação, particularmente se tencionava passar o tempo todo a sussurrar ao ouvido de Carter.

Era sentado a uma mesa retangular que McKenna se sentia claramente mais confortável, por isso sugeriu que passassem para a sala de jantar formal, e assim fizeram. A razão por que Carter não gostava dele era evidente; McKenna era tudo aquilo que Carter não era. Era novo. Estava em forma. Ficava bem em cima de um estrado. E também tinha uma autoconfiança absoluta, independentemente de essas certezas serem ou não justificadas ou consubstanciadas pelos factos. McKenna não tinha sangue nas mãos nem pecados profissionais no passado. Nunca tinha confrontado o inimigo apontando-lhe uma arma à cabeça, nem o tinha questionado numa sala de interrogatórios. Nem sequer falava nenhuma das línguas do inimigo. Mas tinha lido muitos livros com instruções sobre como lidar com ele e tinha falado com grande sensibilidade acerca dele em muitas reuniões. A sua principal contribuição para a produção literária sobre o contraterrorismo fora um artigo escrito para a revista *Foreign Affairs,* no qual defendia que os Estados Unidos seriam capazes de absorver outro atentado terrorista e sair dele mais fortes. O artigo tinha chamado a atenção de um senador carismático, e quando esse senador se tornou presidente, pôs grande parte da responsabilidade pela segurança do país nas mãos de um político de segunda categoria que, em tempos, tinha passado uma semana em Langley a ir buscar cafés para o diretor.

Seguiu-se um momento de embaraço enquanto se procurava decidir quem se sentaria à cabeceira da mesa, Carter ou McKenna. Segundo as regras não escritas da irmandade, a presidência das reuniões era determinada em razão da geografia, mas não havia estatutos que esclarecessem o que fazer em caso da presença de intrusos políticos. McKenna acabou por ceder a cabeceira a Carter e instalou-se ao lado de Graham Seymour, que lhe parecia ser menos ameaçador do que o quarteto de israelitas. Carter pousou o cachimbo e a bolsa para o tabaco em cima da mesa para se poder servir deles mais tarde e, a seguir, ligou um *notebook* seguro. Havia uma cópia de uma interseção realizada pela NSA guardada no disco rígido. Era um telefonema, feito às 10h36, Hora da Europa Central, do dia anterior, ligando a sucursal de Zurique do TransArabian Bank aos escritórios de Paris da AAB Holdings. As partes em causa eram Samir Abbas, banqueiro com ligações desconfortavelmente próximas a instituições de caridade islâmicas duvidosas, e a sua nova cliente, Nadia al-Bakari. Tinham conversado durante dois minutos e doze segundos, num árabe formal. Carter distribuiu por todos uma tradução feita pela NSA. A seguir, abriu o ficheiro áudio no computador e carregou no botão de PLAY.

A primeira voz a aparecer na gravação era a da secretária executiva de Nadia, que pediu a Abbas para aguardar enquanto passava a chamada. Nadia atendeu precisamente seis segundos depois. Após os votos islâmicos de paz da praxe, Abbas revelou que tinha acabado de falar com *um sócio do iemenita*. Segundo parecia, o empreendimento do iemenita tinha sofrido nos últimos tempos uma série de contratempos e precisava desesperadamente de financiamento adicional. O sócio queria fazer o pedido a Nadia em pessoa e estava disposto a discutir planos futuros, incluindo vários negócios que tinha pendentes na América. Esse sócio, que Abbas descreveu como *extremamente próximo* do iemenita, tinha sugerido o Dubai como local para a reunião. Pelos vistos, visitava com frequência o fabulosamente rico emirado e até tinha um apartamento modesto na zona da praia Jumeirah. Escusado seria dizer que o sócio do iemenita tinha perfeita noção das preocupações da senhora Al-Bakari em termos de segurança e se mostrava disposto a marcar a reunião para um sítio onde ela se sentisse ao mesmo tempo segura e confortável.

— *Onde?*

— *No Burj Al Arab.*

— *Quando?*

— *De quinta a uma semana.*

— *Tenho de estar em Istambul nesse dia para tratar de negócios.*

— *O sócio do iemenita tem uma agenda muito preenchida. Vai ser a única hipótese que ele vai ter para se encontrar consigo num futuro minimamente próximo.*

— *E quando é que ele precisa de uma resposta?*

— *Infelizmente, precisa dela já.*

— *E a que horas é que ele quer encontrar-se comigo?*

— *Às nove da noite.*

— *Os meus guarda-costas não vão permitir que haja alterações.*

— *O sócio do iemenita assegurou-me que não haverá nenhuma.*

— *Então diga-lhe, por favor, que eu estarei no Burj na próxima quinta-feira, às nove da noite. E diga-lhe para não se atrasar. Porque eu nunca invisto dinheiro em pessoas que chegam atrasadas às reuniões.*

— *Asseguro-lhe que ele não se vai atrasar.*

— *E vai estar mais alguém lá?*

— *Só eu... a não ser, claro, que prefira ir sozinha.*

— *Na verdade, até preferia que fosse.*

— *Então será para mim uma honra estar ao seu lado. Estarei à espera no átrio de entrada do hotel. Tem o meu número de telemóvel.*

— *Até quinta-feira,* Inshallah.

— Inshallah, *senhora Al-Bakari.*

Carter carregou no botão de PAUSE.

— A próxima gravação é de um telefonema para casa de Samir apenas seis horas antes do que ouvimos. Na altura, ele estava a dormir profundamente e não ficou muito contente quando o telefone começou a tocar. Mas mudou de humor quando ouviu a voz do outro lado da linha. O cavalheiro nem se deu ao trabalho de se identificar. Ligou de Jeddah, na Arábia Saudita, utilizando um telemóvel sem registo e que parece já não estar a funcionar. Há algumas falhas na ligação e bastante ruído de fundo. Aqui têm uma amostra.

Carter carregou no botão de PLAY.

— *Diz-lhe que precisamos de mais dinheiro. Diz-lhe que estamos dispostos a discutir planos futuros. Deixa bem claro que vamos enviar uma pessoa importante.*

PAUSE.

— Então quem é o sócio bastante próximo do iemenita que se quer encontrar com Nadia? — perguntou Carter retoricamente. — Este telefonema parece dar-nos a resposta. Foi preciso algum trabalho devido à fraca qualidade, mas a NSA conseguiu manipular a gravação e analisar possíveis correspondências em termos de voz. Passaram em revista todas as nossas bases de dados, incluindo bases de dados relativas a comunicações via rádio e telemóvel recolhidas no Iraque, no auge da revolta. Há uma hora, encontraram uma correspondência. Alguém quer arriscar adivinhar a identidade do homem com quem Samir Abbas estava a falar?

— Sinto-me tentado a dizer que era Malik al-Zubair — respondeu Gabriel —, mas isso é impossível. É que sabes, Adrian, Malik é um rumor. Malik é um palpite de Dina.

— Não, não é — reconheceu Carter. — Dina tinha razão. É mesmo Malik. Esteve em Jeddah há dois dias. E é possível que vá aparecer no Hotel Burj Al Arab, no Dubai, na próxima quinta à noite, para falar com a sua nova mecenas, Nadia al-Bakari. A questão que se coloca é: o que é que fazemos em relação a isso?

Carter bateu com o cachimbo levemente no rebordo do cinzeiro. O Conselho Shura tinha dado início à sua reunião.

CAPÍTULO

49

THE PLAINS, VIRGÍNIA

A operação era americana, o que significava que a decisão final a tomar era americana. Era mais do que evidente que McKenna não queria ser o primeiro a dar uma opinião, não fosse o chão fugir-lhe de repente de baixo dos pés, por isso cedeu habilmente a palavra a Carter, que começou, à boa maneira de Carter, com um desvio. Para um sítio chamado Base de Operações Avançadas Chapman, um posto da CIA nos confins do leste do Afeganistão, onde, em dezembro de 2009, um ativo da CIA chamado Humam Khalil Abu-Mulal al-Balawi foi entregar um relatório aos agentes que o controlavam. Médico jordano com ligações ao movimento jihadista, o doutor Balawi andava a fornecer informações cruciais que a CIA utilizava para atacar militantes da Al-Qaeda no Paquistão. No entanto, a sua verdadeira missão era penetrar na CIA e nos serviços secretos jordanos — uma missão que chegou à sua desastrosa conclusão quando ele detonou uma bomba escondida debaixo do casaco, matando sete agentes da CIA. Foi um dos piores atentados contra a CIA na história da agência e, sem dúvida, o pior no decurso da longa carreira de Adrian Carter enquanto diretor de operações. Mostrou que a Al-Qaeda estava disposta a despender uma quantidade extraordinária de tempo e trabalho para se vingar dos serviços secretos que a perseguiam. E serviu para provar que quando os espiões ignoram as regras básicas das artes do ofício, podem acabar por morrer agentes.

— Está a insinuar que Nadia al-Bakari está feita com a Al-Qaeda? — perguntou McKenna.

— Não estou a insinuar nada disso. Aliás, na minha opinião, quando a história secreta da guerra mundial ao terrorismo for finalmente escrita, Nadia será considerada um dos ativos mais valiosos a ter trabalhado para o Ocidente. Que é o mesmo que dizer que não gostaria nada de a perder por termos ficado gananciosos e a termos enviado para uma situação onde nunca se deveria ter visto.

— Malik não a está a convidar para o Waziristão do Sul — retorquiu McKenna. — Está a pedir para se encontrar com ela num dos hotéis mais famosos do mundo.

— Por acaso — ripostou Carter —, não sabemos se vai ser Malik al-Zubair ou o Zé Ninguém al-Ninguém. Mas isso não vem ao caso.

— Então o que é que *vem* ao caso?

— A violação das artes do ofício. Lembra-se das artes do ofício, não lembra, Jim? A regra número um diz-nos para controlarmos o máximo possível de fatores à nossa volta. Decidimos a hora. Decidimos o lugar. Escolhemos a mobília. Pedimos as bebidas. E, se possível, servimos as bebidas. E, façamos o que fizermos, nunca deixamos que uma pessoa como Nadia al-Bakari se aproxime minimamente de um homem como Malik.

— Mas, às vezes, temos de jogar com as cartas que nos calharam — contra-atacou McKenna. — Não foi isso que Adrian disse ao presidente no dia a seguir a termos perdido esses sete agentes da CIA?

Gabriel notou um raro vislumbre de raiva nos olhos de Carter, mas quando este voltou a falar, foi com a mesma voz calma e baixa de sempre.

— O meu pai era pastor episcopal, Jim. Não jogo às cartas.

— Então o que é que recomenda?

— Esta operação tem corrido melhor do que o que qualquer um de nós se atreveu a pensar — respondeu Carter. — Se calhar, não devíamos abusar da sorte com uma jogada arriscada já assim tão perto do último período.

Shamron pareceu ficar irritado. Considerava a utilização de metáforas relacionadas com desportos americanos imprópria para um assunto tão vital como a espionagem. Na opinião de Shamron, os agentes dos serviços secretos não deixavam escapar vantagens no último período, não eram obrigados a sair do jogo nem perdiam a bola. Havia apenas o êxito e o fracasso, e o preço do fracasso numa zona como o Médio Oriente pagava-se normalmente com sangue.

— Dar o assunto por encerrado? — inquiriu Shamron. — É isso que estás a dizer, Adrian?

— E porque não? O presidente já teve a sua vitória e a CIA também. E, melhor ainda, toda a gente sobrevive para poder continuar a luta noutro dia.

Carter esfregou duas vezes as palmas das mãos uma na outra e declarou:

— *Halas.*

McKenna pareceu ficar desorientado. Gabriel explicou-lhe a referência:

— *Halas* é a palavra árabe para *terminado*. Mas o Adrian sabe muito bem que esta guerra nunca vai terminar. É uma guerra para todo o sempre. E tem medo de que ela se torne bem mais sangrenta se deixar que um cabecilha talentoso como Malik lhe escape por entre os dedos.

— Ninguém mais do que eu quer a cabeça de Malik — admitiu Carter. — Ele merece isso pelo caos que provocou no Iraque, e se desaparecer da face da Terra vamos ficar todos mais seguros. Bombistas suicidas andam para aí aos pontapés. Mas os cabecilhas, os verdadeiros cabecilhas do terrorismo, são extremamente difíceis de substituir. Se eliminarmos os cabecilhas como Malik, ficamos só com um bando de candidatos a jihadistas a tentarem perceber como é que se constroem bombas de peróxido na cave da casa da mãe.

— Então porque é que não havemos de deixar Nadia ir à reunião? — questionou McKenna. — Porque é que não havemos de ouvir o que é que Malik tem a dizer sobre os planos que tem para o futuro?

— Porque estou com um pressentimento esquisito.

— Mas eles confiam nela. Porque é que não haviam de confiar? É a filha de Zizi. É descendente do próprio Wahhab, por amor de Deus.

— Dou de barato que *já* confiaram nela — respondeu Carter —, mas, se continuam a confiar nela agora que a rede deles sofreu um sério revés, é uma questão em aberto.

— Está a ver fantasmas onde eles não existem — retorquiu McKenna. — Mas imagino que isso seja de esperar. Afinal de contas, já andam nisto há imenso tempo. Durante os últimos dez anos, têm andado a ler os seus *e-mails* e a ouvir os seus telefonemas, à procura de significados secretos. Mas às vezes não há nenhum. Às vezes, um casamento é só um casamento. E, às vezes, uma reunião num hotel é só uma reunião num hotel. Além disso, se não conseguimos que uma empresária tão protegida como Nadia al-Bakari entre e saia do Burj Al Arab em segurança, então se calhar estamos na atividade errada.

Carter ficou calado durante um momento.

— Há alguma hipótese de mantermos isto num nível profissional, Jim?

— Pensava que era o que estávamos a fazer.

— E devo partir do pressuposto de que está a falar em nome da Casa Branca?

— Não — replicou McKenna. — Deve partir do pressuposto de que estou a falar em nome do presidente.

— Nesse caso, se está tão sintonizado com as opiniões do presidente, porque é que não nos diz a todos o que é que o presidente quer?

— Quer o que todos os presidentes querem. Quer um segundo mandato. Caso contrário, os malucos vão tomar outra vez conta do hospício e todos os progressos que fizemos na guerra contra o terrorismo vão perder-se.

— Queria dizer contra o *extremismo* — declarou Carter, corrigindo-o. — Mas e em relação à reunião no Dubai?

— Tanto o presidente como eu queremos que ela lá vá... com os bons a espreitarem-lhe por cima do ombro, claro. Ouvir o que ele tem a dizer. Fotografá-lo. Ficar com as suas impressões digitais. Gravar-lhe a voz. Estabelecer se Malik é outro peso pesado qualquer da sua rede.

— E o que é que dizemos aos nossos amigos dos serviços de segurança dos Emirados?

— Os nossos amigos dos Emirados não se têm mostrado propriamente aliados de confiança numa série de assuntos, do terrorismo à lavagem de dinheiro, passando pelo comércio ilegal de armas. Para além disso, com base na minha experiência, nunca sabemos exatamente com quem é que estamos a falar nos Emirados. Pode tratar-se de um opositor empenhado dos jihadistas ou pode tratar-se de um primo em terceiro grau.

— Então não dizemos nada? — perguntou Carter.

— Nada — respondeu McKenna.

— E se estabelecermos que é Malik?

— Nesse caso, o presidente quer que ele seja retirado de circulação.

— E o que é que isso quer dizer?

— Use a imaginação, Adrian.

— Foi o que eu fiz a seguir ao 11 de Setembro, e o Jim afirmou publicamente que eu deveria ser preso por causa disso. Por isso, se não se importa, gostava de saber *ao certo* o que é que o presidente está a pedir-me para fazer.

Foi Shamron, e não McKenna, que respondeu;

— Não te está a pedir *a ti* para fazer nada, Adrian.

Shamron olhou para McKenna e perguntou:

— Não é assim?

— Avisaram-me para ter cuidado ao pé de si.

— E a mim avisaram-me do mesmo.

McKenna pareceu gostar de ouvir isso.

— O presidente não está disposto a autorizar uma operação secreta americana num país árabe quase amigo, numa altura delicada como esta — explicou. — Acha que poderia causar embaraços ao regime e, em consequência, deixá-lo vulnerável às forças da mudança que andam a varrer o Médio Oriente.

— Mas israelitas à solta no Dubai já é um assunto completamente diferente.

— É verdade que por acaso até encaixa bem nos factos.

— E que factos são esses?

— Que Malik tem imenso sangue israelita nas mãos, o que significa que vocês têm todas as razões para o quererem ver morto.

— Bem jogado, senhor McKenna — comentou Shamron. — Mas o que é que nós recebemos em troca?

— A gratidão do presidente americano mais importante e com maior poder de transformação de há uma geração a esta parte.

— Interesses? — perguntou Shamron.

McKenna sorriu e respondeu:

— Interesses.

CAPÍTULO

50

THE PLAINS, VIRGÍNIA

Foi nessa altura que James A. McKenna, assessor especial do presidente para a segurança interna e o contraterrorismo, decidiu felizmente abandonar a reunião. Carter convocou a sua irmandade secreta para a sala de estar e perguntou se alguém se lembrava de onde Khalid Sheikh Mohammed, cabecilha do plano por detrás do 11 de Setembro, tinha sido encontrado na noite em que fora capturado. Todos se lembravam, claro, mas foi Chiara quem respondeu:

— Estava escondido numa casa em Rawalpindi, logo a seguir ao quartel-general do exército paquistanês.

— De todos os sítios possíveis, foi logo esse — desabafou Carter, abanando a cabeça. — E lembras-te por acaso de como é que o apanhámos?

— Enviaram um informador para confirmar se era mesmo ele. Depois de ver o alvo, o informador enfiou-se na casa de banho e enviou-vos um SMS.

— E, passadas umas horas, o homem que planeou o pior atentado terrorista da História estava algemado, e foi um choque ver como era parecido com o homem a quem a minha mulher leva o *Volvo* para arranjar. Fui ferozmente criticado pelas coisas que fizemos a KSM e pelos sítios onde o pusemos, mas essa imagem dele quando foi preso fez com que ter passado por tudo isso tivesse valido a pena. E só foi preciso um tipo com um telemóvel. Tão simples como isso.

— Se aceitarmos fazer isto — interveio Gabriel —, podes ter a certeza de que Nadia não vai andar a correr para a casa de banho para enviar SMS a ninguém.

— *Se* aceitarem fazer isto?

Carter apontou com a cabeça para Shamron e Navot, que estavam sentados ao lado um do outro no sofá, com os braços cruzados e os rostos fixados na mesma máscara inescrutável.

— Eles são muito bons a esconderem aquilo em que estão a pensar — afirmou Carter —, mas consigo dizer-te exatamente o que se passa naquelas cabecinhas malandras. Eles querem Malik mais do que tudo... se calhar, mais ainda do que o presidente e McKenna. E podes estar certo de que não vão deixar passar uma oportunidade para o apanharem. Por isso, vamos saltar a parte do espetáculo em que vocês se armam em difíceis e começar a fazer planos.

Gabriel olhou para os superiores à procura de orientação. Navot estava a coçar a parte da cana do nariz em que os seus óculos da moda o magoavam. Shamron ainda não se tinha mexido. Não era para Gabriel mas sim para Chiara, que se encontrava mais atrás, que estava a olhar fixamente, como se lhe quisesse dar uma hipótese de intervir. Ela não a aproveitou.

— Para que fique registado — anunciou Gabriel —, nós não vamos ao Dubai para capturar ninguém. Se for Malik, não sairá de lá vivo.

378

— Tenho quase a certeza absoluta de que não ouvi McKenna falar em prender ninguém.

— Só para que fiquemos entendidos.

— E estamos — respondeu Carter. — Considera-te um míssil *Hellfire,* mas sem os danos colaterais nem a morte de pessoas inocentes.

— Os mísseis *Hellfire* não precisam de passaportes, quartos de hotel, nem de bilhetes de avião. E também não têm problemas em entrar em ação em países árabes. Mas nós temos.

Gabriel fez uma pausa.

— *Tens* noção de que o Dubai é um país árabe, não tens, Adrian?

— Acho que sou capaz de ter lido qualquer coisa acerca disso.

Gabriel hesitou. Estavam prestes a entrar em terrenos delicados, que tinham que ver com competências e tendências em termos de operações. As agências de espionagem guardam esses segredos ciosamente e só os revelam aos aliados sob coação. Para o Departamento, era o mesmo que heresia. Assentindo com a cabeça, Gabriel delegou a tarefa em Uzi Navot, que voltou a pôr os óculos e fitou Carter durante um longo momento antes de falar.

— Vivemos num mundo complexo, Adrian — disse por fim —, por isso, às vezes é melhor simplificar as coisas. No que nos diz respeito, há dois tipos de países: os países onde podemos agir impunemente e os países onde não podemos. Chamamos à primeira categoria países *base.*

— Como os Estados Unidos — reconheceu Carter, sorrindo.

— E o Reino Unido — acrescentou Navot, deitando uma olhadela ao diretor-adjunto do MI5. — Apesar de todos os vossos esforços, nós entramos e saímos conforme precisamos e fazemos praticamente tudo o que nos apetece. Se nos metermos em sarilhos, temos uma rede de casas seguras e esconderijos criada pelo homem sentado ao meu lado. Deus nos livre, mas, caso aconteça algum desastre, os nossos agentes podem refugiar-se numa embaixada ou pedir ajuda a um polícia secreto amigo como Graham.

Shamron lançou um olhar assassino a Navot. Navot prosseguiu como se não tivesse reparado em nada.

— Referimo-nos à segunda categoria como países *alvo*. Estamos a falar de terras hostis. Sem embaixadas. Sem casas seguras. Os polícias secretos não são amigos. Aliás, se nos pusessem as mãos em cima, torturavam-nos, matavam-nos, enforcavam-nos na televisão para que o povo visse ou mandavam-nos para a cadeia durante muito tempo.

— E de que é que precisam? — perguntou Carter.

— De passaportes — respondeu Gabriel, substituindo Navot. — Daqueles que nos permitam entrar no Dubai sem um visto prévio.

— De que sabor?

— Americanos, britânicos, canadianos e australianos.

— Porquê canadianos e australianos? — perguntou Graham Seymour.

— Porque vamos precisar de uma equipa grande, e eu preciso de os espalhar geograficamente.

— E porque é que não utilizam os vossos próprios passaportes falsos?

Dessa vez, foi Shamron quem respondeu:

— Porque é preciso imenso tempo, trabalho e planeamento para os produzir. E preferíamos não os desperdiçar numa operação que vamos levar a cabo em nome dos *interesses* americanos.

Carter não pôde deixar de sorrir perante a farpa lançada a James McKenna.

— Vamos arranjar-vos os passaportes todos de que precisarem — disse ele.

— E cartões de crédito a acompanhar — acrescentou Gabriel. — Mas não dos pré-pagos. Quero cartões de crédito a sério, de bancos a sério.

Carter assentiu com a cabeça, tal como Graham Seymour.

— E que mais? — quis saber Carter.

— A geografia do Dubai coloca-nos problemas — respondeu Navot. — No que nos diz respeito, só há uma maneira de entrar e sair.

— O aeroporto — disse Carter.

— Exato — respondeu Gabriel. — Mas não podemos ficar reféns dos voos comerciais. Precisamos do nosso próprio avião, com registo americano e proveniência imaculada.

— Arranjo-vos um G5.

— Um *Gulfstream* não chega.

— O que é que querem?

Gabriel explicou-lhe. Carter pôs-se a olhar para o teto, como se estivesse a calcular o impacto daquele pedido nos seus orçamentos para operações.

— A seguir, imagino que me vás dizer que também queres uma tripulação americana.

— E quero — retorquiu Gabriel. — E também preciso de armas.

— Marca e modelo?

Gabriel deu-lhe os pormenores. Carter assentiu com a cabeça.

— Arranjo-vos isso através da embaixada. Já está tudo?

— Tudo menos a estrela do espetáculo — declarou Gabriel.

— A julgar pela voz dela naquela interceção, não vão ter dificuldade nenhuma em convencê-la.

— Ainda bem que achas isso — replicou Gabriel —, porque ela merece saber que tem todo o apoio que lhe é devido por parte do governo americano.

Gabriel parou por uns instantes e, a seguir, acrescentou:

— E nós também.

— Já vos prometi os vossos passaportes, dinheiro, armas e um jato *Boeing Business* com uma tripulação americana. De que mais demonstrações de apoio americano é que precisam?

— Gostava de dar uma palavrinha ao teu chefe.

— O diretor?

Gabriel abanou a cabeça. Carter dirigiu-se para o telefone seguro e marcou o número.

Já eram quase dez horas da noite quando o *Escalade* entrou no recinto da Casa Branca pelo portão da Fifteenth Street. Um agente fardado dos Serviços Secretos dos Estados Unidos deu uma vista de olhos rápida às credenciais de Carter e, a seguir, disse ao motorista para estacionar mais à frente, para que *Oscar,* um pastor-alemão omnívoro que tinha tentado arrancar um pedaço da perna de Gabriel na sua última visita, pudesse fazer uma busca à carrinha. A fera não levantou objeções ao veículo governamental de Carter, à exceção do pneu da frente do lado direito, contra o qual urinou energicamente antes de voltar para a casota.

Feita a inspeção, a carrinha SUV percorreu o labirinto de betão armado e aço até chegar ao parque de estacionamento em East Executive Drive. Carter e Chiara permaneceram no veículo enquanto Gabriel subiu sozinho a pequena encosta do acesso à Executive Mansion. Uma figura alta e elegante, de fato escuro e camisa branca aberta no pescoço, esperava-o debaixo do toldo da Entrada Diplomática. O cumprimento foi cordial mas comedido — um aperto de mão rápido e, a seguir, um movimento lânguido com o braço, propondo uma passeata pelos sete hectares mais seguros da Terra. Gabriel assentiu com a cabeça secamente e, quando o presidente dos Estados Unidos se virou para a direita, na direção da velha magnólia que nunca tinha recuperado completamente depois de ter sido atingida por um avião, Gabriel seguiu-o.

Carter observou os dois homens com atenção e viu-os a descerem o acesso; um, com movimentos secos e precisos, e o outro, elegante e ágil. Quando se aproximaram do passadiço que dava para a Sala Oval, pararam de repente e viraram-se ao mesmo tempo, ficando de frente um para o outro. Mesmo ao longe, e mesmo no escuro, Carter percebeu que não se tratava de uma troca de palavras nada agradável.

Com o conflito aparentemente sanado, puseram-se de novo em marcha, passando pelo campo de golfe e pelo pequeno parque infantil que tinha sido construído para os filhos do presidente, e deixaram de se ver. O lado de agente de controlo de Carter compeliu-o a cronometrar o que se passava no seu telemóvel seguro *Motorola,* ação que repetiu quando Gabriel e o presidente reapareceram. O presidente tinha as mãos nos bolsos das calças e ia ligeiramente inclinado para a frente, como se se estivesse a debater com um vento forte. Parecia ser Gabriel quem falava a maior parte do tempo. Ia espetando o dedo repetidas vezes, como se estivesse a tentar reforçar um ponto particularmente importante.

Terminado o circuito do relvado sul, os dois homens regressaram à Entrada Diplomática, onde tiveram uma última troca de palavras. No final, Gabriel estava com um ar resoluto, e o presidente também. Pousou a mão no ombro de Gabriel e, a seguir, assentindo com a cabeça pela última vez, entrou na Casa Branca. Gabriel ficou ali parado durante um momento, completamente sozinho. Depois deu meia-volta e desceu novamente o acesso em direção ao *Escalade.* Carter só falou depois de terem voltado a percorrer o labirinto de segurança e estarem outra vez na Fifteenth Street.

— O que é que achaste dele?

— Não há dúvida de que sabe o teu nome — respondeu Gabriel. — E admira-te bastante.

— Seria bom que ele pudesse dizer qualquer coisa ao seu czar do terrorismo.

— Estou a trabalhar nisso.

— Mais alguma coisa que eu precise de saber?

— A nossa conversa foi privada, Adrian, e vai continuar assim.

Carter sorriu.

— É assim mesmo.

CAPÍTULO

51

A CITY, LONDRES

A empresa de capital de risco Rogers & Cressey ocupava o nono piso de uma afronta de vidro e aço à arquitetura, em Cannon Street, não muito longe da Saint Paul's Cathedral. Nos círculos financeiros londrinos, a R&C tinha a bem merecida reputação de agir furtiva e manhosamente. Por isso mesmo, não constituiu surpresa nenhuma que a aquisição da Thomas Fowler Associates tivesse sido feita com uma discrição própria dos segredos de Estado. Houve um comunicado à imprensa em que ninguém reparou e uma fotografia publicitária curiosamente desfocada que apareceu apenas no entediante *site* da Internet da R&C. A fotografia tinha sido orquestrada por um homem com grande talento para as artes visuais e tirada por um fotógrafo que trabalhava principalmente dentro de carrinhas de vigilância e atrás de janelas fumadas.

Conforme esperado, Thomas Fowler e os seus sócios, que ao todo eram doze, puseram de imediato mãos à obra. Instalaram-se num conjunto de gabinetes mais resguardado, numa terça-feira de manhã, e ao final da tarde já estavam atarefados a juntar as peças do seu primeiro negócio enquanto parte da família R&C. Era um negócio complexo, com muitas variáveis e uma série de interesses concorrentes. Mas, no seu âmago, tinha que ver com uma propriedade desocupada à beira-mar, no Dubai, e uma investidora bilionária saudita chamada Nadia al-Bakari.

Fowler e a sua equipa conheciam bem a senhora Al-Bakari, depois de terem tido uma série de encontros secretos com ela num *château* a norte de Paris. Trocaram *e-mails* com a herdeira na quarta-feira e, quinta de manhã, já o avião privado dela estava a aterrar no Aeroporto de Stansted, em Londres. A R&C tratou do transporte em terra, com auxílio clandestino por parte do MI5. O valor dos dois *Bentleys* blindados provocou olhares de desagrado nos contabilistas de Thames House, que andava a vigiar com atenção os seus resultados líquidos como qualquer outro departamento do governo de Sua Majestade parco em fundos. Mas quaisquer dúvidas que houvesse foram dissipadas quando Graham Seymour enviou as faturas para Langley para serem pagas de imediato. Em Langley, resmungou-se qualquer coisa sobre sacrifícios repartidos e uma relação especial. A seguir, as faturas foram pagas através de uma das suas contas aparentemente ilimitadas e nunca mais se falou no assunto entre gente delicada.

Não era invulgar ver limusinas *Bentley* em Cannon Street, mas mesmo assim houve quem se virasse para observar Nadia al-Bakari a sair de uma delas, protegida por um aglomerado de seguranças de fato escuro. Os guarda-costas escoltaram-na até ao átrio de entrada do edifício imperdoável da R&C, onde um jovem com cara de padre se encontrava à sua espera. Disse como se chamava, mas ninguém fixou o nome dado. Na realidade, tratava-se de Nigel

Whitcombe, um jovem agente do MI5 que tinha feito o tirocínio em termos de operações ao lado de Gabriel, contra um negociante de armas russo chamado Ivan Kharkov.

Whitcombe levou Nadia e os guarda-costas até ao elevador e carregou num botão para subirem ao nono andar. À espera no *foyer,* estavam vários quadros superiores da R&C, incluindo o membro mais recente da equipa, Thomas Fowler, conhecido em determinados círculos como Yossi Gavish. Ostentava um fato cinzento com riscas, comprado na loja de Anthony Sinclair em Savile Row, e um sorriso que prometia lucros abundantes. Cumprimentou Nadia como se fossem velhos amigos; depois, com Whitcombe a segui-los, levou-a para a majestosa sala de conferências da R&C. Whitcombe pediu aos guarda-costas que esperassem no corredor, coisa que fizeram sem objeções.A seguir, entrou com Yossi e Nadia na sala de conferências e fechou as portas com um baque surdo e tranquilizador.

As persianas estavam completamente corridas e a luz da sala elegantemente reduzida. Havia uma mesa de mogno polida e à volta dela estavam sentados os membros da equipa de Gabriel, que também se apresentavam bastante polidos. Até Gabriel estava adequadamente vestido para a ocasião. Estava sentado ao centro da mesa, junto às janelas, com Adrian Carter e Graham Seymour de um lado e Ari Shamron e Uzi Navot do outro. Shamron observou Nadia atentamente quando esta se instalou na cadeira ao lado de Sarah, que estava praticamente irreconhecível com uma peruca morena e óculos.

Continuando a desempenhar o papel de Thomas Fowler, Yossi fez uma série de apresentações animadas mas pseudónimas. Tratava-se de uma mera formalidade; a sala era à prova de som e eletronicamente impenetrável. Por isso, Gabriel não pensou duas vezes em passar uma interceção da NSA no sistema de som. Tinha sido gravada cinco dias antes, às 10h36, Hora da Europa Central. A primeira voz era a de Samir Abbas, do TransArabian Bank.

— *O sócio do iemenita tem uma agenda muito preenchida. Vai ser a única hipótese que ele vai ter para se encontrar consigo num futuro minimamente próximo.*

— *E quando é que ele precisa de uma resposta?*

— *Infelizmente, precisa dela já.*

— *E a que horas é que ele se quer encontrar comigo?*

— *Às nove da noite.*

— *Os meus guarda-costas não vão permitir que haja alterações.*

— *O sócio do iemenita assegurou-me que não haverá nenhuma.*

— *Então diga-lhe, por favor, que eu estarei no Burj na próxima quinta-feira, às nove da noite. E diga-lhe para não se atrasar. Porque eu nunca invisto dinheiro em pessoas que chegam atrasadas às reuniões.*

Gabriel carregou no botão de stop no comando e olhou para Nadia.

— Gostava de começar esta reunião agradecendo-lhe. Ao dizer que sim a Samir, conseguiu dar-nos o tempo de que tanto precisávamos para pensarmos no que fazer a seguir. Estamos todos impressionados, Nadia. Portou-se inacreditavelmente bem para uma amadora.

— Já há muito tempo que vivo em dois mundos diferentes, senhor Allon. Não sou uma amadora — replicou Nadia, olhando à volta da mesa e fixando-se em Shamron. — Já vi que aumentaram de número desde a última vez que nos vimos.

— E receio bem que isto seja apenas a trupe que anda em viagem.

— Há mais noutros sítios?

— Uma imensidão — respondeu Gabriel. — E, neste momento, muitos deles andam às voltas com uma única questão.

— Que é qual?

— Se devemos deixá-la ir ao Dubai ou se devemos ligar a Samir para lhe dizer que a Nadia está demasiado ocupada para viajar até lá.

— E porque é que havíamos de lhe dizer isso?

— Já respondo a essa pergunta daqui a nada — retorquiu Gabriel. — Mas primeiro quero que ouça outra gravação.

Pegou no comando e carregou no botão de PLAY.

CAPÍTULO

52

A CITY, LONDRES

— Como é que ele se chama?

— Não lhe vou dizer.

— Porquê?

— Porque não interessa. E saber isso só a poria em perigo mais tarde.

— Vocês pensam mesmo em tudo.

— Tentamos, mas às vezes até nós nos enganamos.

Ela pediu para ouvir a gravação outra vez. Gabriel carregou no botão de PLAY.

— Ele parece-me jordano — disse Nadia, ouvindo com atenção.

— E *é* jordano — respondeu Gabriel, carregando no botão de PAUSE. — E também é um dos terroristas mais brutais com quem já nos cruzámos. Já suspeitávamos há algum tempo que ele estivesse ligado à rede de Rashid. E agora temos a certeza.

— Como?

— Da mesma maneira que Nadia sabe que ele é jordano.

— Pela voz?

Gabriel assentiu com a cabeça.

— Infelizmente, conhecemo-la demasiado bem. Ouvimo-la quando ele andava a enviar *shahids* para colocarem bombas nos cafés e nos autocarros de Telavive e de Jerusalém. E os nossos amigos americanos ouviram-na em transmissões feitas no Triângulo Sunita, quando ele andava a ajudar a provocar o caos no Iraque. Mas já não tínhamos notícias dele há muito tempo; há tanto tempo que, na verdade, alguns membros da nossa fraternidade até se deixaram iludir ao ponto de acharem que ele tinha morrido. Infelizmente, este telefonema prova que ele está bem vivo.

Nadia pareceu não ter mais perguntas a fazer naquele momento. Olhou para Carter e para Graham Seymour e franziu o sobrolho.

— Já vi que trouxe os seus parceiros.

— Achámos que era altura de se conhecerem.

— E quem são eles?

— O cavalheiro de ar distinto e cabelo grisalho chama-se Graham. É britânico.

— Obviamente — comentou ela, olhando depois para Carter. — E ele?

— É Adrian.

— Americano?

— Receio bem que sim.

Nadia passou os olhos por Gabriel e voltou a pousá-los em Shamron.

— E onde é que foi buscar aquele?

— Aos confins do tempo.

— E tem nome?

— Prefere que o tratem por Herr Heller.

— E o que é que Herr Heller faz?

— Principalmente, rouba segredos. Às vezes, pensa em maneiras inovadoras de neutralizar grupos terroristas.

É por causa de Herr Heller que aqui estamos neste momento. Ele é que teve a ideia de lhe pedir para penetrar na rede de Rashid.

— E ele acha que eu devo ir à reunião no Dubai para a semana?

— Para ele, é uma oportunidade à qual é difícil de resistir. Mas está preocupado com a autenticidade do convite. E nunca enviaria a Nadia para uma situação em que não pudesse garantir a sua segurança.

— Já fiquei muitas vezes no Burj Al Arab. Nunca me pareceu um sítio especialmente perigoso. A não ser que esteja cheio de britânicos — atirou ela, deitando uma olhadela a Graham Seymour. — Os seus compatriotas têm tendência para ficar demasiado descontraídos quando estão no Dubai.

— Já ouvi dizer.

Olhou de novo para Gabriel e disse:

— Li nos jornais que os terroristas sofreram um grande revés na semana passada. O presidente americano parecia bastante satisfeito.

— E tinha direito a estar.

— Presumo que o meu dinheiro tenha tido alguma coisa que ver com isso.

— O seu dinheiro teve *tudo* que ver com isso.

— Então desferiram um rude golpe na rede de Rashid.

Gabriel assentiu com a cabeça lentamente.

— Mas não um golpe final?

— Não há nada final nesta atividade, Nadia.

— E têm informações que cheguem para localizar Rashid?

— De momento, não.

— Então e o homem cujo nome não me quer dizer?

Gabriel abanou a cabeça.

— Não sabemos que nome é que ele está a utilizar, com que tipo de passaporte anda ou sequer qual é o seu aspeto.

— Mas *sabem* que ele quer encontrar-se comigo no Dubai, na próxima quinta-feira — retorquiu Nadia, tirando um cigarro da carteira e acendendo-o. — Parece-me que a escolha é clara, senhor Allon. Depois de destruírem a rede, agora precisam de lhe cortar a cabeça. Caso contrário, vão estar outra vez aqui dentro de um ano ou dois, a tentarem descobrir uma maneira de destruir uma rede *nova*.

Gabriel fitou Shamron olhos nos olhos sem dizer nada. Por fim, assentindo com a cabeça de modo quase imperceptível, Shamron incitou-o a avançar.

— Fazemos da mentira a nossa vida — afirmou Gabriel, olhando novamente para Nadia —, mas considera-mo-nos homens de palavra. Nesse sentido, fizemos-lhe uma promessa e gostaríamos de a cumprir.

— E que promessa foi essa?

— Pedimos-lhe para nos ajudar a passar dinheiro a uma rede terrorista. Mas nunca falámos em pedir-lhe para identificar um assassino cara a cara.

— A situação alterou-se.

— Mas não o nosso compromisso consigo.

Ela expeliu uma baforada fina de fumo para o teto e sorriu.

— A vossa preocupação com a minha segurança é admirável, mas completamente injustificada. Como sabem, sou uma das pessoas mais bem protegidas do mundo. E enquanto estiver no Dubai, vou andar o tempo todo rodeada de uma equipa muito grande de guarda-costas. Vão revistar todos os sítios onde eu entrar e toda a gente com quem me cruzar. Sou a pessoa perfeita para uma missão destas porque não me pode acontecer nada de mal.

Gabriel lançou outro olhar a Shamron. Uma vez mais, Shamron respondeu assentindo com a cabeça.

— Não é só a sua segurança física que nos preocupa — explicou Gabriel. — Também temos de levar em linha de conta o seu bem-estar emocional e psicológico. Há ativos que não têm qualquer problema em entregar pessoas da sua própria comunidade por dinheiro, rancor, respeito ou uma dezena de outras razões que eu podia referir. E há outros para quem isso é uma experiência profundamente traumatizante, que os afeta de forma intensa durante vários anos.

— Eu não considero os terroristas jihadistas membros da minha comunidade ou da minha fé, tal como tenho a certeza de que eles não me consideram membro das suas. Além disso, não se serviram já do meu dinheiro para identificarem e prenderem mais de sessenta suspeitos de terrorismo?

Parou por uns instantes e, a seguir, acrescentou:

— Desculpe, senhor Allon, mas parece-me que está a fazer uma distinção sem que haja uma diferença.

Gabriel inclinou-se para a frente, aproximando-se decisivamente da sua agente. Não queria mal-entendidos, ambiguidades, nem que se perdesse absolutamente nada a meio caminho.

— Compreende o que vai acontecer a esse homem se ele for mesmo a pessoa de quem andamos atrás?

— Pensava que não precisava de me perguntar uma coisa dessas.

— E consegue viver como uma recordação desse género?

— Já vivo — respondeu ela, conseguindo esboçar um sorriso. — Além disso, como sabe, senhor Allon, não há nada que dure para sempre.

Gabriel recostou-se na cadeira e pôs-se a olhar para as mãos durante um momento. Dessa vez, não se deu ao trabalho de olhar para Shamron para que este o guiasse. A decisão era sua e de mais ninguém.

— Precisamos de tempo para a preparar.

Nadia tirou uma pasta de couro da carteira e olhou para a agenda.

— Vou estar em Moscovo amanhã, em Praga depois de amanhã e em Estocolmo no dia seguinte.

— E como é que está o seu fim de semana?

— Estava a contar ir a Casablanca apanhar um pouco de sol.

— Somos capazes de precisar que cancele a viagem.

— Vou pensar nisso — retorquiu ela inflexivelmente. — Mas por acaso tenho o resto da tarde livre.

Gabriel recebeu de Uzi Navot uma pasta de arquivo. Lá dentro, estava a última foto conhecida de Malik al-Zubair, além de várias ilustrações fotográficas geradas por computador. Gabriel dispô-las em fila em cima da mesa.

— Este é o homem que pode ou não vir a encontrar-se consigo no Dubai, no Hotel Burj Al Arab, na próxima quinta-feira — anunciou ele, apontando para a fotografia antiga.

Com um movimento da mão, indicou as ilustrações.

— Aqui aparece com mais dez quilos. E aqui aparece com barba. E aqui sem barba. Com bigode. Com uma marca na testa das rezas. Sem uma marca na testa. Com óculos. Com cabelo curto. Cabelo comprido. Cabelo grisalho. Sem cabelo nenhum...

53

A CITY, LONDRES

O *Financial Journal* de Londres tinha perdido muito do seu fulgor desde que tinha sido adquirido pelo oligarca russo Viktor Orlov, mas mesmo assim causou agitação na City, na manhã seguinte, ao informar que a empresa mercenária Rogers & Cressey estava a preparar um projeto importante no Dubai. A notícia ganhou ainda mais força quando Zoe Reed, da CNBC, relatou que esse empreendimento estava a ser pago parcialmente pela AAB Holdings, a empresa de investimento saudita controlada pela herdeira reclusa Nadia al-Bakari. Quando ligaram para Paris para que a notícia fosse comentada, Yvette Dubois, a porta-voz com pouco trabalho da AAB, fez um clássico desmentido não-desmentido, mas, naquela noite, em Londres, as luzes ainda estavam acesas nos escritórios da R&C em Cannon Street. Quem observava a empresa há já algum tempo não se mostrou surpreendido. A R&C, disseram eles, trabalhava sempre melhor quando estava escuro.

Se tivessem tido acesso à sala de conferências à prova de som e às linhas telefónicas seguras da R&C, teriam ouvido uma língua bem diferente de qualquer outra falada no mundo dos negócios. A sua etimologia teve origem num massacre nos Jogos Olímpicos de Munique, em setembro de 1972, e numa operação secreta de vingança que se seguiu. Desde então, o mundo tinha mudado muito, mas os princípios salvaguardados nessa série de assassínios mantiveram-se invioláveis. *Aleph, bet, ayin* e *qoph:* as quatro letras do alfabeto hebraico. Quatro regras em termos de operações que eram tão intemporais e duradouras como o homem que as tinha escrito.

Em determinadas divisões dos escritórios da R&C, era conhecido como Herr Heller. Mas assim que entrava nas salas reservadas para Gabriel e a sua equipa, referiam-se a ele como Ari, ou o Velho, ou o *Memuneh,* a palavra hebraica para *aquele que manda.* Graças a um papel assinado por Uzi Navot, Shamron era na verdade o chefe putativo da operação, mas, por motivos de ordem prática, tinha cedido a responsabilidade pelo planeamento e execução a Gabriel e ao seu adjunto capaz, Eli Lavon. Não tinha sido uma concessão difícil para Shamron. Gabriel e Lavon possuíam a mesma metodologia de Shamron, bem como os seus instintos essenciais e medos mais profundos. Ouvi-los a falar era ouvir a voz do *Memuneh.* E observá-los a planear meticulosamente o fim de um monstro como Malik era ver Shamron no apogeu da vida.

Por muitas razões, a operação seria das mais difíceis que Gabriel e a sua equipa já tinham levado a cabo. A natureza hostil do ambiente que os rodearia era apenas um dos obstáculos. Não tinham a certeza se o alvo lá estaria ou, se realmente aparecesse, se teriam uma oportunidade de o matar sem se exporem em demasia. Tal como Adrian Carter, Gabriel não aprovava os jogos de azar. Por isso mesmo, no primeiro dia de planeamento, traçou um limite que não poderia ser ultrapassado. Deixariam as missões suicidas para os inimigos. Se a presa não pudesse ser eliminada sem risco para o grupo de caçadores, deveriam segui-la de perto e esperar por outra oportunidade. E não deveriam, em qualquer circunstância, disparar sobre *ninguém* se não tivessem a certeza absoluta de que o homem que tinham debaixo de mira era Malik al-Zubair.

Trabalharam sem parar para eliminar o máximo de variáveis possível. Os Trabalhos Domésticos, a divisão do Departamento responsável pelas acomodações seguras, garantiu três apartamentos no Dubai, ao passo que a divisão dos Transportes posicionou atempadamente meia dúzia de carros e motas em vários pontos da cidade-estado. E a Avenida Rei Saul também conseguiu criar um esconderijo adequado. Chamava-se *Neptune,* um navio de carga registado na Libéria e que, na realidade, era uma estação de radar e de escuta flutuante operada pelo Aman, os serviços secretos militares israelitas. A bordo, estava uma equipa de comandos da Sayeret Matkal, capaz de entrar em ação rapidamente. Assegurar esse navio para a operação tinha custado muito a Navot, que deixara claro que a embarcação só deveria ser utilizada em último recurso. E os americanos e os britânicos nunca poderiam vir a saber da sua existência, pois o *Neptune* passava a maior parte do tempo a apanhar transmissões anglo-americanas efetuadas no golfo Pérsico.

Mas a principal fonte de ansiedade para a equipa durante esse período de preparação apressada girava em torno da segurança do seu ativo, Nadia al-Bakari. Uma vez mais, Gabriel estabeleceu limites inamovíveis. O tempo que Nadia passasse no Dubai seria curto e extremamente coreografado. Estaria sempre rodeada por dois perímetros de segurança — o primeiro formado pelos seus próprios guarda-costas e o segundo providenciado pelo Departamento.

Depois da reunião no Burj Al Arab, regressaria de imediato ao aeroporto e entraria no avião. Nessa altura, o perímetro de segurança clandestino providenciado pelo Departamento desvanecer-se-ia e Nadia voltaria a ficar apenas sob os cuidados da sua própria equipa de guarda-costas.

O tempo de preparação que tinham com ela era limitado, como já sabiam que iria ser. Após aceitar cancelar a viagem a Marrocos, Nadia voltou para Londres no sábado para participar num jantar íntimo na casa dos Fowlers, em Mayfair, onde na realidade não foi consumida comida. No domingo, estava em Milão para um importante desfile de moda, mas conseguiu regressar a Cannon Street na segunda-feira para um último *briefing*. No final, deram-lhe uma carteira *Prada,* um fato *Chanel* e um relógio *Harry Winston.* Era o mesmo relógio que o pai de Nadia tinha dado a Sarah cinco anos antes para a persuadir a vir trabalhar para ele. Um joalheiro ao serviço da divisão de Identificação tinha apagado a inscrição original, substituindo-a por *Ao futuro, Thomas.* Os olhos de Nadia reluziram quando leu as palavras. O abraço que deu a Gabriel quando se foi embora deixou Shamron visivelmente desconfortável.

— Queres dizer-me alguma coisa acerca da nossa rapariga? — perguntou a Gabriel enquanto estavam à janela a observar Nadia a entrar no carro.

— É uma das mulheres mais formidáveis que já conheci. E se lhe acontecer alguma coisa, nunca me vou perdoar.

— Agora diz-me alguma coisa que eu *não* saiba — retorquiu Shamron.

— Ela sabe quem foi o homem que lhe matou o pai. E perdoou-lhe.

A equipa partiu do princípio de que os inimigos os estavam a observar e os amigos a ouvir, e, por isso, agiu como se impunha. Passaram a maior parte do tempo barricados nos escritórios da Rogers & Cressey, com todos os assuntos que tinham de ser tratados no exterior a ficarem a cargo de membros dos serviços secretos britânicos sem ligação direta à operação. Shamron passou quase todo o tempo num apartamento do Departamento, em Bayswater Road, que o MI5 conhecia. Gabriel ia lá uma vez por dia para percorrerem os trilhos dos Kensington Gardens. No último dia que estiveram em Londres, os britânicos seguiram-nos. E os americanos também.

— Sempre preferi matar sozinho — declarou Shamron, olhando sorumbaticamente para os vigias que os seguiam junto ao lago Long Water. — Até me surpreende que o teu amigo, o presidente, não tenha feito força para ir à ONU pedir uma resolução.

— Consegui convencê-lo a não fazer isso.

— E do que é que falaram *realmente?*

— De Adrian Carter — respondeu Gabriel. — Disse ao presidente que só nos ocuparíamos de Malik se o Departamento da Justiça deixasse cair a investigação à conduta de Adrian na guerra contra o terrorismo.

— E ele aceitou?

— Foi uma coisa um pouco velada — explicou Gabriel —, mas sem margem para dúvidas. E também aceitou a minha segunda exigência.

— Que foi qual?

— Que despedisse James McKenna antes que ele nos faça morrer a todos.

— Nós sempre partimos do princípio de que o presidente e McKenna fossem inseparáveis.

— Em Washington, não há ninguém inseparável.

Shamron estava a começar a ficar cansado. Foram até aos Italian Gardens e sentaram-se num banco com vista para uma fonte. Shamron não foi capaz de esconder a irritação. Os repuxos de água, como todas as outras formas de divertimento humano, aborreciam-no.

— Ficas a saber que os teus esforços já nos garantiram um capital político valioso junto dos americanos — afirmou ele. — Ontem à noite, a secretária de Estado aceitou discretamente todas as nossas condições para retomarmos o processo de paz com os palestinianos. E também deu a entender que o presidente poderá estar disposto a fazer uma visita a Jerusalém num futuro próximo. Partimos do pressuposto de que aconteça *antes* das próximas eleições.

— Não o subestimes.

— Nunca subestimei — respondeu Shamron —, mas não tenho a certeza se o invejo. O grande Despertar Árabe ocorreu durante o seu mandato, e as ações que o presidente tomar vão ajudar a determinar se o Médio Oriente se vai inclinar para pessoas como Nadia al-Bakari ou para os jihadistas como Rashid al-Husseini.

Shamron parou por uns segundos e, a seguir, disse:

— Admito que nem eu sei como é que as coisas se vão desenrolar. Só sei que matar um homem como Malik vai fazer com que seja mais fácil às forças do progresso e da decência prevalecerem.

— Estás a querer dizer que todo o futuro do Médio Oriente depende do desfecho da minha operação?

— Isso seria estar a ser hiperbólico — retorquiu Shamron. — E eu sempre tentei evitar as hipérboles a todo o custo.

— A não ser quando servem os teus propósitos.

Shamron esboçou um sorriso e acendeu um dos seus cigarros turcos.

— E já pensaste em quem é que vai executar a sentença que foi imposta a Malik?

— Com toda a probabilidade, essa decisão vai ser tomada pelo próprio Malik.

— E isso é apenas uma entre muitas coisas de que eu não gosto nesta operação.

Shamron fumou em silêncio durante um momento.

— Sei que sempre preferiste o carácter definitivo de uma arma de fogo, mas, neste caso, a agulha é uma opção bem melhor. Uma morte barulhenta só vos vai dificultar a fuga, a ti e à tua equipa. Injeta-lhe uma bela dose de cloreto de suxametónio. Ele vai sentir uma picadazinha. E depois vai começar a ter dificuldades em respirar quando a paralisia atacar. Passados poucos minutos, vai estar morto. E vocês vão estar a entrar num avião privado, no aeroporto.

— O suxametónio tem uma coisa em comum com uma bala — retorquiu Gabriel. — Fica no corpo da vítima muito tempo depois de ela morrer. Mais tarde ou mais cedo, os médicos-legistas no Dubai vão acabar por descobri-lo e a polícia vai poder perceber exatamente o que se passou.

— É o preço a pagar por atuar em hotéis modernos. Não te esqueças é de tentar esconder ao máximo a tua cara das câmaras. Se a tua foto for parar outra vez aos jornais, isso vai complicar o teu regresso à vida civil.

Em silêncio, Shamron ficou a olhar para Gabriel durante um momento.

— É *isso* que queres fazer, não é?

Gabriel não respondeu. Shamron deitou o cigarro para o chão e apagou-o com o tacão do sapato.

— Não me podes culpar por tentar — afirmou Shamron.

— Teria ficado desiludido se não o tivesses feito.

— A verdade é que até me dei ao luxo de esperar que desta vez a tua resposta pudesse ser diferente.

— Porquê?

— Porque estás a deixar que a tua mulher vá ao Dubai.

— Não tive escolha. Ela insistiu.

— Dizes ao presidente dos Estados Unidos para despedir um dos seus assessores mais próximos, mas cedes a um ultimato da tua mulher?

Shamron abanou a cabeça e disse:

— Se calhar, deveria tê-la escolhido a *ela* para chefe do Departamento.

— E farias de Bella Navot a adjunta.

— Bella? — retorquiu Shamron, sorrindo. — O mundo árabe até tremia.

Dez minutos mais tarde, despediram-se em Lancaster Gate. Shamron voltou para o apartamento seguro do Departamento, ao passo que Gabriel se dirigiu para o Aeroporto de Heathrow. Quando lá chegou, já era Roland Devereaux, anteriormente de Grenoble, em França, e nos últimos tempos da cidade do Quebeque, no Canadá. Tinha o passaporte de um homem que viajava demasiado e uma conduta a condizer. Depois de passar sem problemas pelo balcão de *check-in* e pela zona de controlo de passaportes, seguiu, sob escolta clandestina do MI5, até ao *lounge* da British Airways para os passageiros da primeira classe. Encontrou um lugar tranquilo, longe dos alcoólicos potenciais que iriam estar no avião, e viu as notícias na televisão. Entediado com uma discussão mal informada sobre a ameaça terrorista em curso, abriu a agenda de empresário e desenhou, recorrendo à memória, uma linda jovem com cabelo preto. Era o retrato de uma mulher revelada, pensou Gabriel. O retrato de uma espia.

Desfez o desenho em pedacinhos assim que começaram a chamar os passageiros do seu voo e deitou-os em três caixotes do lixo diferentes enquanto avançava para a porta de embarque. Depois de se instalar no seu lugar, deu uma olhadela final aos *e-mails*. Tinha vários; eram todos falsos menos um. Era de uma mulher não identificada que dizia que o tinha amado sempre. Desligando o *BlackBerry*, sentiu uma pontada de pânico incaracterístico. A seguir, fechou os olhos e passou a operação em revista pela última vez.

54

DUBAI

As folhas de Palm Jumeirah, a maior ilha do mundo construída pelo homem, jaziam nas águas dormentes do golfo, afundando-se lentamente sob o peso de *villas* luxuosas por vender. No monstruoso hotel cor-de-rosa que se erguia no cume da ilha, uma chuva miudinha caía no chão de mármore do vasto *lobby*. Como praticamente tudo o resto no Dubai, a chuva era artificial. Mas, neste caso, não era intencional; o teto estava outra vez a deitar água. Em vez de o arranjar, a gerência tinha optado por afixar um pequeno letreiro amarelo a avisar os clientes, que eram poucos, para terem cuidado.

Mais à frente na costa, no bairro financeiro, havia mais sinais do infortúnio que tinha acontecido à cidade-estado. As gruas, outrora os principais símbolos do milagre económico do Dubai, estavam paradas junto a edifícios de escritórios e torres de condomínios inacabados. Os luxuosos centros comerciais estavam praticamente vazios e ouviam-se rumores de expatriados europeus desempregados a dormirem nas dunas do deserto. Muitos tinham preferido fugir do emirado a ter de enfrentar a perspetiva de ir parar à infame prisão para os devedores. A determinada altura, estimava-se que três mil carros abandonados tinham entupido o parque de estacionamento do aeroporto. Alguns para-brisas tinham bilhetes colados, com pedidos de desculpa aos credores escritos à pressa. No Dubai, um carro em segunda mão quase não tinha valor. E os engarrafamentos, em tempos um problema importante, já quase não existiam.

O Soberano continuava a observar o seu feudo do alto de inúmeros *placards* publicitários, mas ultimamente a sua expressão parecia um pouco carregada. O plano que tinha para transformar um porto piscatório sossegado num centro de comércio, finanças e turismo mundial fora esmagado por uma montanha de dívidas. O sonho do Dubai revelara-se insustentável. E, ainda por cima, também estava prestes a provocar um desastre ecológico. Os moradores do Dubai eram detentores da maior pegada de dióxido de carbono do mundo. Eram eles que consumiam mais água no planeta, água que provinha inteiramente de fábricas de dessalinização depauperadoras de energia, e gastavam quantidades incomensuráveis de eletricidade para refrigerarem as casas, escritórios, piscinas e encostas artificiais de esqui. Só os trabalhadores estrangeiros passavam sem ar condicionado. Trabalhavam arduamente debaixo de um sol impiedoso — em certos casos, até dezasseis horas por dia — e viviam em camaratas esquálidas e infestadas de moscas, sem terem sequer uma ventoinha para se refrescarem. Levavam uma existência tão desgraçada que se suicidavam às centenas por ano, um facto negado pelo Soberano e pelos seus sócios.

Quanto aos oitenta mil cidadãos do Dubai, tinham uma vida encantada, que dificilmente poderia ser melhor. O governo pagava-lhes os serviços de saúde, o alojamento e a educação, e garantia-lhes emprego para a vida — desde, claro, que se coibissem de criticar o Soberano. Os avós tinham subsistido à custa de leite de camelo e tâmaras; atualmente, um exército de trabalhadores estrangeiros dinamizava-lhes a economia e satisfazia-lhes todos os caprichos e desejos. Os homens passeavam-se pela cidade imperiosamente, com impecáveis *kandouras* e *ghutras* brancas. Poucos expatriados falavam sequer com um cidadão dos emirados. E quando o faziam, a troca de palavras raramente era agradável.

E também havia uma rigorosa hierarquia no seio da comunidade estrangeira. Os britânicos e outros expatriados abastados isolavam-se nos bairros elegantes de Satwa e Jumeirah, ao passo que o proletariado dos países em desenvolvimento vivia maioritariamente do outro lado de Dubai Creek, no velho bairro conhecido como Deira. Percorrer as suas ruas e praças era o mesmo que atravessar vários países — aqui, uma província da Índia, ali, uma aldeia do Paquistão, acolá, uma esquina em Teerão ou Moscovo. Todas as comunidades tinham importado qualquer coisa de casa. Da Rússia, vieram o crime organizado e as mulheres, sendo que ambas as coisas podiam ser encontradas em abundância no Odessa, um bar e discoteca que ficava perto do Gold Souk. Gabriel estava sentado, sozinho, numa banqueta escurecida mais para o fundo do Odessa, com um copo de vodca junto ao cotovelo. Na mesa seguinte, um britânico de faces rosadas estava a apalpar uma jovem abandonada e malnutrida vinda do interior da Rússia. Nenhuma rapariga incomodou Gabriel. Tinha o ar de quem só estava ali para observar.

O mesmo não se podia dizer do russo alto, magro e loiro que entrou no Odessa, com grande pompa e circunstância, quando passavam poucos minutos da meia-noite. Pavoneou-se até ao bar para apalpar alguns dos traseiros mais formosos e, a seguir, dirigiu-se para a mesa de Gabriel. Uma das raparigas tentou juntar-se-lhes de imediato, mas o russo alto e magro mandou-a embora com um gesto da mão pálida e comprida. Quando a empregada chegou por fim, pediu uma vodca para si e outra para o seu amigo.

— Bebe qualquer coisa — aconselhou Mikhail. — Caso contrário, ninguém vai achar que és mesmo russo.

— Eu não quero ser russo.

— Nem eu. Foi por isso que me mudei para Israel.

— Alguém me seguiu quando saí do hotel?

Mikhail abanou a cabeça.

Gabriel despejou a bebida entre as almofadas da banqueta e disse:

— Vamos embora daqui.

Mikhail falou apenas em russo enquanto caminharam até ao prédio de apartamentos perto da Corniche. Era o típico edifício no estilo próprio do Golfo, uma fortaleza de quatro andares, com alguns lugares de estacionamento seguros no rés do chão. As escadas cheiravam a grão-de-bico e a cominhos, tal como o apartamento no último andar. Tinha um fogão de duas bocas na cozinha e um sofá-cama na sala de estar. Havia areia do deserto, mais parecida com pó, por toda a parte.

— Os vizinhos são do Bangladesh — informou Mikhail. — Vivem pelo menos doze ali dentro. Dormem por turnos. Alguém precisa de dizer ao mundo como é que estas pessoas são realmente tratadas aqui.

— Deixa que seja outra pessoa a fazer isso e não tu, Mikhail.

— Eu? Sou só um rapaz empreendedor de Moscovo a tentar conquistar fortuna na cidade do ouro.

— Parece que chegaste na altura errada.

— Não me digas — ironizou Mikhail. — Há uns anos, este sítio estava inundado de dinheiro. A máfia russa servia-se da indústria imobiliária para lavar as suas fortunas. Compravam apartamentos e *villas* e depois vendiam-nos passada uma semana. Hoje em dia, até as raparigas do Odessa andam com dificuldades em sobreviver.

— Tenho a certeza de que vão arranjar maneira de se safar.

Mikhail tirou uma mala do único armário do apartamento e abriu os fechos de mola com um estalido. Lá dentro, estavam oito pistolas — quatro *Berettas* e quatro *Glocks*. Vinham todas com silenciadores.

— As *Berettas* são de calibre nove — explicou Mikhail. — As *Glocks* são de calibre quarenta e cinco. Capazes de parar um homem. Fazem buracos grandes e muito barulho, mesmo com os silenciadores. Mas esta arma já não faz barulho nenhum.

Tirou uma bolsa de cosméticos com fecho de correr. Lá dentro, estavam agulhas hipodérmicas e vários frascos com o rótulo INSULINA. Gabriel pegou em duas agulhas e em dois frascos e enfiou-os no bolso do casaco.

— Então e uma pistola? — perguntou Mikhail.

— Não são bem-vistas no Burj Al Arab.

Mikhail passou-lhe uma *Beretta,* com uma cartucheira extra carregada de balas. Gabriel enfiou-as no cós das calças e perguntou:

— Que tipo de carros é que a divisão dos Transportes nos arranjou?

— *BMW* e *Toyota Land Cruiser,* o novo veículo para o deserto. Se chegarmos à conclusão de que o sócio do iemenita é Malik, não deveremos ter qualquer problema em segui-lo mal ele saia do hotel. Não estamos no Cairo ou em Gaza. Aqui, as estradas são todas muito a direito e largas. Se ele for para um dos outros emirados, podemos segui-lo. Mas se tentar ir para a Arábia Saudita, vamos ter de o atacar antes de ele chegar à fronteira. E isso pode revelar-se complicado.

— Gostava de evitar um tiroteio no deserto, se for minimamente possível.

— E eu também. Quem sabe? Com um bocadinho de sorte, ele vai resolver passar a noite no apartamento que tem na praia Jumeirah. Damos-lhe um pouquinho de remédio para o ajudar a adormecer e depois... — disse Mikhail, com a voz a sumir-se. — Então e como é que andam a correr as coisas no Burj?

— Tão bem como seria de esperar do único hotel de sete estrelas do mundo.

— Espero que te estejas a divertir — retorquiu Mikhail rancorosamente.

— Se me tivesses dado ouvidos, estarias agora a viver com Sarah na América.

— E a fazer o quê?

Gabriel ficou calado durante um momento.

— Ainda não é demasiado tarde, Mikhail — disse por fim. — Vá lá saber-se porquê, mas ela continua apaixonada por ti. Até um parvo como tu tem obrigação de perceber isso.

— As coisas não vão resultar connosco e pronto.

— Porquê? — inquiriu Gabriel, olhando à volta para o pequeno e imundo apartamento. — Porque queres viver desta maneira?

— Olha quem fala — ripostou Mikhail, fechando a mala e voltando a guardá-la no armário. — Ela pediu-te para dizeres alguma coisa?

— Matar-me-ia se soubesse disto.

— E o que é que ela te disse *de facto?*

— Que te portaste bastante mal.

Gabriel parou por uns instantes e, a seguir, acrescentou:

— Uma coisa que juraste que não ias fazer.

— Eu não a maltratei, Gabriel. Eu só...

— Passaste por um inferno na Suíça.

Mikhail não disse nada.

— Faz-me um favor quando isto tudo terminar — pediu Gabriel. — Arranja uma desculpa para ir à América. Passa algum tempo com ela. Se há alguém no mundo capaz de compreender aquilo que passaste, é Sarah Bancroft. Não deixes que ela te escape por entre os dedos. Ela é especial.

Mikhail sorriu de forma triste, como os jovens sorriem sempre para os velhos tontos.

— Volta para o hotel — disse ele. — Tenta dormir um bocado. E não te esqueças de esconder esses frascos num sítio onde as empregadas não os descubram. O mercado negro é gigantesco para medicamentos roubados. Não quero que aconteça nenhum acidente trágico.

— Mais algum conselho?

— Vai de táxi para o Burj. Aqui ainda guiam pior do que nós. Só os pobres e os suicidas é que andam a pé no Dubai.

*

Ignorando o conselho de Mikhail, Gabriel percorreu a pé as ruelas de Deira, repletas de gente, até à enseada de Dubai Creek. Perto do *souk* principal, havia uma estação *abra*. Era a versão do Dubai do *traghetto* veneziano, um pequeno *ferry* que transportava os passageiros de um lado para o outro do estuário. Durante a travessia, Gabriel começou a conversar com um homem de aspeto cansado, oriundo das regiões do Paquistão mais próximas da fronteira. O homem tinha vindo para o Dubai para fugir aos talibãs e à Al--Qaeda, na esperança de ganhar o dinheiro necessário para trazer a mulher e os quatro filhos. Até então, só tinha conseguido encontrar biscates que mal chegavam para se poder sustentar, quanto mais uma família de seis pessoas.

Quando estavam a desembarcar, Gabriel enfiou discretamente quinhentos dirhams no bolso das calças largueironas do homem. A seguir, parou num quiosque aberto a noite inteira e comprou um exemplar do *Khaleej Times,* o jornal em língua inglesa do Dubai. Na primeira página, vinha noticiada a visita iminente de Nadia al-Bakari, presidente da AAB Holdings. Gabriel enfiou o jornal debaixo do braço e caminhou um pouco antes de fazer sinal a um táxi para parar. Mikhail tinha razão, pensou, entrando para a segurança do banco de trás. Só os pobres e os suicidas andavam a pé no Dubai.

55

AEROPORTO INTERNACIONAL DO DUBAI

Sua Alteza Real, o ministro das Finanças, encontrava-se na beira da pista banhada pelo sol, resplandecente com as suas vestes adornadas com ouro e cristais. À sua direita, estavam dez ministros-adjuntos vestidos da mesma maneira, e, à direita destes, uma multidão de jornalistas com ar aborrecido passeava-se de um lado para o outro para passar tempo. Os ministros e os jornalistas estavam prestes a realizar um ritual vetusto nos reinos árabes sunitas do Golfo: a chegada ao aeroporto. Num mundo sem tradição de jornalismo independente, as chegadas e partidas do aeroporto eram consideradas o auge do jornalismo. Vejam o dignitário a aterrar. Vejam o dignitário a ir-se embora no avião depois de conversações produtivas, caracterizadas por um respeito mútuo. Era raro dizer-se a verdade nestes acontecimentos, e a imprensa, coartada, nunca se atrevia a relatá-la. A cerimónia daquele dia seria uma espécie de marco, pois dali a poucos minutos até os príncipes seriam enganados.

O primeiro avião surgiu pouco depois do meio-dia, um clarão branco-prateado a irromper sobre uma nuvem de poeira de tons rosados vinda do Setor Vazio da Arábia Saudita. A bordo, vinha um magnata inglês chamado Thomas

Fowler, que não era inglês nenhum e que, na realidade, não tinha um cêntimo em seu nome. Quando desceu as escadas para desembarque dos passageiros, tinha atrás de si uma mulher que não era na realidade a sua mulher e três assessoras que sabiam muito mais sobre terrorismo islâmico do que sobre negócios e finanças. Uma trabalhava para a CIA, ao passo que as outras duas faziam parte dos serviços secretos do estado de Israel. A equipa de guarda-costas que estava a proteger o grupo também trabalhava para os serviços secretos israelitas, embora tivessem passaportes que os identificavam como cidadãos da Austrália e da Nova Zelândia.

O magnata inglês avançou para o ministro, com a mão estendida como uma baioneta. A mão do ministro saiu indolentemente das vestes, tal como as dos dez ministros-adjuntos. Terminados os cumprimentos da praxe, o inglês foi encaminhado para a imprensa para fazer uma curta declaração. Falou sem o auxílio de notas, mas com grande autoridade e paixão. A recessão do Dubai tinha chegado ao fim, declarou. Estava na altura de retomar a marcha em direção ao futuro. O mundo árabe estava a mudar a cada minuto. E só o Dubai — o Dubai progressista, tolerante e estável — podia indicar-lhe o caminho.

A parte final da declaração não provocou a reação merecida no que dizia respeito à imprensa, porque foi, em grande parte, abafada pela chegada de um segundo avião — um jato *Boeing Business,* com o logótipo da AAB Holdings de Riade e Paris. O grupo que, pouco depois, começou a sair da porta da cabina da frente eclipsava em tamanho o do magnata inglês. Primeiro, surgiu a sociedade de advogados Abdul & Abdul. Depois, Herr Wehrli, o financeiro suíço. A seguir, Daoud Hamza. Depois, a filha de

Hamza, Rahimah, que tinha vindo pela festa. Depois de Rahimah, apareceram dois seguranças, seguidos por Mansur, o chefe do atarefado departamento de viagens da AAB, e Hassan, o chefe das tecnologias de informação e comunicações.

Por fim, após um intervalo de vários segundos, Nadia al-Bakari saiu do avião, com o seu chefe de segurança, Rafiq al-Kamal, logo atrás. Trazia uma *abaya* preta simples, que lhe esvoaçava à volta do corpo como um vestido de noite, e um lenço de seda preto atado à cabeça, que lhe deixava à vista a cara e grande parte do cabelo lustroso. Dessa vez, foi o ministro que avançou. Partiu do princípio de que o seu cumprimento seria feito em privado, o que não foi o caso. Foi captado pelo *BlackBerry* comprometido de Nadia e pelo transmissor escondido na sua elegante carteira *Prada*, e emitido em segurança para o quadragésimo segundo andar do Hotel Burj Al Arab, onde Gabriel e Eli Lavon, nervosos, se encontravam sentados diante dos seus computadores.

Terminada a cerimónia de boas-vindas, o ministro apontou com desprezo para os jornalistas, mas a herdeira conhecida pela sua reclusão declinou o convite e seguiu diretamente para a limusina. Nessa altura, o ministro sugeriu-lhe que fosse com ele. Após uma curta troca de palavras com Rafiq al-Kamal, Nadia entrou para o banco de trás do carro oficial do ministro — um momento que foi mostrado ao país inteiro, trinta minutos mais tarde, no canal Dubai TV. Gabriel enviou um *e-mail* seguro a Adrian Carter, que se encontrava no Rashidistão, informando-o de que NAB tinha aterrado sem problemas. Mas desta vez não estava sozinha. NAB tinha ao seu lado o ministro das Finanças. E NAB era o destaque das notícias do meio-dia.

A propriedade em questão não era nada de especial —
uns quantos hectares de salinas e areia situados logo a seguir à praia, em Palm Jumeirah. Uns anos antes, uma empresa italiana tinha começado a explorar o terreno com
uma estância bastante convencional, mas tinha sido forçada
a desistir quando o financiamento se exauriu como água no
deserto. A AAB Holdings e a sua parceira britânica, a pre-
dadora empresa de investimentos Rogers & Cressey, queriam ressuscitar o projeto, ainda que os seus planos fossem
tudo menos convencionais. O hotel de vários andares iria
ultrapassar o Burj Al Arab em termos de luxo, os centros
de *fitness* e os campos de ténis seriam dos melhores do
mundo e as piscinas seriam ao mesmo tempo maravilhas
arquitetónicas e ambientais. *Chefs* de elite trabalhariam nos
restaurantes e cabeleireiros de reputação internacional estariam à frente dos salões de cabeleireiro. Os apartamentos
começariam a ser vendidos a três milhões de dólares.
O centro comercial faria o Mall of the Emirates parecer um
sítio verdadeiramente pimba.

O impacto na economia titubeante do Dubai prometia
ser gigantesco. Segundo as projeções da própria AAB,
o empreendimento iria injetar mais de cem milhões de dólares anuais na economia do Dubai. A curto prazo, daria
um sinal claro ao resto da comunidade financeira mundial
de que o emirado estava outra vez a funcionar. E era por
isso que o ministro parecia estar a ouvir com a máxima
atenção tudo o que Nadia dizia enquanto visitava o local,
com as plantas do projeto na mão e um capacete de construção civil na cabeça. Era uma imagem que ela tinha construído cuidadosamente. O mundo muçulmano já não podia

continuar a oprimir metade da sua população com base única e exclusivamente no seu sexo. Só quando os árabes passassem a tratar as mulheres como iguais poderiam reconquistar a sua antiga glória.

Terminada a visita ao local, as delegações seguiram para o gabinete requintado do ministro para discutirem um pacote de incentivos que o Dubai estava a propor para fecharem o negócio. Quando a reunião chegou ao fim, Nadia foi levada de carro ao palácio para ter uma conversa a sós com o Soberano e, a seguir, iniciou o que foi descrito como a parte privada da sua agenda. Esta incluía um chá com representantes do Fórum Empresarial Feminino do Dubai, uma visita uma escola islâmica para raparigas e outra ao acampamento de trabalhadores sazonais em Sonapur. As condições terríveis levaram-na às lágrimas, e interrompeu o seu longo silêncio em termos de declarações públicas para exortar o governo e as empresas a imporem limites mínimos de ordenado e tratamento para os trabalhadores sazonais. E também se comprometeu a doar vinte milhões de dólares para ajudar a construir um novo acampamento em Sonapur, com camaratas com ar condicionado, água corrente e equipamentos de lazer básicos. Nem a Dubai TV nem o *Khaleej Times* se atreveram a divulgar esses comentários. O ministro tinha-os avisado para não o fazerem.

Já eram quase seis da tarde quando Nadia deixou o acampamento para regressar à cidade do Dubai. A escuridão já se tinha instalado quando a caravana de automóveis chegou ao bairro da praia Jumeirah, e as famosas velas ao estilo de um navio árabe do Burj al Arab estavam iluminadas com um brilho magenta. O diretor-geral e os quadros superiores do hotel esperavam-na à entrada quando Nadia saiu da parte de trás do carro, com a bainha da *abaya* manchada com a sujidade de Sonapur. Cansada depois de um dia de viagens e reuniões que tinha começado de madrugada, em Paris, cumprimentou-os de forma mecânica e seguiu diretamente para a sua suíte habitual, no quadragésimo segundo andar. Dois seguranças já se encontravam posicionados à porta. Rafiq al-Kamal deu uma vista de olhos rápida às divisões e, a seguir, deixou Nadia entrar.

— A última reunião que tenho hoje vai durar das nove até mais ou menos às dez — disse ela, atirando a carteira *Prada* para cima de um divã na sala de estar. — Diz a Mansur para nos reservar uma vaga para descolarmos às onze. E, por favor, diz a Rahimah para chegar a horas por uma vez na vida. Caso contrário, pode voltar para Paris na Air France.

— Se calhar, o melhor seria eu dizer-lhe para estar no aeroporto o mais tardar às onze e meia.

— É tentador — retorquiu Nadia, sorrindo —, mas acho que o pai dela não ia gostar muito disso.

Al-Kamal parecia não ter muita vontade de se ir embora.

— Há algum problema? — perguntou ela.

Ele hesitou.

— Hoje à tarde, no acampamento...

— O que é que se passa, Rafiq?

— Nunca há ninguém a levantar um dedo por aqueles pobres desgraçados. Já era altura de alguém dizer alguma coisa. Fico feliz por teres sido tu.

Parou por uns instantes e, a seguir, acrescentou:

— E fiquei orgulhoso por estar ao teu lado.

Nadia sorriu.

— Nove horas — disse ela. — Não te atrases.

— As regras de Zizi — disse ele.

Ela assentiu com a cabeça.

— As regras de Zizi.

Já sozinha, Nadia tirou a *abaya* e o lenço e vestiu o fato *Chanel*. Tapou uma parte do cabelo com um lenço a condizer e pôs o relógio *Harry Winston*. Depois, verificou como estava ao espelho. *Diga a verdade sempre que possível. Minta apenas em último recurso.* A verdade estava a olhar para ela no espelho. A mentira estava no quarto ao lado. Nadia abriu a porta que comunicava com a suíte adjacente e bateu duas vezes. A porta da suíte abriu-se de imediato, deixando ver uma mulher que podia ou não ser Sarah Bancroft. Ela levou o dedo aos lábios e puxou Nadia para dentro silenciosamente.

56

HOTEL BURJ AL ARAB, DUBAI

A suíte estava registada no nome de Thomas Fowler. O que explicava a autêntica selva de flores gratuitas, as bandejas com doces árabes gratuitos e a garrafa por abrir gratuita de *Dom Pérignon* que se encontrava num balde com gelo derretido. O destinatário de tamanha generosidade estava a andar de um lado para o outro na vistosa sala de estar, a ultimar os pormenores de um negócio de aquisição de um terreno e consequente urbanização que não pretendia de facto fazer. Com intervalos de alguns segundos, os membros da equipa faziam-lhe perguntas ou disparavam uns quantos números animadores — tudo em benefício dos microfones escondidos do Soberano. Ninguém na equipa se deu ao trabalho de registar a presença de Nadia, tal como ninguém pareceu achar estranho que Sarah a tivesse levado de imediato para a casa de banho. Na zona do toucador, estava uma estrutura parecida com uma tenda e feita de um material prateado opaco. Sarah ficou com o *Black-Berry* de Nadia e só depois abriu a aba. Gabriel já estava sentado lá dentro. Fez sinal a Nadia para se sentar na cadeira que estava desocupada.

— Uma tenda na casa de banho — comentou Nadia com um sorriso. — Mas que beduíno.

— A Nadia não é a única pessoa que é do deserto.

Ela olhou em redor, manifestamente intrigada.

— O que é isto?

— Chamamos-lhe *chuppah*. Permite-nos falar à vontade em sítios que sabemos que estão sob escuta.

— E posso ficar com ele quando tivermos acabado?

Ele sorriu.

— Lamento, mas não.

Ela tocou no material. Parecia metálico.

— O *chuppah* não é utilizado nos casamentos judaicos?

— Fazemos os nossos votos debaixo do *chuppah*. São muito importantes para nós.

— Então isto é o nosso casamento? — perguntou ela, ainda a mexer no material.

— Lamento, mas já sou comprometido. Além disso, fiz-lhe um voto solene numa mansão à saída de Paris.

Ela pousou a mão no colo.

— O guião que escreveu para hoje era uma obra de arte — disse. — Só espero ter-lhe feito justiça.

— A Nadia foi magnífica, mas aquela parte improvisada em Sonapur ficou-lhe bastante cara.

— Vinte milhões por um novo acampamento? Era o mínimo que eu podia fazer por eles.

— Quer que peça à CIA para pagar a conta?

— O prazer é meu — respondeu ela.

Gabriel examinou o fato *Chanel* de Nadia.

— Fica-lhe bem.

— Melhor do que os que são feitos por encomenda.

— O nosso ofício é o de um alfaiate, de um alfaiate altamente especializado. Esse fato é capaz de tudo menos aparecer numa reunião com um monstro que tem as mãos cheias de sangue. Para isso, precisamos de si.

Parou por uns instantes e, a seguir, declarou:

— Última oportunidade, Nadia.

— Para desistir?

— Nós não veríamos as coisas dessa maneira. E nenhum de nós a teria em menor conta.

— Eu não quebro compromissos, senhor Allon, já me deixei disso. Além do mais, ambos sabemos que agora já não há tempo para se estar com dúvidas — retorquiu ela, olhando para o relógio *Harry Winston*. — Aliás, conto que o meu banqueiro me ligue a qualquer momento. Por isso, se tem algum último conselho a dar...

— Lembre-se só de quem é, Nadia. É a filha de Zizi al--Bakari, uma descendente de Wahhab. Ninguém lhe diz onde ir nem o que fazer. E nunca tentam alterar os planos. Se tentarem alterar os planos, a Nadia diz-lhes que a reunião está cancelada. E depois liga a Mansur para lhe dizer para antecipar a descolagem. Estamos entendidos?

Ela assentiu com a cabeça.

— Partimos do princípio de que a reunião vai ser numa suíte e não num espaço público dentro do hotel. É essencial que a Nadia faça Samir dizer o número da suíte antes de saírem do *lobby*. Insista nesse ponto. E se ele o tentar murmurar, repita-o alto e bom som para que ouçamos. Compreendido?

Ela assentiu com a cabeça novamente.

— Vamos tentar pôr uma pessoa a subir consigo no elevador, mas ele vai ter de sair noutro andar. Depois disso, a Nadia vai ficar fora do nosso alcance e Rafiq será a sua única proteção. Não entre, em nenhuma circunstância, na suíte sem ele. Isso é outra linha a não atravessar. Se tentarem convencê-la a fazê-lo, vá-se embora imediatamente. Se

422

correr tudo sem problemas, entre e comece a reunião. E não se trata de um acontecimento social ou de uma discussão política. Trata-se de uma transação comercial. A Nadia ouve o que ele tem a dizer, diz-lhe o que ele quer ouvir e, a seguir, vai-se embora para o aeroporto. O avião é o seu seguro de vida. E a descolagem que tem marcada para as onze da noite é a desculpa de que precisa para apressar as coisas. Às dez horas, quero-a...

— Fora dali — completou ela.

Gabriel assentiu com a cabeça.

— Não se esqueça da etiqueta em relação aos *BlackBerries*. Ofereça-se para desligar o seu em sinal de boa vontade. E peça-lhes para desligarem os aparelhos deles e retirarem os cartões SIM. Se se recusarem ou disserem que não é necessário, não faça finca-pé. Não é importante.

— E onde é que estão as escutas?

— Quais escutas?

— Não nos vamos pôr com jogos, senhor Allon.

Gabriel bateu ao de leve na carteira *Prada* e apontou com a cabeça para a parte da frente do fato *Chanel*.

— É possível que lhe peçam para deixar a carteira noutra divisão. Se o fizerem, aceite sem hesitar. De certeza que não vão descobrir o que está escondido aí dentro.

— E se me pedirem para tirar a roupa?

— São guerreiros sagrados. Não se atreveriam.

— Ficaria surpreendido, senhor Allon — lançou ela, olhando para o decote.

— Não vale a pena estar à procura dos microfones. Nunca os vai descobrir. Também podíamos ter escondido uma câmara no fato, mas, para sua segurança, achámos melhor não.

— Então não vão poder ver o que se está a passar na suíte?

— Assim que desligar o *BlackBerry*, ficamos cegos. E isso quer dizer que só a Nadia é que vai saber como ele é. Se for seguro, e *só* se for seguro, ligue-me a seguir à reunião e diga-me qualquer coisa sobre o aspeto dele. Só um ou outro pormenor. Depois, desligue e dirija-se para o aeroporto. Vamos segui-la até onde pudermos.

— E depois disso?

— A Nadia volta para Paris e esquece que nós alguma vez existimos.

— Não sei bem porquê, mas acho que isso vai ser impossível.

— Não vai ser tão difícil como julga — afirmou ele, pegando-lhe na mão. — Foi uma honra trabalhar consigo, Nadia. Não leve isto a mal, mas espero que, depois de hoje à noite, nunca mais nos voltemos a ver.

— Não vou desejar uma coisa dessas.

Nadia olhou para o relógio, o relógio que o pai tinha dado a Sarah, e reparou que passavam três minutos das nove.

— Ele está atrasado — disse ela. — A doença árabe.

— Nós adiantámos-lhe o relógio de propósito para a mantermos sempre em movimento.

— E que horas são realmente? — perguntou ela, mas, antes que Gabriel pudesse responder, o *Blackberry* começou a tocar.

Eram nove em ponto. Estava na altura de Nadia se pôr a caminho.

57

LANGLEY, VIRGÍNIA

Uma das curiosidades da longa e lendária carreira de Ari Shamron era o facto de quase não ter passado tempo nenhum em Langley, uma proeza que considerava um dos seus maiores feitos. Por isso mesmo, ficou previsivelmente horrorizado quando soube que Uzi Navot tinha concordado em instalar o seu posto de comando em Langley, no reluzente centro de operações do Rashidistão. Para Shamron, aceitar o convite dos americanos era admitir uma fraqueza, pecado capital no mundo da espionagem, mas Navot via as coisas de modo mais pragmático. Os americanos não eram o inimigo — pelo menos, naquela noite — e possuíam capacidades tecnológicas que eram demasiado valiosas para serem recusadas apenas por uma questão de orgulho profissional.

No que era uma cedência de pouca monta a Shamron, todas as pessoas que não eram essenciais ou experientes tiveram de abandonar o Rashidistão, deixando apenas uma equipa reduzida de veteranos de muitas batalhas e de impenitentes. Às 21h00, hora do Dubai, a maioria encontrava-se reunida ansiosamente à volta do compartimento no centro da sala, onde Shamron, Navot e Adrian Carter estavam sentados a olhar fixamente para a mais recente transmissão segura da equipa destacada para o Burj Al Arab. Indicava que Nadia al-Bakari se estava a dirigir para o *lobby* do hotel, acompanhada pelo seu fiel chefe de segurança, Rafiq al-Ka-mal. Os três mestres espiões sabiam que a mensagem já tinha sido eclipsada pelos acontecimentos no terreno, pois estavam a ouvir Nadia e al-Kamal a percorrerem os 180 metros do imponente átrio do Burj. A fonte da ligação áudio era o *BlackBerry* comprometido de Nadia, que se encontrava dentro da sua carteira *Prada*, também comprometida.

Às 21h04, hora local, o aparelho captou uma curta conversa entre Nadia e o seu banqueiro, Samir Abbas. Como foi rápida e num árabe coloquial, Carter não percebeu. No entanto, o mesmo não se aplicava a Navot e a Shamron.

— E então? — perguntou Carter.

— Ela vai subir para se encontrar com alguém — explicou Navot. — Se é Malik al-Zubair ou Zé Ninguém al--Ninguém, ainda não sabemos.

— E conseguiram perceber o número da suíte?

Navot abanou a cabeça.

— Acham que devemos enviar a informação a Gabriel?

— Não vai ser preciso.

— Ele ouviu tudo?

— Alto e bom som.

As portas do elevador abriram-se sem fazerem barulho. Nadia deixou que Abbas e Al-Kamal entrassem primeiro no corredor e depois seguiu logo atrás deles. Curiosamente, não sentia medo nenhum, apenas firmeza. Era uma sensação estranhamente parecida com a determinação com que tinha realizado a primeira reunião de negócios importante após solidificar o controlo sobre a AAB Holdings. Vários membros da equipa do pai esperavam discretamente que Nadia fracassasse — e alguns até conspiraram contra si —, mas Nadia tinha conseguido surpreendê-los a todos. No que dizia respeito aos negócios, tinha provado estar ao nível do pai. E, naquele momento, teria de estar ao nível do pai numa parte da vida dele que nunca tinha sido divulgada nas páginas da *Forbes* e do *Wall Street Journal*. Só uns minutos, lembrou a si mesma. Só seria preciso isso. Uns minutos num dos hotéis mais seguros do mundo, e um monstro com o sangue de milhares nas mãos receberia a justiça que merecia.

Abbas parou em frente ao Quarto 1437 e bateu à porta com a mesma delicadeza com que Esmeralda batia todas as manhãs à porta do quarto de Nadia, em Paris. De forma bastante inesperada, lembrou-se do relógio Thomas Tompion que tinha na mesinha de cabeceira e das muitas fotografias do pai, de cara fechada, com molduras prateadas. Enquanto esperava que a porta se abrisse, decidiu mandar arranjar finalmente o relógio. E também jurou deitar as fotografias fora. Depois daquela noite, pensou, o fingimento terminaria. O seu tempo na Terra era limitado e ela não tinha vontade nenhuma de passar os últimos dias rodeada pela *juhayman* de um assassino.

Quando Abbas bateu uma segunda vez, a porta entreabriu-se, deixando ver um homem de ombros largos e vestido com a *kandoura* e a *ghutra* brancas de um habitante dos emirados. Tinha óculos escuros com aros dourados e uma barba impecável, com salpicos grisalhos à volta do queixo. No meio da testa lisa, tinha uma nítida marca *zebiba* das rezas, que parecia ter sido friccionada recentemente.

Não se parecia nada com nenhuma das ilustrações fotográficas que tinham mostrado a Nadia em Londres.

A figura de túnica abriu a porta mais uns centímetros e, com um movimento dos olhos, convidou Nadia a entrar. Deixou que Rafiq al-Kamal entrasse também, mas ordenou a Abbas que voltasse para o *lobby*. A figura de túnica tinha um sotaque do norte do Egito. Atrás dele, estavam mais dois homens com túnicas e os lenços árabes brancos imaculados. E também eles tinham óculos com aros dourados e barbas impecáveis, com salpicos grisalhos. Quando a porta se fechou, o egípcio levou a mão ao ouvido e disse baixinho:

— O seu telemóvel, por favor.

Nadia tirou o *BlackBerry* da carteira e entregou-o. De imediato, o egípcio passou o aparelho a um dos seus clones, que o desativou com uma rapidez que deixava entender um grande à-vontade com a tecnologia.

— E agora o seu — disse Nadia com uma voz que se ouviu perfeitamente.

Apontou com a cabeça para os outros dois homens e acrescentou:

— E os deles também.

Era evidente que o egípcio de ombros largos só estava habituado a que as mulheres lhe falassem subservientemente. Olhou para os dois colegas e, assentindo com a cabeça, ordenou-lhes que desativassem os telemóveis. E foi isso que fizeram sem protestar.

— Está tudo? — perguntou Nadia.

— O telemóvel do seu guarda-costas — respondeu ele. — E a sua carteira.

— O que é que tem a minha carteira?

— Sentir-nos-íamos mais confortáveis se a deixasse aqui à porta. Garanto-lhe que as suas coisas ficarão em segurança.

Nadia deixou a carteira deslizar-lhe do ombro, num gesto que dava a entender que a paciência dela estava a chegar ao fim.

— Não temos a noite toda, meus irmãos. Se querem pedir-me outro donativo, sugiro que avancemos.

— Peço desculpa, senhora Al-Bakari, mas os nossos inimigos possuem imensos recursos técnicos. Com certeza que uma mulher na sua posição sabe o que pode acontecer quando as pessoas se revelam negligentes.

Nadia olhou para Al-Kamal, cuja reação foi entregar o telemóvel.

— Disseram-me que quer que o seu guarda-costas esteja presente na reunião — disse o egípcio.

— Não — disparou Nadia —, *exijo* que assim seja.

— Confia neste homem? — inquiriu ele, lançando um olhar a Al-Kamal.

— Ponho a minha vida nas mãos dele.

— Muito bem — respondeu o homem. — Por aqui, por favor.

Nadia seguiu os três homens de túnica até à sala de estar da suíte, onde se encontravam à espera, à meia-luz, mais dois homens com vestuário típico dos emirados. Um estava sentado num sofá, a ver uma reportagem na Al Jazeera sobre o último atentado no Paquistão. O outro estava a admirar a vista dos arranha-céus espalhados pela Sheikh Zayed Road. Rodou lentamente, como uma estátua assente num plinto, e observou Nadia com atenção através de óculos escuros com aros dourados. Não disse nada. E Nadia também não. Aliás, naquele instante, nem tinha sequer certeza de ser capaz de falar.

— Passa-se alguma coisa, senhora Al-Bakari? — perguntou ele em árabe da Jordânia.

— É só que o senhor se parece imenso com um homem que trabalhava para o meu pai — respondeu ela sem hesitar.

Ele ficou calado durante muito tempo. Por fim, deitou uma olhadela à televisão e disse:

— Por pouco não se via a si mesma no noticiário da noite. Hoje teve um dia bastante atarefado. Os meus parabéns, senhora Al-Bakari. O seu pai teria feito as coisas da mesma maneira. Ouvi dizer que era sempre muito habilidoso a misturar negócios legítimos com o *zakat*.

— Ensinou-me bem.

— E pretende mesmo construí-la?

— A estância? — retorquiu ela, encolhendo os ombros de forma ambivalente. — A última coisa de que o Dubai precisa neste momento é de outro hotel.

— Especialmente um que sirva álcool e deixe os estrangeiros bêbados andarem a exibir-se pela praia seminus.

Nadia limitou-se a olhar para os outros homens que se encontravam na sala.

— É só uma medida de precaução da minha parte em termos de segurança, senhora Al-Bakari. As paredes têm ouvidos e olhos.

— É muitíssimo eficaz — respondeu ela, olhando de frente para ele. — Ainda não me disse o seu nome.

— Pode chamar-me Darwish.

— O meu tempo é limitado, senhor Darwish.

— Uma hora, segundo os meus colegas.

— Cinquenta minutos, na verdade — informou Nadia, olhando de relance para o relógio.

— O nosso empreendimento sofreu um grave revés.

— Foi o que li.

— E precisamos de financiamento adicional para a reconstrução.

— Já vos dei vários milhões de libras.

— Lamento dizê-lo, mas foi praticamente tudo congelado ou apreendido. Se quisermos reconstruir a nossa organização, particularmente no Ocidente, vamos precisar de uma injeção de capital.

— E porque é que eu hei de recompensar a vossa incompetência?

— Posso assegurar-lhe, senhora Al-Bakari, que aprendemos com os nossos erros.

— E que tipo de alterações é que estão a pensar fazer?

— Um reforço da segurança, a par de um plano agressivo para levar a luta diretamente aos nossos adversários.

— Uma expansão? — inquiriu ela.

— Se não crescemos, senhora Al-Bakari, morremos.

— Estou a ouvir, senhor Darwish.

Com o *BlackBerry* de Nadia desativado e a carteira no chão do átrio de entrada, a cobertura áudio da reunião em curso no Quarto 1437 estava a ser fornecida, literalmente, pela roupa que ela trazia no corpo. E embora o transmissor

431

embutido nas costuras do fato tivesse um alcance extremamente curto, era mais do que suficiente para fazer chegar
um sinal em segurança ao quadragésimo segundo andar
desse mesmo edifício. Era ali, atrás de uma porta trancada
com duas voltas e barricada por mobília, que Gabriel e Eli
Lavon se encontravam à espera que os seus computadores
fornecessem o verdadeiro nome do homem que tinha acabado de se apresentar como Darwish.

O *software* de identificação de voz tinha declarado que
os primeiros segundos da reunião eram impróprios para se
fazer uma comparação. Mas o panorama alterou-se quando
o senhor Darwish começou a falar de dinheiro. O *software* já
se encontrava a comparar rapidamente uma amostra da sua
voz em relação a interceções anteriores. Gabriel estava con-
victo de que sabia qual a conclusão a que os computadores
estavam prestes a chegar. Na verdade, tinha praticamente
a certeza absoluta. O assassino já tinha deixado a sua assinatura, não com a voz, mas sim com os quatro números.
Eram os números do quarto onde a reunião estava a ter lugar. Gabriel não tinha necessidade de os somar, subtrair ou
multiplicar, ou de os reordenar de que maneira fosse. Só
precisava de converter os números para um relógio de vinte e quatro horas: 1437 correspondiam às 14h37, a hora
a que Farid Khan tinha feito explodir a sua bomba em Covent Garden.

Cinco minutos depois de Nadia entrar na suíte, o computador entregou o veredicto. Gabriel levou o rádio seguro
aos lábios e deu ordens à equipa para começar a preparar-se
para executar a sentença. Era Malik, disse ele. E que Deus
tivesse piedade de todos eles.

CAPÍTULO

58

HOTEL BURJ AL ARAB, DUBAI

O russo alto e magro surgiu na receção passados trinta segundos. Tinha uma cara exangue de feições regulares e olhos cor do gelo dos glaciares. O seu passaporte americano identificava-o como Anthony Colvin, tal como o cartão American Express. Tamborilou com os dedos no balcão enquanto esperava que a bonita filipina lhe encontrasse a reserva. Tinha um telemóvel encostado ao ouvido como se a sua vida dependesse disso.

— Cá está — cantarolou a filipina. — Temos uma suíte de luxo de um só quarto, no vigésimo nono andar, reservada para três noites. Está certo, senhor Colvin?

— Se não se importasse — respondeu ele, baixando o telemóvel —, estou à procura de qualquer coisa no décimo quarto andar.

— O vigésimo nono é considerado mais apetecível.

— Eu e a minha mulher passámos a lua de mel no décimo quarto. E gostaríamos de lá ficar outra vez. Por razões sentimentais — acrescentou. — De certeza que compreende.

Mas a filipina não compreendia. Fazia turnos de doze horas e partilhava um apartamento de um só quarto, em

Deira, com mais oito raparigas. A sua vida amorosa consistia em repelir os bêbedos que a apalpavam e os violadores que partiam do princípio, errado, de que ela fazia uns biscates no âmbito do próspero comércio sexual do Dubai. Premiu algumas teclas no terminal de computador e esboçou um sorriso plástico.

— Por acaso — disse ela —, até temos alguns quartos disponíveis no décimo quarto andar. Lembra-se de qual foi o quarto em que o senhor e a sua mulher estiveram hospedados na vossa lua de mel?

— Penso que foi no 1437 — respondeu ele.

Ela pareceu desapontada.

— Infelizmente, senhor Colvin, esse quarto está de momento ocupado. No entanto, a suíte ao lado está disponível, tal como a da frente, do outro lado do corredor.

— Fico com a da frente, por favor.

— É um pouco mais cara.

— Não há problema — disse o russo.

— Vou precisar de ver o passaporte da sua mulher.

— Ela só vem ter comigo amanhã.

— Peça-lhe por favor para passar pela receção quando chegar.

— Será a primeira coisa — garantiu-lhe ele.

— Precisa de ajuda com a bagagem?

— Não é preciso, obrigado.

Ela entregou-lhe duas chaves eletrónicas do quarto e indicou-lhe o elevador que devia apanhar. Conforme prometido, o quarto ficava em frente ao 1437, do outro lado do corredor. Ao entrar, acendeu de imediato o aviso luminoso de Não Incomodar e trancou a porta com duas voltas. A seguir, abriu a mala. Lá dentro, estavam algumas peças de roupa que tresandavam a grão-de-bico e a cominhos. E também lá estavam uma *Beretta* de 9 milímetros, uma *Glock* de calibre 45, duas agulhas hipodérmicas, dois frascos com cloreto de suxametónio, um *notebook* e uma câmara cobra ajustável de alta resolução. Instalou a câmara na parte de baixo da porta e ligou os cabos ao computador. Depois de ajustar o ângulo de visão, encheu as agulhas hipodérmicas com cloreto de suxametónio e carregou as armas com balas. A seguir, sentou-se à frente do computador e esperou.

Durante os quarenta e cinco minutos seguintes, foi presenteado com uma perspetiva do Burj Al Arab que não se encontrava disponível no *site* da Internet do hotel nem nas suas brochuras lustrosas. Empregados num frenesim, às voltas com o serviço de quartos. Empregadas de quarto fatigadas. Uma ama etíope levando pela mão uma criança histérica. Um homem de negócios australiano de braço dado com uma prostituta ucraniana. E, por fim, às dez em ponto, viu uma linda árabe a sair do Quarto 1437, com um guarda-costas atento logo atrás. Quando a mulher e o guarda-costas desapareceram, um homem de ombros largos esticou-se para fora do quarto e olhou para ambos os lados do corredor. *Kandoura* e *ghutra* brancas. Óculos escuros com aros dourados. Uma barba impecável, com salpicos grisalhos à volta do queixo. O russo pegou na *Glock,* a arma capaz de parar um homem, e engatilhou-a em silêncio.

59

HOTEL BURJ AL ARAB, DUBAI

Os pormenores relativos à saída de Nadia al-Bakari do Burj Al Arab foram tratados não por Gabriel e pela sua equipa, mas sim por Mansur, o chefe do departamento de viagens da AAB. Não havia objetos pessoais para recolher, pois Mansur já se tinha encarregado disso pessoalmente. E também não havia contas para pagar, pois já tinham sido remetidas para a sede da AAB, em Paris. Nadia só precisava de se dirigir para o caminho de entrada circular do Burj, onde o seu carro a esperava logo à frente da entrada principal. Depois de entrar para o banco de trás, pediu ao motorista e a Rafiq al-Kamal que a deixassem a sós por um momento. Já sozinha, marcou um número que tinha ficado guardado na memória do seu *BlackBerry*. Gabriel atendeu de imediato e disse em árabe:

— Faça-me a descrição dele.

— *Kandoura* branca. *Ghutra* branca. Óculos escuros com aros dourados. Barba impecável, com salpicos grisalhos.

— Portou-se muito bem, Nadia. Vá para o aeroporto. Vá para casa.

— Espere! — exclamou ela. — Preciso de lhe dizer mais uma coisa.

*

Embora Nadia não o soubesse, Gabriel estava sentado no *lobby* do hotel, com o ar de um homem que tinha vindo ao Dubai em trabalho e não em lazer, o que era realmente o caso. Na mesa à sua frente, estava um *notebook*. Enfiado no ouvido, tinha um *kit* mãos-livres para telemóvel que funcionava também como rádio seguro. Serviu-se dele para alertar a sua bem distribuída equipa de que a operação tinha acabado de encontrar o primeiro obstáculo.

Nadia bateu com o *BlackBerry* ao de leve no vidro da janela para indicar que já podiam seguir viagem. Passados uns segundos, quando já estavam a atravessar em grande velocidade a passagem que ligava o Burj ao continente, Rafiq al-Kamal perguntou:

— Passa-se alguma coisa que eu deva saber?

— Aquela reunião nunca aconteceu.

— Qual reunião? — retorquiu o guarda-costas.

Nadia conseguiu esboçar um sorriso.

— Diz a Mansur que vamos a caminho do aeroporto. E diz-lhe para antecipar a nossa descolagem, se possível. Gostaria de chegar a Paris a horas decentes.

Al-Kamal sacou do telemóvel e marcou o número.

— Se calhar, Alá está mesmo do lado dele — desabafou Adrian Carter.

Estava a olhar fixamente para a transmissão que Gabriel acabara de enviar do Dubai. Indicava que Malik al-Zubair, mestre do terrorismo, estava prestes a sair do Burj Al Arab rodeado por quatro cópias tiradas a papel químico.

— Receio bem que Deus tenha muito pouco que ver com isto — retorquiu Navot. — Malik anda há anos a digladiar-se com os melhores agentes dos serviços secretos do mundo. Ele sabe como é que este jogo funciona.

Navot olhou para Shamron, que estava a fazer girar nervosamente o seu velho isqueiro *Zippo* por entre os dedos.

Duas voltas para a direita, duas voltas para a esquerda.

— Temos quatro carros à porta do hotel — disse Navot. — À luz das nossas regras em termos de operações, isso chega para seguir *um* carro, dois, no máximo. Se cinco homens vestidos da mesma maneira entrarem em cinco carros diferentes...

A voz dele foi-se sumindo.

— Se calhar, é melhor começarmos a pensar em tirá-los dali, chefe.

— Demo-nos a imenso trabalho para conseguirmos colocar uma equipa no terreno hoje à noite no Dubai, Uzi. O mínimo que podemos fazer é deixá-los ficar lá o tempo suficiente para tentarem ver a cara de Malik — respondeu Shamron.

Lançou uma olhadela à fila de relógios a brilhar numa das paredes do Rashidistão e perguntou:

— Qual é o ponto da situação relativamente ao avião de Nadia?

— Já tem o depósito cheio e está pronto para descolar. O resto do seu *staff* está a embarcar agora.

— E onde é que está a estrela do espetáculo neste momento?

— A seguir para nordeste, em Sheikh Zayed Road, a setenta e quatro quilómetros por hora.

— Posso vê-la?

Carter pegou num telefone. Uns segundos depois, apareceu uma luzinha vermelha a piscar num dos monitores montados nas paredes, dirigindo-se para nordeste e atravessando o mapa da cidade do Dubai. Shamron fez girar nervosamente o isqueiro enquanto observava a luzinha a avançar continuamente.

Duas voltas para a direita, duas voltas para a esquerda...

O primeiro *Range Rover* parou no caminho de entrada do Burj Al Arab dois minutos após Nadia partir. Surgiu pouco depois um segundo, seguido por um *Mercedes GL* e dois *Denalis*. Gabriel preparou-se para utilizar o rádio seguro, mas Mikhail comunicou primeiro.

— Estão a sair do quarto — informou ele.

Gabriel não precisava de perguntar quantos eram. A resposta estava lá fora, no caminho de entrada. Cinco carrinhas SUV para cinco homens. Gabriel tinha de determinar qual dos cinco era Malik antes de qualquer um deles sair do hotel. E só havia uma maneira de o fazer. Deu a ordem.

— Eles são cinco e eu sou só um — respondeu Mikhail.

— E quanto mais tempo falares, maiores serão as hipóteses de os perdermos.

Mikhail cortou a ligação sem dizer mais nada. Gabriel deu uma olhadela ao portátil para controlar a localização de Nadia.

Ia a meio caminho do aeroporto.

*

Mikhail trancou o quarto e saiu para o corredor. Já tinha a *Glock* junto aos rins, com o silenciador instalado. A seringa cheia de cloreto estava no bolso de fora do casaco. Olhou de relance para a direita e viu os cinco homens com as *kandouras* e *ghutras* brancas a virarem a esquina e a entrarem no átrio do elevador. Avançou a um ritmo normal durante alguns segundos, mas acelerou o passo depois de ouvir o toque que indicava que o elevador tinha chegado. Quando entrou no átrio, os cinco homens já tinham entrado no elevador e as reluzentes portas douradas estavam a começar a fechar-se. Conseguiu entrar à justa, murmurou um pedido de desculpas e ficou na parte da frente do elevador quando as portas se fecharam pela segunda vez. Com a ajuda do reflexo, viu cinco homens iguais. Cinco barbas iguais, com salpicos grisalhos. Cinco óculos iguais, com aros dourados. Cinco marcas das rezas iguais, que pareciam ter sido friccionadas recentemente. Havia apenas uma diferença. Quatro homens estavam a fitar Mikhail. O quinto parecia estar a olhar-lhe para os sapatos.

Malik...

Vinte e dois andares acima, Samir Abbas, angariador de fundos para o movimento jihadista mundial, estava a pôr em dia o trabalho legal que fazia para o TransArabian Bank quando ouviu alguém a bater à porta. Já estava à espera disso; o egípcio tinha dito que enviaria lá alguém assim que tivesse terminado a reunião com Nadia. Afinal, tinha enviado não um mas dois homens. Vinham vestidos como cidadãos

440

dos emirados, mas os sotaques revelavam que eram jordanos. Abbas deixou-os entrar sem hesitar.

— A reunião correu bem? — perguntou.

— Muito bem — respondeu o homem mais velho. —
A senhora Al-Bakari aceitou contribuir com mais um donativo para a nossa causa. Precisamos de discutir consigo alguns pormenores.

Abbas virou-se de costas para os conduzir para a zona
onde estavam as cadeiras. Foi só quando sentiu o garrote
a enterrar-se-lhe no pescoço que percebeu o seu erro. Incapaz de respirar ou de emitir qualquer som, Abbas tentou
agarrar desesperadamente o fino fio metálico que lhe estava
a cortar a pele. A falta de oxigénio minou-lhe as forças rapidamente e conseguiu apenas oferecer uma resistência fútil
quando os homens o empurraram para o chão. Foi então
que Abbas sentiu outra coisa a espetar-se-lhe no pescoço
e percebeu que lhe queriam arrancar a cabeça. Era o castigo
para os infiéis, os apóstatas e os inimigos da *jihad*. Samir
Abbas não era nada disso. Era um crente, um soldado secreto do exército de Alá. Mas, dali a um momento, por motivos que não compreendia, passaria a ser um *shahid*.

Misericordiosamente, Abbas começou a perder os sentidos. Pensou no dinheiro que tinha escondido na despensa
do seu apartamento em Zurique e esperou que Johara ou
os filhos pudessem descobri-lo um dia. A seguir, obrigou-se
a ficar quieto e a submeter-se à vontade de Deus.

A faca atingiu-o com violência mais algumas vezes. Abbas viu uma explosão de luz branca a brilhar e partiu do
princípio de que seria a luz do Paraíso. Depois, a luz apa-
gou-se e não houve mais nada.

60

HOTEL BURJ AL ARAB, DUBAI

O elevador parou duas vezes antes de chegar ao *lobby*. Uma inglesa bronzeada entrou no décimo primeiro andar e um homem de negócios chinês no sétimo. Os novos passageiros obrigaram Mikhail a recuar mais para dentro do elevador. Já estava tão perto de Malik que lhe conseguia sentir o hálito a café. Tinha a *Glock* tranquilizadoramente colada à coluna, mas era na seringa que levava no bolso do casaco que estava a pensar. Sentiu-se tentado a espetar a agulha na coxa de Malik. Em vez disso, pôs-se a olhar para o teto, para o relógio ou para os números que iam passando no painel — para todo o lado menos para a cara do assassino que se encontrava ao lado dele. Quando as portas se abriram por fim pela terceira vez, Mikhail seguiu a inglesa e o homem de negócios chinês em direção ao bar.

— É o segundo a contar da esquerda — disse ele ao telefone.

— Tens a certeza?

— Tanta que dou cabo dele neste preciso momento se me disseres para o fazer.

— Aqui, não.

— Não o deixes escapar. Fá-lo agora enquanto temos hipótese.

Gabriel cortou a ligação. Mikhail entrou no bar, contou até dez devagar e saiu.

Gabriel estava a arrumar o portátil e a fingir que falava ao telefone rapidamente em francês quando Malik e os seus quatro companheiros atravessaram, como que a pairar, o *lobby* com as suas túnicas brancas. Lá fora, deram uma série de apertos de mão e beijos formais antes de cada um se dirigir para o seu SUV. Apesar desse último elemento de logro, Gabriel não teve problemas em seguir Malik a entrar para a parte de trás de um dos *Denalis*. Quando as cinco carrinhas desapareceram, foram substituídas por dois *Toyotas Land Cruiser*. Mikhail conseguiu fazer um ar vagamente aborrecido ao passar pelo paquete e instalar-se no banco do passageiro do primeiro carro. Gabriel entrou no segundo.

— Põe o cinto — disse Chiara ao acelerar. — Esta gente é doida a guiar.

A notícia de que Malik se encontrava sob vigilância do Departamento chegou ao Rashidistão às 22h12, hora do Dubai. Desencadeou uma curta explosão de alegria por parte da reduzida equipa, mas não dos três mestres espiões que estavam reunidos à volta do compartimento no centro da sala. Shamron parecia especialmente preocupado ao observar a luzinha vermelha a piscar por Sheikh Zayed Road.

— Lembrei-me agora de que já não temos notícias do nosso amigo Samir Abbas há algum tempo — disse ele, com os olhos ainda colados ao monitor na parede. — Acham que seria possível telefonar-lhe para o telemóvel de um número que ele reconheça?

— De alguém em especial? — perguntou Carter.

— Pode ser a mulher — respondeu Shamron. — Samir sempre me pareceu que era um homem de família.

— Acabaste de te referir a ele no passado.

— Ai foi? — retorquiu Shamron distraidamente.

Carter olhou para um dos técnicos e ordenou:

— Trata disso.

Estatisticamente, os moradores do Dubai são não só das pessoas mais ricas do mundo, como também das que pior guiam. No emirado, há um choque — seja com outro carro, com um peão ou com um objeto — de dois em dois minutos, resultando numa média de três mortes por dia. O condutor típico não tem qualquer problema em atravessar várias faixas ao mesmo tempo, com imenso trânsito, ou em seguir colado ao carro da frente a cento e sessenta quilómetros por hora e a falar ao telemóvel. Por isso mesmo, poucas pessoas deram conta da perseguição a alta velocidade que aconteceu pouco depois das dez da noite, na estrada para Jebel Ali. Era simplesmente mais uma noite nas corridas.

A estrada tinha quatro faixas em cada sentido, com um separador central cheio de vegetação e sinais de trânsito que eram ignorados pela maioria dos habitantes locais por serem conselhos desnecessários. Gabriel agarrou-se com toda a força ao descanso para o braço enquanto Chiara ia avançando habilmente com o grande *Land Cruiser* pelo meio da imensidão de veículos iguais a esse. Por ser quinta-feira à noite, o começo do fim de semana no mundo islâmico, havia mais trânsito do que numa noite normal. Os veículos desportivos enormes eram a regra e não a exceção. E a maior parte era conduzida por homens com barba e *kandouras* e *ghutras* brancas.

As cinco carrinhas que compunham a caravana de Malik estavam a fazer o que parecia ser o jogo da bolinha, mas em andamento. Serpenteavam, guinavam, piscavam os máximos várias vezes para os carros que iam mais devagar os deixarem passar — tudo condutas perfeitamente apropriadas nas estradas anárquicas do Dubai. Chiara e os outros três condutores da equipa que ia em perseguição estavam a fazer todos os possíveis para não as perderem de vista. Era uma missão perigosa. Apesar da selvajaria reinante nas estradas, a polícia dos emirados não era meiga com os estrangeiros que se envolviam em acidentes. Malik sabia isso, claro. Gabriel interrogou-se sobre o que mais saberia Malik. Estava a começar a preocupar-se com a possibilidade de aquelas medidas de segurança complexas serem mais do que simples precaução, de Malik, como era habitual, estar um passo à frente dos inimigos.

Estavam a aproximar-se do porto de Jebel Ali. Passaram disparados pelo reluzente parque de diversões e centro comercial Ibn Battuta e, a seguir, por uma fábrica de dessalinização: um instantâneo do Dubai. Gabriel mal reparou nos marcos. Observava as manobras cuidadosamente coreografadas que se iam sucedendo mais à frente na estrada. Quatro SUV encontravam-se naquele momento lado a lado, ocupando as quatro faixas. Tinham abrandado e adotado uma tática de bloqueio. A quinta viatura, o *Denali* onde ia Malik, estava a acelerar rapidamente.

— Ele está a escapar-se, Chiara. Tens de os ultrapassar.

— Como?

— Arranja maneira.

Chiara guinou bruscamente para a esquerda. E depois para a direita. Um SUV bloqueou-lhe o caminho das duas vezes.

— Força a passagem pelo meio deles.

— Gabriel!

— Faz isso!

Ela tentou. Mas não havia maneira de passar.

Aproximavam-se do final da Zona Franca de Jebel Ali. A seguir, ficava a vastidão do deserto que separava o Dubai do emirado de Abu Dhabi. Gabriel já não conseguia ver o *Denali* de Malik; já era apenas uma estrela longínqua numa galáxia de luzes traseiras de automóvel. Logo em frente, um semáforo passou de verde para amarelo. Os quatro SUV abrandaram instantaneamente, sem dúvida uma novidade para o Dubai, e pararam. Quando os outros carros começaram a buzinar, uma das réplicas de Malik saiu da carrinha, fitando Gabriel durante um longo momento e arrastando o polegar pelo próprio pescoço como se fosse uma faca. Gabriel contactou rapidamente a equipa pelo rádio e concluiu que se encontravam todos a salvo e com o paradeiro bem definido. A seguir, ligou para o *BlackBerry* de Nadia. Ninguém atendeu.

CAPÍTULO

61

DUBAI

O jato *Boeing Business*, detido e operado pela AAB Holdings, partiu do Aeroporto Internacional do Dubai às
22h40 da noite. Não havia um único sinal disponível que
sugerisse que Nadia al-Bakari, a presidente da empresa, se
encontrava a bordo.

O *BlackBerry* tinha-se desligado às 22h14, numa altura
em que o carro onde Nadia ia estava a atravessar Dubai
Creek, e já não dava qualquer sinal. Nos instantes que antecederam o corte, Nadia estava a conversar prazenteiramen-
te com Rafiq al-Kamal. O último sinal áudio captado pelo
aparelho foi um baque surdo e abafado que podia ser mil
e uma coisas, de um estrebuchar final ao som produzido
por Nadia ao bater ao de leve com o indicador no ecrã do
telemóvel, algo que fazia frequentemente quando andava de
carro. Os transmissores escondidos na bolsa e na roupa dela encontravam-se, na altura em que se deu o corte, bem
longe do raio de ação dos postos de escuta instalados no
Burj Al Arab e, por essa razão, não forneceram quaisquer
pistas sobre o que se tinha passado.

Só os sinais de GPS continuavam a funcionar. Mas acabaram por se extinguir num terreno desocupado em Dubai-
-Hatta Road, não muito longe do clube de polo. Gabriel

encontrou o fato *Chanel* às 22h53 e o relógio uns minutos depois. Levou os artigos até ao *Land Cruiser* e examinou-os à luz do painel de instrumentos. O fato estava rasgado em várias partes e tinha manchas de sangue na gola. O cristal do relógio estava partido, mas a inscrição na parte de trás continuava perfeitamente legível. *Ao futuro, Thomas.*

Gabriel disse a Chiara para voltar para o hotel e, a seguir, enviou uma mensagem para Langley do seu *BlackBerry*. A resposta chegou passados dois minutos. Gabriel praguejou em voz baixa quando a leu.

— O que é que diz?

— Querem-nos no aeroporto imediatamente.

— E Nadia?

— Nadia não existe — respondeu Gabriel, voltando a guardar o *BlackBerry* no bolso do casaco. — Pelo menos, no que diz respeito a Langley e a Shamron. Agora, já não.

— E então abandonamo-la? — perguntou Chiara, furiosa, sem tirar os olhos da estrada. — É isso que querem que façamos? Utilizar o dinheiro e o nome dela e depois atirá-la às feras? Sabes o que é que eles lhe vão fazer?

— Vão matá-la — respondeu Gabriel. — E não lhe vão dar a cortesia de uma morte aceitável. Não é assim que eles tratam das coisas.

— Se calhar, ela já está morta — retorquiu Chiara. — Se calhar, era isso que o amigo de Malik estava a tentar dizer-te.

— Até é capaz de estar — admitiu Gabriel —, mas duvido. Não se tinham dado ao trabalho de lhe tirar a roupa e as joias se pretendessem matá-la depressa. Dá a ideia de que queriam falar com ela em privado, o que é compreensível. Afinal de contas, perderam a rede deles por causa dela.

O *BlackBerry* de Gabriel chilreou pela segunda vez. Era outra mensagem de Langley, pedindo para confirmar se a primeira mensagem, para abortar a missão, tinha sido recebida. Gabriel ignorou-a e ficou a olhar pela janela, taciturnamente, para as luzes do bairro financeiro.

— E podemos fazer alguma coisa por ela? — perguntou Chiara.

— Suponho que isso dependa inteiramente de Malik.

— Malik é um monstro. E podes ter a certeza de que sabe que estás no Dubai.

— Até os monstros são capazes de ouvir a razão.

— Os jihadistas, não. Estão para lá de qualquer razão.

Chiara guiou em silêncio por um momento, com uma mão no volante e a outra a agarrar com firmeza no fato manchado de sangue de Nadia.

— Eu sei que lhe fizeste uma promessa — disse ela por fim —, mas também me fizeste uma.

— Achas que devia deixá-la morrer, Chiara?

— Meu Deus, claro que não!

— Então o que é que queres que eu faça?

— E porque é que tenho de ser eu a decidir isso?

— Porque és a única pessoa que pode.

Chiara estava a apertar o fato de Nadia com força, lavada em lágrimas. Gabriel perguntou-lhe se não queria que ele guiasse. Ela pareceu não o ouvir.

Trinta segundos mais tarde, a mensagem de Gabriel surgiu e piscou rapidamente nos ecrãs do Rashidistão. Shamron fitou-a, consternado. A seguir, acendeu um cigarro, violando a política draconiana antitabaco de Langley, e afirmou:

— Agora era capaz de ser uma boa altura para pôr uns aviões no ar e tropas no terreno.

Carter e Navot responderam pegando nos telefones ao mesmo tempo. Passados poucos minutos, os aviões já estavam a levantar voo de uma instalação secreta da CIA no Bahrein e as tropas já se encontravam a atravessar em silêncio as águas negras do Golfo, a caminho da praia de Jebel Ali.

Quando Gabriel e Chiara regressaram ao hotel, o resto da equipa já estava a meio de uma evacuação apressada mas metódica. Tinha sido iniciada depois de recebida a ordem de Shamron e estava a ser conduzida sob os auspícios de um tal Thomas Fowler, novíssimo sócio da empresa de capital de risco Rogers & Cressey. A gerência do hotel tinha sido levada a crer que a partida repentina se devia a uma emergência de saúde de um dos empregados do senhor Fowler. A mesma história fora contada ao operador de aviões de base fixa do Aeroporto Internacional do Dubai. O avião privado do senhor Fowler estava a ser preparado para descolar às duas da manhã. Tinha sido dito à tripulação para não contar com atrasos.

Apesar da urgência da situação, a equipa foi capaz de manter dentro do hotel uma rigorosa disciplina em termos operacionais. Em quartos que partiam do princípio estarem sob escuta, referiam-se uns aos outros utilizando nomes falsos e falavam principalmente de negócios e finanças. Só as suas expressões arrasadas revelavam a angústia sentida por todos, e só quando se encontraram sob a capa protetora do *chuppah* se atreveram a dizer a verdade. A salvo dos

450

instrumentos de escuta do Soberano, Gabriel ligou para o Rashidistão e teve uma conversa tensa com Shamron e Navot. Também falou cara a cara com todos os membros da equipa. A maioria desses encontros correu como reuniões de negócios; alguns acabaram em conflito. Chiara foi a última a ir ter com ele. A sós, recordou-lhe a tarde em que tinham feito amor na casa segura junto ao lago Zurique, quando o corpo dela ardeu como se tivesse febre. A seguir, deu-lhe um último beijo nos lábios, pegou na bagagem e encaminhou-se para o *lobby*.

Shamron sempre acreditara que as carreiras se definiam mais pelas calamidades a que se sobrevivia do que pelos êxitos alcançados. *Qualquer pateta pode dar uma volta à pista depois de uma vitória,* fora uma célebre tirada sua numa palestra na Academia, *mas só um agente verdadeiramente grandioso é capaz de manter a compostura e o disfarce quando tem o coração a desfazer--se.* E se as coisas eram mesmo assim, então Shamron teria assistido nessa noite à exata definição de grandeza quando a lendária equipa de Gabriel saiu em fila indiana do Burj Al Arab e partiu para o aeroporto. Chiara era a única que parecia desesperada, em parte porque tinha o coração a desfazer-se verdadeiramente, mas também porque se tinha oferecido para desempenhar o papel do empregado gravemente doente. A gerência desejou-lhe as melhoras no momento em que a ajudavam a entrar para a parte de trás de uma limusina do hotel. O senhor Fowler deu uma gorjeta generosa aos paquetes e entrou logo a seguir.

Foram pelo mesmo caminho que Nadia já tinha feito essa noite, mas chegaram ao aeroporto sem incidentes. Depois de terem visto os passaportes serem rapidamente verificados, preferiram embarcar de imediato no avião, em vez de esperar no *lounge* VIP luxuosamente mobilado. Um cancelamento permitiu-lhes partirem mais cedo do que o previsto e, à uma e meia, já se encontravam a levantar voo sobre a negritude do Setor Vazio.

Havia dois membros da equipa que não estavam a bordo. Mikhail estava a caminho de uma praia isolada, a oeste de Jebel Ali; Gabriel, do bairro antigo do Dubai conhecido como Deira. Depois de estacionar o *Toyota Land Cruiser* junto à Corniche, foi a pé até ao pequeno prédio de apartamentos, em mau estado, perto do Gold Souk e subiu as escadas que tresandavam a grão-de-bico e cominhos. Sozinho no apartamento, sentou-se à mesa da cozinha, que já estava a descascar, e pôs-se a olhar fixamente para o ecrã do *BlackBerry.* Para ajudar a passar o tempo, relembrou os passos da operação na cabeça. Algures pelo caminho, tinha havido uma fuga de informação ou uma traição. Ia descobrir quem era o responsável. E depois ia matá-lo.

Passaram mais vinte minutos até Mikhail ouvir uma voz a crepitar no auscultador. Disse uma palavra ou duas e nada mais. Mesmo assim, reconheceu-a. Já tinha ouvido aquela voz muitas vezes — nos buracos infernais de Gaza, nas colinas do sul do Líbano, nas ruelas de Jericó, Nablus e Hebron. Piscou os faróis do carro duas vezes, iluminando por breves instantes a praia branca, e tamborilou nervosamente com os dedos no volante, no momento em que o barco de borracha *Zodiac,* todo preto, atingiu a costa. Saíram de lá quatro homens, todos com sacos de equipamento de *nylon.* Pareciam árabes. Mexiam-se como árabes. E até usavam uma água-de-colónia que os punha a cheirar como árabes.

Mas não eram árabes. Eram membros da unidade de elite Sayeret Matkal. E um deles, Yoav Savir, era o antigo comandante de Mikhail.

— Há muito tempo que não nos víamos — lançou Yoav ao sentar-se no banco do passageiro. — O que aconteceu?

— Perdemos uma pessoa muito importante.

— E como é que ele se chama?

— *Ela* — esclareceu Mikhail. — Ela chama-se Nadia.

— E quem é que a apanhou?

— Malik.

— Qual Malik?

— O único Malik que interessa.

— Merda!

As luzes da gigantesca instalação petrolífera em Shaybah brilhavam como brasas verdes em tons néon nos monitores espalhados pelas paredes do Rashidistão. A imagem estava a ser transmitida em direto por um avião *Predator* que não estava a ser pilotado manualmente, mas sim controlado por uma equipa em Langley. Obedecendo às ordens de Carter, o avião inclinou-se para leste, sobrevoando uma série de oásis ao longo da fronteira dos Emirados Árabes Unidos com a Arábia Saudita, e depois seguiu pela autoestrada principal em direção à cidade do Dubai, com as suas câmaras com visão noturna e de imagem térmica a vasculharem o chão do deserto, à procura de sinais de vida onde normalmente não havia nenhum. Quando o *Predator* se aproximou do porto de Jebel Ali, as câmaras fixaram-se por breves momentos num pequeno *Zodiac* que estava a voltar para a água, com uma figura solitária a brilhar na popa. No Rashidistão, ninguém prestou grande atenção à imagem porque estavam todos a acompanhar uma conversa de Gabriel no *BlackBerry*. Os computadores reconheceram o número de quem estava a telefonar. E também lhe reconheceram a voz. Era Malik al-Zubair. O único Malik que interessava.

CAPÍTULO

62

DEIRA, DUBAI

— Foi uma surpresa teres atendido. Se calhar, é mesmo verdade o que dizem de ti.

— E o que é que dizem, Malik?

— Que és corajoso. Que és um homem de palavra. Pela minha parte, continuo cético. Nunca conheci um judeu que não fosse cobarde e mentiroso.

— Nunca tinha dado conta de que Zarqa tivesse uma comunidade de judeus assim tão grande.

— Felizmente, não há judeus em Zarqa, só vítimas de judeus.

— Onde é que ela está, Malik?

— Quem?

— Nadia — replicou Gabriel. — O que é que lhe fizeram?

— E porque achas que a temos?

— Porque só poderias ter conseguido este número num sítio.

— Que judeu espertalhão.

— Soltem-na.

— Neste momento, não estás em posição de fazer exigências.

— Não estou a exigir nada — respondeu Gabriel calmamente. — Estou a pedir-te que a soltes.

— Num gesto humanitário?

— Chama-lhe o que quiseres. Mas faz o que está certo.

— Mataste o pai à frente dela e estás a pedir-me *a mim* para fazer o que está certo?

— O que queres, Malik?

— Queremos que libertem todos os nossos irmãos que foram presos pelos americanos e pelos seus aliados depois do vosso logrozinho. Além disso, exigimos que libertem os nossos irmãos que se encontram detidos ilegalmente em Guantánamo Bay.

— Nenhum prisioneiro palestiniano? Estás a desiludir-me.

— Não quero interferir nas negociações que vocês têm em curso com os irmãos do Hamas.

— Pede qualquer coisa razoável, Malik, qualquer coisa que eu possa dar-vos de facto.

— Nós nunca negociamos com terroristas. Libertem os nossos irmãos e nós libertamos a vossa espia sem lhe fazermos mais nada.

— O que lhe fizeram?

— Posso assegurar-te que não foi nada comparado com o sofrimento que os nossos irmãos suportam todos os dias no Cairo, em Amã e em Riade.

— Não tens lido os jornais, Malik? O mundo árabe está a mudar. O faraó já se foi. A casa de Saud está a ruir. O reizinho hachemita da Jordânia anda aterrorizado de morte. O povo decente do mundo árabe conseguiu alcançar, numa questão de meses, o que a Al-Qaeda e quejandos não foram capazes de atingir com vários anos de matanças sem senti-do. O vosso tempo já passou, Malik. O mundo árabe não vos quer. Soltem-na.

— Lamento, mas não posso fazer isso, Allon.

Malik parou por uns instantes, como se estivesse a pon-derar numa forma de ultrapassar o impasse que tinha criado.

— Mas há outra possibilidade.

Gabriel ouviu as instruções de Malik. Tal como Sham-ron, Navot e Adrian Carter.

— E o que é que acontece se não aceitarmos? — per-guntou Gabriel.

— Nesse caso, ela sofre o castigo tradicional para a apos-tasia. Mas não se preocupem. Vão poder ver a sua morte na Internet. O iemenita quer utilizar isso como instrumento de recrutamento para substituir todos os agentes que perdemos por causa dela.

— Preciso de alguma prova de que ela ainda está viva.

— Lamento, mas vais ter de confiar simplesmente em mim — retorquiu Malik.

E depois a ligação foi interrompida.

O *BlackBerry* de Gabriel tocou passados segundos. Era Adrian Carter.

— Não há dúvida de que ele ainda está nos Emirados.

— Em que sítio?

— A NSA ainda não conseguiu fazer a triangulação, mas acha que ele é capaz de estar algures no deserto oci-dental, perto do oásis de Liwa. Temos um avião a sobre-voar a zona neste preciso momento e mais dois a caminho.

Gabriel tirou um aparelho pequeno de uma bolsa interna do seu saco de viagem. Era mais ou menos do tamanho de um típico comprimido de antibiótico. De um lado, tinha um minúsculo interruptor metálico. Ligou-o e, a seguir, perguntou:

— Consegues ver o sinal?

— Afirmativo.

Gabriel engoliu o aparelho.

— Continuas a vê-lo?

— Afirmativo.

— No Fish Souk, daqui a dez minutos.

— Afirmativo.

Gabriel ainda estava com a roupa de empresário da sua identidade secreta. Por breves instantes, pensou em vestir qualquer coisa mais apropriada para uma noite no deserto, mas apercebeu-se de que não seria necessário. De certeza que os seus captores fariam isso por ele. Guardou o relógio no saco, ao lado do *BlackBerry,* da carteira, do passaporte, da arma e de uns quantos papéis pouco importantes que tinha nos bolsos. Já não trazia seringas nem cloreto de suxametónio, apenas *Advil* e um remédio preventivo para a diarreia. As doses de *Advil* que tomou chegavam para entorpecer temporariamente a dor provocada pelos eventuais ferimentos que pudesse vir a sofrer nas horas que se seguiriam e a quantidade de remédio para a diarreia que ingeriu era suficiente para lhe transformar os intestinos em betão durante um mês. A seguir, guardou o saco no armário e saiu do apartamento.

Gabriel tinha seis minutos para fazer o pequeno percurso até ao Fish Souk. Ficava junto à foz de Dubai Creek, na

Corniche. Apesar da hora tardia, havia grupos de jovens a saborearem o ar noturno na marginal — paquistaneses, filipinos, gente do Bangladesh e quatro árabes que não eram árabes nenhuns. Gabriel pôs-se ao lado de um candeeiro para que o vissem sem problemas e, passados uns segundos, uma carrinha *Denali* parou à sua frente. Ao volante, estava um dos clones de Malik. E sentado no banco de trás, vinha outro. E vinha Rafiq al-Kamal, ex-chefe de segurança de Nadia al-Bakari.

Foi Al-Kamal que fez sinal a Gabriel para entrar e foi Al-Kamal que, trinta segundos depois, desferiu o primeiro golpe — uma cotovelada no peito de Gabriel, que quase lhe parou o coração. A seguir, empurraram-no para o chão e socaram-no até já não terem força nos braços. A colheita tinha terminado, pensou Gabriel antes de perder os sentidos. Era altura do festim.

CAPÍTULO

63

O SETOR VAZIO, ARÁBIA SAUDITA

Os mapas referem-se-lhe de modo agourento como Rub' al-Khali — literalmente, o Setor do Vazio. No entanto, os beduínos conhecem-no por outro nome. Chamam-lhe As Areias. Cobrindo uma área do tamanho da França, Bélgica e Holanda, estende-se de Omã aos Emirados, atravessando a Arábia Saudita e penetrando em partes do Iémen. Dunas do tamanho de montanhas ondulam pelo chão do deserto, ao sabor de um vento implacável. Algumas estão sozinhas. Outras ligam-se entre si, em cadeias que serpenteiam por centenas de quilómetros. No verão, a temperatura excede por norma os sessenta graus, arrefecendo até aos trinta e sete e meio à noite. Quase não chove, praticamente não há vida vegetal nem animal e muito pouca gente, para além dos beduínos, dos bandidos e dos terroristas da Al-Qaeda que atravessam as fronteiras livremente. O tempo pouco importa nas Areias. Continua a ser medido em termos da distância entre um e outro poço.

Como a maioria dos sauditas, Nadia al-Bakari nunca tinha posto os pés no Setor Vazio. Uma situação que se alterou três horas depois de ser raptada, embora ela ainda não o soubesse. Tinham-lhe injetado um anestésico geral, cetamina, e ela julgava estar perdida, a vaguear pelos aposentos dourados da sua juventude. O pai surgiu-lhe por breves instantes; usava a túnica tradicional de um beduíno e a cara fechada conhecida como *juhayman*. O corpo estava crivado de balas. Obrigou-a a tocar-lhe nas feridas e, a seguir, repreendeu-a por conspirar com os mesmíssimos homens que as tinham provocado. Ela teria de ser castigada, disse ele, tal como Rena tinha sido castigada por desonrar a família. Era a vontade de Deus. Não havia nada a fazer.

Foi no instante em que o pai a condenou à morte que Nadia começou a sentir que estava a recuperar os sentidos, atravessando vários níveis a caminho da plena consciência. Foi uma subida lenta, como um mergulhador a regressar das profundezas. Quando atingiu por fim a superfície, forçou-se a abrir os olhos e respirou o mais fundo possível. Depois, observou atentamente o que a rodeava. Estava deitada, de lado, num tapete que cheirava a odor corporal masculino e a camelo. Com os pulsos atados, tinham-na vestido dos pés à cabeça com uma peça fina de algodão branco. A roupa brilhava ao luar, tal como a *thobe,* ao estilo dos salafitas, do homem que a vigiava. Ele trazia também um barrete *taqiyah* sem o lenço árabe e uma arma automática com uma cartucheira em forma de banana. Ainda assim, os seus olhos eram invulgarmente meigos para um árabe. Foi então que Nadia percebeu que já os tinha visto. Eram os olhos de Ali, o *talib* do xeque Marwan Bin Tayyib.

— Onde é que estou? — perguntou ela.

Ele disse-lhe a verdade. Não era bom sinal.

— Como é que está Safia?

— Está bem — respondeu o *talib,* sorrindo apesar da situação.

— E quanto tempo é que falta para o bebé nascer?

— Três meses — respondeu ele.

— *Inshallah,* vai ser um menino.

— Por acaso, os médicos dizem que vamos ter uma menina.

— Não parece estar triste.

— E não estou.

— Já escolheram um nome?

— Vai chamar-se Hanan.

Em árabe, o nome significava *misericórdia*. Afinal de contas, talvez ainda houvesse esperança.

O *talib* começou a recitar para si próprio versos do Alcorão em voz baixa. Nadia virou-se de costas e contemplou as estrelas. Pareciam estar tão perto que até daria para tocar nelas. Ouvia-se apenas o som do Alcorão e uma espécie de zumbido longínquo. Por um momento, Nadia partiu do princípio de que se tratava de mais uma alucinação provocada pelo anestésico — ou talvez, pensou, pelas anomalias do seu cérebro. A seguir, fechou os olhos, silenciando a voz do *talib,* e escutou com atenção. Não era nenhuma alucinação, concluiu. Era uma espécie de avião. E estava a aproximar-se.

Uma estrada estreita e de uma faixa liga a cidade-oásis de Liwa à instalação petrolífera em Shaybah, do outro lado da fronteira com a Arábia Saudita. Nadia tinha atravessado o posto de controlo passando pela mulher, a dormir e com um véu, de um dos seus raptores. Gabriel teve de sofrer essa mesma indignidade, embora, ao contrário de Nadia, tivesse perfeita consciência do que estava a acontecer.

Por baixo do véu, trazia o fato-macaco azul de um operário do Dubai. Tinham-lho dado num armazém de produtos agrícolas, em Al-Khaznah, uma cidade no deserto do Emirado de Abu Dhabi, depois de lhe terem tirado a roupa e andarem à caça de transmissores e escutas. E também lhe tinham dado uma segunda tareia, com Rafiq al-Kamal a encarregar-se da maior parte do trabalho pesado. Gabriel achou que o saudita tinha o direito de estar furioso com ele. Afinal de contas, Gabriel tinha-lhe matado o antigo patrão e, a seguir, transformado a filha do patrão numa espia depois de a recrutar. Mas o envolvimento de Al-Kamal no rapto de Nadia confundia Gabriel. A mando de quem, interrogou-se, estaria ali o saudita? Dos terroristas? Ou da família Al-Saud?

De momento, não importava. O que importava era manter Nadia viva. E isso exigiria uma última mentira. Um último logro. Engendrou a mentira a caminho de Shaybah, com o fato-macaco azul de um operário do Dubai e o véu preto de uma mulher. Depois disse-a a si mesmo vezes sem conta, até acreditar que cada palavra era verdade.

Nos plasmas gigantescos de Langley, Gabriel não passava de um borrão de luz verde a piscar pelo Setor Vazio. Um conjunto de outras cinco luzinhas piscava perto da cidade-oásis de Liwa. As luzes indicavam as posições de Mikhail Abramov e da equipa da Sayeret Matkal.

— Eles não têm forma nenhuma de conseguir passar por aquele posto de controlo na fronteira — afirmou Carter.

— Então contornam-no — replicou Shamron.

— Há uma vedação ao longo da fronteira.

— As vedações não são nada para a Sayeret.

— E como é que eles vão conseguir passar por cima dela com o *Land Cruiser*?

— Eles têm *dois Land Cruisers* — esclareceu Shamron —, mas a verdade é que nenhum vai passar por cima dessa vedação.

— O que é que estás a dizer?

— Vamos esperar até que Gabriel pare.

— E a seguir?

— Eles vão a pé.

— No Setor Vazio? — questionou Carter, incrédulo.

— Foi para isso que foram treinados.

— E o que é que acontece se se cruzarem com uma patrulha militar saudita?

— Nesse caso, vamos ter de rezar pela memória da patrulha — disse Shamron. — Porque, se se cruzar com Mikhail Abramov e Yoav Savir, vai deixar de existir.

Em Liwa, havia uma bomba de gasolina com supermercado que funcionava toda a noite, direcionada para os trabalhadores estrangeiros e camionistas. O indiano que estava ao balcão parecia já não dormir há um mês. Yoav, o árabe que não era árabe, comprou comida e água que chegavam para um pequeno exército, além de umas *ghutras* baratas e de uns exemplos da roupa de algodão folgada de que os paquistaneses e os habitantes do Bangladesh gostavam. Disse ao indiano que ele e os amigos estavam a pensar passar um dia ou dois nas dunas, a comungar com Deus e a natureza. O gerente da noite falou-lhe de uma formação particularmente inspiradora, a norte de Liwa, junto à fronteira com a Arábia Saudita. *Mas tenham cuidado,* advertiu ele. *Essa zona está cheia de contrabandistas e de gente da Al-Qaeda. É muito perigosa.* Yoav agradeceu o aviso ao indiano. Depois pagou a conta sem regatear e dirigiu-se para os *Land Cruisers.*

Começaram a avançar para norte, como o indiano tinha sugerido, mas, assim que se afastaram da cidade, viraram abruptamente para sul. As dunas tinham uma cor rósea e eram tão altas como os montes da Judeia. Seguiram viagem durante uma hora, mantendo-se sempre nas planícies duras de areia, e pararam junto à vedação da fronteira com a Arábia Saudita. Com o amanhecer a aproximar-se a passos largos, taparam os *Land Cruisers* com rede de camuflagem e vestiram a roupa que tinham comprado em Liwa. Yoav e os outros homens da Sayeret pareciam árabes, mas Mikhail parecia um explorador ocidental que tinha vindo em busca da cidade perdida da Arábia. A sua expedição teve início trinta minutos mais tarde, quando o borrão de luz verde que era Gabriel Allon parou por fim, a sessenta e cinco quilómetros para oeste em relação à localização da equipa. Encheram as mochilas com o máximo de armas e água que conseguiam transportar. A seguir, treparam a vedação da fronteira com a Arábia Saudita e começaram a caminhar.

CAPÍTULO

64

O SETOR VAZIO, ARÁBIA SAUDITA

A tenda tinha sido montada na fenda de uma enorme duna em forma de ferradura. Era feita de pelo preto de cabra, segundo a tradição beduína, e estava rodeada por vários jipes e camionetas de caixa aberta desbotados pelo sol. A um ou dois metros da entrada, estavam quatro mulheres com véus, com pinturas de hena nas mãos, a fazerem café com sementes de cardamomo à volta de uma pequena fogueira. Nenhuma pareceu reparar no homem espancado que saiu a cambalear do banco de trás de um SUV *Denali,* tremendo com o ar frio da manhã.

A fenda continuava às escuras, mas a luz começava a brilhar tenuemente na parte superior da duna e as estrelas estavam a desaparecer. Empurrado por Al-Kamal, Gabriel avançou para a tenda aos tropeções. Tinha a cabeça a latejar, mas as ideias continuavam claras. Estavam concentradas numa mentira. Iria desvelá-la lentamente, pouco a pouco, como bolos adoçados com mel. Iria tornar-se irresistível para eles. Iria ganhar tempo para que Mikhail e a equipa da Sayeret pudessem avançar em direção ao sinal transmitido pelo aparelho que trazia dentro dele. Afastou o transmissor dos pensamentos. Não havia transmissor, lembrou a si mesmo. Havia apenas Nadia al-Bakari, uma mulher

466

com credenciais jihadistas inatacáveis e que Gabriel tinha chantageado para a obrigar a fazer o que ele mandasse.

Naquele momento, Malik surgiu à entrada da tenda. Tinha substituído a sua *kandoura* branca e reluzente por uma *thobe* cinzenta. Estava descalço, mas tinha uma *ghutra* de xadrez vermelho. Olhou para Gabriel ameaçadoramente, como se estivesse a ponderar onde iria desferir o primeiro soco, e depois afastou-se. A reação de Al-Kamal foi empurrar Gabriel com força, entre as omoplatas, fazendo-o entrar de cabeça na tenda.

A sua entrada pouco digna pareceu encher de prazer os homens que se encontravam lá dentro. Ao todo, eram oito e estavam sentados num semicírculo, a beber o café perfumado com cardamomo em copos minúsculos. Alguns traziam à cintura as tradicionais adagas *jambia* dos iemenitas, mas havia um que estava a olhar para o ecrã de um *notebook*. Gabriel conhecia a cara dele, tal como a voz quando o ouviu falar por fim. Era a voz de um homem que Alá tinha agraciado com uma linda e sedutora língua. Era a voz de Rashid.

Nas câmaras de imagem térmica do *Predator* que sobrevoava a zona, os homens reunidos na tenda beduína de pelo de cabra surgiram como onze esferas de luz parecidas com amebas. E havia mais uma série de fontes de calor humano por perto. Estavam quatro figuras sentadas à volta de uma pequena fogueira. Havia um perímetro de postos de segurança espalhados pelas dunas. E, a cerca de mil metros do lado sul da tenda, encontravam-se duas figuras — uma deitada de costas no chão do deserto e a outra sentada de pernas cruzadas. Com o dia a romper lentamente, Shamron perguntou a Carter se seria possível ver essas duas figuras por uma lente normal. Passaram mais cinco minutos até haver luz suficiente, mas quando a imagem apareceu nos ecrãs em Langley, era extraordinariamente nítida. Mostrava uma mulher com cabelo preto e vestida de branco, vigiada por um homem com barba e o que parecia ser uma metralhadora *AK-47*. Não muito longe, do outro lado de uma duna grande, tinha sido cavado um buraco cilíndrico no chão do deserto. E ao lado estava uma pilha de pedras.

Quando a equipa reunida no Rashidistão se recompôs do choque, Carter disse:

— Mikhail e a Sayeret não têm hipóteses nenhumas de chegar lá a tempo. E mesmo que conseguissem, seriam descobertos.

— Sim, Adrian — respondeu Shamron —, tenho noção disso.

— Vou ligar para o Ministério do Interior e falar com o príncipe Nabil.

— E porque é que haverias de perder tempo com isso?

— Talvez ele possa fazer qualquer coisa para impedir que eles sejam mortos.

— Talvez — retorquiu Shamron. — Ou talvez isto seja tudo obra de Nabil.

— Achas que Nabil a entregou a Rashid e a Malik?

— Aos olhos de Nabil, ela é uma herege e uma dissidente. Que melhor maneira haveria para se livrar dela do que entregá-la aos barbudos para a executarem?

Carter praguejou baixinho. Shamron olhou para a imagem do deserto.

— Presumo que os *Predators* estejam bem armados, certo? — perguntou.

— Com mísseis *Hellfire* — respondeu Carter.

— E já dispararam algum contra a Arábia Saudita?

— Nem pensar.

— Presumo que precisem de autorização do presidente para poderem fazer uma coisa dessas.

— E presumes bem.

— Então, faz o favor de lhe telefonar imediatamente, Adrian.

CAPÍTULO

65

O SETOR VAZIO, ARÁBIA SAUDITA

Rashid começou por fazer um sermão. Era parte poeta, parte pregador e parte professor da *jihad*. Avisou que Israel não tardaria muito a sofrer o mesmo destino do regime do faraó no Egito. Prognosticou que a *sharia* estava a caminho da Europa, quer a Europa quisesse quer não. Declarou que o século americano tinha chegado ao fim, *al-hamdu lillah*. Foi uma das poucas expressões árabes que utilizou. O resto foi dito no seu inglês coloquial impecável. Era como se um miúdo da Best Buy estivesse a ensinar os princípios dos salafitas.

Rashid não se estava a dirigir a Gabriel mas sim a uma câmara digital instalada num tripé. De vez em quando, agitava um dos seus dedos compridos para dar ênfase ou para apontar para o seu prisioneiro famoso, que se encontrava sentado a um ou dois metros dele, a semicerrar os olhos ligeiramente devido à luz intensa que saía de dois candeeiros. Gabriel mal podia imaginar o aspeto que as manchas de calor deviam ter nas câmaras dos *Predators* que sobrevoavam a zona. Sentiu-se como se estivesse sentado numa versão jihadista de um estúdio de televisão, com Rashid a desempenhar o papel do apresentador agressivo. Malik, o mestre do terrorismo, estava atrás das câmaras, a andar de um lado para o outro. Era assim a relação entre ambos, pensou Gabriel. Rashid era o talento à frente das câmaras. E Malik o produtor tenaz que tratava de todos os pormenores complicados. Rashid inspirava. Malik estropiava e assassinava, tudo em nome de Alá.

Quando Rashid concluiu por fim o seu monólogo de abertura, centrou as atenções na parte principal do programa daquela manhã: a entrevista. Começou por pedir a Gabriel para dizer como se chamava e de onde vinha. Quando Gabriel respondeu *Roland Devereaux, cidade do Quebeque, Canadá,* Rashid teve um lampejo de fúria. Havia uma petulância nessa reação que Gabriel talvez tivesse achado divertida se não se encontrasse rodeado de homens com adagas *jambia* curvas. As ideias de Rashid eram monstruosas, mas, estranhamente, em pessoa, ele não era nada ameaçador. Era para isso que existia Malik.

— O teu nome *verdadeiro* — disparou Rashid. — Diz-me o nome que te deram quando nasceste.

— Tu sabes o meu nome verdadeiro.

— E porque não o queres dizer agora? — perguntou Rashid. — Tens vergonha dele?

— Não — respondeu Gabriel —, simplesmente não o utilizo muito.

— Diz o teu nome.

Gabriel assim fez.

— E onde nasceste?

— No vale de Jezreel, no estado de Israel.

— E onde é que os teus pais nasceram?

— Na Alemanha.

Rashid viu nisso uma prova clara de um grande crime histórico.

— Os teus pais são sobreviventes do suposto Holocausto? — perguntou.

— Não, são sobreviventes do *verdadeiro* Holocausto.

— E tu trabalhas para os serviços secretos do estado de Israel?

— Às vezes.

— És um assassino?

— Já matei no cumprimento do dever.

— Consideras-te um soldado?

— Sim.

— E já mataste muitos palestinianos?

— Sim, muitos.

— E orgulhas-te do que fazes?

— Não — respondeu Gabriel.

— Então porque o fazes?

— Por causa de pessoas como tu.

— A nossa causa é justa.

— A vossa causa é grotesca.

De repente, Rashid pareceu ficar atrapalhado. O exclusivo não estava a correr como tinha planeado. Pôs outra vez ordem na situação.

— Onde é que estavas na noite de 24 de agosto de 2006?

— Estava em Cannes — respondeu Gabriel sem hesitar.

— Em França?

— Sim, em França.

— E o que estavas lá a fazer?

— Estava a dirigir uma operação.

— E que tipo de operação era essa?

— O assassínio de um alvo.

— E quem era o alvo?

— Abdul Aziz al-Bakari.

— E quem é que ordenou o assassínio dele?

— Não sei.

Era óbvio que Rashid não acreditou nele, mas pareceu não querer perder tempo de antena valioso com histórias antigas.

— E participaste no assassínio propriamente dito? — perguntou.

— Sim.

— E viste Nadia al-Bakari nessa noite?

— Sim, vi.

— E quando é que voltaste a vê-la?

— Agora em dezembro.

— Onde?

— Num *château* a norte de Paris.

— E o que é que aconteceu a seguir?

O que aconteceu, explicou Gabriel, foi uma operação complexa para chantagear uma das mulheres mais ricas do mundo e obrigá-la a fazer o que Israel e os serviços secretos americanos mandassem. Através de um informador, a CIA soube que a rede neófita de Rashid precisava desesperadamente de auxílio financeiro. A CIA queria fornecer o dinheiro à rede e depois segui-lo enquanto passava pelas várias células e empresas-fachada. Só havia um problema. O dinheiro tinha de vir de alguém em quem os terroristas confiassem. A CIA perguntou se os serviços secretos israelitas tinham alguma sugestão. E os serviços secretos israelitas tinham. Chamava-se Nadia al-Bakari. Um emissário dos serviços secretos israelitas foi visitar a senhora Al-Bakari a Paris, sob falsos pretextos, e deixou bem claro que a AAB Holdings seria destruída se ela não aceitasse colaborar.

— E como é que iriam prejudicar a empresa? — perguntou Rashid.

— Através de uma campanha bem orquestrada de fugas de informação aos nossos amigos nos meios de comunicação.

— Amigos judeus, claro.

— Sim, claro.

— E o que é que diriam essas fugas?

— Que a AAB Holdings era uma empresa jihadista, tal como tinha sido sob a direção do pai dela.

— Continua.

Gabriel obedeceu. Adotou uma expressão reticente para a câmara. Era uma mentira, tal como as outras mentiras que lhe saíam dos lábios inchados. Desvelou-as lentamente e com grande pormenor. Rashid pareceu ouvir cada uma das palavras sofregamente.

— A tua história é interessante — comentou Rashid —, mas lamento informar-te que não condiz com o que a senhora Al-Bakari já nos contou. Ela diz que vos ajudou de livre vontade.

— Recebeu ordens para dizer isso.

— Vocês ameaçaram-na?

— Constantemente.

— E de onde veio o dinheiro para a operação?

— Era de Nadia.

— Obrigaram-na a usar o dinheiro dela?

— Exato.

— E porque não usaram o dinheiro do governo?

— Os orçamentos andam apertados.

— E não conseguiam arranjar um judeu rico que quisesse contribuir financiando o projeto?

— Era um assunto demasiado delicado.

Rashid olhou com desprezo para a câmara e, a seguir, para Gabriel.

— A senhora Al-Bakari esteve ontem no Dubai — disse ele passado um momento. — Qual foi o objetivo dessa visita?

— Pelo que sei, esteve lá para fechar um negócio de aquisição de um terreno e consequente urbanização.

— O verdadeiro objetivo, Allon.

— Enviámo-la lá para identificar um dos principais agentes da vossa rede.

— E o objetivo era prendê-lo?

— Não — respondeu Gabriel —, o objetivo era matá-lo.

O clérigo sorriu. O seu convidado tinha acabado de admitir uma coisa importante, que Rashid poderia utilizar para produzir manchetes pelo mundo inteiro.

— Este episódio parece-me típico de toda a vossa suposta guerra contra o terrorismo. Não nos podem derrotar, Allon. E sempre que tentam, só nos tornam mais fortes.

— Vocês não estão a ficar mais fortes — ripostou Gabriel. — Aliás, estão a morrer. O mundo árabe está a mudar. O vosso tempo já passou.

O sorriso de Rashid evaporou-se. Quando ele voltou a falar, fê-lo no tom de frustração de um professor severo a braços com um aluno lerdo:

— Com certeza que um homem como tu, Allon, não é ingénuo ao ponto de achar que este grandioso Despertar

Árabe vai gerar uma democracia ao estilo ocidental no Médio Oriente. A revolução pode ter começado com os estudantes e os secularistas, mas os irmãos é que vão ter a última palavra. Nós somos o futuro. Lamentavelmente, não é um futuro que vás poder ver. Mas antes de desapareceres deste mundo, sou forçado a fazer-te uma última pergunta. Queres submeter-te à vontade do Islão e tornar-te muçulmano?

— Só se isso fizer com que não matem a Nadia.

— Infelizmente, isso é impossível. O crime dela é bem pior do que o teu.

— Então vou continuar judeu.

— Como queiras.

Rashid levantou-se. Malik desligou a câmara.

O Setor Vazio já se encontrava inundado de luz quando as primeiras figuras saíram da tenda. Ao todo, eram dez — cinco vestidas de branco e cinco vestidas de preto. Entraram rapidamente na caravana de jipes e camionetas de caixa aberta e deram a volta ao acampamento em grande velocidade, recolhendo os seguranças. Passado um momento, já estavam a avançar velozmente para sul, atravessando As Areias em direção ao Iémen.

— Quanto é que querem apostar que um daqueles sacanas é o Rashid? — perguntou Adrian Carter num tom impotente.

— Mais uma razão para dispares o míssil — atirou Navot.

— A Casa Branca não vai permitir isso. Não em solo saudita. E não sem sabermos ao certo quem é que ali está.

— São terroristas e amigos de terroristas — afirmou Shamron. — Dispara o míssil.

— E se um deles for o Gabriel?

— Desculpa, mas isso é impossível — respondeu Shamron.

— E como é que podes ter tanta certeza?

Sem dizer nada, Shamron apontou para um dos ecrãs.

— Tens a certeza de que é ele? — perguntou Carter.

— Reconheço aquele andar onde quer que seja.

CAPÍTULO

66

O SETOR VAZIO, ARÁBIA SAUDITA

O *talib* avançou pela base da vasta duna em forma de estrela. Levava a arma automática em riste e, com a outra mão, puxava Nadia pela corda que ela tinha amarrada aos pulsos. Quando contornaram a duna, Nadia viu o buraco que tinha sido cavado no chão do deserto. Ao lado, estava uma pirâmide de pedras. Sob o sol penetrante, pareciam tão brancas como ossos expostos. Nadia tentou ser forte, como imaginava que Rena tivesse sido forte nos instantes que antecederam a sua morte. A seguir, sentiu o deserto começar a girar e foi ao chão.

— Não vai ser tão mau como julga — disse o *talib,* levantando-a delicadamente. — As primeiras vão magoá-la bastante. Mas depois, *inshallah,* vai perder os sentidos e já não vai sentir mais nada.

— Por favor — implorou Nadia —, tem de arranjar uma maneira de me poupar a isto.

— É a vontade de Deus — respondeu o *talib*. — Não há nada a fazer.

— Não é a vontade de Deus, Ali. É a vontade de homens maus.

— Avance — foi tudo o que ele disse. — Tem de continuar a avançar.

— Seria capaz de fazer isto a Safia?

— Avance.

— Seria, Ali?

— Se ela violasse as leis de Deus, eu não teria escolha.

— E a Hanan? Seria capaz de apedrejar a sua própria filha até à morte?

Dessa vez, o *talib* não disse nada. Depois de dar mais uns passos, começou a recitar para si próprio versos do Alcorão em voz baixa, mas não voltou a dirigir a palavra a Nadia.

Do outro lado da duna montanhosa, Gabriel avançava descalço pela areia, com Malik ao seu lado. Quatro homens rodeavam-nos. Três tinham estado com Malik no Dubai; o quarto era Rafiq al-Kamal. O guarda-costas tinha sido incumbido da tarefa de levar a faca que seria utilizada para executar Gabriel e a câmara de vídeo que gravaria o momento. Malik e os outros levavam armas automáticas. Eram metralhadoras *AK-47* antigas, de fabrico soviético, das que até nas aldeias mais remotas do Iémen se podem comprar por uns quantos riais. Enquanto procurava soltar com cuidado os pulsos da fita adesiva prateada que os prendia, Gabriel tentou calcular as hipóteses de conseguir deitar a mão a uma das armas. Não eram grande coisa, pensou, mas morrer com um tiro era bem melhor do que morrer decepado. Se tinha de morrer naquela manhã, no Setor Vazio, então iria morrer como decidisse. E, se possível, levaria Malik al-Zubair consigo.

Ao sair da sombra da duna, Gabriel viu Nadia pela primeira vez desde que ela tinha passado por ele no *lobby* do

Burj Al Arab. Tapada com o manto da morte dos pés à cabeça, parecia paralisada de medo. Tal como o jovem jihadista de barba rala que estava a vigiá-la. Malik aproximou-se e afastou o rapaz com um empurrão. A seguir, agarrou Nadia pelos cabelos pretos e puxou-a para junto de Gabriel.

— Vê bem o que fizeste — berrou ele, mais alto do que os gritos dela. — Isto é o que acontece quando se seduz o nosso povo a renunciar à sua fé.

— Nadia nunca renunciou à sua fé, Malik. Solta-a.

— Ela colaborou convosco contra nós. Tem de ser castigada. E devido aos teus pecados, vais ser tu a atirar a primeira pedra.

— Não vou fazer isso.

Gabriel levantou os olhos e perscrutou o céu. Um último logro. Uma última mentira.

— E tu também não, Malik.

Malik sorriu. Foi genuíno.

— Não estamos no Paquistão nem no Iémen, Allon. Estamos na Arábia Saudita. E os americanos nunca iriam disparar um míssil *Hellfire* contra o território do seu grande aliado, a casa de Saud. Além disso, ninguém sabe onde estás. Estás completamente sozinho.

— Tens a certeza disso, Malik?

Era evidente que não tinha. Continuando a agarrar um tufo de cabelo de Nadia, inclinou a cara para o céu. Tal como os outros, incluindo Al-Kamal. Estava mais ou menos um metro à esquerda de Gabriel, segurando a faca e a câmara.

— Ouve com atenção — disse Gabriel. — Consegues ouvi-lo? Está a sobrevoar-nos. Está a observar-nos com as suas câmaras. Solta-a, Malik. Caso contrário, vamos todos morrer numa explosão. Tu vais ter com o teu Deus; e eu e Nadia vamos ter com o nosso.

— Não há mais nenhum Deus a não ser Deus, Allon. Há apenas Alá.

— Espero que tenhas razão, Malik, porque estás prestes a conhecer a cara d'Ele. Queres ser um mártir? Ou preferes deixar o martírio para os outros?

Malik empurrou Nadia para o lado e lançou a *Kalashnikov* impetuosamente à cabeça de Gabriel. Com facilidade, Gabriel desviou-se do golpe e deu uma joelhada violenta na virilha de Malik que o fez estatelar-se na areia. A seguir, Gabriel rodopiou com os braços esticados e as mãos a formarem a lâmina de um machado. O machado atingiu em cheio o pescoço de Al-Kamal, esmagando-lhe a laringe. Gabriel olhou para Nadia e para a pilha de pedras brancas como ossos. Depois, começou a agitar os braços em direção ao céu, como um louco, e gritou:

— Disparem! Disparem! É Malik, raios partam! Disparem!

Adrian Carter desligou o telefone depois de falar para a Casa Branca e enterrou a cara nas mãos. Uzi Navot ainda ficou a ver durante mais alguns segundos, mas a seguir fechou os olhos. Apenas Shamron se recusou a desviar o olhar. A culpa era sua, afinal de contas. O mínimo que podia fazer era assistir a tudo até ao fim.

Malik já se tinha erguido sobre um joelho e estava a apalpar o chão às cegas, à procura da *Kalashnikov* caída.

Gabriel continuava a gritar desenfreadamente para o céu implacável. Ouviu o *clack-clack* metálico da metralhadora a engatilhar e viu o cano da arma a subir. Foi então que, pelo canto do olho, teve um vislumbre rápido e fantasmático do manto da morte branco e reluzente de Nadia quando esta se lançou na sua direção. Ao passar à frente da arma, duas flores carmesim desabrocharam violentamente no meio do peito dela, mas, quando caiu em cima de Gabriel, o seu rosto parecia estranhamente sereno. Malik afastou-a com toda a força e apontou a *Kalashnikov* à cara de Gabriel, mas, antes de poder carregar outra vez no gatilho, a sua cabeça rebentou, numa explosão cor-de-rosa. Seguiu-se mais uma série de tiros, até que já só o jovem jihadista continuava de pé. Olhou para Gabriel, com a cara a tapar o sol, e depois observou Nadia pesarosamente.

— Foi vontade de Deus que ela morresse hoje — afirmou ele —, mas, pelo menos, não sofreu.

— Pois não — soltou Gabriel —, não sofreu.

— Foi atingido? — perguntou o rapaz.

— Só com uma bala — respondeu Gabriel.

— E eles vêm buscá-lo?

— Hão de vir.

— E consegue aguentar até eles chegarem?

— Acho que sim.

— Tenho de o deixar aqui sozinho. Tenho uma mulher. Tenho um bebé a caminho.

— Menino ou menina? — perguntou Gabriel, começando a perder as forças.

— Menina.

— E já escolheram o nome?

— Hanan.

— Trata-a bem — disse Gabriel. — Trata-a sempre com respeito.

O rapaz afastou-se; o sol incidiu na cara de Gabriel. Ouviu o barulho de um motor a ligar-se e depois avistou uma nuvem de poeira a avançar pelo mar de areia. A seguir, sobrou apenas o silêncio vazio do deserto. Agitou os braços em direção ao céu, pela última vez, para lhes indicar que estava vivo. Depois fechou os olhos de Nadia e pôs-se a chorar encostado ao seu peito enquanto o corpo dela se transformava lentamente em pedra.

QUARTA PARTE

O DESPERTAR

PARIS-LANGLEY-RIADE

Passariam mais de vinte e quatro horas até a AAB Holdings revelar por fim ao mundo que a sua presidente e diretora-executiva, Nadia al-Bakari, estava desaparecida e se presumia ter sido raptada. Segundo um comunicado da empresa, estava a viajar de limusina no momento do seu desaparecimento, seguindo do célebre Hotel Burj Al Arab, no Dubai, para o aeroporto. Tinham sido feitas duas chamadas na limusina, ambas do telemóvel do seu chefe de segurança de há muito. Na primeira, o guarda-costas tinha ordenado ao chefe do departamento de viagens da AAB que antecipasse a descolagem do avião da empresa em quinze minutos, das 23h para as 22h45. Sete minutos mais tarde, tinha voltado a telefonar para informar que a senhora Al-Bakari se estava a sentir mal e que iria regressar ao hotel e passar lá a noite. Mas ela queria, disse ele, que o resto do *staff* voltasse para Paris conforme planeado. Escusado será dizer que as autoridades do emirado consideravam a segunda chamada altamente suspeita, embora ainda não tivessem determinado se o segurança fazia parte de uma conspiração ou se era apenas mais uma vítima. Estava desaparecido, tal como o motorista.

Conforme se esperava, a notícia provocou ondas de choque nos mercados financeiros mundiais, já de si nervosos. Os preços das ações caíram a pique na Europa, onde o portefólio da AAB era vasto, e, em Wall Street, as bolsas abriram em baixa acentuada. No entanto, quem sofreu mais foi a Dubai, Lda. Após gastar muitos milhares de milhões a fazer passar uma imagem de oásis de estabilidade numa região turbulenta, o emirado parecia ser, naquele momento, um local onde nem os bilionários fortemente vigiados se encontravam seguros. O Soberano fez uma declaração pública, asseverando que a sua cidade-estado era segura e estava a funcionar, mas os investidores não tinham tanta certeza assim. Fustigaram as empresas e os fundos de riqueza soberana sediados no Dubai com uma onda implacável de vendas que deixou a cidade do ouro outra vez à beira da insolvência.

Depois de passarem mais vinte e quatro horas sem haver novidades sobre a situação de Nadia, a imprensa não teve outra opção a não ser especular desenfreadamente em relação ao que teria acontecido. Uma teoria dizia que ela tinha sido assassinada por um gangue russo, que perdera milhões ao investir na AAB Holdings. Outra defendia que ela tinha ofendido interesses poderosos no Dubai quando exortou a que os trabalhadores sazonais do emirado fossem mais bem tratados. E havia ainda outra que sugeria que o rapto não passava de uma artimanha e que Nadia al-Bakari, uma das mulheres mais ricas do mundo, se tinha escondido simplesmente algures, por razões que ninguém podia imaginar.

Lamentavelmente, foi essa última teoria que foi ganhando força em determinados setores da imprensa e, passado pouco tempo, Nadia já tinha sido avistada uma série de vezes, em locais de grande *glamour* um pouco por todo o mundo. De acordo com o último relato, estava a viver numa ilha longínqua, no mar Báltico, com o filho do homem mais rico da Suécia.

Essa notícia surgiu no mesmo dia em que o Reino da Arábia Saudita anunciou por fim que o seu corpo tinha sido encontrado no Setor Vazio. Ao seu lado, e segundo os sauditas, haviam sido encontrados os corpos de vários homens, incluindo o do chefe de segurança. Tinham sido todos mortos a tiro, tal como a senhora Al-Bakari. Até ao momento, as autoridades sauditas não tinham suspeitos.

Em sintonia com anteriores declarações por parte do regime saudita, o comunicado contava apenas parte da história. Não dizia, por exemplo, que os serviços secretos sauditas já estavam bem cientes das circunstâncias que rodearam o assassínio da senhora Al-Bakari. Tal como não mencionava que uma patrulha militar saudita tinha recuperado o corpo poucas horas depois de Nadia morrer, juntamente com o único sobrevivente do incidente. Gravemente ferido, esse sobrevivente encontrava-se de momento no centro de negociações intensas, mas secretas, entre a CIA e elementos da casa de Saud com quem os Estados Unidos mantinham boas relações. Até então, as conversações não tinham produzido avanços. De facto, no que dizia respeito ao governo da Arábia Saudita, o homem em questão não existia. As autoridades garantiram que efetuariam uma busca, mas alimentavam poucas esperanças. O Setor Vazio, disseram, não costumava ser meigo para os intrusos. *Inshallah,* encontrariam o cadáver, mas só se os beduínos não o apanhassem primeiro.

*

O transmissor GPS que Gabriel trazia dentro de si contava uma história completamente diferente. Era a história de um homem que, depois de ter sido encontrado vivo no Setor Vazio, tinha sido levado de helicóptero para Riade e deixado no vasto complexo dirigido pela Mabahith, a divisão da polícia secreta do Ministério do Interior. Quando a sua estada já ia numa semana, pareceu estar a ser levado lentamente de carro para o deserto a leste de Riade. Durante várias horas de ansiedade, a equipa reunida no Rashidistão temeu o pior, que ele tivesse sido executado e enterrado segundo a tradição wahabita, numa sepultura não identificada. Por fim, os analistas da CIA conseguiram confirmar, com alívio palpável, que a sua nova localização era, na verdade, a principal estação de tratamento de esgotos de Riade. O que significava que o transmissor tinha passado finalmente pelos intestinos de Gabriel e saído. E também significava que, naquele momento, Gabriel se encontrava fora do mapa e totalmente fora do alcance de Langley.

A bala partira duas costelas a Gabriel e ferira-lhe o pulmão direito. Os sauditas esperaram até ele estar suficientemente recuperado e só depois deram início ao interrogatório. Foi conduzido por um homem alto e angular, com rosto de falcão. Tinha o uniforme castanho-claro muito bem engomado, mas sem nenhum tipo de insígnias. Disse que se chamava Khalid. Tinha estudado em Inglaterra e possuía a dicção de um apresentador da BBC.

Começou por perguntar o nome a Gabriel e pediu-lhe para descrever em poucas palavras como tinha ido parar ao

490

Setor Vazio, agarrado ao cadáver de uma saudita. Gabriel disse que se chamava Roland Devereaux, da cidade do Quebeque. Afirmou que tinha sido raptado por extremistas islâmicos quando se encontrava no Dubai em negócios, que tinha sido espancado até perder os sentidos e que o tinham levado de carro para o deserto para o matarem. Os terroristas tinham começado a discutir e isso levou a um tiroteio. Não sabia de que tratava a discussão, visto não falar árabe.

— Nada de nada?

— Sei pedir café.

— E como é que gosta dele?

— Com pouco açúcar.

— E de que negócios é que foi tratar ao Dubai?

— Trabalho para uma empresa de transporte de mercadorias.

— E a mulher que lhe morreu nos braços?

— Nunca a tinha visto.

— E conseguiu descobrir como é que ela se chamava?

Gabriel abanou a cabeça e, a seguir, perguntou se a sua embaixada sabia onde ele estava.

— E que embaixada é essa? — perguntou o saudita.

— A Embaixada Canadiana, claro.

— Ah, pois — soltou Khalid, sorrindo. — Em que é que eu estava a pensar?

— Já a contactaram?

— Estamos a tratar disso.

O polícia escrevinhou algumas palavras no bloco de notas e foi-se embora. Gabriel foi algemado e levaram-no outra vez para a cela. Depois disso, ninguém falou com ele durante vários dias.

*

Quando voltaram a levá-lo para a sala de interrogatórios, Gabriel deu de caras com um monte de pastas de arquivo empilhadas ameaçadoramente em cima da mesa.
Khalid, o falcão, estava a fumar, algo que se tinha coibido
de fazer durante o primeiro encontro. Desta vez, não perguntou nada. Preferiu lançar-se num monólogo que não era
muito diferente do que Gabriel tinha aguentado aos pés de
Rashid al-Husseini. No entanto, neste caso, o tema não era
o triunfo inevitável do salafita Islão, mas sim a longa e con-
troversa carreira de um agente dos serviços secretos israelitas chamado Gabriel Allon. O relato de Khalid foi extraordinariamente preciso. O papel de Gabriel no assassínio de
Abdul Aziz al-Bakari e o subsequente recurso à filha de Zizi para penetrar na rede terrorista de Rashid al-Husseini
e Malik al-Zubair mereceram especial destaque.

— Foi Nadia que lhe morreu nos braços, no Setor Vazio — afirmou o saudita. — E Malik também lá estava.
Gostaríamos que nos contasse como é que aconteceu tudo.

— Lamento dizê-lo, mas não sei do que é que está a falar.

— O vídeo da sua confissão está por toda a Internet
e em todos os canais de televisão, Allon. Se não colaborar
connosco, vamos ser forçados a julgá-lo e a executá-lo publicamente.

— Mas que justos que vocês são.

— Lamento muito, mas a justiça saudita não funciona
devagar.

— Se fosse a si, diria a Sua Alteza para repensar a parte
da execução pública. É capaz de lhe custar os campos de
petróleo.

— Os campos de petróleo pertencem ao povo da Arábia Saudita.

— Ah, pois — atirou Gabriel. — Em que é que eu estava a pensar?

Ao longo de várias noites, os gritos de homens a serem torturados ecoaram na cela de Gabriel. Por não conseguir dormir, Gabriel apanhou uma infeção e foi preciso administrar-lhe uma série de antibióticos por via intravenosa. A sua figura esguia perdeu mais alguns quilos. Ficou tão magro que, quando o levaram para o interrogatório seguinte, até o falcão pareceu preocupado.

— Talvez consigamos chegar a um acordo — sugeriu ele.

— Que tipo de acordo?

— Se responder às minhas perguntas, farei com que, a seu tempo, seja entregue àqueles que lhe são queridos com a cabeça ainda agarrada ao corpo.

— E porque é que eu haveria de confiar em si?

— Porque a partir deste momento, meu caro, sou o seu único amigo.

Há uma verdade evidente em relação aos interrogatórios. Mais cedo ou mais tarde, toda a gente fala. Não só os terroristas, mas também os profissionais dos serviços secretos. Mas é a *maneira* como falam, e o que dizem, que determina se vão ser ou não capazes de olhar para os colegas de frente caso sejam libertados. Gabriel compreendia isso. E o falcão também.

Passaram a semana que se seguiu envolvidos num baila-do complexo de logro mútuo. Khalid fez várias perguntas com todo o cuidado, às quais Gabriel respondeu com mui-tas meias-verdades e mentiras chapadas. As operações que revelou não existiam. Nem os ativos ao serviço de Israel, as casas seguras ou os métodos de comunicação segura; tudo isso tinha sido inventado durante o imenso tempo que pas-sava trancado na cela. Havia certas coisas que afirmou não saber e outras que se recusou a divulgar. Por exemplo, quando Khalid lhe pediu os nomes de todos os agentes res-ponsáveis por casos infiltrados na Europa, Gabriel não dis-se nada. E também se recusou a responder quando lhe pe-diram os nomes dos agentes que tinham trabalhado com ele na operação contra Rashid e Malik. A intransigência de Gabriel não enfureceu o falcão. Pelo contrário, este pareceu respeitar ainda mais Gabriel por causa disso.

— Porque é que não me dá uns nomes falsos para eu os passar aos meus superiores? — perguntou Khalid.

— Porque os seus superiores me conhecem suficiente-mente bem para perceber que eu nunca trairia os meus amigos mais chegados — respondeu Gabriel. — Nunca acreditariam que os nomes fossem verdadeiros.

Há outra verdade evidente acerca dos interrogatórios. Por vezes, revelam mais sobre o homem que está a fazer as perguntas do que sobre o que está a responder a elas. Ga-briel tinha começado a achar que Khalid era um verdadeiro profissional e não tanto um verdadeiro crente. Não era de todo um homem insensato. Tinha uma consciência. Podia negociar-se com ele. Lenta e gradualmente, foram capazes de forjar algo parecido com um laço. Era um laço de men-tiras, o único que era possível no mundo dos serviços se-cretos.

— O seu filho foi morto naquela noite em Viena? — perguntou Khalid de repente uma tarde.

Ou talvez já fossem altas horas da noite; Gabriel tinha apenas uma noção muitíssimo vaga do tempo.

— O meu filho não tem nada que ver com isto.

— O seu filho tem tudo que ver com isto — retorquiu Khalid com propriedade. — Foi o seu filho que o levou a seguir aquele *shahid* até Covent Garden. E também foi ele que o levou a deixar que Shamron e os americanos o convencessem a voltar ao jogo.

— As suas fontes são boas — comentou Gabriel.

Khalid aceitou o elogio com um sorriso.

— Mas há uma coisa que continuo sem entender — admitiu ele. — Como é que conseguiu convencer Nadia a colaborar consigo?

— Sou um profissional, como você.

— E porque é que não nos pediram ajuda?

— Tê-la-iam dado?

— Claro que não.

O saudita folheou o bloco de notas, franzindo o sobrolho ligeiramente, como se estivesse a tentar decidir para onde deveria encaminhar o interrogatório a seguir. Gabriel, ele próprio um interrogador talentoso, sabia que essa atuação era precisamente para ele ver. Por fim, quase como se só se tivesse lembrado disso nessa altura, o saudita perguntou:

— É verdade que ela estava doente?

A pergunta teve o condão de apanhar Gabriel de surpresa. Não encontrou motivos para responder sem ser com a verdade.

— Sim — disse passado um momento —, ela já não tinha muito tempo de vida.

— Já andávamos a ouvir rumores nesse sentido há algum tempo — retorquiu o saudita —, mas nunca tivemos a certeza.

— Ela não revelou nada a ninguém, incluindo o seu *staff*. Nem sequer os amigos mais chegados sabiam de nada.

— Mas *você* sabia?

— Ela confidenciou-me isso por causa da operação.

— E de que doença se tratava? — perguntou o saudita, com o lápis suspenso sobre o bloco de notas, como se a doença de Nadia não passasse de um pequeno pormenor que precisava de ser esclarecido para o relatório oficial.

— Tinha um distúrbio chamado malformação arteriovenosa — respondeu Gabriel com serenidade. — É uma anomalia na ligação entre as veias e as artérias do cérebro. Os médicos tinham-lhe dito que não a podiam tratar. Ela sabia que era só uma questão de tempo até sofrer um AVC hemorrágico fatal. Era possível que morresse a qualquer momento.

— E por isso suicidou-se no deserto, dando o peito a uma bala destinada a si?

— Não — respondeu Gabriel. — Sacrificou-se.

Parou por uns instantes e, a seguir, acrescentou:

— Por todos nós.

Khalid olhou de novo para o bloco de notas.

— Infelizmente, ela tornou-se uma mártir para as nossas mulheres mais progressistas. Andam a levantar-se dúvidas acerca das suas atividades filantrópicas. Pelos vistos, era uma espécie de reformista.

— E foi por isso que a mandaram matar?

O rosto de Khalid não se alterou.

— A senhora Al-Bakari foi morta por Rashid e por Malik.

— É verdade — retorquiu Gabriel —, mas alguém lhes disse que ela estava a colaborar connosco.

— Se calhar, eles tinham uma fonte próxima da vossa operação.

— Ou, se calhar, eram vocês que a tinham — ripostou Gabriel. — Se calhar, Rashid e Malik não passavam de peões, uma maneira conveniente de eliminar um perigo sério para a casa de Saud.

— Isso são meras conjeturas suas.

— É verdade — respondeu Gabriel —, mas são consubstanciadas pela História. Sempre que a família Al-Saud se sente ameaçada, vira-se para os barbudos.

— Os barbudos, como lhes chama, são uma ameaça maior para nós do que para vocês.

— Então porque é que continuam a apoiá-los? Já passaram dez anos desde o 11 de Setembro. Dez *anos* — reforçou Gabriel —, e a Arábia Saudita continua a ser uma fonte de dinheiro para os terroristas e para os grupos extremistas sunitas. Só há uma explicação possível. O pacto com o Diabo foi renovado. A casa de Saud está disposta a fingir que não vê o terrorismo islamita desde que a sua raiva sagrada seja dirigida para o exterior, para longe dos campos de petróleo.

— Não somos assim tão cegos como julga.

— Eu passei dezenas de milhões de dólares a um grupo terrorista sunita num negócio realizado em pleno solo saudita.

— E é por isso que se encontra aqui agora.

— Então presumo que o xeque Bin Tayyib também esteja detido algures neste edifício, certo?

Khalid sorriu pouco à vontade, mas não respondeu. Fez mais algumas perguntas, todas inconsequentes, e depois o interrogatório chegou ao fim. A seguir, numa atitude invulgar, acompanhou Gabriel até à cela. Parou por um momento no corredor, antes de abrir a porta.

— Ouvi dizer que o presidente americano está bastante interessado no seu caso — disse ele. — O meu palpite é que a sua estada connosco está quase a terminar.

— Quando é que saio daqui?

— À meia-noite.

— E que horas são?

O falcão sorriu.

— Já passam cinco minutos.

Na cela de Gabriel, estava roupa lavada em cima da cama. Khalid deixou-o a sós para se vestir. A seguir, levou-o para um pátio interior, depois de subirem uma série de escadas. Sob o luar, estava um SUV parado. Era grande e americano, tal como os quatro homens que o rodeavam.

— Deixei-lhe duas coisas no bolso do peito do casaco — revelou Khalid em voz baixa enquanto percorriam o pátio. — Uma é a bala que atravessou Nadia e o atingiu a si. A outra é um bilhete para Adrian Carter. Considere-o um pequeno presente de despedida para ajudar a que não se esqueça da sua estada connosco.

— E o que é?

— Umas informações que ele é capaz de achar úteis. Agradecia que não referisse o meu nome.

— E valem alguma coisa?

— As informações? Acho que vai ter de confiar simplesmente em mim.

— Lamento muito, mas não conheço essa palavra.

— Não aprendeu nada com ela? — retorquiu Khalid, apontando com a cabeça para o SUV. — Se fosse a si, entrava depressa. Já aconteceu Sua Alteza mudar de ideias.

Gabriel apertou a mão ao saudita e entregou-se aos cuidados dos americanos. Levaram-no a toda a velocidade para uma base aérea militar a norte de Riade e apressaram-se a enfiá-lo num jato *Gulfstream* que o esperava. A bordo estava um médico da CIA; passou grande parte do voo a injetar líquido no corpo emaciado de Gabriel e a preocupar-se com o estado do ferimento dele. Por fim, deixou que Gabriel adormecesse. Atormentado por pesadelos com a morte de Nadia, Gabriel acordou sobressaltado quando o avião aterrou com um solavanco na pista do Aeroporto de London City. Assim que a porta da cabina se abriu, viu Chiara e Shamron à espera na pista. Suspeitou que fossem as únicas pessoas do mundo com pior aspeto do que o dele.

68

LIZARD PENINSULA, CORNUALHA

Shamron instalou-se no quarto vago. Deu todos os sinais de que a sua estada seria permanente. O pesadelo no Setor Vazio, disse a Chiara, tinha-lhe dado uma última missão.

Autoproclamou-se guarda-costas, médico e terapeuta de Gabriel. Dava conselhos que não eram solicitados e suportava a depressão e as mudanças de humor do seu doente com um silêncio estoico. Raramente permitia que Gabriel lhe saísse da vista. Perseguia-o pelas divisões do chalé, acompanhava-o ao longo do areal da praia na enseada e até o seguia quando ele ia à aldeia fazer as compras. Gabriel dizia aos comerciantes que Shamron era o seu tio de Milão. Em público, só falava com Shamron em italiano, língua de que Shamron não compreendia uma única palavra.

Poucos dias depois de Gabriel regressar à Cornualha, o tempo ficou chuvoso, o que se adequava ao estado de espírito dos três. Chiara cozinhava pratos elaborados e foi com alívio que viu Gabriel recuperar algum do peso que tinha perdido na prisão saudita. No entanto, o seu estado emocional mantinha-se inalterado. Dormia pouco e parecia incapaz de falar do que acontecera no deserto. Uzi Navot mandou um médico para o examinar.

— Culpa — diagnosticou o médico depois de passar uma hora a sós com Gabriel. — Um enorme, insondável e constante sentimento de culpa. Ele prometeu protegê-la, mas acabou por desiludi-la. Não gosta de desiludir as mulheres.

— E o que é que podemos fazer? — perguntou Chiara.

— Dar-lhe tempo e espaço — respondeu o médico. — E não peçam demasiado dele durante uns tempos.

— Não sei bem se ter Ari por perto está a ajudar.

— Se tentar fazer com que ele desgrude, boa sorte — replicou o médico. — Gabriel vai acabar por recuperar, mas não tenho assim tanta certeza em relação ao Velho. Deixem-no ficar o tempo que ele quiser. Ele vai perceber quando for altura de se ir embora.

Gabriel não conseguia ter uma rotina diária. Como não era capaz de dormir à noite, fazia-o durante o dia, quando a consciência permitia. Andava acabrunhado, punha-se a olhar para a chuva e para o mar, percorria a enseada. Às vezes, sentava-se na varanda e fazia desenhos a carvão em papel. Tudo o que produzia tinha que ver com a operação. Muitos dos desenhos eram retratos de Nadia. Assustada, Chiara fotografou-os em segredo e enviou-os por *e-mail* ao médico para que este os analisasse. *Não há melhor terapeuta do que ele próprio,* disse o médico para a tranquilizar. *Deixe-o resolver as coisas sozinho.*

Nadia estava sempre com eles. Não faziam qualquer tentativa de a manter afastada; mesmo que tivessem tentado, os acontecimentos no Médio Oriente tê-lo-iam impossibilitado. De Marrocos aos Emirados, o mundo árabe estava em ebulição com uma nova vaga de revolta popular. Desta vez, até as monarquias sunitas antigas pareciam vulneráveis. Com o assassínio brutal de Nadia a servir de rastilho, as mulheres árabes saíram às ruas aos milhares. Nadia era a sua mártir e santa padroeira. Entoavam o seu nome e levavam cartazes com a sua fotografia. Numa deturpação macabra da mensagem e das crenças de Nadia, algumas delas diziam que queriam emulá-la morrendo também como mártires.

Os guardiões da velha ordem tentaram manchar a reputação de Nadia rotulando-a de espia e agitadora israelita. Devido à confissão de Gabriel, divulgada incessantemente na Internet e nos canais noticiosos dos países pan-árabes, as acusações contra Nadia foram largamente ignoradas. O culto à sua volta cresceu ainda mais quando Zoe Reed, da CNBC, dedicou uma edição inteira do seu programa em horário nobre ao impacto póstumo de Nadia no Despertar Árabe. Durante o programa, Zoe revelou que tinha tido várias reuniões privadas com Nadia, em que a herdeira saudita reconhecia ter passado secretamente dezenas de milhões de dólares a organizações reformistas espalhadas pelo mundo árabe e islâmico. O programa também acusou os serviços secretos da Arábia Saudita de cumplicidade na sua morte — uma acusação que foi rapidamente condenada pela casa de Saud, que proferiu ainda as ameaças habituais sobre cortar o acesso do Ocidente ao petróleo. Desta vez, ninguém prestou grande atenção. Como todos os outros regimes da região, a família Al-Saud estava por um fio.

Por essa altura, já era junho e os americanos andavam a insistir num interrogatório final. Chiara impôs limitações rigorosas ao tempo que os interrogadores poderiam passar com Gabriel — duas horas de manhã, duas horas à tarde,

502

três dias ao todo. Fazendo-se passar por turistas, os americanos instalaram-se numa horrível pensãozinha, em Helston, que o próprio Gabriel tinha escolhido. As sessões realizaram-se à mesa da sala de jantar. Shamron esteve sempre ao lado de Gabriel, como um advogado de defesa num depoimento. Nada foi gravado.

Chiara receou que as sessões fossem reabrir feridas que estavam precisamente a começar a sarar. Em vez disso, revelaram-se exatamente o tipo de terapia de que Gabriel precisava tão desesperadamente. A rigidez própria dos profissionais impôs um tom frio e impassível ao interrogatório. Os interrogadores fizeram as perguntas com a secura de polícias a investigarem um acidente de trânsito de pouca importância e Gabriel respondeu na mesma moeda. Foi só quando lhe pediram para descrever a morte de Nadia que a voz dele revelou emoção. Quando Shamron pediu para mudarem de assunto, os interrogadores mostraram uma fotografia de um jovem saudita que tinha acabado de terminar o programa de reabilitação de terroristas e pousaram-na na mesa cautelosamente.

— Reconhece-o?

— Sim — respondeu Gabriel. — Foi ele que matou Malik e os outros.

— Chama-se Ali al-Masri — disse um dos americanos.

— E onde é que ele está?

— A viver tranquilamente em Jeddah. Saiu da órbita do xeque Bin Tayyib e parece ter abandonado em definitivo o movimento jihadista. A mulher acabou de ter uma menina.

— Hanan — soltou Gabriel. — A filha chama-se Hanan.

Foi a última sessão. À noite, Chiara levantou a proibição de verem televisão durante o jantar para poderem assistir ao desabar do mundo árabe. Os regimes da Síria e da

Jordânia estavam nas últimas e havia notícias a darem conta de que os sauditas tinham ordenado à Guarda Nacional que disparasse sobre os manifestantes em Riade e Jeddah, causando a morte de dezenas de pessoas. O príncipe Nabil, o poderoso ministro do Interior saudita, culpou o regime xiita do Irão e os seguidores de Nadia al-Bakari pela turbulência. Os comentários tiveram o efeito indesejado de melhorarem ainda mais a imagem de Nadia junto dos manifestantes.

Na manhã seguinte, Nadia também se transformou numa heroína póstuma para o mundo da arte quando o Museu de Arte Moderna de Nova Iorque anunciou que lhe tinha sido confiada toda a sua coleção. Em troca das obras, com um valor estimado de pelo menos cinco mil milhões de dólares, o MoMA tinha autorizado quem geria o espólio de Nadia a nomear o primeiro curador. Quando este avançou para a tribuna para fazer a primeira declaração à imprensa nova-iorquina, os cidadãos do mundo da arte soltaram um imenso suspiro de alívio. Não sabiam muito sobre Sarah Bancroft, mas pelo menos ela era um deles.

Sarah telefonou a Chiara no dia seguinte. Adrian Carter tinha-lhe dito que a recuperação de Gabriel não estava a correr bem e ela tinha uma ideia que achava que talvez pudesse ajudar. Era uma oferta de trabalho. Uma encomenda. Chiara aceitou sem se dar ao trabalho de perguntar a Gabriel. Só quis saber as dimensões e o prazo. As dimensões eram grandes. O prazo era apertado. Ele só teria dois meses. Chiara não se mostrou preocupada; o marido já tinha revestido e restaurado um Ticiano numa questão de dias. Dois meses eram uma eternidade. Começou a trabalhar na manhã seguinte, montando uma tela branca num suporte que ele próprio fizera. A seguir, colocou Chiara na ponta do sofá e manipulou-lhe os braços e as pernas, como se fossem os de um modelo de madeira, até se ajustarem à imagem que tinha na memória. Passou uma semana a trabalhar no retrato em papel. Satisfeito, começou a pintar.

Os dias do solstício do verão eram muito longos. O retrato dava-lhes um propósito. Gabriel trabalhava várias horas de manhã, fazia uma pausa ao meio-dia para almoçar e dar um passeio pela enseada e depois voltava a trabalhar à tarde, até o Sol desaparecer no mar. Para sua grande consternação, Shamron observava-o constantemente. Chiara também o observava, mas de longe. Tal como ela tinha esperanças de que acontecesse, o trabalho veio a revelar-se a salvação de Gabriel. Havia pessoas que lidavam com a dor falando com terapeutas, pensou ela, e outras que se sentiam compelidas a escrever acerca disso. Mas, para Gabriel, o bálsamo curativo do óleo sobre a tela sempre fora a melhor coisa, tal como já fora para a mãe antes dele. Diante de um cavalete, tinha controlo total. Os erros podiam ser corrigidos com umas quantas pinceladas ou ocultados sob uma camada de tinta obliterante. Ninguém sangrava. Ninguém morria. Ninguém procurava vingança. Havia apenas a beleza e a verdade tal como ele as via.

Aplicou diretamente a tinta sem ter feito nenhum desenho primeiro e com uma paleta influenciada pelas cores que tinha visto no Setor Vazio. Cruzando a arte meticulosa dos Velhos Mestres com a liberdade dos Impressionistas, criou um ambiente que era ao mesmo tempo clássico e contemporâneo. Pôs-lhe pérolas no pescoço e adornou-lhe as mãos com diamantes e ouro. O mostrador de um relógio brilhava como uma lua por cima do ombro dela. Havia orquídeas dispostas junto aos pés nus. Durante vários dias, Gabriel debateu-se com o fundo. Acabou por decidir mostrá-la a sair de uma escuridão à Caravaggio. Ou estaria na realidade a afundar-se na escuridão? Isso seria determinado pela revolta a fervilhar nas ruas do mundo árabe.

Apesar da intensidade do trabalho, o aspeto de Gabriel melhorou exponencialmente. Aumentou de peso. Passou a dormir mais. Os ferimentos começaram a doer-lhe menos. Com o decorrer do tempo, veio a sentir-se com força suficiente para voltar ao cimo dos penhascos. A cada dia, afastava-se um bocadinho mais, não deixando a Shamron outra opção a não ser observá-lo ao longe. O estado de espírito de Shamron foi ficando mais sombrio à medida que Gabriel se escapava lentamente do seu controlo. Percebeu que estava na altura de se ir embora; só não sabia como fazê-lo. Chiara tentou arranjar discretamente uma crise qualquer que exigisse o seu regresso à Avenida Rei Saul. Não conseguindo, não teve outra escolha a não ser pedir ajuda a Gilah, que parecia estar a deleitar-se com a ausência prolongada de Shamron. Com relutância, decretou que o marido só podia ficar na Cornualha até o quadro estar pronto. Depois teria de voltar para casa.

Por isso, foi com uma sensação de mau presságio que Shamron observou Nadia al-Bakari a ganhar lentamente vida na tela. Quando o quadro já estava quase terminado, Gabriel começou a trabalhar como nunca. Mas, ao mesmo tempo, parecia relutante em finalizá-lo. Assolado por um raro caso de indecisão, fez inúmeros acrescentos e subtrações de pouca monta. A sós, Shamron foi saboreando a aparente incapacidade de Gabriel para se desprender do quadro. Cada dia em que Gabriel adiava a conclusão era mais um dia que Shamron podia passar com ele.

A dada altura, as correções acabaram por parar e Gabriel deu início ao processo de reconciliação com o seu trabalho. Não apenas em relação a Nadia... em relação a tudo. Shamron viu a sombra da morte desaparecer gradualmente do rosto de Gabriel. E, numa manhã límpida de finais de agosto, entrou no estúdio improvisado de Gabriel e achou-o extraordinariamente parecido com o jovem talentoso que ele tinha arrancado da Academia de Artes e Design de Bezalel, em Jerusalém, no terrível outono de 1972. Só o cabelo de Gabriel estava diferente. Na altura, era quase tão preto como o de Nadia. Atualmente, já tinha salpicos grisalhos nas têmporas — manchas de cinza no príncipe de fogo.

Gabriel estava diante da tela, com a mão encostada ao queixo e a cabeça inclinada ligeiramente para o lado. Nadia brilhava sob a luz branca e intensa das lâmpadas de halogéneo. Era o retrato de uma mulher revelada. O retrato de uma mártir. O retrato de uma espia.

Shamron ficou a olhar para Gabriel durante vários minutos, sem falar. Por fim, perguntou:

— Está pronto, meu filho?

— Sim, *Abba* — respondeu Gabriel passado um momento. — Acho que está.

Os expedidores vieram na manhã seguinte. Quando Gabriel regressou da sua caminhada pelos penhascos, Shamron já lá não estava. Era melhor assim, tinha dito a Chiara antes de se ir embora. A última coisa de que Gabriel precisava naquela altura era de mais um momento complicado.

69

NOVA IORQUE

Foi Sarah Bancroft quem teve a ideia de realizar a gala de abertura da ala Nadia al-Bakari no aniversário do 11 de Setembro. O chefe da Força de Intervenção Conjunta contra o Terrorismo de Nova Iorque sugeriu que talvez fosse mais sensato, tendo em conta o nível de agitação que se vivia no Médio Oriente, escolher uma data menos simbólica, mas Sarah manteve-se inabalável. A cerimónia seria realizada ao final da tarde de 11 de setembro. E se a força de intervenção não conseguisse arranjar forma de garantir a segurança, Sarah conhecia pessoas que conseguiriam.

Os manifestantes chegaram cedo à festa, entupindo aos milhares a West Fifty-third Street. A maioria eram feministas e ativistas dos direitos humanos, que apoiavam os objetivos de Nadia com vista a uma mudança abrangente no Médio Oriente, mas alguns jihadistas de olhos esbugalhados vieram de Brooklyn e New Jersey para a acusar de ser uma herege. Ninguém pareceu reparar em Gabriel e Chiara quando estes saíram do banco de trás de um *Escalade* e entraram no museu discretamente. Um segurança levou-os até aos escritórios do MoMA, onde deram com Sarah às voltas com o fecho do vestido de noite. Por todo o lado, havia pilhas de exemplares da monografia oficial feita pelo MoMA para a coleção. A capa era o retrato que Gabriel tinha feito de Nadia.

— Esticaste a corda ao máximo — disse Sarah, dando--lhe um beijo na cara. — Quase tivemos de optar por uma capa alternativa.

— Tive um pouco de dificuldade com algumas decisões finais — respondeu Gabriel, olhando à volta do grande gabinete. — Nada mau para uma antiga curadora da Phillips Collection. Espero que os teus colegas nunca venham a saber do periodozinho sabático que tiraste depois de saíres da Isherwood Fine Arts de Londres.

— Pensam que passei vários anos a fazer um estudo na Europa. O buraco em termos de proveniência parece que só veio contribuir para o meu fascínio.

— Algo me diz que a tua vida amorosa vai melhorar bastante — comentou Gabriel, deitando um olhar ao seu vestido. — Especialmente depois de hoje à noite.

— É um *Givenchy*. Foi escandalosamente caro.

— É lindo — afirmou Chiara, ajudando Sarah com o fecho —, e tu também.

— É estranho como o mundo parece diferente quando não estamos sentados numa sala escura, em Langley, a seguir os movimentos de terroristas.

— Só não te esqueças é de que eles andam por aí — lembrou Gabriel. — Ou que alguns sabem o teu nome.

— Suspeito que sou a curadora de museu mais protegida do mundo.

— E quem é que está a tratar disso?

— A CIA — respondeu Sarah —, com a ajuda da força de intervenção. Receio bem que, neste momento, estejam bastante irritados comigo. E o Adrian também. Anda a tentar arranjar maneira de me fazer continuar ao serviço da agência.

— E como é que ele está?

— Muito melhor, agora que James McKenna saiu da Casa Branca.

— E arranjou porto seguro?

— Segundo os rumores, vai para o Instituto da Paz.

— Tenho a certeza de que vai ser muito feliz lá.

Gabriel pegou num exemplar da monografia e examinou a capa.

— Queres ver o verdadeiro antes que chegue a multidão?

Ele olhou para Chiara.

— Vai — disse ela. — Eu fico aqui à espera.

Sarah levou-o até à entrada da ala Al-Bakari. Os responsáveis pelo *catering* estavam a pôr canapés nas mesas e a abrir as primeiras garrafas de champanhe. Gabriel aproximou-se do retrato de Nadia e leu a placa biográfica colocada ao lado. A descrição das circunstâncias que rodearam a morte de Nadia estava longe de ser exata. O pai era descrito apenas de passagem.

— Ainda vais a tempo — disse Sarah.

— De quê?

— De assinar o quadro.

— Pensei nisso.

— E?

— Não estou preparado para ser uma pessoa normal. Ainda não.

— Também não sei se estou preparada. Mas, a dada altura...

A voz dela sumiu-se.

— Anda — disse ela, conduzindo-o por uma passagem —, tens de ver o resto para acreditares. O nosso velho amigo Zizi tinha ótimo gosto para um terrorista.

Sozinhos, percorreram salas repletas de quadros, Sarah com o vestido de noite e Gabriel de *smoking*. Noutros tempos, poderiam ter estado a desempenhar os seus papéis numa operação de Gabriel. Mas não naquele instante. Com a ajuda de Nadia, Gabriel tinha devolvido Sarah ao mundo em que a tinha descoberto, pelo menos de momento.

— E há mais — estava ela a dizer, apontando com a mão para uma parede com quadros de Monet, Renoir, Degas e Sisley. — Muito mais. Só podemos expor à volta de um quarto do que Nadia nos deu. Já estamos a tratar do necessário para emprestar partes da coleção a vários museus espalhados pelo mundo. Acho que Nadia teria gostado disso.

Entraram numa sala com quadros de Egon Schiele. Sarah aproximou-se do retrato de um jovem que se parecia vagamente com Mikhail.

— Eu pedi-te para não lhe dizeres nada — exclamou ela, olhando por cima do ombro para Gabriel. — Não devias mesmo ter feito isso.

— Não sei se sei do que é que estás a falar.

— És um dos tipos mais ardilosos que já conheci, mas nunca foste capaz de mentir às pessoas de quem gostas. Especialmente às mulheres.

— E porque é que não o convidaste para hoje à noite?

— E como é que eu o apresentava? — retorquiu Sarah. — Gostava que conhecessem o meu amigo Mikhail Abramov. Mikhail é um assassino e trabalha para os serviços secretos israelitas. Ajudou a matar o homem que já foi o dono destes quadros. Fizemos umas operações juntos. Foi divertido enquanto durou — prosseguiu ela, lançando outro olhar a Gabriel. — Percebes o que eu quero dizer?

— Há maneiras de contornar essas coisas, Sarah, mas só se estiveres disposta a fazer um esforço.

— E continuo a estar.

— E ele sabe isso?

— Sabe — respondeu ela, voltando costas à tela e tocando na cara de Gabriel. — Porque é que eu tenho uma sensação terrível de que nunca mais te vou ver outra vez?

— Envia-me um quadro para eu restaurar de vez em quando.

— Não tenho dinheiro que chegue para te pagar.

Ela olhou para o relógio. Era o que Nadia trazia quando foi raptada. Continuava adiantado três minutos.

— Ainda preciso de ensaiar o meu discurso mais uma vez antes de chegarem os convidados — disse ela. — Queres dizer algumas palavras hoje à noite?

— Preferia voltar para a minha cela em Riade.

— Ainda não sei ao certo o que é que vou dizer acerca dela.

— Diz a verdade — respondeu Gabriel. — Só não a digas é toda.

Ao bater das sete, o mundo da arte, em toda a sua loucura e excesso, entrou em catadupa na Ala Nadia al-Bakari do Museu de Arte Moderna. Gabriel e Chiara só ficaram uns minutos no *cocktail* e, a seguir, retiraram-se para um parapeito por cima do átrio para ouvirem os discursos. Sarah foi a última a dirigir-se à multidão. De alguma forma, conseguiu manter um equilíbrio ténue entre a verdade e a ficção.

O discurso foi parte elogio, parte exortação. Nadia tinha dado ao mundo muito mais do que a sua arte, disse Sarah. Tinha dado a vida. O corpo dela estava enterrado numa sepultura não identificada, no Nedj, mas aquela exposição funcionaria como o seu memorial. No momento em que o mundo da arte mostrou ruidosamente a sua aprovação, Gabriel sentiu o *BlackBerry* a vibrar no bolso do peito do casaco. Afastou-se discretamente para um canto sossegado para atender a chamada e depois voltou para junto de Chiara.

— Quem era? — perguntou ela.

— Adrian.

— E o que é que ele quer?

— Gostaria que fôssemos até Langley.

— Quando?

— Agora.

CAPÍTULO

70

LANGLEY, VIRGÍNIA

Rashid tinha sido a loucura de Carter, a sua ideia brilhante que deu horrivelmente para o torto. Gabriel tinha limpado a pior parte da trapalhada. Khalid, o falcão, com o seu presente de despedida, tinha possibilitado a Carter varrer o que faltava.

O presente tinha sido um jovem jihadista saudita chamado Yusuf. Há já vários meses que Langley e a NSA tinham o seu telefone sob escuta. Yusuf era agora um dos correios em quem Rashid mais confiava. Rashid dava mensagens em código a Yusuf; Yusuf entregava as mensagens aos fiéis. Nessa noite, estava à espera de um telefonema de um homem que se encontrava na Alemanha. Yusuf achava que o homem era o líder de uma nova célula em Hamburgo. Mas não havia nenhuma nova célula em Hamburgo. Carter e a equipa do Rashidistão tinham-na inventado.

— Ele vai naquele *Daihatsu,* sentado no lugar do passageiro — explicou Carter, apontando com a cabeça para um dos ecrãs gigantes do centro de operações do Rashidistão. — Neste momento, estão a seguir por uma estrada remota, no vale Rafadh do Iémen. Deram boleia a dois homens há mais ou menos uma hora. Achamos que um deles é Rashid. Daqui a dez minutos, o líder da nossa célula-fantasma de

514

Hamburgo vai telefonar a Yusuf. Dissemos-lhe para esticar a conversa com Yusuf o máximo de tempo possível. Se tivermos sorte, Rashid vai dizer qualquer coisa durante o telefonema. Como sabes, Rashid é um bocadinho para o loquaz. Costumava pôr malucos os agentes da CIA responsáveis por ele. Nunca cala o raio da boca.

— E quem é que decide se é para disparar ou não? — inquiriu Gabriel.

— A NSA vai dizer-me se consegue apanhar mais alguma voz no meio do ruído de fundo e se consegue ou não obter uma identificação positiva. Se os computadores disserem que ele está lá, atacamos. Mas se houver um pingo de dúvida que seja, não disparamos. Não te esqueças, a última coisa que queremos fazer é matar Yusuf antes que ele possa levar-nos ao nosso troféu.

— Quero ouvir — ordenou Gabriel.

— E é para isso que aqui estás.

Gabriel pôs uns auscultadores. Passaram dez minutos lentamente. Foi então que o agente de Hamburgo ligou. Os dois homens começaram a conversar em árabe. Gabriel afastou-os da cabeça. Já não eram importantes. Não passavam de uma porta de entrada para o homem da linda e sedutora língua. *Fala comigo,* pensou Gabriel. *Diz-me qualquer coisa importante, mesmo que seja apenas outra mentira.*

Yusuf e o suposto líder da célula de Hamburgo continuavam a falar, mas a conversa estava claramente a começar a esmorecer. Até então, o único ruído de fundo que se tinha ouvido era o SUV a chocalhar ao avançar pela estrada iemenita cheia de buracos. Por fim, Gabriel ouviu aquilo de que estava à espera. Foi um comentário espontâneo, nada mais do que isso. Não se deu ao trabalho de o traduzir mentalmente; estava apenas a prestar atenção ao tom e ao timbre da voz. Conhecia-a bem. Era a voz que o tinha condenado à morte no Setor Vazio.

Queres submeter-te à vontade do Islão e tornar-te muçulmano?

Gabriel virou-se para Adrian Carter. Este estava a falar de forma tensa ao telefone com ligação para a NSA. Gabriel sentiu-se tentado a perguntar do que estavam à espera, mas sabia a resposta. Estavam à espera que os computadores lhes dissessem o que ele já sabia, que a voz que se ouvia em fundo era a de Rashid. Ficou a ver o SUV seguir pela estrada iemenita e ouviu os dois jihadistas, um verdadeiro e o outro uma engenhosa falsificação, a darem o telefonema por concluído. Carter desligou o telefone com toda a força, num lampejo de fúria pouco comum nele.

— Desculpa ter-te feito vir até cá para nada — desabafou. — Talvez da próxima vez.

— Não vai haver uma próxima vez, Adrian.

— E porquê?

— Porque isto acaba aqui, agora mesmo.

Carter hesitou.

— Se eu der ordem ao *Predator* para disparar — disse ele —, vão morrer quatro pessoas, incluindo Yusuf.

— São quatro terroristas — respondeu Gabriel. — E um deles é Rashid al-Husseini.

— Tens a certeza? — perguntou Carter uma última vez.

— Dispara, Adrian.

Carter pegou no telefone com ligação à sala de controlo do *Predator,* mas Gabriel deteve-o.

— O que é que se passa? — quis saber Carter.

— Nada — declarou Gabriel. — Espera só um minuto.

Estava a olhar fixamente para o relógio. Passados trinta segundos, assentiu com a cabeça e disse:

— Agora.

Carter transmitiu a ordem e o *Daihatsu* desapareceu numa intensa explosão branca. Alguns membros da equipa do Rashidistão começaram a aplaudir, mas Carter deixou-se ficar sentado, com as mãos a taparem-lhe a cara, sem dizer uma palavra.

— Já fiz isto uma centena de vezes — disse por fim — e ainda assim fico sempre com a sensação de que vou vomitar.

— Ele mereceu morrer... no mínimo, pela Nadia.

— Então porque é que me sinto assim?

— Porque, feitas as contas, as coisas nunca são limpas, nem inteligentes, nem avançadas, mesmo quando disparamos de uma sala no outro lado do mundo.

— E porque é que me fizeste esperar?

— Vê lá que horas são no Iémen.

Eram 10h03, a hora a que o Voo 93 da United Airlines se despenhou contra um campo em Shanksville, na Pensilvânia, e não contra o seu alvo provável, a cúpula do Capitólio dos Estados Unidos. Carter não disse mais nada. Tinha a mão direita a tremer.

Depois disso, já só restava um último assunto para resolver. Feitas as contas, resumia-se a uma simples transação comercial: cinco milhões de dólares por um nome. Quem o forneceu foi Faisal Qahtani, a velha fonte de Shamron no GID saudita. De modo bastante apropriado, os cinco milhões de dólares foram depositados na sucursal de Zurique do TransArabian Bank.

Puseram o alvo sob vigilância e passaram várias semanas a debater o que fazer. No seu trono junto ao lago, em Tiberíades, Shamron decretou que só a justiça bíblica seria suficiente. Mas Uzi Navot, no que era um sinal da sua influência crescente, conseguiu sobrepor-se. Gabriel quase tinha perdido a vida a tentar assegurar capital junto dos americanos e, em nenhuma circunstância, Navot iria esbanjá-lo numa operação secreta imprudente, no coração da capital americana. Além disso, disse ele, dar o nome de um traidor aos americanos iria aumentar ainda mais a liquidez da conta-corrente da Avenida Rei Saul.

Navot esperou até ter de fazer uma nova visita oficial a Washington para sussurrar o nome a Adrian Carter. Em troca, fez apenas um pedido. Carter concordou prontamente. Era, disse ele, o mínimo que podiam fazer.

O FBI tomou conta da vigilância e começou a esmiuçar registos telefónicos, extratos de cartões de crédito e discos rígidos de computador. Passado pouco tempo, já tinham mais do que o suficiente para avançarem para a fase seguinte. Enviaram um avião à Cornualha. Depois fizeram uma marca de giz na parte de baixo da placa castanha de madeira em MacArthur Boulevard e esperaram.

A marca de giz era uma cruz. Ellis Coyle ficou intrigado, já que era a primeira vez que era utilizada. Significava que o agente responsável por Coyle queria ter um encontro cara a cara. Era arriscado — qualquer contacto direto entre fonte e agente responsável por casos era por natureza perigoso —, mas também era uma oportunidade rara.

Coyle apagou a marca com a biqueira do sapato e entrou no parque com *Lucy* logo atrás. A trela ainda estava presa à coleira da cadela. Coyle não se atreveu a tirá-la. Uma viúva velha e azeda de Spring Valley tinha-o confrontado não há muito tempo por ele nunca apanhar as fezes deixadas por *Lucy*. Tinha havido ameaças de uma sanção comunitária, talvez até de uma conversa com as autoridades. A última coisa de que Coyle precisava naquele momento era de um encontro com a polícia, não quando estava apenas a poucas semanas da reforma. Prometeu a si mesmo pôr fim aos seus atos de rebeldia e começou a planear em segredo a morte do odioso cãozinho *pug* da viúva.

Passavam poucos minutos das nove e a clareira no cimo do trilho já estava às escuras. Coyle deitou um olhar às mesas de piquenique e viu a silhueta escura de um homem sentado sozinho. Contornou o perímetro da clareira com *Lucy*, à procura de indícios de vigilância, e apenas se aproximou depois. Foi só quando já se encontrava a um ou dois metros do homem que se apercebeu de que não se tratava do agente habitual dos serviços secretos sauditas. Tinha têmporas grisalhas e olhos verdes que pareciam brilhar no escuro. O olhar que lançou à cadela fez Coyle estremecer.

— Peço desculpa — disse Coyle —, pensei que fosse outra pessoa.

Deu meia-volta para se ir embora. O homem falou-lhe para as costas.

— E quem é que pensou que eu fosse?

Coyle virou-se. O homem dos olhos verdes não se tinha mexido.

— Quem é você? — perguntou Coyle.

— Sou o homem que você vendeu aos serviços secretos sauditas por trinta moedas de prata, juntamente com

Nadia al-Bakari. Se dependesse de mim, mandá-lo-ia para o inferno pelo que fez. Mas hoje é a sua noite de sorte, Ellis.

— E o que quer?

— Quero ver a sua cara quando o algemarem.

Assustado, Coyle deu um passo atrás e começou a olhar em redor freneticamente. O homem sentado à mesa esboçou um breve sorriso.

— Estava aqui a pensar se você iria aceitar o seu destino com a mesma dignidade com que Nadia aceitou o dela. Parece que já tenho a minha resposta.

Coyle largou a trela de *Lucy* e começou a correr, mas os agentes do FBI caíram-lhe rapidamente em cima. Gabriel ficou no parque até Coyle ser levado e depois seguiu pelo trilho, em direção a MacArthur Boulevard. No dia seguinte, ao meio-dia, já estava outra vez na Cornualha.

CAPÍTULO

71

LIZARD PENINSULA, CORNUALHA

Ele era um homem novo quando voltou da América; todos conseguiam ver isso. As feridas tinham sarado, o cerco tinha sido levantado e fosse qual fosse a calamidade que tivesse sofrido, parecia ter passado por fim. Depois de o encontrar à porta da velha igreja em rocha, numa manhã chuvosa, Vera Hobbs declarou-o completamente restaurado e pronto para ser emoldurado. Mas a quem teria ele confiado o trabalho? *O nosso amigo misterioso da enseada não é o género de pessoa para se entregar ao cuidado de outros,* respondeu Dottie Cox. *Se tivesse de arriscar um palpite, diria que foi ele que se montou sozinho num cavalete e fez o trabalho com a própria mão. Foi por isso que ficou tão bem.*

Por essa altura, já estavam outra vez a meio do outono, e os dias eram mais curtos, umas quantas horas de cinzento-claro no meio de uma noite aparentemente interminável. Viam-no de manhã, quando ia à aldeia fazer as compras, e de novo à tarde, quando percorria sozinho os penhascos. Não havia sinal de qualquer trabalho importante. De vez em quando, avistavam-no à varanda, com um caderno de rascunho no colo, mas o cavalete continuava vazio no estúdio. Dottie temia que ele tivesse sido acometido por uma crise de futilidade, mas Vera suspeitava que a explicação residia noutro lado. *Pela primeira vez na vida, anda contente,* disse ela. *Agora só precisa de uns pequenitos para juntar àquela mulher linda.*

Estranhamente, era a mulher que parecia naquele momento inquieta. Continuava a revelar-se de uma educação sem falhas nas ruas da aldeia, mas era evidente que olhava com temor para o inverno que se aproximava. Foi-se ocupando a cozinhar pratos elaborados que enchiam a enseada com cheiro a alecrim, alho e tomate. Às vezes, se as janelas estivessem abertas, e se a pessoa estivesse precisamente no sítio certo, era possível ouvi-la a cantar em italiano, com aquela sua voz sensual. Invariavelmente, as canções eram de uma tristeza obsessiva. O diagnóstico de Duncan Reynolds foi que o isolamento estava a pô-la nervosa e, por isso, sugeriu às mulheres da aldeia que a convidassem para uma noite passada entre raparigas no Hotel Godolphin Arms. Elas tentaram. Ela recusou o convite. Com educação, claro.

Se o restaurador tinha noção do que estava a apoquentar a mulher, não dava sinais visíveis disso. Receando que o casal estivesse a caminho de uma crise, Dottie Cox resolveu dar-lhe uma palavrinha quando ele voltasse sozinho à sua loja. Passou uma semana até surgir essa oportunidade. Aparecendo à hora do costume, dez e meia, ele tirou um cesto de plástico da pilha junto à porta e começou a enchê-lo com toda a alegria de um soldado à cata de mantimentos. Atrás da caixa registadora, Dottie observou-o nervosamente, ensaiando o discurso na cabeça, mas quando o restaurador começou a pôr as compras em cima do balcão, ela não lhe conseguiu dizer mais do que o habitual: *Bom dia, querido.*

Havia qualquer coisa no tom de Dottie que fez com que o restaurador a fitasse por breves instantes, desconfiado. A seguir, olhou para os jornais empilhados no chão e franziu o sobrolho antes de lhe entregar uma nota de vinte libras amarrotada. *Espere,* disse de repente, pegando num exemplar do *Times. Também levo isto.* Dottie enfiou o jornal no saco e ficou a ver o restaurador a ir-se embora. Depois, debruçou-se sobre o balcão para espreitar o jornal. O colapso iminente do regime na Síria era o destaque, mas logo a seguir vinha uma notícia sobre uma recente doação anónima de um quadro de Ticiano à National Gallery de Londres. Em Gunwalloe, ninguém imaginou que pudesse haver alguma ligação. E nunca imaginariam.

A National Gallery divulgou um comunicado oficial vago a propósito da doação, mas nos corredores dos serviços secretos britânicos acabou por surgir uma versão não oficial da história que se desenrolava mais ou menos como se descreve a seguir. Aparentemente, o lendário agente dos serviços secretos israelitas Gabriel Allon, com total conhecimento e aprovação do MI5, tinha manipulado engenhosamente uma venda efetuada na venerável leiloeira Christie's para poder canalizar vários milhões de libras para a rede terrorista de Rashid al-Husseini. Em consequência disso, um quadro recém-descoberto de Ticiano entrou por breves momentos na coleção da herdeira saudita Nadia al-Bakari. Mas quando ela morreu foi devolvido discretamente ao legítimo proprietário, o célebre negociante de arte londrino Julian Isherwood. Por motivos compreensíveis, Isherwood pôs inicialmente a hipótese de ficar com o quadro, mas pensou duas vezes depois de o já referido Allon lhe ter sugerido uma conduta bem mais nobre. Foi então que o negociante contactou um velho amigo da National Gallery — um perito nos Velhos Mestres italianos, que tinha participado involuntariamente no logro inicial —, desencadeando assim uma das doações mais importantes a uma instituição pública britânica numa série de anos.

— E por falar nisso, meu querido, ainda não recebi um único cêntimo da CIA.

— E eu também não, Julian.

— Não te pagam aqueles servicinhos que lhes andas sempre a fazer?

— Ao que parece, consideram os meus serviços *pro bono publico*.

— E suponho que sejam.

Estavam a percorrer o Coastal Path. Isherwood estava vestido para o campo, com roupa de *tweed* e botas impermeáveis. Caminhava tropegamente. Como sempre, Gabriel teve de resistir ao impulso de agarrar nele para o equilibrar.

— Raios, até onde é que tencionas fazer-me andar?

— Ainda só passaram cinco minutos, Julian.

— O que quer dizer que já ultrapassámos substancialmente a caminhada que eu faço duas vezes por dia quando vou da galeria para o bar do Green's.

— E como é que está Oliver?

— Como sempre.

— Anda a portar-se bem?

— Claro que não — respondeu Isherwood. — Mas não disse uma única palavra a ninguém sobre a sua participação no teu golpezinho.

— No *nosso* golpezinho, Julian. Tu também estiveste envolvido.

— Mas eu estou envolvido desde o princípio — retor-quiu Isherwood. — Para Oliver, isto é tudo uma novidade excitante. Ele lá tem os seus defeitos, mas por baixo de to-da aquela choradeira e fanfarronice bate o coração de um patriota. Não te preocupes com Oliver. O teu segredo está seguro com ele.

— E se não estiver, terá notícias do MI5.

— Acho que até pagava para ver isso — comentou Is-herwood, começando a esmorecer o ritmo. — Imagino que não haja nenhum *pub* mais à frente. Sinto que estou a preci-sar de uma bebida.

— Há tempo para isso mais tarde. Precisas de fazer exercício, Julian.

— Mas para quê?

— Vais sentir-te melhor.

— Sinto-me ótimo, meu querido.

— E é por isso que queres que eu tome conta da galeria? Isherwood parou e pôs as mãos nas ancas.

— Não é na próxima semana — disse ele passado um momento. — Nem no próximo mês. Nem sequer no pró-ximo ano. Mas um dia.

— Vende-a, Julian. Reforma-te. Aproveita a vida.

— Vendê-la a quem? A Oliver? A Roddy? Ao raio de um oligarca russo interessado em meter o bico na cultura? — disparou Isherwood, abanando a cabeça. — Investi de-masiado naquele sítio para o deixar cair nas mãos de um desconhecido. Quero que fique na família. E como não te-nho nenhuma, restas tu.

Gabriel ficou calado. Isherwood recomeçou a andar com relutância.

— Nunca me hei de esquecer do dia em que Shamron te levou pela primeira vez à minha galeria. Estavas tão calado que eu nem tinha a certeza se eras capaz de falar. Tinhas as têmporas tão grisalhas como as minhas. Shamron chamou a isso...

— A mancha num rapaz que tinha feito o trabalho de um homem.

Isherwood sorriu com tristeza.

— Quando te vi com um pincel na mão, detestei Shamron pelo que ele tinha feito. Devia ter-te deixado em Bezalel, a acabar os estudos. Terias sido um dos maiores pintores da tua geração. Neste preciso momento, está toda a gente em Nova Iorque a tentar descobrir quem é que pintou aquele quadro de Nadia al-Bakari. Quem me dera que soubessem.

Isherwood parou novamente para contemplar as ondas a baterem nas rochas pretas, na extremidade norte da enseada.

— Vem trabalhar para mim — pediu ele. — Ensino-te os truques do ofício, como, por exemplo, ficar depenado em dez ou menos passos fáceis. E quando for altura de dedicar a energia que eu ainda tiver à jardinagem, deixo-te com recursos mais do que suficientes para poderes continuar sem mim. É o que eu quero, meu querido. E, mais importante ainda, é o que a tua mulher quer.

— É muito generoso da tua parte, Julian, mas não posso aceitar.

— Porquê?

— Porque, um dia, um velho inimigo vai marcar uma visita para ver um Bordone ou um Luíni e eu vou acabar com várias balas enfiadas na cabeça. E Chiara também.

— A tua mulher vai ficar desapontada.

— É melhor desapontada do que morta.

— Eu cá não sou nenhum especialista no que toca a relações de longo prazo — comentou Isherwood —, mas palpita-me que a tua mulher é capaz de estar a precisar de uma mudançazinha de ares.

— Sim — confirmou Gabriel, sorrindo —, ela já deixou isso bastante claro.

— Então venham passar uns tempos a Londres, pelo menos o inverno. Assim Chiara vai poder distrair-se como precisa e eu poupo uma fortuna em custos de transporte. Tenho um painel do Piero di Cosimo que precisa urgentemente da tua atenção. Vais ver que não te arrependes.

— Por acaso, sou capaz de já ter uma coisa em Roma.

— A sério? — replicou Isherwood. — Pública ou privada?

— Privada — respondeu Gabriel. — O dono vive naquela casa muito grande no fim da Via della Conciliazione. Está a oferecer-me a oportunidade de restaurar um dos meus quadros preferidos.

— Qual?

Gabriel respondeu.

— Lamento, mas com isso não posso competir — concedeu Isherwood. — E vai pagar-te alguma coisa?

— Uns trocos — disse Gabriel —, mas vai valer bem a pena. Pelo menos, por Chiara.

— Tenta só não te meter em sarilhos enquanto lá estiveres. Da última vez que foste a Roma...

Isherwood deteve-se. Pela expressão de Gabriel, era evidente que ele já não queria pensar mais no passado.

O vento tinha aberto um buraco no véu de nuvens e o Sol estava a pairar encostado ao mar, como um disco branco. Deixaram-se ficar mais um momento no cimo dos penhascos, até o Sol desaparecer, e depois puseram-se a caminho de casa. Ao entrarem no chalé, ouviram Chiara a cantar. Era uma daquelas canções *pop* italianas tontas que ela cantava sempre que estava contente.

NOTA DO AUTOR

Retrato de Uma Espia é uma obra de ficção. Os nomes, personagens, lugares e incidentes descritos nesta história são produto da imaginação do autor ou foram ficcionados. Qualquer semelhança com pessoas, vivas ou mortas, negócios, empresas, acontecimentos ou locais verdadeiros é pura coincidência.

O quadro *Virgem e Menino com Maria Madalena* que surge neste romance não existe. Se existisse, lembraria extraordinariamente um quadro parecido da autoria de Tiziano Vecellio, mais conhecido como Ticiano, que se encontra exposto no Museu Hermitage de Sampetersburgo, na Rússia. O Lote 12, *Ocre e Vermelho sobre Vermelho,* óleo sobre tela, de Mark Rothko, também é inventado, embora em maio de 2007, um quadro parecido, *Centro Branco (Amarelo, Rosa e Alfazema sobre Rosa),* tenha atingido 72,84 milhões de dólares num leilão em Nova Iorque, um recorde para o artista. Segundo as notícias divulgadas, foi o soberano do Qatar que o comprou.

Os negociantes de arte, leiloeiros e consultores que aparecem neste livro, bem como noutros desta série, foram criados pelo autor e não devem ser de modo algum vistos como versões ficcionadas de pessoas reais. Há de facto uma encantadora galeria de arte nos números 7 e 8 de Mason's Yard, em Londres, mas o proprietário, o inimitável

Patrick Matthiesen, só tem em comum com Julian Isherwood a sua afabilidade e argúcia brilhante. As técnicas de restauro e revestimento de quadros descritas neste romance são rigorosas, incluindo a rapidez com que um restaurador talentoso consegue, se necessário, ter um quadro pronto. As minhas sinceras desculpas à Christie's de Londres por me ter servido de um leilão de obras dos Velhos Mestres para financiar uma rede terrorista, mas a verdade é que a segurança da operação exigia que o assunto fosse mantido em segredo.

Quem estuda a guerra mundial contra o terrorismo reconhecerá com certeza que, ao criar a personagem de Rashid al-Husseini, me socorri em grande parte do *curriculum vitae* do clérigo e recrutador da Al-Qaeda, nascido na América, Anwar al-Awlaki — incluindo o seu passado iemenita, a perturbadora ligação a dois dos sequestradores do 11 de Setembro, de San Diego e da Virgínia do Norte, e o aparente percurso da moderação para o radicalismo e o terrorismo. O inventado Malik al-Zubair também teve como inspiração dirigentes terroristas reais — nomeadamente, Yahya Ayyash, o mestre fabricante de bombas do Hamas conhecido como *O Engenheiro,* e Abu Musab al-Zarqawi, o terrorista jordano que liderou a Al-Qaeda no Iraque. Ayyash foi morto, em janeiro de 1997, por uma pequena bomba escondida num telemóvel. Zarqawi, responsável pela morte de centenas de inocentes durante a fase mais sangrenta da revolta iraquiana, foi morto num ataque aéreo americano a uma casa segura a norte de Bagdade, em junho de 2006.

A fronteira dos Emirados Árabes Unidos com a Arábia Saudita descrita nas páginas deste livro não existe. A verdadeira fronteira fica a muitos quilómetros para norte e, nos últimos meses, tem sido pródiga em grandes engarrafamentos devido a alterações de procedimento nas alfândegas sauditas. A estrondosa ascensão e queda do Dubai foi captada de modo fiel, tal como o tratamento deplorável dado à sua vasta mão de obra estrangeira. Infelizmente, o Dubai não é o único emirado do Golfo onde os trabalhadores estrangeiros são vítimas de abusos rotineiros e tratados quase como autênticos escravos. Em março de 2011, o Museu Guggenheim que estava a ser construído logo ali ao lado, em Abu Dhabi, viu-se confrontado com a ameaça de um boicote por mais de cem artistas proeminentes, que se insurgiram contra as condições verificadas no local. *Quem trabalha com tijolos e argamassa,* disse num comunicado o artista multimédia de ascendência libanesa Walid Raad, *merece o mesmo tipo de respeito que quem trabalha com câmaras e pincéis.*

Há já muitos anos que a informação de origem financeira, ou *inffin,* se tem vindo a revelar uma arma importante na guerra contra o terrorismo. O Gabinete Antiterrorismo e de Informações Financeiras do Departamento do Tesouro dos Estados Unidos recolhe e analisa dados de transações, bem como a Divisão de Financiamento das Operações Terroristas do FBI. Além disso, a CIA e variadíssimas empresas privadas ligadas ao vasto complexo de segurança nacional americano acompanham habitualmente o dinheiro que vai passando pela corrente sanguínea do movimento jihadista mundial.

Lamentavelmente, uma década depois dos atentados do 11 de Setembro, grande parte desse dinheiro continua a vir de cidadãos da Arábia Saudita e, em menor grau, dos emirados muçulmanos sunitas do golfo Pérsico. Num cabograma secreto divulgado em dezembro de 2010, a secretária de

Estado Hillary Clinton escreveu: *Tem sido um desafio constante persuadir as autoridades sauditas a tratarem o financiamento a terroristas proveniente da Arábia Saudita como uma prioridade estratégica.* O memorando de Clinton concluía que *as contribuições provenientes da Arábia Saudita constituem a fonte de financiamento mais importante aos grupos terroristas sunitas espalhados pelo mundo inteiro.*

Seria de pensar que a Arábia Saudita, um país que produziu Osama Bin Laden e quinze dos dezanove sequestradores do 11 de Setembro, se esforçaria mais para refrear o financiamento a terroristas no seu solo. Mas outros cabogramas diplomáticos revelam que a casa de Saud não tem conseguido ou querido acabar com o fluxo de dinheiro para a Al-Qaeda e os seus afiliados. Dentro da Arábia Saudita, grupos militantes dirigem com impunidade organizações de caridade que não passam de fachadas ou então pedem simplesmente e sem rodeios contribuições em dinheiro por ocasião do Hajj, a peregrinação anual a Meca. O príncipe Mohammad Bin Nayef, que se encontra à frente do programa de contraterrorismo da Arábia Saudita, disse a um alto representante do governo americano que *estamos a tentar fazer todos os possíveis* para estancar o fluxo de dinheiro para extremistas e assassinos. Mas, acrescentou, *se o dinheiro quiser ir* para os terroristas, as autoridades sauditas pouco podiam fazer para o impedir.

O que leva à seguinte pergunta: Será que a casa de Saud, que deve o seu poder a um pacto celebrado há dois séculos com Muhammad Abdul Wahhab, quer cortar verdadeiramente os laços financeiros com um movimento extremista sunita que ajudou a criar e a formar? Uma tensa reunião ocorrida em 2007 é capaz de fornecer uma pista importante. De acordo com cabogramas governamentais que vieram a público, Frances Fragos Townsend, um dos principais conselheiros do Presidente George W. Bush para o contraterrorismo, pediu aos representantes do governo saudita que explicassem por que razão o embaixador do Reino nas Filipinas se estava a relacionar com suspeitos de financiamento terrorista. O ministro dos Negócios Estrangeiros saudita, o príncipe Saud al-Faisal, não fez grande caso das preocupações de Townsend, afirmando que o embaixador era culpado de *erros de julgamento e não de apoio intencional ao terrorismo*. A seguir, criticou um banco americano por levantar *questões inapropriadas e agressivas* acerca de contas mantidas pela Embaixada Saudita em Washington, D.C.

Embora a ameaça do terrorismo global tenha evoluído desde a manhã de 11 de setembro de 2001, uma coisa permanece inalterada: a Al-Qaeda e os seus afiliados e imitadores continuam a planear ativamente assassínios e destruição em grande escala na Europa Ocidental e nos Estados Unidos. Em 2006, Dame Eliza Manningham-Buller, ex-diretora do MI5, prognosticou que a luta contra o terrorismo islâmico *estaria connosco por mais uma geração,* ao passo que outros representantes dos serviços de segurança já alertaram para uma *guerra para todo o sempre,* que irá obrigar o Ocidente a prosseguir programas de contraterrorismo agressivos ao longo de décadas, no mínimo. É provável que a duração final da guerra mundial contra o terrorismo seja determinada, em parte, pelos acontecimentos sísmicos que estão a abalar o mundo árabe enquanto escrevo estas linhas. Muita coisa dependerá do lado que sair vitorioso. Se as forças da moderação e da modernidade triunfarem, é possível que a ameaça do terrorismo diminua gradualmente. Mas se os clérigos muçulmanos radicais e os seus seguidores conseguirem tomar o poder em países como o Egito, a Jordânia e a Síria, então somos bem capazes de ainda vir a recordar com saudade os primeiros e turbulentos anos do século XXI por terem sido uma idade de ouro em termos das relações entre o Islão e o Ocidente.

AGRADECIMENTOS

Este livro, tal como os anteriores da série protagonizada por Gabriel Allon, não poderia ter sido escrito sem a ajuda de David Bull, que é, sem dúvida, um dos melhores restauradores de arte do mundo. Todos os anos, David abdica de várias horas do seu tempo precioso para me informar sobre questões técnicas relacionadas com a arte do restauro e para rever o meu livro, tornando-o mais rigoroso. O seu conhecimento da história da arte só é excedido pelo prazer da sua companhia, e a sua amizade tem enriquecido a nossa família em pequenos e grandes aspetos.

Estou em dívida para com os brilhantes consultores de arte Gabriel Catone e Andrew Ruth por me terem levado, numa noite de novembro de 2010, à venda de Arte do Pós-Guerra e Contemporânea na Christie's de Nova Iorque e por me ensinarem as táticas para a aquisição de quadros no valor de dezenas de milhões de dólares. Verdade seja dita, achei o mundo dos grandes leilões bem mais intrigante do que o mundo dos espiões e dos terroristas, e a experiência teve um impacto profundo no rumo final deste romance. Escusado será dizer que Gabriel Catone e Andrew Ruth têm muito pouco em comum com o inventado Nicholas Lovegrove, para além da sua sofisticação e do conhecimento extraordinário do negócio da arte.

Vários agentes dos serviços secretos israelitas e americanos falaram comigo confidencialmente e agradeço-lhes agora mantendo o anonimato, que é como eles prefeririam. Roger Cressey, que foi o diretor para as ameaças transnacionais no NSC entre 1999 e 2001, tem sido uma fonte inestimável de informações referentes à política americana em matéria de contraterrorismo, e ainda melhor amigo. Para que conste, não tem quaisquer ligações à empresa Rogers & Cressey, com sede na Cannon Street de Londres.

O meu querido amigo Dr. Andrew Pate, um eminente anestesista, que me prestou informações acerca do distúrbio conhecido como malformação arteriovenosa, ou MAV. Além disso, um agradecimento muito especial a M, que levantou o véu sobre determinados assuntos relacionados com a recolha de dados. Não finjo ter conhecimento de toda a tecnologia que os serviços secretos americanos, israelitas e britânicos têm disponível, mas tentei escrever sobre ela de forma a servir a minha história e a não aborrecer os leitores. Tenho a certeza de que as verdadeiras capacidades do governo americano ultrapassam em muito tudo o que eu descrevi nas páginas de *Retrato de Uma Espia*.

Consultei centenas de livros, artigos de jornais e revistas e *sites* da Internet enquanto preparava este livro, demasiados para indicar aqui. Mas seria negligente da minha parte não mencionar os estudos e as informações prestadas por Steve Coll, Robert Lacey, James Bamford, Ron Suskind, Jane Mayer, Jim Krane, Dore Gold, Robert F. Worth, Scott Shane, Souad Mekhennet e Stephen F. Hayes.

Por ter vivido no mundo árabe na década de 1980, tinha noção, desde o começo deste projeto, da opressão sufocante enfrentada por imensas mulheres nessa região. *Price of Honor,* o livro seminal de Jan Goodwin, foi um instrumento precioso, tal como *Inside the Kingdom,* de Carmen Bin Laden. A escritora, ativista e comentadora Irshad Manji foi uma fonte de inspiração com o seu espírito e visão. O relato lúcido da Dra. Qanta A. Ahmed em relação ao tempo que passou na Arábia Saudita a trabalhar como médica ajudou-me a compreender melhor as dificuldades enfrentadas por todas as profissionais numa das sociedades mais conservadoras do mundo. O título perturbador do seu livro, *In the Land of Invisible Women* [Na Terra das Mulheres Invisíveis], acabou por penetrar na cabeça da minha heroína, Nadia al-Bakari, tal como a clareza da sua visão. Se as mulheres dessa estirpe estivessem à frente do Médio Oriente, estou certo de que o mundo seria um lugar muito melhor.

Louis Toscano, um querido amigo e o meu editor de há muito tempo, melhorou incomensuravelmente este livro, tal como a minha revisora, Kathy Crosby. Bob Barnett, Deneen Howell, Linda Rappaport e Michael Gendler foram uma fonte inestimável de sábios conselhos num ano muito atarefado, bem como Jim Bell, Bruce Cohen, Henry Winkler, Ron Meyer e Jeff Zucker. Os meus companheiros de estudos — David Gregory, Jeffrey Goldberg, Steven Weisman, Martin Indyk, Franklin Foer, David Brooks e Erica Brown — mantiveram o meu coração focado no que era verdadeiramente importante, mesmo quando os meus pensamentos se dispersavam em direção ao livro inacabado em cima da minha secretária. O ímpar Burt Bacharach inspirou-me com o seu génio e a paixão contínua pelo seu trabalho. Jim Zorn deu-me amizade e fé quando eu mais precisava.

Um agradecimento sentido à extraordinária equipa da HarperCollins, em especial a Jonathan Burnham, Jennifer

Barth, Brian Murray, Cindy Achar, Ana Maria Allessi, Tina Andreadis, Leah Carlson-Stanisic, Leslie Cohen, Karen Dziekonski, Archie Ferguson, Mark Ferguson, Olga Gardner Galvin, Brian Grogan, Doug Jones, David Koral, Angie Lee, Michael Morrison, Nicole Reardon, Charlie Redmayne, Jason Sack, Kathy Schneider, Brenda Segel, Virginia Stanley, Leah Wasielewski e Josh Marwell, que influenciou profundamente o enredo de *Retrato de Uma Espia* com uma simples pergunta.

E também quero agradecer profundamente e manifestar todo o meu amor aos meus filhos, Nicholas e Lily. Não só me ajudaram na pesquisa efetuada e na preparação da versão final do livro, como também me deram amor e apoio incondicionais quando o prazo de entrega se foi aproximando cada vez mais. Por fim, tenho de agradecer à minha mulher, a brilhante jornalista da NBC News, Jamie Gangel. Para além de gerir os meus assuntos, cuidar da nossa casa e educar duas crianças extraordinárias, ainda arranjou tempo para editar com perícia cada um dos meus rascunhos. Se não fosse pela sua paciência, atenção aos pormenores e indulgência, *Retrato de Uma Espia* não teria sido finalizado. A minha dívida para com ela é incomensurável, assim como o meu amor.

ÍNDICE

LIVROS NA COLEÇÃO

001 | 001 Daniel Silva
O Confessor
002 | 001 Guillaume Musso
E Depois...
003 | 001 Mary Higgins Clark
A Segunda Vez
004 | 001 Augusto Cury
A Saga de um Pensador
005 | 001 Marc Levy
E Se Fosse Verdade...
006 | 001 Eça de Queirós
Contos
007 | 001 Danielle Steel
Uma Paixão
008 | 001 Stephen King
Cell
009 | 001 Juliet Marillier
O Filho de Thor – Vol. I
009 | 002 Juliet Marillier
O Filho de Thor – Vol. II
010 | 001 Mitch Albom
*As Cinco Pessoas que
Encontramos no Céu*
011 | 001 Corinne Hofmann
Casei com Um Massai
012 | 001 Christian Jacq
A Rainha Sol
013 | 001 Nora Roberts
Um Sonho de Amor
014 | 002 Nora Roberts
Um Sonho de Vida
015 | 001 Boris Starling
Messias
016 | 001 Maria Helena Ventura
Afonso, o Conquistador
017 | 001 Maeve Binchy
Uma Casa na Irlanda

018 | 001 Simon Scarrow
A Águia do Império
019 | 001 Elizabeth Gilbert
Comer, Orar, Amar
020 | 001 Dan Brown
Fortaleza Digital
021 | 001 Bill Bryson
Crónicas de Uma Pequena Ilha
022 | 001 David Liss
A Conspiração de Papel
023 | 001 Jeanne Kalogridis
No Tempo das Fogueiras
024 | 001 Luís Miguel Rocha
O Último Papa
025 | 001 Clive Cussler
Desvio Polar
026 | 003 Nora Roberts
Sonho de Esperança
027 | 002 Guillaume Musso
Salva-me
028 | 003 Juliet Marillier
Máscara de Raposa – Vol. I
028 | 004 Juliet Marillier
Máscara de Raposa – Vol. II
029 | 001 Leslie Silbert
A Anatomia do Segredo
030 | 002 Danielle Steel
Tempo para Amar
031 | 002 Daniel Silva
Príncipe de Fogo
032 | 001 Edgar Allan Poe
Os Crimes da Rua Morgue
033 | 001 Tessa De Loo
As Gémeas
034 | 002 Mary Higgins Clark
A Rua Onde Vivem

073 | 004 Danielle Steel
O Preço da Felicidade

074 | 004 Dan Brown
A Conspiração

075 | 001 Oscar Wilde
O Retrato de Dorian Gray

076 | 002 Maria Helena Ventura
Onde Vais Isabel?

077 | 002 Anne Bishop
Herdeira das Sombras

078 | 001 Ildefonso Falcones
A Catedral do Mar

079 | 002 Mario Puzo
O Último dos Padrinhos

080 | 001 Júlio Verne
A Volta ao Mundo em 80 Dias

081 | 001 Jed Rubenfeld
A Interpretação do Crime

082 | 001 Gerard de Villiers
A Revolução dos Cravos de Sangue

083 | 001 H. P. Lovecraft
Nas Montanhas da Loucura

084 | 001 Lewis Carroll
Alice no País das Maravilhas

085 | 001 Ken Follett
O Homem de Sampetersburgo

086 | 001 Eckhart Tole
O Poder do Agora

087 | 009 Nora Roberts
A Chave da Coragem

088 | 001 Julie Powell
Julie & Julia

089 | 001 Margaret George
A Paixão de Maria Madalena – Vol. I

090 | 003 Anne Bishop
Rainha das Trevas

091 | 004 Daniel Silva
O Criado Secreto

092 | 005 Danielle Steel
Uma Vez na Vida

093 | 003 Eça de Queirós
A Cidade e as Serras

094 | 005 Juliet Marillier
O Espelho Negro
(As Crónicas de Bridei – I)

095 | 003 Guillaume Musso
Estarás Aí?

096 | 002 Margaret George
A Paixão de Maria Madalena – Vol. II

097 | 001 Richard Doetsch
O Ladrão do Céu

098 | 001 Steven Saylor
Sangue Romano

099 | 002 Tami Hoag
Prazer de Matar

100 | 001 Mark Twain
As Aventuras de Tom Sawyer

101 | 002 Almeida Garrett
Viagens na Minha Terra

102 | 001 Elizabeth Berg
Quando Estiveres Triste, Sonha

103 | 001 James Runcie
O Segredo do Chocolate

104 | 001 Pauk J. Mcauley
A Invenção de Leonardo

105 | 003 Mary Higgins Clark
Duas Meninas Vestidas de Azul

106 | 003 Mario Puzo
O Siciliano

107 | 002 Júlio Verne
Viagem ao Centro da Terra

108 | 010 Nora Roberts
A Dália Azul

109 | 001 Amanda Smyth
Onde Crescem Limas não Nascem Laranjas

110 | 002 Osho
O Livro da Cura – Da Medicação à Meditação

111 | 006 Danielle Steel
Um Longo Caminho para Casa

112 | 005 Daniel Silva
O Assassino Inglês

113 | 001 Guillermo Cabrera Infante
A Ninfa Inconstante

114 | 006 Juliet Marillier
A Espada de Fortriu

115 | 001 Vários Autores
Histórias de Fantasmas

116 | 011 Nora Roberts
A Rosa Negra

117 | 002 Stephen King
Turno da Noite

118 | 003 Maria Helena Ventura
A Musa de Camões

119 | 001 William M. Valtos
A Mão de Rasputine

120 | 002 Gérard de Villiers
Angola a Ferro e Fogo

121 | 001 Jill Mansell
A Felicidade Mora ao Lado

122 | 003 Paulo Coelho
O Demónio e a Senhorita Prym

123 | 004 Paulo Coelho
O Diário de Um Mago

124 | 001 Brad Thor
O Último Patriota

125 | 002 Arthur Conan Doyle
O Cão dos Baskervilles

126 | 003 Bill Bryson
Breve História de Quase Tudo

127 | 001 Bill Napier
O Segredo da Cruz de Cristo

128 | 002 Clive Cussler
Cidade Perdida

129 | 001 Paolo Giordano
A Solidão dos Números Primos

130 | 012 Nora Roberts
O Lírio Vermelho

131 | 001 Thomas Swan
O Falsificador de Da Vinci

132 | 001 Margaret Doody
O Enigma de Aristóteles

133 | 007 Juliet Marillier
O Poço das Sombras

134 | 001 Mário de Sá-Carneiro
A Confissão de Lúcio

135 | 001 Colleen McCullough
A Casa dos Anjos

136 | 013 Nora Roberts
Herança de Fogo

137 | 003 Arthur Conan Doyle
Um Estudo em Vermelho

138 | 004 Guillaume Musso
Porque te Amo

139 | 002 Ken Follett
A Chave para Rebecca

140 | 002 Maeve Binchy
De Alma e Coração

141 | 002 J. R. Lankford
Cristo Clonado

142 | 002 Steven Saylor
A Casa das Vestais

143 | 002 Elizabeth Gilbert
Filha do Mar

144 | 001 Federico Moccia
Quero-te Muito

145 | 003 Júlio Verne
Vinte Mil Léguas Submarinas

146 | 014 Nora Roberts
Herança de Gelo

147 | 002 Marc Levy
Voltar a Encontrar-te

148 | 002 Tess Gerritsen
O Cirurgião

149 | 001 Alexandre Herculano
Eurico, o Presbítero

150 | 001 Raul Brandão
Húmus

151 | 001 Jenny Downham
Antes de Eu Morrer

152 | 002 Patricia MacDonald
Um Estranho em Casa

193 | 002 Inês Botelho
A Senhora da Noite e das
Brumas (O Cetro de Aerzis – 2)

194 | 004 Tami Hoag
Pecados na Noite

195 | 004 Ken Follett
Noite Sobre as Águas

196 | 005 Dan Brown
O Símbolo Perdido

197 | 001 Luís Miguel Rocha
Bala Santa

198 | 001 Isabel Valadão
Loanda — Escravas, Donas
e Senhoras

199 | 003 Patricia MacDonald
Raptada na Noite

200 | 001 Franz Kafka
O Processo

201 | 002 Aquilino Ribeiro
A Casa Grande de Romarigães

202 | 001 John Grisham
A Firma

203 | 009 Danielle Steel
Um Amor Imenso

204 | 001 Romana Petri
Os Pais dos Outros

205 | 001 Sveva Casata Modignani
Feminino Singular

206 | 005 Arthur Conan Doyle
O Vale do Terror

207 | 003 Inês Botelho
A Rainha das Terras da Luz
(O Cetro de Aerzis – 3)

208 | 007 Júlio Verne
As Atribulações de um Chinês
na China

209 | 001 Kristin Hannah
Segredos de Família

210 | 005 Paulo Coelho
O Diário de um Mago

211 | 004 Anne Bishop
A Voz

212 | 001 Kathryn Stockett
As Serviçais

213 | 002 Augusto Cury
Filhos Brilhantes, Alunos
Fascinantes

214 | 001 Kurt Vonnegut
Matadouro Cinco

215 | 001 P. C. Cast e Kristin Cast
Marcada

216 | 003 Clive Cussler
Gelo Ardente

217 | 009 Daniel Silva
As Regras de Moscovo

218 | 002 John Grisham
O Testamento

219 | 004 Simon Scarrow
A Águia e os Lobos

220 | 010 Danielle Steel
A Casa da Rua da Esperança

221 | 005 Ken Follett
O Terceiro Gémeo

222 | 001 Luís de Camões
Sonetos

223 | 004 Mary Higgins Clark
Do Fundo do Coração

224 | 003 Steven Saylor
Um Gladiador só Morre uma
Vez

225 | 002 P. C. Cast e Kristin Cast
Traída

226 | 001 Rubem Fonseca
A Grande Arte

227 | 002 Kristin Hannah
A Escolha

228 | 006 Arthur Conan Doyle
O Último Adeus de Sherlock
Holmes

229 | 001 Alexandre Honrado
Os Venturosos

230 | 002 Sveva Casati Modignani
Baunilha e Chocolate

231 | 001 Sherrilyn Kenion
Amante de Sonho

232 | 004 Marc Levy
O Ladrão de Sombras

233 | 003 Brad Thor
O Apóstolo

234 | 006 Guillaume Musso
Que Seria Eu Sem Ti?

235 | 006 Osho
Intuição

236 | 001 Paul Sussman
Oásis Escondido

237 | 001 Teolinda Gersão
A Cidade de Ulisses

238 | 010 Daniel Silva
A Marcha

239 | 003 Stephen King
Misery

240 | 003 John Grisham
O Sócio

241 | 002 Jill Mansell
A Pensar em Ti

242 | 006 Paulo Coelho
O Alquimista

243 | 004 Steven Saylor
O Abraço de Némesis

244 | 003 P.C. Cast e Kristin Cast
Escolhida

245 | 001 Linda Howard
Um Beijo na Escuridão

246 | 005 Simon Scarrow
A Águia de Sangue

247 | 001 Karen Marie Moning
Highlander, Para Além das Brumas

248 | 006 Ken Follett
O Preço do Dinheiro

249 | 002 Franz Kafka
A Transformação (A Metamorfose)

250 | 007 Osho
Intimidade

251 | 007 Ken Follett
O Estilete Assassino

252 | 011 Daniel Silva
O Desertor

253 | 007 Paulo Coelho
Onze Minutos

254 | 004 Eça de Queirós
A Ilustre Casa de Ramires

255 | 002 Eckhart Tolle
Um Novo Mundo

256 | 001 António Brito
Olhos de Caçador

257 | 001 Kate Morton
O Segredo da Casa de Riverton

258 | 001 Johann Wolfgang von Goethe
A Paixão do Jovem Werther

259 | 005 Mary Higgins Clark
Eu Sei que Voltarás

260 | 001 Penny Vincenzi
Uma Mulher Diferente

261 | 011 Danielle Steel
Segredos

262 | 006 Tess Gerritsen
Lembranças Macabras

263 | 003 Augusto Cury
A Ditadura da Beleza

264 | 002 Louise L. Hay
O Poder Está Dentro de Si

265 | 001 Rosa Lobato Faria
As Esquinas do Tempo

266 | 001 Miguel Miranda
Contos à Moda do Porto

267 | 002 Deborah Smith
Segredos do Passado

268 | 004 Brad Thor
O Projeto Atena

269 | 001 Brian Weiss
Muitas Vidas, Muitos Mestres

270 | 001 Catherine Bybee
Casado Até Quarta

271 | 005 Steven Saylor
O Enigma de Catilina

272 | 001 James Rollins
A Colónia do Diabo

273 | 004 John Grisham
Os Litigantes

274 | 002 Rosa Lobato Faria
Vento Suão

275 | 001 Sylvain Reynard
O Inferno de Gabriel

276 | 002 Kate Morton
O Jardim dos Segredos

277 | 001 Robin Sharma
*O Santo, o Surfista
e a Executiva*

278 | 012 Daniel Silva
O Espião Improvável

279 | 002 Florbela Espanca
Contos Completos

280 | 008 Paulo Coelho
Brida

281 | 001 Jojo Moyes
Um Violino na Noite

282 | 001 Deepak Chopra
A Alma do Líder

283 | 001 Susan Lewis
Depois da Luz

284 | 001 Maya Banks
Obsessão

285 | 008 Osho
Consciência

286 | 001 Louise L. Hay e Cheryl
Richardson
Confie na Vida

287 | 012 Danielle Steel
Ecos do Passado

288 | 004 Stephen King
Os Olhos do Dragão

289 | 007 Tess Gerritsen
Seita Maldita

290 | 001 Emma Donoghue
O Quarto de Jack

291 | 002 Jojo Moyes
Silver Bay – A Baía do Desejo

292 | 013 Daniel Silva
O Caso Rembrandt

293 | 013 Danielle Steel
Impossível

294 | 003 Franz Kafka
*Um Artista da Fome
e outros textos*

295 | 005 John Grisham
A Confissão

296 | 001 Beth Kerry
Porque és Minha

297 | 001 Barry Eisler
Tokyo Killer — Primeira Missão

298 | 005 Brad Thor
Influência Externa

299 | 001 Gillian Flynn
Em Parte Incerta

300 | 001 Antoine de Saint-Exupéry
O Principezinho

301 | 002 Susan Lewis
Escândalo em Família

302 | 002 Douglas Preston
e Lincoln Child
Relicário

303 | 006 Simon Scarrow
A Profecia da Águia

304 | 003 Kate Morton
As Horas Distantes

305 | 002 Maya Banks
Delírio

306 | 001 Isabel Allende
Filha da Fortuna

307 | 002 Penny Vincenzi
O Jogo do Acaso

308 | 005 Eça de Queirós
A Capital

309 | 006 Steven Saylor
O Lance de Vénus

310 | 006 Mary Higgins Clark
A Sombra do Teu Sorriso

Outros títulos na coleção

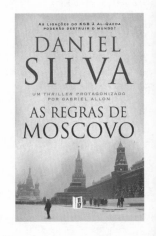